Mon idée du plaisir

Du même auteur

Vice-versa
Éditions de l'Olivier, 1996

Un roc de crack gros comme le Ritz
Éditions des Mille et une nuits, 1997

WILL SELF

Mon idée du plaisir

Conte moral

traduit de l'anglais par Francis Kerline

ÉDITIONS DE L'OLIVIER

ISBN : 2.87929.069.4

Cet ouvrage est paru chez Bloomsbury (1993)
sous le titre *My Idea of Fun.*

Pour Alexis

Livre 1
LA PREMIÈRE PERSONNE

J'ai beau m'être mille fois répété qu'il ne fallait pas en être choqué, je le suis chaque fois à nouveau en voyant ce que les gens sont capables de faire pour se donner du plaisir, et pour des raisons qu'ils ne peuvent expliquer.

Isaac Bashevis Singer

Prologue

« Et vous, Ian, qu'est-ce qui vous plaît dans la vie ? » C'était la femme assise en face de moi, en diagonale, celle qui avait ce hâle agadiresque. Pendant une demi-seconde, ou peut-être plus, je crus avoir mal entendu la question, mais elle la répéta : « Et vous, Ian, qu'est-ce qui vous plaît dans la vie ? » Ce sont souvent les événements de ce genre qui retiennent mon attention, ceux qui se produisent deux fois. La première fois, j'avais entendu quelque chose comme : « Evouyanski...plaid'la...vie ? » Seule l'inflexion finale indiquait la forme interrogative. La seconde fois, en revanche, je captai le tout, absorbai le son et le sens comme un Kleenex intentionnel. Et cette idée – ce qui me plaisait dans la vie – me réduisit en pulpe, épongea toutes mes strates, toutes les démultiplications de mon moi, comme une mélasse poisseuse. Je m'agrippai au bord de la table et sentis la nappe riper sur le bois ciré. Tout se mélangea, tout s'interpénétra en moi.

Alors Jane, de l'autre côté de la table, me lança un regard – ce regard qui n'appartenait qu'à elle et n'était que pour moi, cette petite moue qui annonçait l'intimité totale du rien-que-nous-au-monde – et dit : « Oh, je ne crois pas que Ian pense beaucoup au plaisir en ce moment, le pauvre est englué dans son travail. » Mais entre-temps la conversation s'était déplacée ; un autre interlocuteur de la même tablée – qu'on m'avait présenté à notre arrivée mais dont je n'avais pas retenu le nom – nous faisait profiter de sa propre conception de la belle vie. Pour autant qu'il m'en souvienne, c'était d'une niaiserie extrême, tout à fait en harmonie avec son brushing Silkience et sa monture de lunettes en onyx. Je vous laisse imaginer, ce n'étaient que nymphettes dévêtues, cocaïne, palaces à Acapulco – bref, du pipi de publicitaire, de ces momeries branchées qui bariolent les lucarnes magiques. Mais je n'y prêtai pas attention, j'étais perdu en moi-même, obnubilé par le spectacle de mes propres épouvantes en projection privée. Je pensais :

Ce qui me fait plaisir dans la vie ? Elle veut vraiment le savoir, cette femme que je ne connais même pas ? Holà, si elle pouvait se douter… si… si elle pouvait seulement me voir – mais comment l'eût-elle pu ? –, me voir arracher la tête burinée de ce vieux clodo dans le métro, me voir la détacher net, puis interpeller son cadavre et asseoir mon énorme masse sur son torse accordéonisé pour rebondir, carpé, les jambes en équerre, comme un gosse qui éprouve ses muscles abdominaux en jouant à saute-mouton sur un piquet de métal…

Voilà à quoi je pensais, tout en me demandant, spéculation gratuite, comment lui communiquer cette sensation particulière, cette mienne idée du plaisir. Elle n'avait probablement jamais vu – ni *a fortiori* palpé – un cou sans tête. J'aurais pu, en usant d'une analogie à la mesure de son imaginaire, lui expliquer que c'était un peu comme un maquereau, oui un maquereau, avec tous ces tissus, ces tendons et ces muscles comprimés sous le derme. Entourer ce cou de ma main était pour moi comme tâter la peau argentée d'un poisson pour sentir sous mes doigts la dense rigidité de sa chair. C'était à cette fin que je l'enfourchais. Il me fallait peser de tout mon poids pour pénétrer la tige encore juteuse. Et sa tête… sa tête aussi s'accordait avec l'analogie car, tandis que j'enveloppais les contours du clampin en faisant ventouse dans son œsophage turgescent et ulcéré, je contemplais son visage – le nez coincé dans la rainure en caoutchouc qui court le long du marchepied – et voyais sa personnalité – ou son âme, son identité, comme il vous plaira – se retirer, s'éteindre. Un maquereau, oui, quelque chose comme la consistance d'un maquereau, fraîchement capturé mais déjà évanescent, au moment où il commence à perdre son lustre et à se flétrir comme un bout de bois – avant d'être rayé pour toujours de la classe des vivants.

Or même ainsi, même en faisant appel à mes facultés descriptives si laborieusement acquises, je doute qu'il m'eût été loisible de rendre tout le sel de l'expérience. Tout ce qui eût frappé cette femme, cette femme sans nom, relation de relation, dérivant quelques heures avec moi sur la mer sociale, eût été – quoi ? l'horreur de la chose, son ébouriffante horreur anti-humaine et ce qu'il faut d'ignominie calculée pour accomplir un tel acte ? Mais eût-elle été capable d'y voir, comme moi, l'équivalent moral d'une singularité cosmologique, un Holocauste en réduction ? Eût-elle su apprécier le nuage de désespoir presque céleste qui jaillissait de mes entrailles, chargé de pollen catatonique et charriant les spores d'une spéciation nouvelle mais plus fatale encore ?

J'en serais surpris – elle ne fut qu'une passante pour moi. Notre rencontre fut si furtive qu'elle eût pu ne jamais être : à peine nous étions-nous croisés que déjà nous nous éloignions l'un de l'autre – au revoiâââr –, tels des enfants criant dans le train du temps. Non, quand bien même je lui eusse fait la grâce de lui exposer mon idée du plaisir, je l'imagine plutôt racontant, une semaine plus tard : « J'ai rencontré un type, l'autre soir, dans un dîner en ville, c'est dingue. Nous étions tous en train de parler de ce qui nous branchait dans la vie, enfin, tu vois, ce qu'on a envie de faire quand on veut vraiment "prendre son pied", eh bien, il m'a dit que le vrai pied, pour lui – en précisant bien que c'était le seul exemple qui lui venait à l'esprit –, c'était de niquer par le gosier un SDF décapité dans le métro. Non, mais tu imagines le sordide? Enfin, je veux dire, c'est d'un glauque, c'est… Il y a vraiment des gens, aujourd'hui, qui sont prêts à dire n'importe quoi pour provoquer ! »

Non, si j'ai fait cela, si j'ai repoussé cette perche que me tendait le sort pour la noyer dans le déluge, ce n'était pas par égard pour elle, parce que je ne la connais pas. C'était pour celle qui eût réellement été affectée par ma conception du plaisir, c'était pour Jane.

Parce que j'aime Jane, je l'aime sincèrement, je l'aime à la manière dont les gens sont voués à s'aimer, à se sacrifier pour les petits riens, les détails insignifiants, comme pour les grandes choses, les décisions vitales. Et j'ai aussi abaissé mes barrières personnelles, vous savez – le pont-levis de mon ego. Elle est entrée en moi au moment même où j'entrais en elle. Je le lui ai permis, je lui ai permis de lire la honte et la vulnérabilité sur mon visage quand nous faisons l'amour. C'est ringard, n'est-ce pas? Guimauve, diriez-vous peut-être. Pourtant, c'est la vérité, l'amour aspire à cette brûlure ringarde, comme deux marathoniens sur un sentier battu aspirent à la ligne d'arrivée. Les gens qui s'aiment se regardent dans les yeux pendant une longue minute après avoir joui sans réserve, sans blasement, sans détour. Ils sont comme le confluent de deux fleuves, deux processus plutôt que deux objets. Ouais… ou encore, tenez, comme deux verbes plutôt que deux substantifs.

Bien sûr, même dans ces moments-là, ces moments privilégiés que nous partageons, je garde toujours quelque chose par devers moi. Cet enculage de cloche, pour être spécifique, cette malignité. Je ne lui en ai rien dit parce que je ne veux pas la blesser, surtout maintenant qu'elle est enceinte et que nous sommes sur le point de devenir propriétaires. Ce sont là deux grands soucis

– ou deux grands sursis – qui suffisent à alimenter son angoisse. Pourquoi lui en causer un troisième, du genre : « Ah, au fait, je suis un suppôt de Satan – autant que tu le saches, ma vieille, vu que tu portes mon enfant et tout » ?

Mais c'était sans compter avec ces rossignols, ces tirades de quat'sous qui, tels des ouvre-boîtes verbaux, ont soulevé les couvercles de mes moi pourris. Au vrai, mon identité n'est jamais qu'une excrétion de ver de terre, une vermiculation de l'âme.

Jusqu'à la fin de la soirée – de plus en plus brumeuse –, je n'eus d'yeux que pour Jane. Je savais que, tôt ou tard, je serais obligé de lui présenter un inventaire plus exhaustif de ma personne, un portrait plus ressemblant, plus proche de la vérité.

Le café succéda à la crème brûlée. Nous passâmes de la salle à manger au salon. On parla de gens, d'amis communs opportunément absents. Sur l'indice Nikkei de la conversation, leurs actions grimpaient et chutaient à une vitesse vertigineuse. Un tel disait de X : « Oh, c'est un crétin fini, il n'y a rien à en tirer », et tel autre renchérissait avec une anecdote confirmant le verdict. Bientôt, tous rivalisaient de témoignages illustrant l'abomination de X. En moins de cinq minutes, il était devenu clair que rien, absolument rien, ne pourrait racheter les fautes de X avant le retour du Christ. Il était vénal, malhonnête, gauche, prétentieux, snob et cependant… eh ! cependant… Au moment où X, laminé, semblait bon pour la benne à ordures, les vents tournèrent. Quelqu'un lança : « Faut lui reconnaître un truc, c'est qu'il est toujours prêt à t'aider quand tu es vraiment dans la merde, il est régulier, de ce côté-là. » Les agents de change émotionnel consultèrent derechef leurs écrans de cotations. Le titre était tombé si bas qu'il en devenait attractif pour les investisseurs. Avant peu, la cote de X fut révisée à la hausse par tous sans exception. Il était désormais spirituel, bienveillant, doté d'une sensibilité transcendante…

Et la conversation roula. Je portai paresseusement mon verre de vin à mes lèvres et tachai les rayures de mon pantalon de costume. Jane était à nouveau en face de moi, enclavée dans une sorte de fjord qui formait une poche dans la disposition en fer à cheval des convives. Sa position, genoux écartés, faisait ressortir son gros ventre, encastré entre son corps et sa chaise, comme une oblation à l'assemblée. Elle me gratifia de nouveau de « notre regard » et, surajoutant sa voix au babil ambiant, m'adressa la parole – à moi seul : « Tu as l'air tout renfrogné, chéri, tu veux qu'on rentre ? » Je répondis par l'affirmative, parce que c'était plus simple. À quoi bon lui dire que cela m'était complètement égal, que j'aurais pu être n'importe où ? Ici ou là. Couché dans le désert sous la froide clarté des étoiles ou affalé contre les briques suintantes d'un coupe-gorge près de Charing Cross Road – ça m'était indifférent.

Nous prîmes congé de nos hôtes et des autres convives. J'adressai un petit signe de tête à la femme au bronzage d'Agadir, ma non-confesseuse à jamais, qui me retourna mon salut. Dehors, dans la rue, les réverbères étaient auréolés de halos orange, et d'odorantes feuilles humides bordaient les trottoirs mouillés. « Tu as beaucoup bu ? me demanda Jane. Tu veux que je conduise ? » Je lui passai les clés et elle pointa la télécommande sur notre voiture, notre gangue d'acier. La fermeture centralisée cliqueta, je m'installai à la place du mort et calai mon crâne contre l'appuie-tête.

Quand Jane monta de son côté, je fus frappé une fois de plus par l'adaptation du décor à sa grossesse. Ici la fonction première de la voiture était de soutenir sa protubérance. Le moulage du tableau de bord en plastique s'incurvait pour épouser sa rotondité, le capitonnage du siège se renflait pour lui offrir un support. Quand, se baissant avec peine, elle empoigna le levier pour avancer son siège, j'eus l'impression que c'était pour amener le futur bébé au centre de l'habitacle afin que, ouatiné par les matières résistantes aux chocs, il pût être transporté en toute sécurité à la maison. Elle mit le contact et nous nous éloignâmes de la bordure du trottoir.

« Ils étaient sympa, non ? dit-elle sans conviction. En tout cas, ils savent recevoir. Mais, tu vois, je ne peux pas supporter leur amie, comment s'appelle-t-elle ? Celle qui est dans les microluminaires. » Elle continua. Nous roulions. L'éclairage artificiel altérait l'échelle du mobilier urbain : les poteaux d'arrêt de bus et les balises pour piétons semblaient des maquettes qui jalonnaient notre route. Comment allais-je lui dire – là était ma préoccupation –, comment allais-je aborder le sujet ? Je m'attachais à relever le tracé de notre histoire conventionnelle avec ma caméra aérienne thermo-sensible. Notre assimilation réciproque avait été magnifiquement synchronisée, chaque défaut avoué agissant comme une chicane, un brise-lame pour freiner notre inondation mutuelle. Désormais tout cela allait être submergé, noyé dans un pus fétide.

À la maison, j'allumai les lumières de la cuisine et descendis dans le coin-repas en contrebas. Jane resta sur le plancher supérieur, devant l'enfilade compacte de nos biens ménagers. Elle s'affairait dans la cuisine, promenait son ventre d'un plan lisse à un autre plan lisse. Dans son collant noir, épigone féminin de Marcel Marceau, elle semblait se livrer à une pantomime. « Je vais te faire une camomille, dit-elle. Ça va te réhydrater. » Je répondis par un bougonnement et elle brancha la bouilloire électrique.

Alors elle m'apparut – la voie à suivre. J'étais assis à la table ronde, les coudes sur le bois blond, pris dans le maillage spectral des beiges et des gris qui dialoguaient dans notre espace vital. Je me sentais fœtal, alangui dans un bercement amniotique. J'éprouvais ce qu'éprouvait sans doute mon fils à naître… Sauf que, justement, ce n'était pas mon fils, ni de près ni de loin. Il ne pouvait pas l'être, c'était évident si je voulais bien considérer l'état des choses. Je n'aurais su dire comment il s'y était pris – je veux parler de L'Obèse Contrôleur – tant ses pouvoirs sont insondables. Il avait pu intervenir à n'importe quelle phase. Il avait pu se miniaturiser pour ramper dans mon urêtre juste avant l'éjaculation propice et remplacer mes spermatozoïdes par les siens. Il pouvait s'être fait encore plus petit, assez pour infiltrer le génome même. Il pouvait avoir séparé et renoué les longs filaments de l'acide désoxyribonucléique aussi facilement qu'un fermier répare une clôture. Mais, quelle que fût la manière dont il s'y était pris, j'étais certain qu'il l'avait fait. Qu'il avait usurpé ma paternité.

Jane parle maintenant de la nouvelle maison. « J'ai téléphoné à Radley. » (C'est le notaire qui s'occupe des formalités.) « Il dit que l'acte est prêt, ce n'est plus qu'une question de jours. » J'émets un grognement neutre. « Ça n'a pas l'air de t'intéresser beaucoup », reprend-elle, un peu froissée, en versant l'eau bouillante sur les sachets.

« Si, si, je t'assure. Seulement…

– Tu es fatigué, je sais. Ne t'en fais pas, bois ça et va te coucher. »

Elle plante ma tasse devant moi et monte l'escalier d'angle en emportant la sienne. Je l'entends aller et venir à l'étage. Elle retire ses vêtements mouillés, s'arrête devant le miroir pour observer l'enflement assombri de son abdomen, la féconde raie brune qui relie le nombril au pubis. C'est une jeune femme robuste, faite pour porter des enfants comme un broc en terre cuite pour contenir de l'eau. Les marbrures bleues des veines sur ses seins, le salutaire œdème de ses chevilles gonflées, tout annonce le succès, les cloches carillonnantes de la maternité et les boîtes de chocolats de la consanguinité.

Ah, mais si je plonge en elle, si je m'insinue à travers le pertuis de peau surtendue et nage, je sais ce que je trouverai. Non pas une pousse encore informe de Jane ou de moi, suçant un semblant de pouce et se nourrissant à un tuyau, comme un bébé pétrolier dans un bateau-citerne maternel. Non, c'est lui qui sera là, ou tout au moins son nouvel homoncule. Je reconnais instantanément son visage lisse et impassible, glabre et rond comme un ballon de football, ses arcades sourcilières ossues, son nez aplati, aux narines dilatées, sa bouche vulpine – lipue et ricanante – et puis cette voix :

« On est venu jeter un œil à l'intérieur, hein, garçon ? » Il n'est pas gêné, il ne l'est jamais. Son corps massif est vêtu d'un complet du meilleur faiseur, comme toujours, en dépit de la chaleur sanguine. Et, comme pour faire un pied de nez aux autorités sanitaires, il serre entre ses doigts un de ses cigares puants qui, au mépris des lois naturelles, se consume allégrement dans le liquide. « Je me sens bien, ici, pas toi ? C'est chaud, c'est douillet. Un tonneau de malvoisie ferait mieux mon affaire mais, à défaut, cette immersion totale dans la liqueur me comble d'aise. » Et, pour bien montrer à quel point il se sent là chez lui, il exécute un entrechat en apesanteur, comme un astronaute se livrant à quelque pitrerie pour la caméra, et brinquebale entre les douces parois de sa capsule.

En voyant Jane s'appuyer contre le chambranle, au moment d'entrer dans la salle de bains, arrêtée par les coups de pied de L'Obèse Contrôleur dans son ventre, je pressens une mauvaise blague. Il est aux aguets, il jauge sa réaction ; d'un battement de ses souliers de ville, il se propulse vers le haut, où le macaroni placentaire godaille contre la cloison de la matrice. Il tend une main, qui dépasse d'une manchette blanche, empaume la matière, plonge dans la membrane élastique et en agrippe une pleine poignée. Jane étouffe un cri. Moi aussi.

« Je te laisse choisir, garçon, dit-il, gloussant, pouffant, exultant. Tu as signé. Tu peux prendre ton plaisir maintenant ou tu peux attendre encore un mois, voire plus, auquel cas c'est moi qui me ferai une joie d'informer Madame. Qu'est-ce que tu préfères ? »

La question ne mérite pas de réponse. Je le lui dirai moi-même. Car, en définitive, c'est de l'aveu que naît le plaisir – le dire est peut-être même encore plus plaisant que le faire. Je sais dorénavant que ma vie, depuis toujours, me destinait à ceci, à ce tranquille pavillon de banlieue, à cette femme aimante et fidèle, à cet atermoiement dans la pénombre avant de tout saccager – à commencer par elle.

Je me suis longuement préparé à cet instant, je l'ai même appelé de mes vœux. C'est très bien de prendre son pied en blessant les gens, en les souillant, en leur causant d'indicibles souffrances, mais c'est sans réelle valeur quand ils ne vous connaissent pas. Toute proportion gardée, l'ignorance est une béatitude car, alors, ceux qui rendent gorge peuvent toujours se consoler en se disant que vous êtes une sorte de démon, que vous n'êtes pas humain, pas comme eux.

Avec Jane, ce sera différent. Elle me connaît, elle a confiance en moi, elle dit m'aimer, elle croit porter notre enfant. Quand je lui révélerai que les choses ne sont pas du tout telles qu'elles paraissent, elle sera complètement incrédule ; puis, quand elle commencera à me croire, quelle exquise douleur ce sera. La trahison sera complète. L'homme qu'elle chérit, l'homme qu'elle couvre de baisers papillonnants, contre qui elle dort lovée comme une cuiller contre une autre cuiller dans un tiroir, c'est lui le mal, lui qui a juré sa perte, lui le fourbe, Quisling émotionnel de la première heure.

Maintenant je peux retarder le moment, polir le diamant de ma forfaiture, car maintenant je sais ce que je veux faire. Inutile de m'appesantir sur la tactique déloyale de L'Obèse Contrôleur. Le mal n'a-t-il pas toujours été ainsi, banal, n'a-t-il pas toujours emprunté ses ruses ailleurs pour les plagier sans vergogne ? Cette grotesque apparition dans la matrice de Jane n'est que la dernière d'une longue suite de facéties de mauvais goût. Je ne veux pas réagir, me montrer plus faible que je ne le suis, parce que je le suis déjà assez.

Jane va bientôt s'endormir, elle ne veille jamais longtemps. Elle va sans doute boire quelques gorgées de camomille, lire quelques lignes d'un roman, puis s'enfoncer lentement dans le noir sillon du sommeil. D'habitude, quand je monte la rejoindre, je la borde dans son lit et j'éteins sa lampe de chevet.

Voilà qui me laisse du temps. Je vais pouvoir inquiéter sans être inquiété. Ici, dans la grisaille de la cuisine, en écoutant le ronronnement du frigo, avec toute la nuit devant moi, je veux essayer d'expliquer, si je le peux, comment les choses en sont arrivées là – comment mon idée du plaisir a soudain dérapé pour s'écarter autant de la ligne qui me semblait tracée. Mais surtout ne vous méprenez pas : je ne cherche nullement à me justifier. Je n'ai pas besoin de ça, je veux seulement être compris. C'est l'éternelle complainte du faible, n'est-ce pas ? Il implore la compréhension, quand il ne se comprend pas lui-même. Et vous, au fait ? Je vous pose la question : est-ce que vous comprenez, est-ce que vous appréhendez réellement dans sa plénitude tout ce qui vous est arrivé ? Si vous regardez le cours de votre vie, se résume-t-il à une série de décisions clairement tranchées ? Avez-vous toujours su, à la croisée des chemins, pourquoi vous avez tourné à droite plutôt qu'à gauche ? Ne vous êtes-vous jamais dit que c'était la Main du Destin, aveugle ou non, qui vous avait aiguillonné ? L'un ou l'autre scénario aurait pu fonctionner. Pour moi, au moins, il en va différemment, je peux désigner mes déterminants, je peux même les nommer : l'un est L'Obèse Contrôleur, l'autre le Dr. Gyggle et, s'il me fallait en nommer un troisième, ce serait Maman.

Voici le marché. Quand j'en aurai fini, nous prendrons une décision ensemble, vous et moi. Je vous donnerai l'occasion de participer au dénouement. Je suis très partisan de la participation du public. Après tout, qu'est-ce pour vous que cet embarras passager en regard de l'œuvre de ma vie ? N'ayez crainte, je m'engage à peser soigneusement nos délibérations. Quand nous aurons terminé, soit je monterai réveiller Jane pour lui dire la vérité et me divertir de son agonie, soit je renoncerai à tout, prendrai mes cliques et mes claques et me retirerai, profil bas, dans une autre dimension.

Ne croyez pas que je donne dans le pathos ou que je veuille vous enrôler de force. Au fond, vous êtes comme tous les autres, allez, vous aimez que le monde tombe tout rôti dans votre assiette pour l'avaler en deux coups de fourchette. Rien n'est plus réconfortant pour vous que de dire : « C'est tout l'un ou tout l'autre. » Vous faites ça constamment, c'est aussi primaire que la respiration pour vous. Je ne fais que vous offrir la possibilité d'exercer autrement votre discernement.

Ah, j'oubliais, une chose encore avant que je ne me lance dans ma narration. Au sujet de cette femme, celle du dîner de ce soir, la bronzée « retour d'Agadir ». Par quelle bizarrerie sa question a-t-elle pu provoquer cette voie d'eau, cet effondrement du bastingage de l'insubmersible *Titanic* qu'est ma psyché ? Eh bien, pour tout dire, voyez-vous, s'il est vrai que j'ai tué, que j'ai torturé, commis les pires outrages, j'en ai pâti aussi. Moins que mes victimes, je veux bien l'admettre, mais j'en ai pâti. J'ai souffert pour elles, sachez-le, pour chacune d'elles. Depuis la femme que L'Obèse Contrôleur a estoquée avec sa canne empoisonnée au Théâtre Royal jusqu'au pit-bull de Fucker Finch. J'ai souffert pour elles quand elles gémissaient, quand elles relâchaient leurs boyaux – souffert pour elles comme seul le peut un être empêché de souffrir avec elles.

Vous saisissez la nuance ? Attendez, je vais tâcher d'être plus clair. Je vous propose un petit exercice. Réfléchissez à la définition du mot « empathie ». Vous l'avez ? Bien. Maintenant, réfléchissez à la définition du mot « sympathie ». Ecrivez-les sur un bout de papier si cela peut vous aider à fixer vos idées. Maintenant, vérifiez ces deux définitions dans le dictionnaire. Vous allez découvrir, je pense, que vous les aviez inversées, que ce que vous preniez pour l'empathie est en fait la sympathie, et vice-versa. Vous voyez, c'était cela, mon problème – j'ai toujours cru sympathiser alors qu'en réalité j'empathisais. Je ne vais pas pontifier sur cette équivoque sémantique mais il me semble qu'elle méritait d'être signalée, car lorsque deux mots-clés s'entrechoquent de la sorte, on peut être sûr qu'il y a anguille sous roche.

CHAPITRE 1

ON N'A QUE CE QU'ON VOIT

« Pourquoi vous faites-vous appeler la Bête ? lui demandai-je lors de notre première rencontre.
– Ma mère m'appelait la Bête », répondit-il à ma surprise.

Julian Symonds, Introduction aux
Confessions d'Aleister Crowley

Un mot d'abord sur un concept un peu trapu qu'il vous faudra maîtriser si vous voulez m'accompagner dans les pages qui suivent sans flancher et sans vous perdre. Malheur à vous si vous le faites, car nous nous aventurons ici sur un territoire vierge. C'est un lieu sauvage et primal, un fief du ça, où le millefeuille de votre identité pourra facilement être éventré, écartelé, en sorte que tous les petits actes réflexes que vous appelez votre « moi » se déliteront comme autant de pellicules polymérisées de personnalité débordant d'une besace crevée. Je ne serai pas en mesure de vous aider et, l'eussé-je été que, permettez-moi de vous le dire, je n'y tiens pas.

Ce concept est celui de mémoire eidétique. Je suis un eidéticien. Peut-être étais-je prédéterminé à le devenir – si cela a un sens – ou peut-être est-ce un élément du traquenard, quelque chose en rapport avec la façon dont ma destinée a été gauchie par vous-savez-qui. Mais peu importe, là n'est pas la question.

Les images eidétiques sont des images mentales – des images internes ayant toute la force de la vision conventionnelle mais que seul l'esprit de l'eidéticien peut concrétiser. Pour moi, il est presque impossible d'imaginer que, lorsque je conçois, disons, un philosophe, je puisse ne pas voir ce philosophe aussi sûrement que s'il était couché sur cette table devant moi. Il repose sur son flanc, en une posture qui creuse entre son ventre affaissé et sa hanche rigide une concavité évocant singulièrement une percée à travers les montagnes vers une vallée plus fortunée.

En outre, si je me concentre sur cette image de philosophe qui m'apparaît, je peux en voir tout le détail, la couture de son pull-over, la fronce de sa manchette, l'éclat très particulier de sa monture de lunettes. Je peux même retourner mon philosophe sur lui-même, lui imprimer une très rapide rotation de trois cent soixante degrés dans les trois dimensions ; puis, si l'envie m'en prend, l'immobiliser à nouveau sans déranger le moindre poil de sa barbe. Quoi que je fasse de lui, dans mon œil mental, il conservera toujours son intégrité picturale, sa polychromie propre, la subtile interaction du tout et des parties qui est la sienne.

Je sais qu'il n'en va pas ainsi pour vous. Je sais que lorsque vous imaginez un philosophe, n'importe quel philosophe, par exemple celui que vous avez vu hier endormi dans le parc, soudé à quelque mur moussu par son crâne pelliculeux, votre image mentale est nette pour autant qu'elle est floue, et floue dès que vous tentez de la rendre plus nette. N'est-ce pas ? Plus vous vous concentrez sur votre mémoire visuelle, plus vous cherchez à focaliser un point fixe, plus ce point vous échappe, comme une perle de vif-argent.

Si ce modèle vous semble factice, essayez donc avec une réalité moins abstraite qu'un philosophe, par exemple le visage de la personne que vous aimez le plus. Allons, il doit bien s'en trouver une à qui vous pouvez décerner ce statut, non ? Eh bien, convoquez-la, offrez à votre vue la charmante singularité de sa contenance. Or qu'observez-vous ? Que ses yeux sont de telle couleur, qu'elle se coiffe de telle manière, que son épiderme est d'une grande finesse, le grain de sa peau quasi microscopique ? Tout cela, je vous l'accorde – mais pas simultanément. Qu'avez-vous fait avec Amour Chéri ? Vous lui avez donné un contour, que vous avez ensuite rempli, morceau par morceau, à la demande. Il en est de la photographie comme de la sympathie. N'allez pas me dire que, lorsque vous appréciez la nuance de ces yeux sympathiques, vous parvenez à y intégrer le triangle cru des conduits lacrymaux de l'Être Aimé. Et si oui, y auriez-vous par hasard décelé quelque trace de chassie, même infime ?

De là vient cette si douloureuse tristesse qui s'attache à l'amour – de là vient que votre cœur se serre comme sous la poussée d'un anévrisme naissant. Car plus vous vous efforcez de le cimenter à son objet, plus cet objet vous fuit.

J'insiste : ce n'est pas pareil pour moi. Je peux faire surgir des visages de mes années passées et braquer un chalumeau sur leurs joues. Puis, dès que la peau commence à se boursoufler, je peux interrompre l'opération pour compter les cloques, une à une, les grosses et les petites. Je peux même les percer et prêter l'oreille au chuchotement multiple de leur douce crépitation.

Maintenant, voici en quoi l'eidétique diffère de votre visualisation commune.

Généralement, les eidéticiens sont des idiots-savants. Ils sont souvent autistes – un peu comme si ce talent compensait leur inaptitude à communiquer. On ne s'étonnera donc pas que leurs dons exceptionnels ne trouvent guère d'application. De temps en temps, on en exhibe un à la télévision, histoire de procurer à domicile aux donateurs une occasion de se parer des hautes valeurs morales induites par la souffrance d'autrui. Ou alors son curriculum vitae paraîtra, dûment rédigé en quatre points et soigneusement replâtré, dans un magazine de quatrième ordre. Ces prodiges sont capables de reproduire au crayon la cathédrale de Chartres, après un seul coup d'œil sur le motif, jusqu'à la grimace de la plus haute gargouille du plus haut pinacle. La belle affaire. En regard du plaisir qu'ils tirent de leurs insolites facultés, cette gargouille pourrait bien être leur propre image.

Je vous assure qu'il n'en fut pas de même pour moi. Je n'ai pas eu besoin de passer mon enfance dans une institution, à trimer sous le joug d'un col d'anorak en attendant des visites parentales qui ne se produisaient jamais. J'étais une exception – un eidéticien capable de communiquer normalement, qui n'était pas tenu de calculer de tête quinze racines carrées pour obtenir un semblant de considération.

Cela dit, mon eidétisme aurait pu rester une virtualité ignorée de l'enfant que j'étais. En effet, si les circonstances ne m'avaient placé sous l'influence d'un homme exceptionnel, il n'en serait probablement rien sorti. Après tout, qui se soucie du degré particulier d'acuité de l'imagerie mentale d'autrui ? Et comment, au reste, décrire avec précision cette acuité ? J'ai fait de mon mieux, mais je sais que je laisse derrière moi autant de questions que de réponses. Je m'arrêterai à dire que, aussi loin que remonte ma mémoire, j'ai toujours été en mesure de susciter des souvenirs visuels avec une saisissante précision et de les manipuler ensuite à ma guise.

La plupart du temps, ce n'était pas un choix de ma part et, d'ailleurs, pendant une assez longue période, au début de ma maturité, j'ai provisoirement perdu mes facultés. Mais je les ai totalement recouvrées aujourd'hui. Quand je me retourne et regarde par-dessus mon épaule ce vertigineux couloir lambrissé de miroirs qui constitue mon passé, je m'aperçois que je n'ai pas perdu la main. Car il me suffit de mettre au jour une seule image, un seul cliché, même flou – tel un Kodachrome à bord dentelé –, pour avoir accès à l'album tout entier.

En un lieu qui n'est pas un lieu et un temps qui n'est pas un temps, voilà où j'ai passé mon enfance. Un lieu creusé et profilé par le vert ressac de la mer et un temps qui ne fut jamais dans le temps mais toujours Maintenant.

Quand je me tiens debout sur ce lieu, haute falaise déroulant son synclinal crayeux vers un rivage de roc blanchi comme un os de seiche, que vois-je ? Non pas ce que je voyais, enfant, car alors je n'étais mû que par le brutal et urgent désir de me projeter vers l'horizon. Le temps était celui de l'enfance, ce temps semblable à l'eau qui bouillonne et pousse sous le ménisque du présent. Aujourd'hui, j'ai pris conscience – comme nous tous – de la vraie Trinité. Dieu le Père, Dieu le Fils et Dieu le Cinéaste. Et voilà pourquoi je suis plus attentif au mot qu'à la chair. Car seul un titre de film, zippant de la couture entre le ciel et la mer, me convaincra que j'ai vraiment commencé. Sans cela, il est clair pour moi que ma vie n'aura été qu'une interminable séquence de pré-générique où, piètre histrion, je n'aurai tenu, selon le vœu du Metteur en scène, qu'un rôle de figuration.

Mon père était un homme ténébreux et taciturne. Quand j'étais enfant, disons jusqu'à l'âge de sept ans, il n'avait guère plus de présence qu'une ombre dans ma vie. Peu après mon septième anniversaire, il affirma son statut en s'absentant de plus en plus du foyer familial. Il disparaissait, d'abord pour quelques jours et bientôt de longues semaines, suivait la côte sud et, de ville en ville, hantait les bibliothèques publiques. Vers ma dixième année, il n'était déjà plus qu'un fantôme dans la machine domestique. Quand j'achevai ma onzième, je ne l'avais plus vu depuis un an et demi. Je ne saurais dater sa disparition avec précision, tant nos relations étaient diffuses, mais, un beau jour, j'ai remarqué qu'il ne revenait plus. Je ne l'ai pas revu depuis lors.

Comme pour ajouter à l'incongruité de son personnage, contrairement à la plupart de mes souvenirs, ceux qui concernent mon père ne se rapportent ni à son apparence, ni à ses manières, ni à son esprit, ni à sa sagesse, mais uniquement à son odeur. Il est vrai qu'il me suffit de me regarder dans la glace pour voir à quoi il ressemblait. Car, ainsi que ma mère me l'a inlassablement répété, je suis son portrait craché, son *doppelgänger*. Mais l'idée que son odeur soit mon odeur est bien plus étrange. Imaginez donc ! Quand je lève le bras, je peux le flairer dans les effluves uriques de mes aisselles frisottées. Et, si je lisse les poils rouquins de mon avant-bras pommelé, l'odeur de grenier et de peau morte est encore la sienne. Je crois que je pourrais m'en tenir à cela – à cet héritage nasal – pour expliquer tout ce qui suit. Mais, comme si ce n'était pas déjà bien assez d'avoir l'odeur corporelle d'un autre, je dois aussi prendre en compte l'odeur de Maman. Car, en ce qui me concerne, le monde a toujours senti Maman. Je veux dire par là que toute émanation de bacon frit, de tabac incandescent ou de parfum m'évoque instantanément une réalité associée – laiteuse, briocheuse et cependant rance, comme une pellicule de pâte qu'on aurait roulée dans un nombril suant. C'est l'odeur de Maman, le substrat olfactif.

Je fouille, je fouille dans ma photothèque portative à la recherche de clichés de Papa, d'indices attestant que ses gènes ont bien joué un rôle dans ma formation et mon orientation. Ah, voici le bungalow – avec encore cet aspect brut et rabougri qu'il avait à l'origine. Une frêle plante grimpante s'accroche au treillage qui encadre l'entrée, Maman porte le petit Ian – qui doit avoir un an et demi, peut-être deux – comme un ballon de rugby mal gonflé qu'on viendrait de lui passer et qu'elle voudrait botter en touche, derrière l'en-but de la maturité. Mais, à la place de Papa, il y a comme une tache de dissolvant, un contour flou. Quelqu'un a violé ma mémoire eidétique et l'a retouchée. On a gommé Papa, à la manière des propagandistes staliniens qui effacèrent Trotski. Quand Lénine arriva à la Gare de Finlande et monta sur l'estrade de fortune érigée à la hâte, Lev Davidovitch était là. Mais, tandis que Vladimir vitupérait, Lev, comme le chat du Cheshire, Lev s'estompait ; peu à peu, les planches apparaissaient en surimpression sur son front pour finalement ne laisser de lui qu'une souillure.

Il en est ainsi de toute mon enfance. Papa a été nié, gommé, extrait de toutes les photographies des congrès du Parti auxquels il a assisté. On ne le voit ni appuyé contre le capot de la Cortina Mark 1 familiale (même date de naissance que moi), ni vautré dans l'herbe rase et piquetée de crottes de bique autour de la chapelle. Il n'y a que Maman et Ian, ou Maman, Ian et la parentèle maternelle – à côté de cette papo-absence, cette papo-vacuité, cette papo-abrasion.

Je suis un gros homme, comme mon père. J'ai ses cheveux incolores et son front bas. On ne peut pas dire que je sois laid car, dans l'ensemble, mes traits sont assez harmonieux. La fossette de mon menton fendu est parfaitement alignée avec l'échancrure de ma lèvre supérieure et l'arête étroite de mon long nez. Non, mon problème est le même que celui de Papa : mes traits sont rétractés, concentrés sur le milieu de mon large faciès. Et ils ont tendance à s'affaisser sur les bords de façon tout à fait déplaisante. Cela me donne un aspect pâteux, boursouflé, un peu comme le pourtour boueux d'une fondrière.

J'ai aussi la silhouette de mon père. Quelquefois, quand je m'aperçois par hasard en sortant de la baignoire, je me fige, interdit, et pense : qui a laissé entrer cette paysanne russe ? Mais ce n'est que moi, parce que – voyez-vous – mes hanches sont plus larges que mes épaules et mes cuisses si robustes que, pour peu que je les serre, on s'attendrait presque à voir sortir des bébés de mon entrejambe comme des pépins jaillissant d'un pamplemousse. Je suis bâti comme une babouchka.

Autre chose encore, une autre ressemblance. Enfant, j'étais raisonnablement bien coordonné mais, à mesure que je grandissais, mes sensations proprioceptives se sont enrayées, engourdies. Mes doigts et mes orteils sont aujourd'hui de lointaines provinces, Datias et Hibernias, retranchées pour longtemps de l'Empire du système nerveux. Si L'Obèse Contrôleur ne m'avait initié aux noirs arcanes de la corporéité, je serais indubitablement devenu aussi empâté que Papa. Vu mon physique, c'est presque certain.

Si je mentionne mon père d'entrée de jeu, c'est pour m'abstraire tout de suite de… son abstraction. Après tout, la culture a mille fois supplanté la nature en ce qui me concerne. Et, si je devais revoir mon père maintenant (je ne sais s'il est vivant ou mort), je me sentirais obligé de me débarrasser de lui. Sa présence serait un affront pour mon corps et me procurerait, subséquemment, une occasion délicieuse d'éradiquer cette réplique ingrate et contrefaite de moi-même, mon prototype, ma maquette. Je prendrais un plaisir exquis à matraquer mes propres traits, à pulvériser mes propres os, à lacérer la nauséabonde consistance de notre chair – plus de plaisir que pour tous mes autres petits saccages.

Pourquoi, oh pourquoi, pourquoiââââ ? Pourquoi mon père m'a-t-il abandonné ? C'est la question à 64 000 dollars, la timbale, le pompon. Que ne m'a-t-il chéri, que ne m'a-t-il aimé ! La conclusion s'impose : c'était un mollasson, un eunuque émotionnel. Indiscutablement. Il a fait un pas de côté et a jeté nonchalamment une couverture mouillée sur le taureau furieux de la paternité. Cela, je ne lui pardonnerai jamais.

Quand j'étais à l'université, L'Obèse Contrôleur jugea bon de compléter cette version de l'histoire de mon père, tronquée par ma mère pendant mon enfance. C'était typique de ses manières, cette façon d'ajouter son grain de sel et de mettre les pieds dans le plat des sentiments d'autrui pour éclabousser son monde. Nous étions assis dans un café et je me rappelle qu'il trempait un beignet, indifférent aux projections de thé sur sa manchette et aux neiges granuleuses qui saupoudraient les revers de sa veste.

« Ton père… Oumpf! Un méprisable Essénien, je t'assure… Je l'ai bien connu, évidemment.

– Vous ne me l'aviez jamais dit.

– Pourquoi l'aurais-je fait? Je n'avais aucune raison. Mais, à présent que tu te prépares à embrasser une carrière, il est juste que tu en saches plus long sur lui. Je dois dire que ta mère a toujours parlé de lui comme d'un homme "brillant".

– En effet.

– Bien sûr, bien sûr. Tu l'as crue?

– Ma foi, pas entièrement, je n'en avais pas de preuve. Quand il était à la maison, il ne quittait jamais la véranda. Il restait assis là du matin au soir, à lire les journaux. Même pas la presse nationale – son jugement semblait se limiter aux réclames locales.

– Et puis il a commencé son pèlerinage, en omnibus, je crois. Il avait au moins compris ceci, que les indicateurs d'horaires expriment un jeu de relations changeantes quasi astrologiques, les allées et venues de corps ferreux…

– Vous ne vous écartez pas du sujet?

– Quel sujet? tonna-t-il (il n'a jamais supporté d'être interrompu). Ne fais pas l'andouille, mon petit monsieur, je ne saurais souffrir une andouille pour interlocuteur.

– Je suis désolé.

– La désolation n'a jamais été une excuse. Jamais. »

Nous restâmes silencieux un instant. L'Obèse Contrôleur trempait. Je regardais les clients d'un grand magasin voisin s'engoncer dans d'inélégants denims. Finalement, L'Obèse Contrôleur reprit la parole :

« Tu savais que c'était un homme d'affaires, bien sûr?

– Oui, Maman me l'a dit. Un négociant au petit pied, je suppose. De la vente en gros, peut-être.

– Oh non, c'est là que tu te trompes, garçon. Tu ne t'en

souviens sûrement pas, mais le mobilier du bungalow de ta mère, quand tu étais petit, venait de la vieille maison de St. John's Wood. C'était du solide, de la belle ouvrage. Tu étais encore tout gosse, c'était au temps où ton père dirigeait Wharton Marketing.

– Il avait sa propre compagnie, alors ?

– Absolument. Ton père tenait le haut du pavé dans le Londres des années 60. Il avait vraiment la bosse du commerce. Il s'y entendait pour lancer un produit. Ventes promotionnelles, publicité, il connaissait tout ça. Et il avait le nez creux pour interpréter les statistiques.

– Que s'est-il passé, pourquoi a-t-il fait faillite ?

– Eh bien, à l'époque, on a dit que c'était à cause d'une mauvaise gestion. On a parlé de grosses sommes que ton père aurait perdues ou n'aurait pas su gagner, mais c'est une explication trop simple. La vérité est qu'il s'est lassé.

– Lassé ?

– Mais oui… parfaitement. Je l'ai connu, comme je te l'ai dit. Naturellement, puisque je connaissais tous les gens importants. J'ai même fait affaire avec lui, à l'occasion. Je suis d'ailleurs allé le voir peu avant l'effondrement final. Les créanciers rongeaient leur frein, j'ai croisé un homme avec une assignation dans le vestibule. Ton père m'a dit lui-même : “Je veux qu'on me foute la paix, Samuel.” Ce sont ses propres termes. “Je n'ai même plus la force de signer un chèque. Je ne suis plus motivé.” Voilà toute l'explication, il a succombé à une sorte d'ennui fatal. Autrement, ses affaires n'avaient aucune raison de péricliter. »

Ainsi mon père s'était claquemuré dans son apathie et ma mère avait transplanté nos pénates à Saltdean. Cela, je le savais déjà, c'est ce pourquoi ma vie consciente a commencé sur une falaise. Je dis une falaise mais, en réalité, le site ressemblait davantage à une monstrueuse motte arrachée à quelque terrain de golf divin. Ladite motte servait d'espace intercalaire aux deux stations jumelles de Saltdean et Peacehaven. Derrière elles, on voyait le massif des South Downs. Leurs sommets arrondis avaient un aspect humanoïde, comme des crânes de géants ensevelis et recouverts d'herbe. Au pied des Downs, entre Saltdean et Rottingdean, il y avait deux édifices contradictoires. L'un était un vaste manoir en briques rouges, le pensionnat de jeunes filles de Roedean. L'autre était une hideuse farce moderniste, la préfiguration de dix mille complexes immobiliers repoussoirs, le foyer des aveugles, St. Dunstan. Ces deux établissements allaient jouer un rôle-pivot dans mon évolution.

Saltdean et Peacehaven formaient un ensemble répondant à un grand dessein. Dans l'esprit des promoteurs immobiliers qui les avaient bâtis, leur association tendait à prouver que les moins argentés pouvaient, à l'image de leurs contreparties rupines de Regency Brighton, mariner eux aussi dans la santé, comme des harengs dans un tonneau. Mais leur âge d'or fut de courte durée : une saison de cinquante ans, au cours desquels la lie de la classe moyenne anglaise vint s'essorer dans les caniveaux de la Manche avant d'être finalement aspirée jusqu'au golfe de Gascogne et dans la Méditerranée.

Déjà quand j'étais enfant, les clôtures vert et blanc, les bungalows au crépi rose granité, les salons de thé et autres aménagements bigarrés se desséchaient sur pied. Les herbes folles des rêves virevoltaient dans les culs-de-sac et roulaient dans les allées courbes – spectacle étrange d'un paysage où tout ce qui semblait provisoire était pérenne et tout ce qui semblait pérenne déjà programmé pour la démolition.

Le terrain de caravaning de ma mère couronnait le tout. Outre le bungalow avec chambres d'hôtes, il y avait une vingtaine de mobile-homes en fibre de verre pour vacanciers. Mais leurs roues étaient retenues au sol par les liserons et les orties, et leur curieux aérodynamisme années 50 ne servait qu'à souligner l'âpre vérité, à savoir qu'ils – et nous, par la même occasion – n'allaient nulle part.

Ma mère avait donc élu domicile sur cette tête de pont. Mon père n'étant qu'une présence grise et non une éminence, mon éducation fut confiée aux mains plus expertes de ma mère.

Il m'est difficile de parler d'elle avec objectivité, et d'autant plus qu'elle est encore en vie. Peut-être l'odeur maternelle se dissipera-t-elle à sa mort, comme le gaz moutarde sur un champ de bataille grevé de tranchées, et peut-être serai-je alors capable de la voir, de la sentir, telle qu'elle était vraiment. Mais, pour l'heure, je la considère encore comme une collaboratrice de l'ombre, une cheville ouvrière. C'est elle qui a tout déclenché, entre L'Obèse Contrôleur et moi. Je les ai longtemps soupçonnés d'avoir été amants, à un moment ou à un autre. Hypothèse abracadabrante, je le reconnais volontiers. Les problèmes techniques eussent été insurmontables. L'Obèse Contrôleur est bien trop gros pour avoir une sexualité pénétrationnelle normale. Il eût fallu qu'il disposât d'un pénis prodigieusement long et flexible ou d'un jeu d'écarteurs servocommandés et astucieusement articulés à une sous-ventrière pour décoller la panse du pubis au moment crucial. Ne croyez pas que je divague, car cette éventualité d'une liaison entre L'Obèse Contrôleur et ma mère joue un rôle important dans ce qui suit ; et, si je voulais me justifier, j'en ferais l'argument principal de mon plaidoyer.

Mais halte ! mes spéculations n'iront pas au-delà. L'Obèse Contrôleur a levé trop de barrières, hérissé trop de défenses autour de ses régions inférieures. Même avec la meilleure volonté du monde, je ne saurais m'introduire dans son pantalon. Ce qui précède est donc purement hypothétique.

Mère était issue, disait-elle, d'une famille du Yorkshire, les

Hepplewhite. Mais, bien que leur nom fleure bon la rose blanche, c'étaient en réalité des marginaux. Il y avait plus d'une goutte de sang bohémien, et même irlandais, dans leurs veines. Ma mère a passé son enfance dans une sorte de tribu, de famille clanique élargie que mon grand-père, Old Sidney Hepplewhite, avait établie dans un groupe de bâtiments de ferme délabrés aux abords de Leeds.

Les Hepplewhite vivaient de commerce ambulant – peaux de lapin, vieilles voitures, vieilles caravanes, ferraille en tout genre – et de divers expédients. Ils se méfiaient des tribunaux et préféraient régler leurs différends eux-mêmes. C'était le genre de famille dont les enfants, de nos jours, seraient immédiatement classés dans la catégorie « à risque ». Je me demande même s'ils ne forçaient pas un peu le trait pour enflammer les soupçons des assistantes sociales. Au dire de ma mère, Old Sidney ne se départait jamais de son fusil à deux coups, qui pendait à sa cartouchière sous sa veste, pour le cas où une dispute éclaterait.

Elle ne brodait pas. Quand j'ai finalement rencontré Old Sidney, il y a cinq ans de cela environ, il portait toujours un fusil. Il m'en a même menacé lorsque, déambulant du côté d'Erith Marsh, j'ai franchi le périmètre de sécurité de son bric-à-brac. J'aime à croire qu'il ignorait notre degré de parenté quand il m'a mis en joue, mais je n'en jurerais pas.

Quoi qu'il en soit, le fusil ne fut pas nécessaire quand Maman épousa Papa. Ils se sont connus à l'époque où mon père, alors sous les drapeaux, passait en revue des manches de pioche dans un dépôt du côté d'Halifax. Ma mère avait dû remarquer un certain potentiel chez Wharton senior. Il appartenait visiblement à une classe supérieure et cela dut lui suffire. Comme tant d'autres Anglais, Maman a le coup d'œil pour détecter les origines sociales des autres et le coup de patte pour draper les siennes dans un voile pudique. Si j'en crois L'Obèse

Contrôleur, elle a entrepris de dévaliser les magasins Worth et Harrods dès que mon père a commencé à gagner sa vie, et son sens inné du bon chic a, dit-il, largement contribué à l'ascension sociale du jeune couple. Elle savait confectionner les gin-fizz et les martinis dry avec une aisance distinguée. Mais, quand j'eus l'âge de comprendre ces choses, elle avait régressé et végétait dans un marécage petit-bourgeois. Son accent oscillait entre les diphtongues grasseyantes des Dales et les phonèmes tranchés de la prononciation châtiée. Son goût naguère si raffiné s'était appauvri jusqu'à devenir fade et mielleux.

Aujourd'hui, bien sûr, elle a remonté la pente. Elle boit nonchalamment sa « goutte » tandis que des chow-chows et des épagneuls mâchonnent les lacets de ses church et que son ciré sèche sur la banquette en cuir. Je me demande si ses tours de grand-huit dans la fête foraine de la société anglaise auront un jour une fin.

Elle ne me sevra qu'à l'âge de trois ans. Il n'est donc pas surprenant que son sein, compte tenu de mes facultés eidétiques, soit resté un signifiant majeur pour moi. Je le vois encore distinctement, jusqu'au plus petit grain sur l'ovale brun de ses aréoles. O Maman, Maman ! Ça, c'était du sexe ! Tout le reste, tout ce qui a suivi, ne fut que redondance. Je te regarde, là devant moi, avec ta silhouette en esse et tes seins dirigeables, je vois le sang battre sous ta peau comme un coulis ruisselant dans un gâteau de riz. Tu ne connaissais pas le répit, tu as fait de moi ton jouet, tu m'as tellement couvé que ma perception de la chair demeure à jamais confondue avec ton armature en nylon.

La nuit, tu me trouvais, sanglotant, pelotonné dans le panier à linge. J'avais traversé tout le bungalow dans mon sommeil pour me réfugier dans la chaleur cotonneuse du chauffe-linge et serrer dans ma petite menotte les cônes soyeux de ton soutien-gorge parce que, en les palpant, c'était un peu de toi que je palpais.

Je me rappelle aussi que c'est toi qui m'as enseigné mes premiers mots, comme un jeu. C'était cette période de l'enfance qui enchevêtre les mondes réel et imaginaire, et je me mouvais dans leur écheveau comme en un songe opiacé. Maman me prenait sur ses genoux, léchait le bout replié d'un mouchoir et, d'un doigt autoritaire, frottait les taches de chocolat qui maculaient ma bouche. Puis, avec le même doigt, elle m'aiguillait vers l'île de Sodor*. J'errais sur la page verte, émerveillé par le contraste cru de l'acier bleu qui la sillonnait. Le peuple des locomotives fusait de ci de là, malmenant les wagons. Elles avaient des joues rondes et des visages roses humanoïdes, qu'elles dressaient hors de leurs chaudières métalliques comme des hérauts précurseurs de la bio-mécanique.

« Alors, qui c'est, celui-ci ? demandait Maman. Tu connais le nom de cette locomotive, hein, dis ?

– Gor…on, répondais-je du bout des gencives. (Mon palais n'était pas encore suturé.)

– Et la petite locomotive verte, comment elle s'appelle ?

– Perfy.

– Et ce monsieur-là ? Le gros, gros monsieur qui commande aux autres. Comment il s'appelle, Ian ?

– Gro… Co…tro…eur ! Gro… Co…tro…eur ! Gro… Co…tro…eur ! » Syllabes délectables qui me faisaient piailler de jouissance.

Maman avait acheté le bungalow en même temps que le parc de caravanes. C'était un bâtiment en L, qui s'était agrandi d'une série de dépendances au fil des ans. Maman avait ajouté la quatrième et dernière. Le bungalow était bordé sur toute sa longueur par une véranda couverte de tôle ondulée verte. Tandis

* Allusion à un livre pour enfant mettant en scène des locomotives anthropomorphes (Gordon, Percy) et un contrôleur-aiguilleur-chef de gare obèse *(N.d.T.)*.

que Papa épluchait les journaux gratuits régionaux, Maman, pendue au téléphone, faisait tourner la boutique en arpentant le linoléum de long en large. Elle avait un appareil pourvu d'un cordon particulièrement long. Ou alors elle rôdait entre les caravanes, houspillant les ouvriers chargés de retaper et de briquer les lieux pour le prochain arrivage de citadins surmenés qui venaient à Cliff Top faire le plein d'ozone et d'air marin.

Comme tous les enfants dont les parents travaillent dans l'industrie du tourisme, ma vie était divisée entre la « saison » et la « morte-saison ». La morte-saison était associée à l'école et au martèlement de la pluie sur le toit en tôle de la véranda, la saison aux vacanciers et à leurs enfants. Nombre d'entre eux étaient des habitués qui revenaient tous les ans et m'avaient à la bonne. Pour un jeune enfant, l'atmosphère était conviviale et sans histoires. En tant que fils unique, j'avais droit à une attention sans partage de ma mère et à la plénitude de son amour dévoué. Et puis, il y avait les tantes.

Old Sidney avait eu quatre filles, toutes mariées à des fantoches et à des mauviettes. La smala au complet, les tantines, les consorts et le cousinage assorti, descendait chaque année à Cliff Top pour ses deux semaines de congé. En fait, je crois bien que c'est cette clientèle-là qui, au début de la décennie 70, au pire de la crise, quand même les familles de simples ouvriers étaient convoyées vers la Méditerranée, a permis à ma mère de maintenir son affaire à flot. Je me souviens de certaines conversations murmurées, la nuit, sur le ton grave des grandes personnes :

« Qu'est-ce que tu ferais sans nous, hein, Dawn ?

– Et toi donc, qu'est-ce que tu ferais ? Tu serais dans la dèche, ma vieille, avec ton bon à rien de Derek et… et ton espèce de mioche bouffi qui passe son temps à bâfrer. »

Elles avaient un air de famille tellement marqué que mes

tantes semblaient des caricatures de ma mère. Avril était peut-être un peu plus enrobée que Dawn, Yvonne un peu plus jolie que May, mais elles avaient toutes les quatre la même bouille franche, les mêmes yeux noisette, les mêmes cheveux cendrés. Elles avaient aussi la même façon naïve de se farder, en surlignant les arcs de leur lèvre supérieure d'un trait rouge qui débordait sur le fond de teint.

Quand les tantes étaient là, j'avais l'impression d'avoir une seule grosse Maman à quatre têtes. Elles nous réunissaient dans la joyeuse farandole de la parenté. Pendant la morte-saison, le gel des finances refroidissait souvent la torride affection de ma mère – elle me gourmandait, me refusait l'amour et la tendresse physique dont je me languissais. En hiver, j'évoquais plus souvent pour elle son mari raté que l'amant diabolique dont elle avait toujours rêvé.

Mais, avec l'été, tout redevenait normal. Allongée sur l'herbe, en cercle avec ses sœurs, elle buvait de la bière, mangeait des pétoncles, des buccins, des moules et des coques. Elles faisaient toutes claquer leurs lèvres – parfois à l'unisson. Pour peu qu'un gosse s'approchât de ce colloque maternel, il était happé, enlacé, et les bécots pleuvaient sur sa chair enfantine barbouillée de crème glacée et piquetée de grains de sable.

Quand les tantes étaient là, je courais en liberté. Avec mes cousins, je dévalais le raidillon qui menait au rivage caillouteux et nous partions à l'aventure sous le surplomb de la falaise jusqu'à Brighton, pour faire des tours sur le Train électrique Volks, jouer au golf miniature ou battre les planches du West Pier. Parmi les attractions de la jetée, il y avait encore d'antiques tableaux victoriens mécaniques. C'étaient, dans des vitrines, des figurines peintes de quinze centimètres, animées par un penny, qui reconstituaient l'exécution de Mary, reine d'Écosse, ou la pendaison du docteur Crippen. Les plages de galets le long de la promenade crissaient et crépitaient sous l'action de milliers de semelles de caoutchouc. Pour un shilling, on pouvait traverser en bateau à moteur les lagunes oblongues sous l'esplanade de Hove. Et plus loin sur la côte, vers l'*ultima Thule* de Shoreham, il y avait les bains d'eau de mer du King Alfred Centre – mon repaire favori, situé, au mépris des lois de la nature, en haut d'un escalier abrupt au carrelage magnolia.

Nous traînions souvent dehors jusqu'à la nuit tombée.

Des odeurs de pisse et de savon flottent autour du sol cimenté des douches. Un homme maigre, désossé – peut-être un oncle –, courbe le dos pour se raser devant un miroir cassé. La lumière crue du matin rosit le sommet de ses épaules, et il accompagne ses gestes d'une rengaine rythmique, « Cha cha *cha*! Cha cha *cha*! », en mettant toujours l'accent sur le dernier « *cha* ». Des mouettes criaillent dans le ciel, tandis qu'à l'horizon un cargo baveux de rouille avance par à-coups comme ces canards de plâtre dans les stands de tir du Palace Pier. Dans ce lumineux passé, je me vois toujours enfouissant ma bouche dans les cheveux de ma mère, électrisés par un courant sexuel continu. Ils sont sucrés, onduleux, crêpés comme de la barbe à papa. Vous voyez le tableau. Mon enfance fut suffisamment problématique pour me rendre intéressant, mais pas assez pour inquiéter. Pendant la saison, je veux dire.

J'avais à peu près onze ans quand M. Broadhurst vint s'installer à Cliff Top. J'avais brillamment passé mon examen de fin d'études primaires et j'allais entrer au collège de Varndean, dans la banlieue de Brighton, ce qui m'obligerait à un aller-retour quotidien d'une douzaine de kilomètres. Pour fêter mon succès, Maman m'avait acheté un cartable neuf en toile bleue et vinyle noir, qu'elle avait garni de cahiers couverts de plastique et d'un nécessaire de géométrie Oxford dans un coffret de fer-blanc. Je promenais crânement ce trophée dans le parc de caravanes, l'âme agitée d'émotions contradictoires : d'un côté, un orgueil professionnel qui m'incitait à prendre la pose avec mon cartable, de l'autre l'amer pressentiment que m'inspirait toujours l'approche de la morte-saison.

Sous le ballet changeant des nimbus, les Downs, les falaises et la mer formaient un cadre idéal pour de grandes entreprises. Dans l'air limpide, les stations balnéaires parsemaient la terre de villas miniatures parfaitement distinctes et, jouant de mes facultés à transposer les échelles, je regardais les autos qui défilaient sur la route côtière comme des modèles réduits de toutes les couleurs.

Ce fut alors que, venant de cette même route, M. Gardiner, le père d'un camarade d'école, engagea le bulbe de son camion noir dans l'allée de trente mètres qui menait au parc de caravanes, où il reprit sa dimension réelle. Adossé au mur du bungalow, les paumes intercalées entre fesses et crépi, je vis M. Gardiner s'entretenir avec ma mère. Puis il recula son camion entre les caravanes, jusqu'au bord du précipice. Je le suivis.

« Alors, t'as réussi l'examen, il paraît ? cria-t-il par-dessus la pétarade du moteur.

– Oui, répondis-je fièrement, pressentant que de nouvelles louanges allaient s'ajouter à celles de mes tantes et de mes cousins.

– Eh ben, te v'là bon pour Varndean avec les autres petits crâneurs. »

Je me rappelai soudain, trop tard, que Dick Gardiner était un cancre. Mais, ravalant mon humiliation, j'aidai néanmoins son père à fixer les gros crochets de métal sous le châssis d'une des caravanes.

« C'est celle-là que je prends », dit-il en farfouillant à l'intérieur. Il s'assit sur le lit encastré, dont le matelas de mousse s'aplatit comme une crêpe, et mania avec rudesse les accessoires lilliputiens de la kitchenette. « C'est pas qu'elle vaille grand-chose, remarque. Je vais la mettre sur cales dans le jardin. Je m'en servirai pour ranger les outils. » Il se leva et la caravane tangua sur ses essieux moribonds. M. Gardiner était bardé de lard. Sa poitrine débordait de part et d'autre du plastron de sa salopette, qui semblait avoir été taillée spécialement pour mettre en valeur sa féminité. Il tâta la soudure du toit. « Malheur, je vais en avoir, du boulot, là-dedans. Au fond, c'est surtout pour rendre service à ta mère que j'embarque c'te vieillerie. Regarde… regarde-moi ça. »

Il me parlait à travers la lucarne. Je montai le rejoindre dans la cabine en fibre de verre.

« T'as vu ça ? » Du bout du doigt, il avait détaché un éclat moisi du plafond. « Va falloir une fameuse couche de mastic. Franchement, je me demande comment ta mère arrive à louer ces machins… C'est une infection. »

Sur ces bonnes paroles, il attela la caravane et s'apprêta à partir. Il avait déjà démarré quand je lui dis : « Mais, monsieur Gardiner, à quoi ça va ressembler maintenant, si vous enlevez la roulotte ? Ça va faire comme un trou dans une rangée de dents.

– Eh ben… » Il tourna vers moi sa face bouffie d'aigreur et dégoulinante de préjugés. « Ta mère attend un nouveau pensionnaire. C'est ce qu'elle m'a dit. Un pensionnaire hors saison. Et tu sais quoi ? Il a sa propre caravane ! »

Sa propre caravane. L'idée m'entraîna dans un tourbillon de conjectures, qui me laissa titubant sous un vol de mouettes hurlantes et vindicatives. M. Gardiner, qui regagnait poussivement la route, se retourna pour me crier : « J'emmerde les romanos ! » Je fus incapable de déterminer s'il était encore fâché contre moi ou s'il faisait allusion au nouveau pensionnaire, l'homme mystérieux qui possédait sa propre caravane.

Chapitre 2

LA TRAVERSÉE DE L'ABÎME

Il n'y a rien de plus agréable que de se donner de l'ennui pour une personne qui en vaille la peine. Pour les meilleurs d'entre nous, l'étude des arts, le goût de la brocante, les collections, les jardins, ne sont que des Ersatz, des succédanés, des alibis. Dans le fond de notre tonneau, comme Diogène, nous demandons un homme. Nous cultivons les bégonias, nous taillons les ifs, par pis aller, parce que les ifs et les bégonias se laissent faire. Mais nous aimerions mieux donner notre temps à un arbuste humain, si nous étions sûrs qu'il en valût la peine. Toute la question est là ; vous devez vous connaître un peu. En valez-vous la peine ou non ?

Marcel Proust, M. de Charlus *in Le Côté de Guermantes*

M. Broadhurst arriva le week-end suivant. En un sens, cette arrivée me tranquillisa – il n'avait assurément rien d'un romano. Mais la confusion était entretenue par le fait que les deux hommes qui l'accompagnaient en étaient, incontestablement.

Au début, ce fut comme une réédition de la visite de M. Gardiner. Le camion qui tractait le mobile-home du mystérieux nouveau pensionnaire était aussi gros et encore plus noir – un trois tonnes réformé de l'armée. Mais quelle caravane, mes aïeux ! Sans commune mesure avec les clapiers crème et bleu qui meublaient le site. Elle était deux fois plus grande, toute en aluminium miroitant, et si longue qu'un double jeu de roues lui était nécessaire à l'arrière.

Sur la pointe des pieds, pendant que les adultes bavardaient dans le jardin, j'allai à sa découverte. Je pus apercevoir un carré de moquette en peluche blanche, un vaste lit couvert d'une courtepointe en dentelles blanches, des étagères de verre bourrées de bibelots enveloppés de papier journal et, dans le coin, une télévision en couleurs. Avec ses larges fenêtres, devant et derrière, elle semblait une vitrine de l'opulence américaine.

M. Broadhurst était grand et gros. Il mesurait plus d'un mètre quatre-vingts et il était chauve, à l'exception d'une fine frange de cheveux gris qui ombrageait la crevasse séparant les troisième et quatrième replis de sa nuque épaisse. Il était vêtu comme un croque-mort à mi-temps, d'un costume et d'une cravate noirs. Sa chemise avait visiblement séché sur cintre.

C'est mal décrire M. Broadhurst que de dire qu'il était gros. Je m'en rendis compte dès que j'eus posé les yeux sur lui. Car il n'était pas dodu au sens où je l'étais à onze ans. Je ne me voyais pas enfonçant mon doigt dans son ventre pour y creuser une de ces fossettes blanches qui se résorbent en rougeurs. Sa graisse formait une masse plus résistante que flasque. Si son poitrail ressemblait à un baril et sa tête et ses membres à cinq fûts plus petits, ce n'était que par abus de langage. Il suffisait de le regarder pour comprendre que ces tonneaux-là ne contenaient ni liquide hydropique ni sérosité spongieuse. Au contraire, la corpulence de M. Broadhurst était due à l'hypertrophie des organes qui l'emplissaient : un double cœur puissant comme une pompe à air comprimé, un foie rebondi et lourd comme un medecine-ball et un formidable métrage d'intestins renflés comme des tuyaux d'arrosage.

Quand je m'approchai pour entendre ce qui se disait, il suçait goulument le bord de sa tasse à thé Tupperware bleue, avec une gloutonnerie propre à broyer le plastique. Les deux gitans se tenaient à l'écart et le regardaient avec une expression que je ne sus interpréter à l'époque mais que j'identifierais, rétrospectivement, comme un respect mêlé de terreur.

Mais, lorsque je pus capter ses paroles, alors là… là, ce fut la révélation. Je sus immédiatement qu'il m'était donné d'entendre l'un des plus grands rhétoriqueurs de l'histoire – la crème, la quintessence des bonisseurs. Car le discours de M. Broadhurst était aussi éloigné de la conversation ordinaire qu'une bombe atomique l'est d'une arme conventionnelle. C'était une explosion, une déflagration lexicale qui faisait pleuvoir tout autour de lui une radiation toxique. J'en reçus une dose létale, dont le pourrissement corrosif allait m'accompagner tout au long de ma demi-vie.

Il était clair, même pour un enfant, que les tropes les plus anodins, les simples énoncés factuels et les apartés désinvoltes qui tombaient de ses lèvres s'apparentaient davantage aux crues et débordements d'un fleuve furieux qu'aux biefs clapotants, aux ruisseaux cressonniers du papotage mondain. Je sentais bien que ce flux d'énergie phrasifiante était constamment à l'œuvre dans l'esprit de M. Broadhurst et que ce que nous en entendions n'était que le bourdonnement étouffé d'une cataracte engloutie. Quand il se taisait, il me semblait seulement que ce torrent de mots avait été momentanément ralenti par un écueil ou quelque tourbillon de cogitation, et que sa pensée continuait à monter en puissance derrière le barrage, avant de le crever pour lâcher à nouveau vers la mer transcendante les verts méandres de l'Amazone et de l'Orénoque. Aucune hyperbole, même extrême, ne pourrait rendre la formidable impression que produisit sur ma sensibilité pubère ce premier contact avec le discours de M. Broadhurst.

« C'est une remarquable entreprise que vous avez là, Dawn, disait-il. Les collines pour dossier et... » – il décrivit un arc de cercle avec son bras pylôniforme – « la mer à nos pieds. Rien ne pourrait seoir davantage à un homme tel que moi, aucune Epidaure ne pourrait offrir plus aimable repos à mon corps fourbu. Nul proscenium ne pourrait être plus délicieusement élevé pour abriter la dernière retraite du reclus que je veux être. » Il s'interrompit, se dessina une mine pensive en harmonie avec sa grassiloquente observation, et je fus subjugué par les arêtes osseuses neandertaliennes qui tenaient lieu de sourcils sur sa tête planétaire. Elles se rejoignaient comme les ailes déployées d'un goéland pour former la racine de sa forte proéminence nasale. Mais, hormis cela, sa tête était singulièrement dépourvue de relief : il n'avait ni pommettes, ni même le double ou triple menton qu'on se fût attendu à trouver chez lui. Il avait la peau toute lisse, toute dépilée, les lèvres larges, épaisses, saturniennes, et des yeux exorbités de batracien, fixes et noirs de jais sous des paupières sans cils.

« Alors, c'te roulotte, on la bouge ? » demanda l'un des gitans. Pour moi, ils étaient de l'étoffe dont sont faits les cauchemars, ils incarnaient l'au-delà de Saltdean – l'au-delà de toute société, peut-être.

« Faites donc, faites donc. Sans délai. » Sa voix, d'abord simplement emphatique, gagna vite en puissance émotionnelle. « Voiturez la machine près des ailes, afin que le dieu puisse descendre sur un fil d'or. » Les gitans posèrent leurs chopes sur les rocailles du jardin et, se parlant avec force gutturations et clappements, sautèrent dans leur camion. Leurs tignasses noires, leurs faces de corbeaux, leur façon de s'attifer d'un paletot noir noué à la taille par plusieurs rangs de corde, leurs manières de parler, de boire, de se mouvoir, bref, tout en eux stigmatisait leur relâchement moral. « Fais ce que voudras, semblaient-ils dire, c'est notre seule loi. »

M. Broadhurst, malgré son âge avancé, ne craignait cependant pas de commander à ces Caliban, qui grognaient quand il aboyait. « Prenez garde à mes affaires, leur cria-t-il. Mes impedimenta, mes biens, les fétiches de mes mortels désirs… Vous paierez la casse ! »

Cet hiver, M. Broadhurst devint un élément du décor de Cliff Top. L'ambiguïté de ses relations avec ma mère m'intriguait. À part ses sœurs, elle avait peu d'amis et j'avais rarement entendu quelqu'un qui ne fût pas de la famille l'appeler par son prénom. Mais, plus je la pressais de m'éclairer, plus elle regimbait.

« Allons, tais-toi, mon chou. M. Broadhurst fait un peu partie des meubles. C'est comme s'il était là depuis toujours. Je ne me rappelle même pas qui me l'a présenté.

– Mais, Maman, tu dois te rappeler, il le faut. » La société de ma nouvelle école, et de l'Angleterre provinciale en général, était tellement codifiée et stratifiée que la chose me paraissait inconcevable : tout individu avait nécessairement des origines et une valence émotionnelle rigoureusement établies. Ma mère, avec ses airs d'ouvrière et ses manières de grande bourgeoise, en était une illustration exemplaire.

« Tu aimes poser des questions, hein ? Toujours des pourquoi et des comment. » Elle se pencha pour m'embrasser. L'odeur maternelle me monta à la tête. Je sentis la commissure de ses lèvres contre les miennes. « Ce n'est pas de moi que tu tiens ça, pour sûr, et je vois mal comment ça pourrait te venir de ton père. » Je comprenais déjà que tout son affect était contenu là, dans sa façon de dire « père ». Elle prononçait le mot comme d'autres eussent dit « bout de ficelle » – comme si cette paternité-là eût compté pour du beurre.

Elle me circonvenait toujours de cette façon, en plaçant son corps contre le mien chaque fois qu'elle se sentait défiée, attaquée au mental. Elle agissait ainsi, je le voyais bien, pour réincarner sa maternité, son pouvoir originel, et me remettre chaque fois dans le contexte de ses chairs sans cesse plus envahissantes. Malgré moi, je me laissais séduire et redevenais un bambin. Repoussé pour être cajolé, je capitulais devant la mamanité.

M. Broadhurst eut tôt fait de mettre au point une routine quotidienne, à Cliff Top – ce qui est évidemment le plus sûr moyen de devenir un élément du décor. Il s'adonnait au bénévolat à St. Dunstan, le foyer des aveugles, les mardi et jeudi après-midi. Dès potron-minet, il allait faire ses courses et acheter son journal à Saltdean. Il m'arrivait souvent de le rencontrer en sortant de la confiserie, chargé d'un paquet de bonbons-gonades que je tripotais avec le doigté d'un aspirant sensualiste.

« Ah ! Le jeune rosicrucien. » Bien que sa voix fût normalement posée, j'y entendais toujours le grondement lointain de la mer. « Avec un sac de friandises… je peux ? » Il en prenait une avec une dextérité et une précision surprenantes, vu l'énormité de ses phalanges.

Le dimanche après-midi, il venait prendre le thé et parlait avec ma mère de gens qu'ils avaient connus dans le Yorkshire. Je pus au moins en déduire que M. Broadhurst était un ami de longue date des Hepplewhite. Il condescendait aussi à m'aider dans mes devoirs scolaires. Dans les matières touchant aux arts et lettres, il était évasif et souvent en contradiction avec mes manuels. Mais, en maths et en sciences, c'était un pédagogue intarissable. Il excellait particulièrement en maths, qu'il appelait sa « matière favorite ». Et c'est par le biais de ce tutorat qu'il prit d'abord pied sur mon esprit.

Un dimanche par mois, il nous emmenait au Sally Lunn, un salon de thé à l'ancienne de Rottingdean, où l'on servait une pâtisserie éponyme dont nous étions tous trois très friands. M. Broadhurst était capable d'ingurgiter jusqu'à trente « sally-lunns » d'affilée. Il les couronnait d'un nappage de miel qui les faisait ressembler à des stoûpas miniaturisés. Et, en vérité, c'était une sorte de gros Sambo* blanc.

Je revois encore le Sally Lunn. C'est une petite pièce blanchie à la chaux, au parquet ciré, avec des nasses, des filets, des bouées et d'autres décorations marines qui pendent aux murs. M. Broadhurst et ma mère s'entretiennent de la pluie et du beau temps, de choses sans conséquence, de projets pour la belle saison, d'une fille de Saltdean qui a avorté à quatorze ans (ils parlent par euphémismes, mais je saisis l'allusion). Ce dimanche-là, M. Broadhurst leva les yeux de son assiette et scruta le salon de thé d'un œil critique, comme s'il l'eût vu pour la première fois.

« Vous savez, Dawn, dit-il, je n'ai pas l'impression que l'en-

* Sambo le Petit Noir : héros d'un album pour enfants *(N.d.T.)*.

droit ait beaucoup changé depuis le temps où j'y avais mes habitudes, ce qui remonte à… ouf, avant la Grande Guerre. »

Ma mère ne sembla pas mesurer la portée de cette remarque, qui, quant à moi, me stupéfia. Plus tard, sur le chemin du retour à travers les rues délavées par la pluie, trottinant derrière Maman et M. Broadhurst, dont les silhouettes contrastantes, encadrées par les façades inclinées du vieux village, évoquaient une illustration d'un conte de Grimm, j'exerçai mon arithmétique. Pour que M. Broadhurst eût été en âge de fréquenter régulièrement un salon de thé avant 1914, il fallait qu'il fût à présent au moins octogénaire. Or, bien qu'il se déclarât retraité, il n'y avait nul signe de décrépitude dans sa personne – je l'eusse remarqué au premier coup d'œil.

Je m'y connaissais en vieilles gens comme un gosse habitant près d'un aéroport s'y connaît en avions. Notre bout de côte du Sussex commençait déjà à se peupler de moribonds – ou, comme on préfère le dire de nos jours, devenait un secteur de pointe pour le marché du troisième âge. Saltdean s'enorgueillissait même de compter des boutiques spécialisées pour les vieux, qui vendaient des prothèses chirurgicales, des déambulateurs Zimmer et des herbes médicinales. Mais M. Broadhurst n'avait pas la démarche traînante qui caractérise le croulant – tout au plus une certaine langueur calculée dans le geste, une sorte de ralenti cinématographique qui affectait aussi bien sa tessiture vocale de basse que sa locomotion.

« C'est quoi, un romano, M'man ? » C'était la semaine suivante. Je prenais mon goûter après l'école. Haricots secs sur canapé, Ribena.

« On ne dit pas romano, Ian, c'est vulgaire. » Elle astiquait vigoureusement les surfaces de la cuisine, d'un air dégoûté, comme si elle eût torché la carcasse d'un cadavre en formica.

« M. Gardiner a dit que M. Broadhurst était un romano et il y avait bien des romanos avec lui quand il est venu, non, M'man ? »

Je l'avais vexée. Elle se braqua.

« Écoute, Ian, tout ce que je sais, c'est que M. Broadhurst a longtemps travaillé dans l'industrie de la récupération, et je pense qu'il compte beaucoup de gens du voyage parmi ses relations. C'est tout, maintenant finis ton goûter. »

Le promenoir sous les falaises, qui allait de Rottingdean à Brighton, était ma terre d'élection. C'est là que s'est consumée mon enfance. C'était un endroit très particulier, surtout pendant la morte-saison, quand des vagues détersives venaient lessiver le chemin de ronde souillé, surplombé d'un côté par un à-pic de soixante mètres et bordé de l'autre par un rivage concassé, jonché de gros pains de craie et de rebuts de la Seconde Guerre mondiale – petites casemates et dents de dragon que les marées réduisaient peu à peu en brocaille.

Quelques mères assuraient que la promenade était dangereuse et interdisaient à leurs rejetons d'y jouer, craignant que la marée haute ne les emportât (il n'y avait aucune échappée vers le sommet de la falaise sur plus de quatre kilomètres). Ma mère n'était pas de celles-là. J'avais le droit d'y descendre aussi souvent que je le voulais. Je transformais les casemates en redoutes arthuriennes, que je défendais avec mes camarades chevaliers. Ce n'était qu'un jeu d'enfants, mais bien plus chargé d'émotions que le monde réel à mes yeux. Mon eidétisme me permettait de peindre des personnages sur les rochers alentour ; et je me laissais tellement abuser par mes trompe-l'œil que, souvent, un piéton solitaire menant son chien sur l'allée cimentée me terrifiait autant qu'une apparition du Chevalier Noir.

À deux ou trois reprises, au cours de l'hiver qui suivit sa venue à Cliff Top, je crus apercevoir M. Broadhurst au pied des falaises. Mon incertitude était assez étrange : comment un homme de cette corpulence eût-il pu leurrer un œil aussi perçant que le mien ? Pourtant, j'étais incapable de dire si c'était lui que j'avais vu adossé dans une anfractuosité crayeuse, conspirant avec l'un de ses amis gitans à tête de faucon, ou juste un pensionnaire ordinaire en mackintosh, quelque triste promeneur sur le finistère de la vie.

La morte-saison de Cliff Top appartenait de plus en plus à M. Broadhurst. Elle devint associée à son image dans mon esprit, de même que la pleine saison était associée à mes tantes et cousins. Comme maints enfants uniques élevés par un seul parent, j'avais une sensibilité précoce. Je sentais que ma mère était heureuse et même reconnaissante de l'intérêt qu'il nous témoignait. Je savais qu'il l'aidait dans sa comptabilité et lui donnait des conseils pour racoler la clientèle. Apparemment, ses stratagèmes étaient payants. Le nombre des pensionnaires augmentait chaque été. Plus de la moitié des caravanes fixes étaient occupées. Les plus vieux – les couples entre deux âges ou déjà décatis –, Mère les installait dans ce qu'elle appelait pompeusement « l'Aile des Anciens ». Le matin, je les voyais hanter la terrasse dans leurs bizarres chemises de nuit, comme les patients d'un sanatorium, pour gagner leur salle de bains réservée.

M. Broadhurst n'était jamais là pour contempler les fruits de sa clairvoyance commerciale car, quand venait Pâques, tel un majestueux oiseau migrateur effarouché, il gagnait des cieux plus cléments. C'était du moins ce que je supposais, car il refusait de me fournir la moindre information sur sa destination – pas même le plus petit indice.

« Où vous allez en été, monsieur Broadhurst ?

– Las ! mon enfant, il ne m'est pas permis de le révéler. Mes pérégrinations annuelles sont forcément secrètes. Le moment venu – si un jour tu me parais digne de ma confiance –, je te dévoilerai quelques éléments de mon itinéraire. »

Les éclipses saisonnières de M. Broadhurst m'affectèrent beaucoup moins, cependant, que les bouleversements domestiques induits par les améliorations de la gestion de Cliff Top qu'il avait initiées et qui se traduisirent par une modification paradigmatique du statut social de la maisonnée maternelle. À mesure que M. Broadhurst nous devenait plus familier et s'incrustait dans le paysage hivernal, ma mère s'élevait. C'était comme si, libérée de ses entraves conjugales, elle pouvait à nouveau suivre une trajectoire ascendante. Le dîner devint déjeuner et le thé du soir souper.

Je la revois disant : « Il y aura encore plus de clients cet été », en raccrochant le combiné fémoral du téléphone sur sa fourche pelvienne et en refermant son registre de réservations. « Cette réclame supplémentaire que M. Broadhurst nous a conseillée a bien marché. »

Un surplus de clients signifiait un surplus d'argent ; et un surplus d'argent signifiait de plus beaux habits, de nouvelles caravanes et une nouvelle décoration intérieure pour le bungalow.

On rénova la cuisine et la moquette. Un système de chauffage central fit taire les chuitements du gaz et les explosions contrôlées du chauffe-eau. Les sombres matins d'hiver où, arraché au chaud confinement de mon lit, je courais m'habiller dans la cuisine ne furent plus que des souvenirs. Nostalgie d'un temps plus simple, d'un âge technologique plus primitif.

Une fois le bungalow revitalisé, on commença à voir des gens passer pour boire un verre au lieu de se contenter de boire un verre en passant. Les mondanités de ma mère y gagnèrent en amplitude, car les buveurs étaient de plus en plus souvent des parents de mes camarades du collège de Varndean. Ils étaient un cran au-dessus des boutiquiers et des pourvoyeurs touristiques auxquels j'étais accoutumé. Leurs affaires étaient plus élevées, plus éloignées du commerce ordinaire. Leurs conversations avec ma mère se référaient à un monde où l'on savait apprécier l'ambiguïté des rapports entre la valeur et l'argent.

Quant aux gens qui auparavant buvaient des verres en passant, ils formaient, dirai-je, une population nettement plus fantasque, illustrée notamment par Madame Esmeralda, le phénomène thyroïdien qui détenait la concession de chiromancienne sur le Palace Pier. Son petit ami était un ancien nain de cirque appelé Little Joey, qui portait encore ses vêtements de scène (« Faut comprendre, Sonny Jim, j'ai rien d'autre à me mettre si je veux pas m'habiller au rayon garçonnet »), une veste Norfolk à carreaux criards surmontée d'un gibus. La conversation de Joey et d'Esmeralda était haute en couleurs, pimentée d'un archaïque argot de la balle. Ce fut grâce à des figures de ce genre, qui avaient en quelque sorte préparé son entrée en scène, que M. Broadhurst put s'immiscer dans ma vie sans passer pour un olibrius.

Je veux rendre ici un hommage à ma mère. Je lui dois ce compliment. Le voici : jamais ou presque, lorsque nous escaladions ensemble le mât de cocagne savonneux de la mobilité sociale anglaise, elle ne m'a mis mal à l'aise. Car, si elle avait le grand défaut de m'emmitoufler dans une intimité quasi sexuelle en privé, elle me témoigna toujours en public un respect presque contre nature. Jamais elle ne m'a materné ni contraint à sauter à travers les cerceaux de la bienséance comme d'autres parents le faisaient avec leurs enfants. Au contraire, elle me traitait avec un égalitarisme bonhomme, qui se révéla bien plus efficace dans la réussite de mon acculturation.

Bien sûr, c'était en vérité de M. Broadhurst que nous recevions tous deux notre instruction. Nous commencions à singer ses circonlocutions entortillées – ne jamais dire en un seul mot ce qu'on pouvait dire en cinq. Et ce furent ses grosses mains délicates qui nous servirent de modèle lorsque notre vaisselle Tupperware de tous les jours fut remplacée par de la porcelaine.

En classe aussi ma situation s'améliora. À l'école primaire de Saltdean, j'étais toujours en butte à l'étroitesse d'esprit d'une étroite communauté. La désertion de mon père était connue et souvent commentée. Même si c'était sans malice, je me sentais exclu, rejeté, banni de la société, alors qu'à Varndean personne ne savait rien de mon père. À la rentrée, j'avais froidement menti, disant qu'il était mort, ce qui, non seulement, m'avait valu la sympathie de tous, mais encore avait jeté sur ma personne un voile de mystère. Ce fut une erreur, je m'en rends compte à présent. Et peut-être en avais-je déjà l'intuition alors, car ce mensonge était entretenu par ma mère – complicité qui avait de quoi intriguer, voire perturber, un garçon de douze ans.

Néanmoins, cela me procura un bref répit, une chute de température dans mon existence enfiévrée, qui me fut profitable. La puberté s'accommode mal de l'individualisme. Je pouvais enfin hurler avec les loups. La masturbation mutuelle avec des gamins efflanqués et la torture mentale d'apprentis professeurs trop sensibles, voilà ce qui constitua mon idée du plaisir, mais pour un temps seulement.

Un dernier été passa avant que M. Broadhurst n'étendît plus largement son emprise sur moi – un ultime été où je pus, comme avant, courir librement avec mes cousins et les enfants des pensionnaires de ma mère. Ce fut au cours de cet été-là que, pour la première fois, je pris pleinement conscience du caractère arbitraire de la division entre la morte et la pleine saison ; le dernier été où je vis le soleil déchirer la gaze diaphane qui voilait les mamelons des Downs et transfigurer le monde en redessinant le ciel et la mer pour donner de la courbure à la terre ; le dernier été où je pris part à la ronde.

Je montrais aux enfants des pensionnaires où acheter des bonbons, où aller pêcher des crabes, comment entrer gratuitement au delphinarium. Nous écumions la côte, de Saltdean à

Shoreham. Je me sentais responsable, dominateur. Contrairement aux vacanciers, j'étais ici dans mon fief, mon manoir. Les paillettes défraîchies de la fête estivale étaient ma parure. Je connaissais tous les forains qui tenaient les attractions et tous les tâcherons qui les manœuvraient. Je pouvais enjamber une auto tamponneuse au bord de la piste et rallier le bord opposé en sautant d'un pare-chocs de caoutchouc à l'autre. Ma petite équipe me regardait faire avec émerveillement.

Le seul couac ou le seul bémol qui pût me laisser présager un changement de tonalité – et encore, je me demande si cette impression ne me vient pas plutôt de la dernière morte-saison, c'est-à-dire le premier automne de mon apprentissage – tint à ma prise de conscience de la singulière marginalisation des Hepplewhite consorts. Ces spectres avunculaires, qui venaient seulement le week-end et ne restaient jamais pour la semaine, étaient toujours occupés à « sortir pour fumer une pipe » ou même simplement à « sortir une minute » sans autre explication. Jamais ma mère ni mes tantes ne les invitaient à « s'intéresser à Ian ». Je ne me rappelle pas les avoir entendus dire une seule fois, comme on l'eût attendu, que j'avais besoin d'une influence masculine. Au contraire, il m'apparut peu à peu que ce motus-sur-les-hommes, cette domination de la sororité de Cliff Top, était en quelque manière calculé, comme un silence d'orchestre entre une ouverture émasculée et un puissant premier acte. Les sœurs Hepplewhite me préparaient à la basse ronflante et stentorienne de M. Broadhurst.

Vers la fin de cet été, le poids de la maturité sexuelle me tomba dessus. La mer poussait à une restructuration hormonale. Les deux îles que formaient naguère la saison « haute » et la saison « basse » furent réunies en un seul continent où tout s'ordonnait verticalement : la période scolaire selon l'horaire des bus, la période des vacances selon l'horaire des devoirs. Je devins extrêmement attentif aux différences entre mes cousins et mes cousines. Les petites parties génitales ferlées, depuis le temps qu'elles levaient sous la serre du vêtement, avaient fini par mûrir dans leur compost. Je craignais qu'elles ne pourrissent sur pied.

Je ne saurais expliquer pourquoi tant de honte inhibait mes pulsions sexuelles quand venait la saison. C'était absurde, mais c'était ainsi – peut-être à cause du manque chronique de modèles masculins. Il m'était impossible de me définir en tant qu'homme par rapport à ma mère et à mes tantes. Leur sexe était inconnaissable, il eût fallu une lunette astronomique pour le repérer, tant leurs corps étaient vastes et inaccessibles. L'idée qu'elles eussent pu être carambolées par les oncles était proprement absurde. Mais avec les cousines et les baigneuses, c'était une autre paire de manches. Elles éveillaient des émois et des pressentiments. Je rêvais d'être un galet coincé sous leurs fesses comprimées.

Si les vacances étaient sexuellement troublantes, la rentrée ne l'était pas moins : je me défiais tout autant de la grivoiserie collégienne. Je ne pouvais pas considérer l'éjaculation comme une simple forme de miction. Les façons d'envisager la chose étaient trop brutales : ou bien c'étaient la gonorrhée, la syphilis et les diverses urétérites illustrées par les nouvelles planches éducatives de M. Robinson, ou bien les revues porno allemandes que les plus âgés faisaient circuler sous les pupitres. Ces images, où l'on voyait des moustachus enfoncer des braquemards porcins dans de grimaçantes rombières écartelées, n'avaient aucun rapport avec mes fantasmes, qui étaient purement chevaleresques. Cela vous paraîtra peut-être affligeant mais, dans mon esprit, être un homme, c'était être Roland, c'était être Blondel, faire la tournée des châteaux en taquinant le luth, prêt à mourir pour un œil d'or – *a fortiori* une cuisse.

Inutile d'en dire davantage. Nous savons tous ce qu'est la

sexualité adolescente, un émerveillement que la mémoire grossit pour l'apparier à l'épave rouillée de la désillusion subséquente. Il est tellement plus dur d'admettre que la désillusion était déjà là.

Par-dessus le marché, j'étais boulot, rose et sans charme. Mon corps était confit dans une gélatine glandulaire et mon visage pommelé de pustules. Malgré l'avènement de la civilisation publicitaire et de la pornographie démocratique, je me sentais proscrit par ma concupiscence. Était-ce œdipien ? Après avoir trucidé Papa sur l'autoroute de Southampton, étais-je pressé de gagner la maison, de répondre à l'énigme qui agrémentait les réclames pour la bière sur les comptoirs et de couvrir Maman à la hussarde, pantelante sur sa couverture chauffante ? Ce n'était pas aussi simple. Non, c'était de l'eidétique. Jusqu'à la puberté, je ne m'en étais pas soucié, je n'y avais vu qu'un talent comme un autre, mais désormais cela me préoccupait. Je commençais à y voir une donnée intrinsèque de ma nature.

En revenant de l'école, le jour de la rentrée, je descendis du bus, comme d'habitude, à l'arrêt intermédiaire entre St. Dunstan et Roedean, et tournai mes regards vers les Downs. L'éminence sur laquelle se dressait le foyer des aveugles était striée d'allées en ciment. Elles étaient visibles de loin grâce aux rambardes qui les longeaient, toutes peintes en blanc, comme les cannes qu'elles remplaçaient. Je repensai à ce que m'avait dit un jour M. Broadhurst : que les aveugles devaient rester parmi les aveugles. Leur progression saccadée sur ces allées me paraissait déjà chargée de symbole. N'était-ce pas le triste destin de l'homme que de trébucher, de tomber et d'attendre, affalé sur l'herbe, qu'une main secourable vînt le ramasser, le remettre sur pieds et le raccrocher à la rampe de la vie ?

Je me demandais si M. Broadhurst était avec eux – il devait rentrer d'un jour à l'autre de son périple estival –, mais je n'arrivais pas à repérer sa silhouette de poivrière parmi les infirmiers et les estropiés de la prunelle, les bigleux pathétiques qui tâtonnaient sous l'édifice canularesque. (J'imagine que l'architecte a dû pisser de rire en dessinant ces préaux hideux, ces perpendiculaires brutales et ce pubis bétonné en guise de façade, soulagé d'avoir enfin une clientèle qui ne fût pas en mesure de contester son sens de la modernité.)

M. Broadhurst était peut-être à l'intérieur. En tant que bénévole, ses fonctions étaient variées : il pouvait aussi bien guider la main des débutants dans l'art difficile du braille que participer à la cérémonie du thé, en jouant à l'aveugle pour s'identifier à ses protégés – ainsi qu'il me le racontait souvent –, jusqu'à redouter le samovar comme un dragon crachant un jet brûlant qui pouvait l'ébouillanter.

Moi aussi, j'ai joué à l'aveugle dans le Sussex. J'ai tutoyé le danger en me demandant combien de pas je pourrais faire sur la bordure du trottoir sans ouvrir les yeux, au risque de chanceler et d'avoir l'épaule tranchée par l'aile fusante d'un bus. C'est un jeu assez commun chez les enfants mais, en cet après-midi ordinaire, l'eidétique pointa sa tête affreuse.

Regardant, dans les ténèbres rouges, la rémanence des images rétiniennes sur la paroi interne de mes paupières, je visualisai mentalement la route devant moi, le rétrécissement de la perspective, le granulé du macadam, la bande blanche qui séparait la chaussée comme une traînée de dentifrice. Rien de remarquable à cela. Comme je l'ai déjà dit, mes images eidétiques étaient toujours d'une acuité exceptionnelle. Mais, cette fois, je pris conscience d'un nouveau Point de Vue – comment décrire ce phénomène ? –, conscience de ma faculté de voir sans substrat corporel, indépendamment de tout appareillage musculaire et nerveux.

En cet instant… il n'y eut plus d'instant. Le temps fut à nouveau celui de l'enfance, le toujours-maintenant, cette eau à jamais comprimée sous le couvercle du présent. J'étais prisonnier de ma propre représentation, et cette représentation était devenue le monde.

Comment m'exprimer, comment vous faire comprendre cette sensation ? Imaginez que vous êtes une caméra Steadycam en suspension dans l'air, capable de se mouvoir à volonté. Eh bien, c'était exactement ce que je ressentais, comme si j'eusse été doté de prothèses oculaires flexibles gouvernées par des manettes.

Je m'élevai sans effort dans l'espace, panoramiquai à trois cent soixante degrés et, d'un mouvement de zoom, pénétrai dans le bus, où je passai en revue les figures blêmes et immobiles de mes camarades en transit, dont les regards fixes me transperçaient sans me voir. Puis travelling arrière et hop ! un nouveau looping en altitude. J'étais libre.

La question qui se posa immédiatement à moi fut : et maintenant, où aller ? Quel usage faire de mon nouveau corps astral ? Les deux grands bâtiments sur les flancs des Downs étaient des cibles toutes trouvées. Sans hésiter, je m'insinuai derrière les murs en briques rouges de Roedean. Là, je promenai mon invisible et inviolable objectif dans la salle des douches et les vestiaires, m'attardai dans l'infirmerie, folâtrai sous les pupitres. Et, partout où j'allais, je pouvais m'absorber, insoupçonné, dans la contemplation de cette ribambelle de petites demoiselles insouciantes et girondes, toutes parfumées, toutes délicieusement embaumées par la promiscuité.

À l'école primaire, mon eidétisme avait été remarqué par la maîtresse de dessin. Pendant ses leçons, j'étais capable de reproduire tout ce qu'elle me donnait à copier – un pot de yaourt vide, une jonquille fanée – avec une précision quasi photographique, même au crayon gras sur du gros papier. Elle s'intéressa à moi et, lors d'une réunion de parents d'élèves, dit à ma mère :

« Madame Wharton, votre fils a vraiment un don exceptionnel. » Les huiles du rectorat, sous l'insistance de Mme Hodgkins, m'envoyèrent chez un psychologue clinique.

M. Bateson, qui exerçait à St. Dunstan avec une certaine compétence, était un petit homme boulot, dont la figure circulaire, entourée d'une collerette de cheveux et de barbe indifférenciés, semblait n'avoir ni haut ni bas. C'était un pince-sans-rire, qui ignorait la gêne et n'avait pas la moindre notion de ce que pouvait être une gaffe.

« Oh, oh ! gloussa-t-il derrière son bureau. Qu'est-ce que nous avons là, un surdoué eidétique ! Impayable ! Je travaille sur le concept de la visualisation chez les aveugles de naissance... » – il désigna de la main les trois aveugles assis avec nous dans la pièce – « et c'est toi qu'on m'envoie ! Tss tss tss. »

Les aveugles orientèrent leurs têtes-radars dans la direction approximative de ce prodige, braquant sur moi trois paires de lunettes à verres neutres, opacifiées par des bourres de coton semblables à une forme morbide d'oxydation.

En dépit du fait que M. Bateson me trouva suffisamment étrange pour rédiger un article sur mon cas dans une revue professionnelle, ni moi ni ma mère – pourtant concernée au premier chef – ne retirâmes le moindre bénéfice de ses jeux d'esprit. Sa méthode expérimentale, que j'allais rencontrer à nouveau plus tard dans ma vie, consistait à me soumettre à des exercices. Je devais soit dessiner des objets qu'il me montrait en une fraction de seconde, soit reproduire des images puisées dans ma mémoire plus lointaine. Puis il me demanda de susciter mentalement des formes visuelles complexes et de les tourner dans mon esprit, un peu comme je vous ai prié de le faire précédemment. Quand je quittai l'école primaire pour Varndean, les séances avaient pris fin d'elles-mêmes.

J'avais renoncé à l'eidétique, que je ne pratiquais plus que pour briller en société. À Varndean, certains garçons étaient capables d'enflammer leurs pets, d'autres d'éteindre des cigarettes sur leur langue et, moi, je pouvais réciter par cœur une page de texte après un seul coup d'œil. Hélas, cela ne fit guère progresser mon intellection. Je n'étais pas un bon élève.

Le sexe galvanisa mon éidétisme, qui devint mon occupation principale. Je comprends aisément pourquoi. Au fond, la sexualité est un langage et, dans la mesure où l'eidétique s'apparente à l'autisme, eh bien, j'étais victime d'une forme d'incommunicabilité. Au royaume des sens, il n'y avait aucune identité réelle à ma disposition, seulement une série d'impostures liées à des actes répétitifs, telles des mains masturbatrices à des bites en goguette.

Maintenant que je savais qu'il m'était possible de m'introduire dans ces images autrefois fixes, comme un agent désincarné mais non moins déterminé, je ne pouvais plus m'arrêter. L'épisode de Roedean ne fut que le début d'un long voyage eidétique – qui constitua bientôt l'essentiel de mes déplacements.

Cela tourna vite à la compulsion, parfois effrayante. Car mes découvertes n'étaient pas du tout à mon goût. S'il est vrai que – comme je l'avais supposé – l'anatomie humaine ne correspondait ni aux couleurs sordides de la pornographie, ni aux planches austères des manuels, je n'étais cependant pas préparé à la révélation de toutes ces complexités visqueuses. J'aurais voulu que la chair humaine restât aussi simple et homogène qu'un fruit. Pis encore, je me mis bientôt à eidétiser involontairement, et de façon agressive.

À l'école, un nommé Holland, un petit morveux satisfait, intrigua pour m'exclure de la petite bande dans laquelle j'avais réussi peu ou prou à me faire admettre. Pendant deux ou trois jours, j'errai, morfondu, dans les couloirs en contreplaqué. Puis, soudain, à l'improviste, je me mis à lui claquer la glotte eidétiquement contre le tranchant de la porte de la classe. Le bâillement glougloutant de son œsophage entaillé était bien trop répugnant pour que je pusse l'avoir inventé. Par quelque étrange phénomène, bien que le Holland matériel, le Holland incarné, continuât à se promener librement, à siffler et à jurer, ce que j'avais vu devait être réel.

À cause de ces infamies, je me sentis à nouveau marginalisé, rejeté du troupeau. Je cherchai désespérément une méthode pour contrôler mes facultés et éviter la catastrophe. J'étais sûr que, si je ne concevais pas rapidement un moyen de réagir, j'allais être éjecté de la carlingue de la réalité et lâché, gesticulant, dans le vide.

Je trouvai le salut dans l'élaboration de rituels personnels. Et je suis à peu près sûr que, même si M. Broadhurst n'était pas tombé sur la pièce à conviction qui allait lui mettre la puce à l'oreille, il aurait vite repéré mon manège, tant j'étais concentré sur ce que je faisais durant cet automne et cet hiver.

Comme je n'avais aucun modèle pour guider ma démarche, ces rituels furent le résultat d'un acte créateur de ma part – le plus créateur de tous, peut-être.

Je mis au point un protocole d'actes obligatoires, physiques et mentaux, qu'il me fallait accomplir chaque jour. Ils allaient du sublime au trivial, du profond au ridicule. Il devint vital pour moi de pisser, de roter, de me branler et de chier d'une certaine manière pour exercer mon agilité mentale.

Je considérais désormais les sentiments des gens à mon égard comme des données malléables, régies non seulement par le nombre de pétales des marguerites (elle m'aime un peu, beaucoup, à la folie, pas du tout) mais par le numéro des bus : si c'est un 14, tout se passera bien entre nous, si c'est un 74, terminus, tout le monde descend.

Chacun de ces rituels avait son importance. En les perfectionnant, je pouvais feuilleter les multiples variantes contenues dans le répertoire de ma réalité. J'envisageais de voyager vers des mondes lointains, je songeai même à me laisser glisser sur la rampe en spirale du temps.

Les rituels purement corporels étaient les plus essentiels. Ils étaient cruciaux si je voulais éviter de m'eidétiser moi-même, avec tout ce que cela impliquait. J'étais terrifié à l'idée d'accoucher inopinément d'une vision de mon propre corps et de le contempler de l'intérieur. Pouvez-vous imaginer plus affreux tourment ? Non, j'en doute. Ces rituels étaient aussi destinés à m'isoler des regards indiscrets. Il pouvait y avoir d'autres individus tels que moi, dotés des mêmes aptitudes. Comme tous les timides, j'avais une peur panique d'être vu nu dans le vestiaire, et ma pire phobie était que quelqu'un regardât par en dessous dans mes trous de nez crottés. Je n'étais pas disposé à servir de jouet à un autre.

S'il est vrai que certains de ces rituels avaient pour fonction d'augmenter artificiellement mes pouvoirs, je les employais rarement à cette fin. Ils répondaient à des désirs normaux de l'adolescence, tels que l'acceptation dans un groupe de voyeurs, l'approbation parentale, etc. Quand les choses tournaient mal – comme avec Holland –, je recourais à la violence picturale pour assouvir mon appétit d'images, mais je m'interdisais tout cérémonial vraiment maléfique.

Je ne m'appesantirai pas sur mes rituels les plus fantastiques, car ils se rapportent à des choses que nous savons impossibles ou, du moins, hors de portée pour un garçon du Sussex au début des années 70. Seuls peut-être mes voyages dans le temps ont quelque intérêt, dans la mesure où mon talent eidétique était une forme de manipulation temporelle. Je m'en suis rendu compte en découvrant que la durée de mes fugues visuelles n'influait pas sur le temps réel. Je veux dire que je retombais toujours dans le présent. Bien sûr, il ne s'agissait pas de voyages dans le temps à proprement parler, plutôt de retouches événementielles, de l'ajout d'un pli ou d'une fronce, par ci, par là, sur le tissu diachronique, mais c'était un début.

Nous en arrivons maintenant aux rituels de la pensée. Si, jusqu'ici, mon récit a pu faire naître une certaine incrédulité dans votre esprit, j'espère y rémédier avec ce qui suit. Par « rituels de la pensée », j'entends ces schémas systématiques qui accompagnent la volition, l'espoir et le désir – vous savez, ces sortes de tics mentaux qui nous permettent de fonctionner, d'évoluer, d'ajouter des anneaux à nos tringleries. Ce sont des formules du genre : pensez X et Y se produira – ou inversement : pensez Y et X ne se produira pas. Des formules magiques. Nous avons tous le désagréable sentiment qu'un œil omnivoyant est juché sur le meilleur des postes d'observation possibles, alors que nous habitons le pire des mondes possibles ; et, même si nous sommes prêts à reconnaître que, rationnellement, ces habitudes mentales sont sans effet, nous ne pouvons cependant ni les abandonner, ni cesser d'y croire.

Voilà pour les rituels. Je les ai développés – comme je l'ai dit – pour me prémunir contre les risques de catastrophe induits par la redynamisation de mon éidétisme, et je les ai développés très vite. Moins d'un mois après l'incident de Roedean, ma technique était au point pour l'essentiel. C'est ce qui explique pourquoi ma rencontre avec M. Broadhurst, la première dans sa nouvelle dispensation, advint comme elle advint.

C'était un dimanche après-midi automnal et gris ; j'étais debout sur la plage, en bas de Cliff Top. J'avais descendu les marches en ciment avec beaucoup de précautions, selon une progression arithmétique de mon invention. Je me livrais à des incantations muettes, récitant des formules propres à exorciser les esprits humiliants qui m'habitaient. Des algues et des flacons vides de détergent garnissaient mes pieds. Soudain, je sentis une présence à côté de moi, juste à côté. Je me retournai en sursaut et vis M. Broadhurst. Mais il était encore sur les marches, quatre cents mètres plus loin.

« Ah ! Te voilà, Ian ! beugla-t-il. Je te cherchais et je pensais bien te trouver ici. » Les mots sortaient directement de sa poitrine, comme s'il avait eu un haut-parleur implanté dans son vaste thorax. Je fus immédiatement frappé par deux choses. Premièrement, par la fluidité de son pas sur les galets. Cela relança les soupçons que j'avais conçus en grandissant, à savoir que M. Broadhurst avait trouvé un second souffle ou, au moins, avait atteint un plafond physiologique où le processus du vieillissement était stabilisé. Dans les premiers temps de son séjour à Cliff Top, il s'était plaint continuellement de la longueur des trajets jusqu'aux magasins, de la pluie et du vent qui lui transperçaient les os et des ravages que la froidure de l'hiver causait à ses rhumatismes. Les seules marches un peu plus longues que je lui eusse vu faire à l'époque étaient ses excursions du mardi et du jeudi à St. Dunstan, lesquelles, affirmait-il, lui coûtaient de terribles efforts. À tel point qu'il passait le plus clair de son temps à « récupérer ». Je l'avais souvent observé, dans ces récupérations, étendu sur le grand lit blanc de sa caravane comme une saucisse de Cumberland, à la lueur de la télévision qui projetait des reflets blafards sur l'écran géant de son visage.

La seconde chose qui me frappa fut sa tenue vestimentaire, un coquet costume pied-de-poule de coupe très serrée. Comme je l'ai signalé, l'habillement ordinaire de M. Broadhurst évoquait plutôt celui d'un croque-mort en faillite. Son apparition dans ce vêtement élégant, bien qu'archaïque, fut pour moi un choc.

« Mmm…mm ! s'exclama-t-il en inspirant une longue goulée

d'air qu'il rejeta bruyamment par les narines. Ah, ça fait du bien. Le bord de mer me manque cruellement pendant mes retraites estivales. » Je fus interloqué. Où voulait-il en venir, avec cette allusion éhontée à la haute saison ? Voulait-il que je l'interroge sur ses villégiatures ? Vu son mutisme sur la question, j'avais souvent tenté en vain d'imaginer ses destinations, sans jamais arriver à une conjecture plausible. M. Broadhurst nu sur une plage étrangère ? M. Broadhurst photographiant le Taj Mahal ? M. Broadhurst en famille ? Même moi, j'étais incapable de former la moindre image mentale de M. Broadhurst en saison. C'était un personnage si éminemment présent, si fermement campé dans l'instant. Il m'était plus simple de l'imaginer provisoirement enseveli dans quelque caverne salée de la falaise, en état de sommeil léthargique de Pâques à fin septembre.

Avant que j'eusse trouvé la force d'accomplir le difficile premier pas mental nécessaire à la formulation d'une aussi pénétrante question, il avait enchaîné : « J'étais hier à St. Dunstan, mon petit, et le directeur m'a demandé de trier les vieux dossiers, la paperasse obsolète, tu vois, ce genre de choses. Tandis que je m'adonnais à cette entreprise, je suis tombé sur ceci. » Il sortit un dossier de la poche intérieure de sa veste étroitement boutonnée. « C'est à toi, n'est-ce pas ? Je parie que tu es un eidéticien comme moi, pas vrai, garçon ? »

Je cueillis délicatement le dossier dans sa pogne bananoïde et l'ouvris. Il contenait les dessins que j'avais exécutés pour M. Bateson. Ils me parurent vaguement familiers, comme une forme solidifiée de déjà-vu. Les histoires personnelles des enfants ont cette qualité, n'est-ce pas ? Elles semblent amarrées à la mémoire par un filin précaire, prêt à se rompre pour les lâcher à vau-l'eau, enchaînées l'une à l'autre.

« Ou...ou...oui... Je suppose. Je... j'avais oublié. C'est sans importance.

– Sans importance ! rugit-il. Allons, garçon, ne me raconte pas de craques, nous savons tous deux combien c'est important. » Pour marquer le coup, il écrasa une bouteille en plastique sous un long pied gainé d'une chaussure à deux tons. Elle éclata sur les galets.

« Ce que je veux dire, monsieur Broadhurst, c'est que je n'en profite pas, je ne dessine plus. Je n'ai même pas pris l'option dessin pour le brevet.

– Le brevet ? Ah, oui, je comprends, un certificat scolaire. Non, non, je ne parle pas du tout de ça. Ce que ces dessins représentent ne sont que brimborions, monstrueuse camelote charnelle. Quiconque parmi nous a un vrai potentiel abandonne vite ces clowneries aux psychologues. Au fond, ce n'est pas nous, les chiens savants, mais eux. Non, non, je parle des images d'ici. » Il se frappa la tempe de l'index, avec insistance, comme pour demander l'entrée à sa propre conscience.

J'étais glacé. Que savait-il ? Soupçonnait-il l'usage que j'avais fait de mon imagination picturale exacerbée ? Avait-il pu apercevoir ma forme projetée planant entre les murs de Roedean ? Quelle humiliation.

Mais M. Broadhurst ne dit rien qui pût me le laisser penser. Il se contenta de reprendre mes dessins et de les replacer dans sa poche intérieure en m'invitant à prendre le thé dans sa caravane.

« Viens-t'en, l'ami, dit-il. Nous boirons en parlant du noumène, de la psyché et de phénomènes plus disparates. Tiens-toi comme il faut, adopte une conduite adéquate et peut-être, peut-être serai-je enclin à déballer partiellement le portefeuille de mon savoir pour ton édification. Naturellement, ce ne sera qu'une vétille dans le champ immense de mes activités, mais que nous pourrons considérer comme des prolégomènes. »

Ainsi commença mon apprentissage auprès de M. Broadhurst. Ainsi commença, si je puis dire, ma vie réelle. J'avais traversé l'abîme et, dorénavant, plus rien ne serait pareil. Entre *The Big Match* et *Songs of Praise**, le temps s'était retroussé, reployé en boucle sans dedans ni dehors comme un ruban de Möbius, et j'étais à jamais condamné à vivre une vie sur deux faces qui n'en formaient qu'une – par une sorte de dédoublement bi-univoque auquel nous ont commodément accoutumés les temps télévisuels.

Aujourd'hui, bien des années plus tard, adulte et employé dans le marketing – comme mon père avant moi –, je me demande s'il ne faut pas interpréter tout cela comme une forme de pacte faustien. Comment expliquer autrement ma totale soumission à cet homme ? Mais c'est impensable. Aucun gosse de treize ans, étranger à toute religion – moniste ou manichéenne – et commençant à peine à butiner dans le snack-bar séculier, n'aurait pu en savoir assez pour concevoir une telle éventualité.

Non, la vérité est plus troublante. M. Broadhurst m'a ferré au moment idéal – quand j'étais encore sujet aux trompeurs emportements métaphysiques, quand ma conscience me jouait encore des tours, quand j'étais un enfant vaudou capable de se dresser contre les Downs et de les écimer avec le tranchant d'une main. Il m'a taquiné comme un poisson et m'a lentement amené vers son épuisette. Subrepticement. Par jeu. Il m'a récompensé par d'anodins tours de passe-passe, des numéros de prestidigitation et de télékinésie, en échange de petits services, de petites courses que je pouvais faire pour lui.

Rappelle-toi, brave lecteur (je dire « brave » mais en vérité je pense pusillanime lecteur, méfiant lecteur qui freine des deux pieds quand la voie s'assombrit), que ce garçon était comme un

* Émissions télévisées des années 60 et 70, la première (une retransmission sportive) diffusée le dimanche à 2 heures de l'après-midi, l'autre (une émission religieuse) vers 6 heures du soir *(N.d.T.)*.

rouleau de chair à saucisse enrobé de pâte molle. Je n'avais pas accès au monde de l'autorité masculine. Je n'avais pas de modèle. M. Broadhurst était la solution qui palliait ce manque. Rappelle-toi aussi qu'il était un élément de la morte-saison, pour moi naturellement associée à l'univers de l'école, de l'amitié formalisée, des velléitaires et des rapiats.

Quoi qu'il en soit, cet après-midi-là, nous nous contentâmes de prendre le thé ensemble et de jouer à des jeux eidétiques. Il ne fallut pas longtemps à M. Broadhurst pour m'arracher mon secret.

« Tu fais ce que tu dis ? Tu fais ça ? Dieu que c'est rusé, Dieu que c'est cocasse ! » Sa caravane était assez spacieuse, mais M. Broadhurst la transformait en maison de poupée. Dès qu'il bougeait, les amortisseurs ployaient en grinçant sous le châssis. « Et tu dis que tu découvres des choses… des choses que tu n'aurais pas pu savoir autrement. Hé hé, tu es un sacré petit roublard, foi d'animal. Voyons un peu. » Il déboutonna sa veste criarde pour dévoiler un criard gilet à carreaux. « Ferme tes mirettes et fais-moi une démonstration. Dis-moi donc ce que j'ai dans le gousset de mon gilet. »

Je fermai les yeux, contemplai l'image figée de M. Broadhurst et me projetai en avant en détachant mon corps eidétique de mon corps physique, dont le contour restait marqué en pointillé pour m'aider à concrétiser en esprit cet arrachement fictif. Ainsi suspendu en l'air, je traversai l'espace qui nous séparait. Mes doigts invisibles, dépourvus de sensation, soulevèrent le rabat soyeux de sa poche de gilet. M. Broadhurst demeurait impassible, sans ciller, dans une immobilité pharaonique. Je regardai dans le gousset. Il contenait une montre en or. Au moment où j'allais me retirer pour me replacer dans la juste perspective, il se produisit quelque chose. M. Broadhurst – ou plutôt ma vision pétrifiée de lui – bougea. Cela n'était jamais arrivé auparavant ; c'était la parfaite fixité de mes images eidétiques qui leur conférait leur caractère purement mental. Je rouvris les yeux, ébaubi, et entendis M. Broadhurst, le vrai M. Broadhurst, le M. Broadhurst de chair grasse et de sang froid, feuler avec jubilation.

« Tudieu, garçon, tu es un as, foi d'animal ! Un vrai crack ! Je ne l'aurais pas cru si je ne l'avais vu de mes propres yeux. Attends, maintenant, est-ce que tu es bien assis ? » Je trouvais que je l'étais – j'avais regagné la banquette capitonnée, j'étais appuyé contre la vitre, qui me semblait moins vitreuse que ma cervelle tourneboulée – et le confirmai d'un hochement de tête. « Bon, alors, voyons. Qu'est-ce que tu as dans la main ? » Je le sentis tout de suite. Comment avais-je pu ne pas m'en apercevoir ? C'était la montre de M. Broadhurst, plate, froide et dorée. J'écarquillai les yeux sans comprendre. Il rugit de nouveau. « Ha ha ! Le sacripan ! Il a escamoté ma montre pendant que je bayais aux corneilles. Ça, par exemple, ce n'est pas banal ! » Je dus en convenir, quoique je n'eusse aucune idée de la façon dont je m'y étais pris.

Je savais que c'était quelque chose dont je ne devais pas parler à ma mère. Je savais, sans avoir besoin de le demander, que M. Broadhurst souhaitait mon silence. Et je ne me trompais pas car, le lendemain, tandis que je jouais à faire rebondir une balle de tennis contre le mur de la salle des douches, je fus abordé par mon mage.

« Je viens de rencontrer ta mère à l'instant, Ian. » Le gros homme avait réintégré sa défroque de croque-mort. Il tenait sous son bras pachydermique un paquet en papier kraft attaché par une ficelle. « Nous avons parlé de choses et d'autres, de souris – pour tout dire – et de leurs proches parents, les hommes. Ta maman était aussi aimable qu'à l'accoutumée.

– Bien.

– Cela étant, elle n'a rien trouvé à me dire sur les événements survenus entre nous hier après-midi.

– Je ne lui en ai pas touché un mot.

– C'est bien, mon garçon, très bien. Tu vois, j'aime parler à un homme qui aime parler, mais j'aime aussi que cet homme sache la boucler. Je vois que nous nous comprenons, toi et moi, et c'est ce qu'il faut. Parce que, si tu veux que je t'apprenne quelque chose, il faut que ce soit sur la base d'une entente de ce type : ferme et résolue.

– C'est ce que je veux être, monsieur Broadhurst, ferme et résolu.

– Bien… bien. En ce cas, je te reverrai tantôt. »

Et il s'en alla. Je vis son dos, large comme un menhir, rétrécir dans le demi-jour, au rythme de son pas pesant vers sa caravane.

Chapitre 3

L'OBÈSE CONTRÔLEUR

Si les actes d'un homme doivent être gouvernés par les idées d'autrui, autant être enterré vivant dans une fourmilière ou marié à une violoniste ambitieuse. Que cet homme soit le Premier ministre, variant ses opinions pour attraper des voix, ou un bourgeois habité par la crainte qu'un petit acte inoffensif puisse être mal interprété et offenser quelque mesquine convenance, cet homme-là est un inférieur et je ne veux pas davantage avoir affaire à lui que manger du saumon en boîte.

Aleister Crowley, *Autohagiographie*

Durant la huitaine qui précéda ma rencontre suivante avec lui, de folles pensées m'assaillirent. Je rassemblai mes forces pour me préparer à mon apprentissage avec M. Broadhurst. J'envisageais des invocations de démons, des conversations avec les morts, je voyais Anubis et Osiris nous rejoindre pour un périple dans le train fantôme du Palace Pier. Mais l'enseignement de M. Broadhurst en matière de magie fut très différent de mes prévisions.

Après m'avoir soumis à un examen critique plus approfondi, il me fit dresser le catalogue de ces petits rituels, de ces formes magiques de pensée que j'avais moi-même développées pour soutenir le stress de l'eidétique. M. Broadhurst insista particulièrement sur ce point, qu'il prit très au sérieux. Il vint m'attendre à la sortie de l'école et m'emmena dans une succursale de Smith, qui venait d'ouvrir à Churchill Square. Là, nous achetâmes un livre de comptes – le modèle grand format, qui comporte des colonnes ordonnées. De retour à Cliff Top pour le thé dans sa caravane, il intitula les colonnes comme suit :

EXERCICE CONTENU FRÉQUENCE BUT

puis m'expliqua ce que cela signifiait.

« Regarde bien, garçon, dit-il en tapotant sur la page. Le premier titre se rapporte à la nature de ce que tu fais. Certains rituels – la plupart, en vérité – concernent des fonctions corporelles. Par exemple, ta façon d'uriner. Vises-tu la cuvette ou l'eau qu'elle contient ? Comment retrousses-tu ton prépuce ? Quelles formules récites-tu mentalement quand tu es sur le trône ? Dans quel ordre coupes-tu les ongles de tes orteils ? Et ainsi de suite, inutile d'élucubrer, tu m'as fort bien compris… » M. Broadhurst s'interrompit un instant, puis reprit : « Au fait, est-ce que tu te masturbes encore, garçon ? » Je rougis. « Tu te masturbes. Bien. Bien. Dans la négative, je t'eusse prêté quelque littérature instructive – car, vois-tu, l'onanisme est une affaire d'importance, c'est un rituel de la plus haute efficacité.

« Naturellement, il y a d'autres types de pratiques que l'on peut qualifier de rituelles. Je songe à nos manières de manger, de dormir, d'ouvrir les portes. Il y a même une composante rituelle dans notre façon de marcher dans la rue. Mais il y a aussi et surtout les rituels que nous portons, compressés en accordéon, au tréfonds de notre être. Je me réfère évidemment à tous ces modes de pensée qui se sont formalisés, à toutes ces circonvolutions qui permettent l'adéquate combinaison de l'entendement avec les petits stimuli de la suggestion kinesthésique, tu me suis ? »

Non, je ne le suivais pas du tout. Non seulement le vocabulaire me passait au-dessus de la tête, mais je ne voyais même pas où mon instructeur voulait en venir.

« Où je veux en venir, garçon, c'est à ceci que, même lorsque tu te refamiliarises avec une partie de ton corps, ces retrouvailles dépendent d'un processus mental spécifique. Tu penses : mes cuisses ; et, sous-jacent à ce très “cuisseux” sentiment, il y a le constat : elles sont trop potelées et adhèrent aux surfaces sous l'effet de la sudation. Tu piges ? »

Cette fois, je pigeai car, par une étrange prescience, il venait d'identifier l'une de mes hontes intimes et de formuler mon propre mantra concomitant. Je n'en fus pas moins troublé. Je n'arrivais pas à concevoir qu'il pût comprendre l'usage particulier que je faisais de telles « adéquates circonvolutions ». « Mais, monsieur, dis-je, monsieur Broadhurst, toutes ces choses que je fais et pense ne sont que des habitudes, n'est-ce pas ? Je veux dire que tout le monde agit de même, non ? »

Il explosa. « Ne fais pas l'œuf, gamin ! Je ne saurais être un gobeur, en aucune circonse. Bien sûr, ce sont des habitudes, bien sûr, tout le monde en fait autant, là n'est pas la question ! »

Sa colère n'était semblable à aucune autre. Elle contenait implicitement la menace d'un châtiment extrême. Des chairs lacérées dans une colonie pénitentiaire ou une détention au-delà du Styx. Dès lors, chaque éclat de voix de M. Broadhurst allait me faire sursauter.

La question était – ainsi qu'il me l'expliqua tout au long de cet automne et de l'hiver qui suivit – de comprendre que l'habitude était rite, et le rite habitude.

« Je suis le Mage du Quotidien ! » beugla M. Broadhurst. Nous déambulions devant le Metropole Hotel, sur le front de mer de Brighton. Je m'étonnai que personne ne nous toisât, voire même ne nous invectivât. « Ma puissance vient précisément de ce que je comprends comment l'habitude entrave l'énergie spirituelle, tu piges ? Tous ces gens, dit-il avec un ample geste circulaire du bras, tous ces gens s'imaginent qu'ils perçoivent le réel, mais il n'en est rien. Au contraire, leurs esprits sont contraints par mille millions de petites idées reçues qui les ligotent comme des liserons… et qu'ils tiennent pour assurées !

« Mais il y a un moyen de renverser tout ça – oui, mon petit gars –, de déverrouiller la Force Motrice. Chaque fois que tu te laisses aller à un acte habituel, tu te ligotes avec les autres. Ces actes habituels sont les rituels de la normalité. Mieux que ça, ils sont la normalité, tu saisis ? Et la normalité n'est qu'une émasculation, un attiédissement ; et je n'en veux pas ! Ah, ça, non ! »

Ce fut ainsi que j'entrepris d'établir le catalogue schématique de ma normalité, de dresser la liste exhaustive de mes habitudes personnelles – activité qui devint à son tour une habitude, tous les soirs, pendant quarante-cinq minutes, après mes devoirs. Voici un exemple de liste type :

EXERCICE	CONTENU	FRÉQUENCE	BUT
corporel : détacher des crottes de nez demi-sèches	Décoller les croûtes des parois internes des narines	Variable, toutes les cinq minutes en cas de désœuvrement	Éviter l'obturation nasale

C'était le genre de schéma prosaïque de concentration qui, je le savais, devait enthousiasmer M. Broadhurst. Mais il y avait aussi d'autres listes, beaucoup plus orientées vers la magie. Par exemple :

EXERCICE	CONTENU	FRÉQUENCE	BUT
mental : penser qu'il va pleuvoir demain	Visualiser soigneusement la pluie et entendre son martèlement sur le toit du bungalow	Presque tous les soirs	Essayer d'empêcher la pluie

En trois mois, j'avais réussi à remplir tout le livre de comptes avec ce genre de calembredaines. J'en parle ainsi aujourd'hui mais, à l'époque, je prenais ma tâche très au sérieux et je fus gonflé d'orgueil lorsque M. Broadhurst m'emmena acheter mon deuxième livre à Churchill Square.

Ce fut pendant que j'attaquais cette nouvelle tranche de travaux, en inscrivant déjà les titres des colonnes sur plusieurs pages encore vierges pour me donner l'illusion d'être plus avancé qu'en réalité, que deux soupçons, en germe depuis quelque temps, devinrent soudain des hypothèses atrocement plausibles. Je ne peux dire si elles furent aussi agissantes sur le moment qu'elles semblent l'avoir été rétrospectivement. Aussi précise que puisse être ma mémoire visuelle, je reconnais que le tout-voir n'est pas le tout-entendre ; nonobstant, certains indices me firent suspecter que le pont sur lequel j'avais traversé l'abîme était miné.

D'abord, il y avait la complicité maternelle dont j'ai déjà parlé. M. Broadhurst avait désormais l'habitude de venir me chercher au collège le mercredi après-midi et de m'accompagner à Pool Valley, puis à la maison par le bus. C'était une sorte de vérification intermédiaire avant la révision complète de mes leçons le dimanche. (Le temps mort entre *The Big Match* et *Songs of Praise* s'était institutionnalisé.) Cette routine devint prétexte à ragots. Des ragots entretenus par ceux-là mêmes, les occupants des étages supérieurs de l'échafaudage social, qui venaient boire des verres à Cliff Top.

Sans m'en avertir, Mère torpilla ce sous-marin de rumeurs en insinuant que M. Broadhurst était mon tuteur. La première fois que j'en eus vent fut quand, apercevant la silhouette courtaude de mon vieil humiliateur Holland à travers la grille en fer forgé, je le vis se tourner vers moi pour me dire, en insistant malicieusement sur le mot : « Voilà ton "tuteur", Wharton, qui vient te chercher pour ta branlette hebdomadaire. »

Un « tuteur », voilà qui redorait mon blason et me posait un peu là. Était-ce un simple subterfuge de ma mère pour affirmer son ascension sociale ou y avait-il réellement eu un accord de cet ordre entre elle et M. Broadhurst ? Si oui, qu'avait-elle à y gagner ?

Ma seconde hypothèse concernait M. Broadhurst lui-même. Je ne pouvais en être certain, n'ayant jamais eu l'occasion de l'observer de près auparavant, mais il apparaissait que M. Broadhurst était soit une exception dans l'ensemble des vieux, soit beaucoup plus jeune que son âge supposé. Notre nouvelle promiscuité me permettait de constater que ses mains n'étaient ni ridées, ni marquées de taches de vieillesse. Quand nous gravissions ensemble les rues escarpées de Brighton, je n'entendais jamais siffler ses bronches. Et je ne décelais ni blancheurs ni glaucome ni cataracte dans l'éclat vitreux de ses yeux aux paupières tombantes.

Il s'accordait pourtant encore, même s'il n'y avait pas droit, les licences du grand âge. Il avait abandonné en novembre son bénévolat de St. Dunstan, affirmant que c'était « trop' hharassant » pour ses vieux os – ce qui ne l'empêcha pas de renoncer dans le même temps à cette langueur calculée dont j'ai fait état. Au contraire, je le voyais rudoyer son gros corps comme un soldat menant un prisonnier récalcitrant à l'échafaud. Il était de plus en plus pimpant et frétillant au fil des mois. Je me demandais où tout cela finirait.

Je me le demandais encore en allant l'affronter dans sa caravane, certain dimanche de février, à l'heure dite de nos rendez-vous. Mon catalogue rituélique était dans une impasse. Mon inspiration était tombée si bas que ma dernière liste concernait mes façons de baver.

« Bien, bien, très bien ! s'exclama M. Broadhurst en feuilletant mon second livre. C'est excellent, fiston. Je suis sûr que cet exercice a des effets secondaires bénéfiques, notamment sur ta grammaire et l'ordonnancement général de ton intellect encore immature. C'est tout à fait ce qu'il te faut.

– Mais je trouve que c'est de plus en plus dur.

– Dur ? Dur de faire quoi ?

– D'inventorier des habitudes… je veux dire des rituels. » Je baissai la tête, ravi d'avoir un prétexte pour la cacher à mon mentor. Car, récemment, les éruptions et les pustules qui me couvraient le front et le menton depuis l'an dernier avaient commencé à s'accumuler jusqu'à former des bosses et des lésions purulentes.

« Bah, c'est déjà bien, fiston, quoique tu ne te sois pas encore attaqué à la masturbation, pas sérieusement en tout cas. »

Je rougis. M. Broadhurst ne s'en soucia pas. Je pensais à ma mère, qui devait être occupée à cuire des scones, le tablier poudré de farine. Des femmes en chapeaux hideux allaient bientôt pousser des hosannas dans la télé.

« Hum… m'sieur Broadhurst, p't-être que je devrais…

– Balivernes, mon gaillard. Je vois que tu es chatouilleux sur la question. Il ne faut pas. La masturbation est un moment critique de notre entreprise, car elle associe les actes les plus répétitifs et les plus insouciants au processus de production de l'extase. Cela dit, pourquoi es-tu si piteux et déconfit ? C'est ton acné qui te chagrine, n'est-ce pas ? » J'acquiesçai. « Bien sûr, bien sûr. Tu es trop jeune pour savoir ça mais, dans le passé, on pensait qu'il y avait une corrélation entre le soi-disant "abus de soi" et les rigueurs sébacées de ton âge. Je te propose une avance sur ton futur statut, qui t'aidera en la matière et resserrera nos liens mutuels. Si je t'affirme que je peux te débarrasser de ces maudits boutons, feras-tu ce que je te dis ? »

Je débattis intérieurement – qu'étais-je prêt à faire pour obtenir ce résultat ? – et conclus : presque tout. Je n'étais pas un garçon courageux, physiquement, je veux dire, mais il n'était guère probable que M. Broadhurst songeât à quelque opération physique.

« D'accord, monsieur Broadhurst, qu'est-ce que je dois faire ?

– Excellent. Tu es à la hauteur des grandes espérances que j'ai placées en toi. Alors voyons, quand tu te masturbes, est-ce que tu éjacules ?

– Ou...oui. J'crois bien.

– Capital ! J'avais craint que tu ne fusses encore insuffisamment développé. Sois bien attentif. La prochaine fois que tu t'adonneras à l'autostimulation, au lieu de visualiser la forme horizontale et pantelante d'une nymphe pin-upique au moment suprême, je veux que tu contemples ton propre visage pommelé. Compose une image eidétique bien nette, vu ? Ensuite, fige-la aussi longtemps que ça durera. Tu peux faire ça ? Bien sûr, je sais que tu le peux. Collecte ton émission dans un réceptacle manuel et apporte-la-moi. Oui ? Tu vois le topo ? Capital ! Capital ! »

Je retournai à sa caravane le lendemain après-midi après l'école en portant la chose, qui n'était plus guère qu'une souillure caillée au fond d'un gobelet. Je la lui tendis en rougissant.

« C'est tout ? dit M. Broadhurst. Pas beaucoup mais, si tu as suivi mes instructions, ça ira. »

Le gros homme se leva de son lit et fit quelques pas dans sa caravane en chantonnant. Puis il ouvrit l'un des placards. Le spectacle fut inattendu. L'intérieur de la caravane de M. Broadhurst était resté inchangé depuis le jour de son installation à Cliff Top, quatre ans plus tôt. Les bibelots en verre soufflé et taillé étaient alignés sur les étagères miroitantes dans la même disposition, exactement, que lorsqu'il les avait déballés. La kitchenette en inox semblait n'avoir jamais été utilisée. La caravane de M. Broadhurst était aussi inhabitée qu'une salle d'exposition de meubles dans un grand magasin.

Il se mit à fourrager et je ne pus résister à la tentation d'observer à la dérobée les merveilleux objets contenus dans le placard. Des robes de chambre poussiéreuses pendaient à des cintres. C'étaient des chinoiseries en soie brodée de dragons, de papillons et de singes. Sur les diverses étagères, il y avait du matériel de laboratoire : des cornues, des creusets, des éprouvettes et des brûleurs – lesquels étaient connectés à un étrange appareillage électrique ou électronique mêlant consoles, manettes plastifiées et lecteurs laser. Il y avait aussi un renard empaillé, un crâne humain et bien d'autres choses encore, cachées à ma vue par les fesses de M. Broadhurst, qui avaient chacune la taille d'une panse de buveur de bière.

Quand il se tourna vers moi, il tenait à la main une petite fiole sphérique surmontée d'un tube coudé. Il dévissa le bouchon de verre et versa la solution dans mon gobelet après l'avoir préalablement rempli d'eau.

Il s'avança sur les entrelacs moirés de la moquette laineuse et déclama solennellement : « À présent, garçon, forme un calice avec tes mains jointes et reçois l'anti-chocolat. » J'obéis et il versa le liquide dans ma coupe métacarpienne.

« Répète après moi, dit le Mage du Quotidien, j'ai lavé ma demi-face…

– J'ai lavé ma demi-face…

– Dans une nouvelle lessive séminale…

– Dans une nouvelle lessive séminale…

– Pendant une demi-semaine…

– Pendant une demi-semaine…

– Le résultat fut épatant !

– Le résultat fut épatant !

– Vas-y, lave-toi la figure ! »

Je m'exécutai. Le mélange aqueux m'éclaboussa les joues. J'éprouvai une sensation curieuse, comme une mue, un écalement, un effeuillement. « C'est ça, c'est ça, dit-il. Frotte bien. Et maintenant… stop ! » Je cessai, mais sans oser regarder mes mains.

« Regarde tes mains ! » ordonna M. Broadhurst. Je vis qu'elles étaient maculées de sang et pis. Je me sentis défaillir. Il sortit de sa poche un petit miroir, qu'il approcha de moi. Sur le moment, je n'y compris rien. Tous mes boutons avaient disparu. Dissous. Volatilisés. Et je n'avais aucune cicatrice, aucune marque – à croire que je n'avais jamais eu d'acné.

M. Broadhurst me laissa entendre que c'était là un simple préliminaire, un simple avant-goût de ce qui allait suivre et que je ne devais pas prendre la chose, ni moi-même, trop au sérieux. Néanmoins, cette guérison épidermique par nécromancie coïncida avec une élévation du niveau de mon instruction. C'était comme si, m'ayant dévoilé le contenu de son placard, M. Broadhurst eût jugé le moment propice pour me révéler quelques rites associés à cet appareillage. Mes études portèrent donc désormais sur la lecture des tarots, la numérologie, le feng-chou, l'alchimie, l'astrologie et la kabbale, ou du moins leurs versions légèrement révisées par M. Broadhurst.

« Ce sont des inepties, tu comprends. Des carabistouilles. Une pathétique tentative d'utilisation de méthodes proto-scientifiques pour affirmer, puis appréhender le transcendant. Ce que les jungiens appellent une "projection massive". » Ainsi parlait M. Broadhurst. « Quoi qu'il en soit, ce sera un excellent antidote à ce qu'ils essaient de t'inculquer à l'école, c'est sa principale vertu. En outre, cela te fournira – si tu progresses dans ton apprentissage – un répertoire d'explications utiles pour tes années à venir. Pour employer une analogie empruntée au registre de l'espionnage, ça te servira de "couverture". »

Il avait toute une liasse de polycopiés – ce qui me fit penser que je n'étais pas son premier apprenti –, qu'il me distribuait à profusion lors de nos séances des mercredi et dimanche soirs. M. Broadhurst avait toujours eu un côté Monsieur Loyal, qui s'accentua durant cette période. Il gesticulait beaucoup, s'affublait de costumes que le vieux copain de ma mère, Little Joey, n'eût pas osé porter – indépendamment du problème de la taille – et s'employait assidûment à m'éblouir.

Chaque jeu de polycopiés s'accompagnait d'un exercice associé et, sur son ordre, je devais analyser des carrés de nombres, que je transposais en lettres selon certaines clefs pour aboutir tantôt à une entité thaumaturgique, tantôt au tétragramme. Cela eut un effet secondaire bénéfique, notamment sur mon arithmétique. La lecture des tarots et l'astrologie me furent présentées par mon mage sous une forme vulgarisée. Les disciplines impliquées dans la mise en rapport de ces séquences aléatoires de symboles préétablis avec des destinées virtuelles et des traits de caractères étaient assez divertissantes. Ces techniques, une fois maîtrisées, me permirent d'acquérir un peu de popularité et d'entregent à l'école, où ce genre de choses était très en vogue.

Sur la kabbale, en revanche, je calai. C'était parfaitement incompréhensible. Bien que je n'eusse pas encore une notion précise de ce qu'était le rationalisme, il était déjà profondément ancré dans ma vision du monde. M. Broadhurst me tança vertement à ce sujet : « Je te ferai assimiler l'art antique des Hébreux, ses dérivés, ses déviances et son ultime suppuration dans le rosicrucisme, dussé-je pour cela te rosser jusqu'au sang… eurrk ! Pfouit ! Ping ! » (Ce dernier bruit étant occasionné par un sérieux glaviot heurtant un crachoir de cuivre. Car, en ce temps-là, M. Broadhurst balançait entre le « chiquage » – son propre terme – du tabac et le « prisage ». Je ne savais ce qui était le plus à craindre – de sa fusée narinienne ou de son mollard.)

Je fus contraint de redoubler d'attention en cours de sciences et d'histoire à Varndean, pour être mieux à même de comprendre l'enseignement de mon autre maître, celui de l'ombre.

Quant au feng-chou, bien que M. Broadhurst déclarât que c'était la plus ridicule de toutes les études ésotériques, il m'aida en géographie. Après tout, comment calculer des alignements d'objets physiques selon leur orientation en fonction des méridiens sinon en se référant à des données fixes de la terre ?

M. Broadhurst lui-même était une sorte d'alchimiste. « Un amateur éclairé, sans plus, mon garçon. » Ce que j'avais entr'aperçu, l'après-midi où il avait excisé mon acné, constituait son petit équipement personnel. Il répondit à ma curiosité concernant la transmutation des métaux en m'autorisant à l'assister dans ses expériences devant l'alambic. J'ai passé de longues heures à attiser le feu de l'athanor pendant que M. Broadhurst agitait un caducée de sa fabrication, fait d'une vieille antenne de télévision entortillée de fil électrique. Nous observions ensemble la distillation et la redistillation des principes hypostatiques. Et nous étions pareillement déçus lorsque la fusion ne s'opérait pas.

Mais, bien qu'il s'en fît un jeu, M. Broadhurst n'avait aucune patience dans la recherche de l'hydrolithe philosophal. « Je te fiche mon billet, gamin, que ces lascars n'ont jamais réussi à transmuter quoi que ce soit, si ce n'est leur stupidité en vanité. Et puis, d'abord, n'importe quel métal monétaire est une espèce transmutable, soumise à l'influence magique des pensées de celui qui l'utilise. Cela étant dit, toutefois, je possède moi-même une des médailles de Paykhull. » Il me la montra en me priant de lire attentivement l'inscription sur le revers de la pièce : *O.A. Paykhull fondit cet or par la méthode chimique à Stockholm, 1706.* « Tu sais, petit, médita-t-il tandis que je soupesais l'objet, ces pièces sont extrêmement rares. Je me demande encore comment elle est entrée en ma possession. Sans doute faut-il en déduire que j'ai connu ce Paykhull. »

Ce fut à partir de petites allusions de ce genre, jamais innocentes, j'en suis sûr, que je commençai à me faire une idée plus précise de ce qu'était réellement M. Broadhurst.

Ainsi se déroulèrent mes dernières années d'enfance. Le zoetrope panoramiquait en douceur, le chef styliste du temps étrécissait les pantalons et décrétait que les voitures devaient être plus aérodynamiques. S'il y eut des changements dans l'orientation politique du pays, ils eurent peu d'impact sur moi. Je me souciais davantage de mes progrès scolaires. Quand j'atteignis les grandes classes, gentiment aiguillonné par M. Broadhurst, j'optai pour l'économie, les maths et la gestion comme matières principales. À l'école, je restais un solitaire. Le peu de chaleur humaine dont j'avais besoin m'était dispensé par les tantes et les cousins, qui continuaient à venir passer leurs congés annuels à Cliff Top.

Toutefois, malgré leur présence, un malaise nouveau plana bientôt sur ce compartiment de ma vie. La prospérité de ma mère avait suivi son train et on entreprenait déjà des travaux dans le bungalow, en vue de transformations qui n'aboutiraient que cinq ans plus tard, quand le Cliff Top Country House Hotel ouvrirait son registre de réservations.

En attendant, on casait toujours les tantes et les cousins dans leurs caravanes habituelles. Ma mère et moi évoluions entre la zone de travaux et le parc de caravanes en adoptant des manières et une diction différentes. Nous étions de véritables caméléons de la mobilité sociale.

Sur le chapitre des filles, mon eidétisme se révéla particulièrement utile. Privé de ma liberté de manœuvre par l'inventaire raisonné de mes habitudes, auquel je m'astreignais toujours sur l'insistance de M. Broadhurst, je recourais de plus en plus souvent à mes escapades visuelles. Je ne pensais pas avoir le choix, de toute manière – n'ayant rien d'un Lothario adolescent –, mais je savais intuitivement, sans avoir à le lui demander, que M. Broadhurst eût considéré mon dépucelage comme incompatible avec mon apprentissage. En échange, je peaufinais ma masturbation en puisant dans mon réservoir d'images qui, grâce à mon œil de lynx, me permettait de concevoir une variété d'expériences sexuelles compensant largement (je m'en rends compte aujourd'hui) l'absence de la chose en soi.

Mes camarades d'école rivalisaient d'astuce pour entrer dans les cinémas où l'on projetait des films X. Ils allaient voir ce qu'ils étaient incapables d'expérimenter. Moi, je n'allais pas au cinéma pour me divertir, mais pour m'informer des techniques. Car il me fallait étudier de près les longs balayages panoramiques, la trajectoire des travellings et le brutal pouvoir émotif du montage elliptique pour étoffer le répertoire de mes propres plans intérieurs.

Un jour, au début de l'automne de mon avant-dernière année scolaire, quand les feuilles mortes commençaient à joncher les bandes gazonnées médianes des avenues à deux voies qui entouraient le collège de Varndean, j'aperçus une silhouette familière par la fenêtre de la bibliothèque. M. Broadhurst était rentré de son escapade estivale.

Je rangeai mes livres et mes classeurs dans mon cartable, dégringolai les marches deux à deux et traversai la cour au pas de course jusqu'au portail. J'avais envie de me jeter dans ses bras, mais je me gardai de toute effusion car, outre que ses manières décourageaient les relations physiques, j'avais reçu une injonction formelle à ce sujet. Peu après qu'il m'eut pris sous son aile tutélaire, il m'avait dit : « Considère-moi comme le Brahmane du Banal ! Seule la terre peut me purifier, tout autre contact m'est une souillure. Partant, mon gaillard, ne t'avise jamais de me toucher si je ne t'y ai pas expressément invité. »

Depuis notre dernière entrevue, six mois plus tôt, M. Broadhurst avait procédé à une nouvelle métamorphose. Cette fois, le changement était radical. D'abord, il y avait son costume. Comme je l'ai dit, après avoir abandonné son uniforme de croque-mort, il avait traversé une inquiétante période bookmaker/fourgue. À présent, il était vêtu très correctement, même avec élégance. Il portait un manteau trois-quarts à col de velours, un complet bleu marine à très fines rayures et une chemise de lin blanche comme neige. Le nœud de sa cravate en soie était maintenu par une épingle ornée d'une perle. Sous son chapeau melon rond comme un casque de la Wehrmacht, sa tête semblait dûment auréolée pour figurer sur le mont Rushmore ou tout autre monument commémoratif. D'une main gantée de peau de chamois, il tenait négligemment une canne à crosse d'argent et, de l'autre, fiché entre deux phalanges, un « barreau de chaise » couronné de cendre blanchie.

M. Broadhurst sourit en me voyant accourir. Une bouche carnassière fendait son visage lisse comme l'entaille laissée par une hachette dans un fruit. Ses arcades sourcilières ossues formaient une voûte gothique. Et il s'esclaffa – crachant le rire avec la fumée.

« Ah, tu es là ! s'exclama-t-il, laissant entendre qu'il m'avait cherché partout. Viens vite, mon garçon, nous avons de beaucoup à débattre et de temps fort peu. » J'étais maintenant assez grand et corpulent pour marcher à son bras sans déparer. À ma grande surprise, ce fut ce qu'il me proposa. Et nous cheminâmes ainsi, bras dessus bras dessous, dans Sunningdale Drive, le long de Sussex Gardens où les joueurs de boule anglaise s'estompaient lentement dans leurs tenues blanches bien repassées, vers London Road. M. Broadhurst exerçait sa grandiloquence.

« Songe aux similitudes entre Brighton et Rome. Les deux villes sont bâties sur sept collines et, toutes deux, ont été des lieux de plaisir pour de puissants empires. Observe les sommets, fiston. Que vois-tu ? »

Je réfléchis. « Ma foi, tout ce que je vois par là, c'est le cimetière.

– Tout juste. Et par là-bas ? dit-il avec un geste vague vers l'arrière.

– Le champ de courses ?

– Bien, jeune homme, bien. À vrai dire, capital ! Le champ de courses. Les jeux de la vie et de la mort. La mortalité enfin définie par la topographie. Quel soulagement ! »

Il rit encore, emporté par son trait d'esprit. Je n'avais jamais vu M. Broadhurst de si belle humeur. Il turbinait sur le trottoir en tirant furieusement sur son cigare, comme une locomotive à vapeur bipède.

« Il y a quelque chose qui te turlupine, garçon. Accouche, crache, éructe, vomis ce que tu as sur le cœur. Bref, dis-le-moi.

– Eh bien... je ne sais pas... je ne sais pas comment présenter la chose, mais vous avez changé...

– Et tu te demandes ce qui a causé ce changement, c'est ça ? Bien sûr, c'est ça, inutile de tourner autour du pot. Eh bien oui, monsieur, j'ai changé. Je me suis dévoré de l'intérieur et, par un acte de gastromancie sans précédent, j'ai prouté ma nouvelle incarnation. Voilà.

« Tu te demandes autre chose encore, n'est-il pas ? Tu voudrais bien savoir s'il y a un lien quelconque entre cette métamorphose et mon séjour estival. Où vais-je ? Là est la question. En temps utile, j'y répondrai – à celle-là et à maintes autres qui, je le sais, t'ont tarabusté ces dernières années. »

Ainsi, tandis que nous progressions de conserve sur les montées, les crêtes et les descentes de trois des sept collines, M.

Broadhurst discourait. Et quel discours c'était ! Riche et protéen, son verbe était pour moi le puits de toute science, un semis de concepts qui germaient aussitôt qu'on les entendait et faisaient lever toutes les idées de tous les temps.

« La réalité, disait M. Broadhurst, que tu la chérisses ou l'exècres, il faut faire avec. Tu n'es pas d'accord ? Bien sûr que tu es d'accord, parce que tu n'as pas le choix. Et pourtant, mon ami, tu es le candidat idéal pour le rôle de timonier, suborneur, séducteur, traducteur de cette réalité. La réalité est tout à la fois une vierge que nous voulons croire pure et une vieille putain que nous avons tous possédée, à la file, encore et sans relâche, jusqu'à en avoir les yeux et les oreilles comme des testicules écorchés vifs. Nous observons sa récurrence, ses allées et venues à travers et en nous-mêmes, et néanmoins nous nous trouvons incapables de nous en abstraire. Toi, en tout cas, tu en es incapable. Avec moi, évidemment, c'est le contraire, et c'est pourquoi nous sommes faits pour nous entendre, tu piges ? Non, bien sûr, tu ne piges pas, je vais donc devoir me livrer à une démonstration. »

Cependant qu'il devisait, nous zigzaguions entre les chalands de fin d'après-midi qui peuplaient le centre-ville. Ou, plus exactement, c'étaient eux, citadins plus frêles, qui zigzaguaient pour éviter notre masse combinée, tant notre marche était impérieuse. Tout à coup, M. Broadhurst tomba en arrêt, me forçant à décrire une volte qui me tourna face à la vitrine d'un magasin de jouets.

Un incroyable décor avait été monté sur l'étal de la devanture pour mettre en valeur un gigantesque circuit de train électrique. Un escarpement en carton-pâte formait l'arrière-plan et, par-devant, des locomotives tractant des voitures et des wagons de marchandises franchissaient des tertres et de minuscules tunnels avant de se croiser à grand bruit dans des gares en plastique, sans jamais s'arrêter, en faisant mugir des sirènes électroniques.

J'écarquillai les yeux, immobilisé par le bras du gros homme qui entourait le mien avec la rapacité constrictive d'un anaconda affamé. De toutes les images eidétiques, précises et impeccables, que m'a transmises mon enfance, celle-ci est la plus vivace. Les trains qui circulaient avec une sorte de fluide inertie; l'étonnante netteté des petits arbres en plastique et des bâtiments qui illustraient si exemplairement la réalité trompeuse dont il venait de parler; et la présence visible, entre les coups de pinceau du ciel peint, d'une déité de poche qui œuvrait derrière l'horizon en papier mâché. En admirant l'étalage, j'aperçus mon reflet et celui de M. Broadhurst en surimpression sur la vitrine. Alors, l'eidétique s'empara de moi, mêlant les deux plans visuels à un troisième, intérieur, qui les englobait. M. Broadhurst sembla fondre sur moi. Sur le moment, je ne sus plus où il était : dans ma tête, sur la vitre ou sur le trottoir ? Dans les trois endroits à la fois ?

Il parla en moi. « Où je suis, garçon ? C'est ça que tu veux savoir ? Eh, tiens, mais dans les trois endroits à la fois, pardi, c'est ça, le truc, tout est là. Regarde bien, regarde ce monde en contreplaqué, projette-toi dedans, regarde à côté de ce poste d'aiguillage miniature. Qu'est-ce que tu vois ? »

Essayant de ne pas me formaliser de cette ingérence dans mes antinomies fondamentales, j'observai le chemin de fer. Une minuscule silhouette replète sautillait sur le sol badigeonné de vert, comme une pécore ivre dans un quadrille ou un aborigène dans une fête tribale. C'était M. Broadhurst – à l'échelle Hornby.

« Je suis L'Obèse Contrôleur, dit-il dans ma vision eidétique. Je contrôle tous les automates de l'île de Grande-Bretagne, toutes ces machines bercées par l'illusion qu'elles ont une âme. Je suis aussi le Grand Esprit Blanc qui habite la cinquième dimension. Tout est relié à mes doigts… par des fils. »

Nous avions repris notre marche. Nous traversâmes la chaussée à la bifurcation de la Tour de l'Horloge, entrâmes dans les Lanes et bientôt nous fûmes seuls, trottinant dans un étroit passage entre deux échoppes branlantes. M. Broadhurst s'arrêta brusquement à nouveau, me forçant cette fois à me tourner face à lui.

« Quel est mon nom, jeune homme ? »

J'étais déboussolé. J'observai mon maître. Jamais encore son visage bouffi ne m'avait paru si dénué d'expression. Une ataraxie de pierre.

« Ben… euh… M. Broadhurst, m'sieur.

– Faux ! » Une paume ouverte, aussi lourde et viandeuse qu'un jambon de Bradenham, s'abattit sur ma joue avec une force prodigieuse. Je tombai à genoux, avec un âcre goût de sang dans la bouche. « Allons, Ian, ne me déçois pas, réponds à ma question.

– V…vous… vous êtes… vous êtes L'Obèse Contrôleur ? » dis-je en gémissant. Sans savoir pourquoi, j'étais certain qu'une mauvaise réponse eût signifié la fin de nos relations.

« Bien, bien. Bien dit… Capital ! » L'Obèse Contrôleur m'aida à me relever. « Je suis content que nous ayons réglé ce petit problème. D'aucuns pourraient dire : “Qu'est-ce qu'un nom ?”, mais je doute qu'un trou de cul sente la violette. À présent, mon gaillard, tu t'interrogeais tantôt sur mes déplacements et mon changement d'apparence. La raison en est que mes cinq années sont écoulées. Adonc, ma retraite prend fin et, avant la Noël, je serai de retour dans le monde.

« Maintenant, à quoi ai-je passé l'été ? À me refamiliariser avec le tout-venant. Ces cinq dernières années, un pernicieux affaiblissement m'a contraint à hiberner six mois par an, à m'enterrer vif dans la désuète redoute de Cliff Top, mais me voilà libre enfin. Libre de sentir à nouveau la sueur sur la frange des bourses ; libre de prendre le frais dans le vent des avions gros porteurs ; libre de m'asseoir sur les avis du prétendu bien et du prétendu grand.

« J'ai trotté parmi les hyènes du Serengeti quand on y capturait des fauves ; j'ai dansé le wellington avec les Zoulous dans les hostelleries des townships ; j'ai hanté à pas feutrés les allées de la Bibliothèque nationale à Paris, prêtant l'oreille au bleu bla-bla d'universitaires verdâtres ; j'ai décortiqué des crevettes roses avec des androgynes aux yeux bridés dans les souks polyglottes de l'Orient lointain ; j'ai atteint le nadir d'un nombre insensé de transes psychosexuelles, tant dans l'arrière-pays amazonien que dans les civilisations plastiques de la côte Pacifique ; je me suis intégré aux circuits de cervelets artificiels des siliconeoueds ; je me suis introduit dans des fûts de canons sur les cinq continents pour me catapulter triomphalement ; j'ai ricané dans les loges et titubé dans les galeries d'opéra festonnées de mélomanes asexués ; j'ai couru les salons du vieux et du nouveau monde ; j'ai levé des bocks dans les tavernes et joué de la flûte dans les comtés d'Angleterre ; j'ai coursé des protons lambins dans le cyclotron et festoyé dans son théâtre d'ombres ; et – faudrait voir à pas l'oublier – je me suis aussi caché sous des divans pendant que des miauleuses argentées flattaient leurs névroses chatonnes, se croyant seules dans leur boudoir.

« Bref, en un mot comme en cent, pour faire un nœud mnémotechnique dans ce récit tentaculaire : je me suis réacclimaté dans mon jardin. Et maintenant… mangeons. »

Nous mangeâmes au restaurant Al Forno, un italien à l'entrée des Lanes. Après cette violence préprandiale, j'étais interdit. Interdit et effarouché par l'assurance des manières de L'Obèse Contrôleur. Ce n'était plus un doux dingue en retraite avec quelques tours amusants dans son sac. Il était devenu autre chose ou, pis encore, ce qu'il avait toujours été.

À peine avions-nous mis le pied dans le restaurant que le propriétaire déboula de la cuisine pour venir à notre rencontre, en s'essuyant les mains à une serviette.

« Ah ! Signor Northcliffe ! » Il frétillait. Quant à moi, qui avais déjà le pas hésitant, ce nouveau changement de nom me laissa suspendu sur un pied. « Y a oune éternité qué nous avons pas vou. Pourquoi vous venez plous Al Forno ? Vous avez trouvé quelqu'un qui fait oune meilleure pizza ?

– Tommaso, qu'allez-vous chercher ? fit L'Obèse Contrôleur avec une condescendante bonhomie. Vous confectionnez les plus exquises pizze du Sussex – ne vous l'ai-je pas toujours dit ? Non, non, j'étais en voyage d'affaires ces derniers mois.

– Et qui c'est ça, votre fils ? » Tommaso me gratifia d'un sourire de trois quarts, qui multiplia à la puissance 9 la pétulance de L'Obèse Contrôleur. Son thorax prit les proportions d'un baobab, égal en volume et en courbure au four à charbon de bois qui dominait la salle. « Ha ha ! Ah ! Ha haa ! Que nenni, plutôt un petit-fils, dirais-je, mais c'est bien aimable à vous d'être si flatteur… pour lui. » Puis sa bonne humeur se dégonfla tout d'un coup. « À l'ouvrage, tavernier ! Apporte-nous deux litres de ce vil chianti et quatre de tes grandes spéciales. Nous serons en haut. »

Nous grimpâmes un escalier en colimaçon, qui traversait deux salles, et prîmes place devant la baie vitrée du dernier étage. Comme de bien entendu, Tommaso nous apporta le vin lui-même. L'Obèse Contrôleur me remplit un verre.

« Enfile ça dans ton gosier, dit-il. À ton âge, il est impardonnable de ne pas tenir l'alcool. Allez, avale-moi ça cul sec. »

Je m'exécutai.

La « spéciale » se trouva être une pizza de la taille d'une roue de charrette, une circonférence d'un mètre cinquante découpée dans l'écorce terrestre en éruption volcanique. On y découvrait pêle-mêle les fruits de la forêt, les animaux de la plaine et quelques créatures des mers pour faire bonne mesure – le tout englué dans d'épaisses cloques de mozzarella. L'Obèse Contrôleur en engloutit trois et je m'employai tant bien que mal à expédier la quatrième. J'étais époustouflé par ses prodigieuses capacités d'absorption. Certes, j'avais vu le M. Broadhurst d'antan à la besogne devant les sally-lunns, mais ce n'était qu'un exercice d'échauffement comparé à ceci.

Un jour que j'avais fait allusion, dans mon enfance, à la corpulence de M. Broadhurst devant ma mère, elle m'avait rembarré. « C'est une infirmité comme une autre, Ian. M. Broadhurst a des problèmes glandulaires, c'est pourquoi il est un peu lourd. Il ne mange pas plus que les gens ordinaires. » En l'écoutant, j'avais eidétisé les glandes en question, que j'imaginais logées dans le cou de M. Broadhurst comme des berlingots bulbeux.

« Tu penses à mes glandes, pas vrai, garçon ? » La voix de L'Obèse Contrôleur me tira de mon vertige aviné. En parlant, il disséquait un champignon glandoïde pour illustrer sa télépathie. « Quand on est gros, dit-il, c'est qu'on mange trop. Il n'y a pas d'autre raison. Après tout, continua-t-il en maniant adroitement une demi-miche de pain aillé pour éponger la sauce tomate de sa dernière assiette, on n'a jamais vu personne revenir obèse d'Auschwitz. »

Je compris avec un temps de retard que sa remarque était censée être une blague très drôle et je m'efforçai de faire écho à ses éclats de rire en joignant ma voix de piccolo à son euphorie de basse.

Il continua à disserter d'importance sur la nature du gras, passant en revue les gros illustres de l'histoire, de Néron à Falstaff et Arbuckle. Il s'attarda particulièrement sur les propriétés isolantes et prophylactiques de l'excès de graisse. « Sans le caparaçon de l'embonpoint, dit-il, le corps n'est qu'un ressort osseux prêt à se détendre mortellement. » Il balaya ce que j'avais appris en biochimie en m'expliquant que les barrières grillagées des molécules grasses sont d'une dimension astronomique par rapport aux murs en pierres sèches des simples protéines et qu'il espérait parvenir à gainer son corps tout entier dans une seule énorme molécule grasse. Il conclut en énumérant les propriétés sexuelles de l'obésité, me faisant observer notamment que l'adipose permettait de développer des poignées d'amour parfaitement adaptées à la sexualité orale, de même qu'au coït.

Pendant que nous mangions, le restaurant avait commencé à se remplir de la clientèle des théâtres, des bourgeois de Brighton qui menaient dîner leurs bourgeoises avant le spectacle. Je les voyais à travers les yeux de L'Obèse Contrôleur : ils étaient gauches, inélégants, harnachés dans des vêtements mal seyants qui les faisaient ressembler à des polochons enfoncés dans des taies d'oreiller. Ils parlaient à voix basse, délibéraient du menu et buvaient leur vin par petits prélèvements, comme des oiseaux. L'une de ces dames se leva et s'approcha de notre table. Notre café venait d'arriver.

« Excusez-moi, dit-elle, hésitante.

– Non », rétorqua L'Obèse Contrôleur sans même lever les yeux, en s'affairant sur la cafetière.

Je la regardai, bouche bée. La rebuffade échauffa sa figure congestionnée mais, puisant dans ce qui lui restait de sang-froid, elle enchaîna : « Puisque vous refusez de vous conduire avec civilité, je ne modérerai pas ma critique. Je ne voulais pas vous gêner devant votre petit-fils…

– Ce n'est pas mon petit-fils, c'est le fils de ma logeuse…

– Quoi qu'il en soit, peut-être aimera-t-il savoir que vous avez troublé notre repas. Votre voix est aussi sonore qu'insistante et, comme si cela ne suffisait pas, vos propos sont aussi ennuyeux qu'invraisemblables. Vous êtes sans conteste l'homme le plus grossier qu'il m'ait été donné de rencontrer dans un restaurant. Et, en disant cela, je pense parler au nom de toutes les personnes présentes. »

Sans attendre la réaction de L'Obèse Contrôleur, elle tourna les talons et regagna sa table, où elle fut saluée par des « Bien envoyé ! » et autres tapes sur l'épaule de la part de ses commensaux.

L'Obèse Contrôleur avait écouté la dame lui dire son fait dans une immobilité totale, comme un sportif dont le geste eût été figé dans une image arrêtée avant un replay au ralenti à l'attention des téléspectateurs distraits. Je l'observai avec méfiance, guettant l'esclandre qui, j'en étais sûr, était en cours d'infusion comme le café. Mais il demeura impassible et acheva le repas en éclusant stoïquement un bon litre d'espresso, une grande boîte d'Amaretti di Saronno et huit verres de grappa. Il recalcula l'addition d'un coup d'œil fugace. Ce fut la première fois que je pus voir ses facultés eidétiques à l'œuvre – je veux dire autrement que par ses effractions dans mon univers visuel interne. Bêtement, je pris cela pour un bon signe.

Nous sortîmes dans la torpeur des débuts de soirée. Le chianti me montait un peu à la tête, mais j'étais un grand garçon et j'avais déjà expérimenté les effets de l'alcool, de sorte que je n'avais pas de trop peine à maîtriser ma griserie. Sa gargantuesque ventrée semblait avoir apaisé l'humeur de L'Obèse Contrôleur, dont les manières redevenaient avunculaires à mesure que nous nous éloignions de la pizzeria.

« Il y a deux raisons pour lesquelles je tenais à te retrouver à la sortie de l'école aujourd'hui. » Il s'interrompit pour allumer un Partagas perfecto brun-vert en forme de dirigeable avec un briquet-tempête. « Tu auras deviné la première, reprit-il en mâchant d'épaisses volutes de fumée, à savoir que j'ai l'intention de te faire progresser plus avant dans la compréhension de ma vraie nature, plus avant mais pas trop loin, ma devise étant : "Intrigue-les." L'autre raison est que je veux avoir l'occasion de deviser librement avec toi sur ton avenir.

– Mon avenir ?

– Parfaitement. Attendu que ton père ne semble guère disposé à s'intéresser à toi – à supposer qu'il vive encore –, je me considère *in locus pater*. Non que cette perspective me réjouisse. Comme tu le sais, mes valeurs, mes méthodes, pour tout dire, mon intelligence même du monde, ne sont pas conventionnelles. Nonobstant, j'éprouve le besoin de transmettre un legs, au même titre que n'importe quel parent biologique. Ton insolite aptitude à l'imagerie mentale te distingue dans ce contexte. J'ai décidé – du moins *pro tempore* – de rehausser le degré de nos liens en te faisant passer du statut d'"apprenti" à celui, potentiellement plus intime, d'"adoubé". Tu sais ce que ça veut dire ?

– Non.

– Très bien, ne manque pas de vérifier le mot quand tu seras chez toi. »

Nous entrâmes dans le jardin public qui entoure le Pavillon royal. Dans le demi-jour automnal, l'auguste bâtiment paraissait à la fois toc et grandiose. L'Obèse Contrôleur était beaucoup plus à son affaire dans ce cadre qu'à Cliff Top, ou en tout autre endroit où j'avais pu le voir. Il y avait du dandy dans sa façon « régence » de manier sa canne et de tourner sa tête globuleuse, comme s'il eût cherché des yeux quelque autre muscadin à saluer. En outre, les colonnes cannelées, les cariatides et les coupoles dorées du Pavillon suggéraient à mon moi adolescent un monde de plaisirs ambigus où il jouait un rôle que je m'interdisais de visualiser dans mon esprit éméché.

Pourquoi « L'Obèse Contrôleur » ? pensai-je. Pourquoi pas « l'Obèse Contrôleur » ?

« Tu dois impérativement mettre une majuscule à l'article défini, même en pensée, tu me comprends ?

– Ou…ou…oui », bredouillai-je, médusé une fois de plus par la précision de sa sonde télépathique.

Nous virâmes vers la gauche, guidés par la courbe parfaite d'un parterre de fleurs agencé de manière à former une mosaïque vivante du blason municipal.

« Envie de faire un tour au théâtre ? » C'était moins une question qu'une injonction.

« Oh, mais… oui, avec plaisir », dis-je. Puis, tout à coup, je reconnus les gens qui marchaient devant nous dans le jardin. C'était la plaignante d'Al Forno et ses amis. Je me mis à parler avec empressement, espérant détourner l'attention de mon compagnon. Je voulais à toute force éviter que ne se produisît ici, devant un public encore plus nombreux, le coup de colère que j'avais redouté au restaurant.

« Je veux aller à l'université », dis-je – alors que, jusqu'à cet instant, ce désir n'était qu'à demi formulé, en incubation dans mon esprit. « Je m'intéresse à… Disons, je m'intéresse aux espèces des choses…

– Aux espèces des choses ? Qu'est-ce que tu entends par là, garçon ?

– Disons, comme les produits. Toutes les différentes sortes de produits. Comment persuader les gens d'acheter cette sorte-ci plutôt que cette sorte-là. » Et je ne mentais pas, je m'étais souvent demandé, en observant l'assortiment de condiments, épices, herbes et conserves qui s'étalait dans la cuisine de ma mère, pourquoi elle avait choisi telle marque de pois cassés plutôt que telle autre. Tout cela m'était incompréhensible, et la théorie marginale de la préférence que j'avais commencé à étudier en économie ne faisait qu'approfondir ma confusion. Car, dans un monde dont l'irrationalité était démontrée, comment pouvait-il y avoir une quantification prospective du choix ? Depuis que ma mère avait relancé sa progression ascensionnelle dans l'échelle sociale, ses schémas consuméristes avaient subi de notables changements. Elle cuisinait à présent à l'ail, s'intéressait aux vins et intitulait « fricassée » tout ce qui graillonnait dans la poêle.

Les choses m'avaient toujours bien plus attiré que les gens. Petit enfant, je savais par cœur le poème de Masefield : « Quinquérème de Ninive revenant de l'Ophir lointain / Vers le port ensoleillé de Palestine… » La description de la cargaison, dans son luxe de détails – le bois de santal, les épices, l'ivoire, l'huile, le vin –, faisait mes délices.

« Ah…haa ! Haha haha… très intéressant, assurément. Tout à fait pertinent. Eh bien, tu iras à l'université si tu le souhaites. » L'Obèse Contrôleur prenait un ton maternel qui ne lui ressemblait pas. « Mes projets te concernant te placent plutôt à la tête d'une sorte d'agence. Je n'ai pas l'intention de m'immiscer dans ta vie ou d'empiéter sur ton libre-arbitre. J'ai le simple désir de te voir achever tes études et choisir un emploi qui puisse servir mes desseins, à un moment ou à un autre dans l'avenir. Hormis cela, je ne ferai valoir aucune exigence. » Il s'interrompit, en tenant le mégot de son cigare contre son front, de sorte qu'une cataracte de cendre blanche ensablait sa cavité oculaire, sans pourtant provoquer le moindre clignement. « Et d'ailleurs, maintenant que j'y pense, cela n'est pas si éloigné du genre d'influence que ton père génétique eût aimé exercer sur toi, n'eût-il été un si méprisable Essénien, une non-entité claustrale incapable ou presque d'interagir avec ses congénères. Tu sais, bien sûr, à quoi il passe son temps ?

– Non, pas vraiment. Il y a bien trois ans que je ne l'ai pas revu. Maman m'a dit qu'il voyageait en bus le long de la côte, d'une bibliothèque publique à l'autre.

– C'est exact. Et que t'inspire la chose ?

– Oh, je ne sais pas…

– Correction : tu sais. Elle t'inspire de la honte et t'embarrasse. C'est autant à cause de sa négligence que de mon intervention que tu te trouves ainsi coupé de la société normale. Si j'avais le sens de la responsabilité, ce facteur seul suffirait à le défaire. Mais, foin de tout cela, nous voici au théâtre. Et voilà, si je ne m'abuse, l'ignorante qui s'est montrée si grossière envers nous au Al Forno.

– Vous croyez ? Je… je n'en suis pas vraiment sûr. » J'espérais vaguement pouvoir communiquer mon incertitude à L'Obèse Contrôleur. Aucune chance.

« Si, si, c'est bien elle, affirma-t-il, catégorique. Je te devine inquiet, tu crains que je fasse du scandale, que je t'humilie devant cette populace. » D'un ample geste de sa main-pelleteuse il engloba les alentours du Théâtre Royal, qui se remplissaient de monde, et la route où des véhicules aux manœuvres saccadées joutaient pour un répit provisoire. « Ce n'est pas mon genre, Ian – sache que je m'applique à ne jamais causer de "scandales" afin de ne pas mettre inutilement dans l'embarras ceux que j'estime, que ce soit physiquement, socialement ou en quelque autre manière. »

Là-dessus, nous contournâmes la femme et ses amis pour entrer dans le théâtre. L'Obèse Contrôleur avait réservé de bonnes places aux premières loges. Je refusai la glace qu'il m'offrit, ce qui ne l'empêcha pas d'acheter un énorme cône pour lui-même, qu'il introduisit tout entier dans sa bouche, avec le cornet, dès que nous fûmes assis.

« Miam miam, dit-il, j'aime cette douloureuse sensation de froid, ce martèlement glacial sur… miam miam… l'intérieur de mes tempes. Le petit Peter Quince y voyait un symptôme de névralgie faciale, ou, pis, un signe précurseur de l'hydrocéphalie qui emporta sa sœur… miam miam… Une piauleuse neurasthénique qui trouvait là un prétexte pour justifier ses orgies de laudanum. Il n'est cependant pas impossible que je sois effectivement hydrocéphale, ou en tout cas immunisé contre tout enflement de la tête. Hein ? »

J'acquiesçai, quoique je n'eusse pas la moindre idée de ce dont il parlait.

Nous restâmes silencieux pendant que le reste du public s'infiltrait. Sa glace finie, L'Obèse Contrôleur se mit à bouger sur son siège, mal à l'aise, geignant et soufflant. Finalement, il me dit : « Ça ne va pas. C'est trop inconfortable. Il me faut un autre siège, pour que je puisse poser mes pieds dans l'allée. Essayons de faire l'échange. »

Le couple assis au bout de la rangée fut ravi de troquer ses places contre les nôtres. Or à peine étions-nous réinstallés que je compris la véritable raison de cette transplantation. Nos nouveaux sièges se trouvaient juste derrière ceux de la dame aigrie et de ses compagnons.

« Une aubaine, hein ? dit-il en me lorgnant dans la lumière artificielle, les babines retroussées. Nous allons enfin avoir une occasion de rééquilibrer un peu les choses… Ça te plairait ?

– Je ne sais pas, dis-je lâchement.

– Allons, mon gaillard, il est temps pour toi de savoir ce que tu veux. Ces dernières années, je me suis employé sans désemparer à te cultiver, grâce à toute une entreprise de jardinage métaphysique, débroussaillage, ergotage, émondage. Je ne t'ai pas caché que je voyais en toi un garçon de fort potentiel, un garçon digne d'être par moi initié aux merveilles de ce monde. Cela étant, s'il s'avère que tu n'es pas à la hauteur de ce considérable investissement, j'accueillerai la chose avec philosophie en te rangeant dans la colonne des pertes. Mais, si tu veux prolonger notre association, alors il faut qu'enfin tu places en moi une confiance sans faille. Sans quoi, je ne peux poursuivre. »

Pendant sa tirade, un fait étrange me frappa. Bien qu'il s'exprimât sur le ton de la conversation – ce qui, dans son cas, signifiait tonitruant –, aucune des personnes assises à proximité ne semblait l'entendre. À nouveau, il s'adressait directement à ma conscience, parlait dans mon oreille interne sans laisser échapper aucun son à l'air libre.

« Les gens ne sont pas tous pareils, tu me l'accorderas ? reprit-il sur un ton pédagogique, cette fois.

– J'suppose.

–"J'suppose" n'est pas tout à fait suffisant. Il se trouve, mon jeune ami, que nous avons certains devoirs, non à l'égard d'autrui mais de nous-mêmes. Nous ne pouvons nous permettre d'essuyer des affronts sans réclamer une juste indemnisation. » Il pointa le bout de sa canne à un centimètre de la tête de la rouspéteuse. « La ci-devant n'est pas un agent moral au sens où je le suis et où tu le seras. Ses responsabilités morales ne sont pas les nôtres et, par conséquent, ses droits non plus. Tel que tu me vois, je possède des pouvoirs que l'homme de la rue jugerait sans doute effrayants, inhumains, voire même divins, et qui s'accompagnent naturellement d'une habilitation morale étendue. »

Entre-temps, l'auditoire s'était tu. Çà et là, quelques bavards avaient interrompu leurs entretiens et leur mutisme s'était peu à peu propagé dans l'assistance tout entière, jusqu'à un silence généralisé. On n'entendit bientôt plus un bruit dans la salle. Les lumières s'éteignirent et la petite bande de musicaillons qui croupissaient dans la fosse d'orchestre se mit à besogner les instruments avec indolence.

Le rideau se leva sur un décor dont la criante facticité rappelait, en plus bariolé, celle du train électrique dans la vitrine du magasin de jouets. Les traits de pinceau étaient nettement visibles sur la toile de fond ; les roses étaient en plastique et immobiles ; le devant de la scène était recouvert d'un faux gazon comme on en trouve sur l'étal des fruitiers. Il y eut un grésillement dans les haut-parleurs, suivi de gazouillements enregistrés. Je consultai le programme, pour apprendre que j'avais devant les yeux la roseraie d'une maison de campagne anglaise en 1922. Une femme entra par la gauche. Elle était jeune, vêtue d'une robe qui voletait autour de ses mollets, et avait la tête serrée dans un étroit chapeau de feutre. Elle commença à déambuler de long en large sur la scène en agitant un face-à-main et un porte-cigarette démesuré pour ponctuer ses remarques.

La pièce était un vaudeville – mais je n'y attachai guère d'importance. Je me rendis compte que le seuil de perception des spectateurs devant l'invraisemblance était très inférieur au mien et que l'immense fossé qui séparait l'humour supposé des situations et leurs réactions exagérées était minuscule en regard de celui qui séparait déjà ma réalité et la leur. Je me rendais compte aussi que l'essentiel de cet humour supposé dérivait de l'anachronisme des mœurs sexuelles de la pièce. Mais ce n'étaient là que des intellections périphériques, car l'essentiel de mon attention était accaparé par le fascinant discours amoral de L'Obèse Contrôleur.

« Quand je désire tuer, je tue. » Sa voix était lubrique mais courtoise, quoique insistante. « Et rien de ce que peuvent dire ou faire les gens ne me retient. Heureusement, je recours assez rarement à cet expédient, attendu que j'ai élaboré de nombreux autres stratagèmes pour parvenir à la même fin. Mais de temps en temps, comme maintenant, le meurtre est la meilleure option possible. Observe le bout ferré de ma canne. » Je sentis quelque chose me piquer la jambe. Je baissai les yeux. Il maniait une sorte de taquet ou de pivot sur sa crosse. La femme devant nous – la femme qui allait mourir – s'esclaffa bruyamment devant un jeu de scène, ce qui détourna un instant mon attention. Quand je regardai à nouveau, je vis, scintillant dans l'obscurité, une longue aiguille saillir brusquement à la pointe de la canne, puis se rétracter dans la hampe aussi soudainement qu'elle était apparue.

Ce qui se produisit ensuite reste confus. Il y eut une scène dans un salon. La jeune femme chapeautée était surprise par son mari dans les transes d'un adultère simulé. Un opportun sganarelle ou servile machiavel éteignit providentiellement les lumières et toute la salle fut plongée dans le noir. Je ne pourrais l'affirmer mais, dans le brouhaha de stridences euphoriques qui s'ensuivit, il me semble bien avoir entendu un déclic mécanique. L'Obèse Contrôleur demeurait d'un calme cicéronien et sa victime désignée hurlait avec les autres. Hurlait et suffoquait même, tant l'humeur était joyeuse.

Aussitôt après, ce fut l'entracte. Au lieu de se joindre à la foule qui s'agglutinait dans l'allée en direction de la buvette, il m'entraîna par le bras dans la direction opposée. Nous empruntâmes la sortie de secours et débouchâmes dans une ruelle.

Dehors il faisait noir et L'Obèse Contrôleur releva le col en velours de son manteau. « La pièce t'a plu ? me demanda-t-il. Personnellement, je n'ai pas aimé, enchaîna-t-il sans me laisser le temps de répondre. J'ai trouvé l'intrigue fastidieuse et l'interprétation lamentable. N'est-il pas drolatique de voir que l'art est incapable de produire une meilleure imitation de la vie, quand nous savons que la vie elle-même est tellement illusoire ? Tu n'es pas d'accord ? En outre, continua-t-il en me tirant vers Pool Valley, ces acteurs sont de minables imposteurs sans aucune crédibilité. Cette femme censée incarner une pimpante midinette est en fait une vieille virago embluejeanée qui débitera tout à l'heure des inepties pires encore dans quelque bar voisin. N'ai-je pas raison ? »

Je répondis à sa rhétorique par une question, anticipant une fin de non-recevoir : « La dame qui vous a insulté, celle qui était assise devant nous…

– Celle que je me proposais d'occire ?

– Oui.

– Eh bien, je l'ai fait. »

Il n'en dit pas plus, comme si la chose eût été sans importance.

« Mais… mais… je n'ai rien vu. Comment avez-vous fait ?

– Du curare. Aucune magie là-dedans, sauf dans la mesure où le passage de l'intention à l'acte s'est fait, pour ainsi dire, sans interruption de la chaîne causale. Tu as observé l'aiguille hypodermique dans le fer de ma badine ? dit-il en frappant le pavé du bout de sa canne. Une méthode d'empoisonnement que j'ai apprise au cours d'un séjour en Bulgarie. J'avais trouvé fort judicieux, à l'époque, qu'un peuple si piétonnier développât une si piétonnière technique d'assassinat. » Il éclata de rire, très amusé par sa boutade. « Le curare paralysera la greluche. Infâme pouffiasse. Je le lui ai inoculé dans le cuir chevelu. Je doute que le médecin légiste aille lui chercher des piqûres dans la tête et, quand bien même, avant d'en arriver là, il m'étonnerait fort que l'équipe de premiers secours dépêchée par l'Hôpital général de Brighton soit assez familiarisée avec ce type de drogue pour découvrir au débotté l'antidote propice qui lui sauverait la vie. »

Au lieu de m'horrifier comme il se devait (mais peut-être étais-je sous le choc), sa manœuvre éveilla ma curiosité.

« Mais quand ils feront la… comment…

– L'autopsie ?

– Oui, quand ils feront l'autopsie, qu'est-ce qu'ils trouveront comme cause de la mort ?

– Suffocation, j'imagine. Je reconnais que ce sera un casse-tête pour eux mais, étant donné le faible niveau critique de la gent provinciale, ils pourront se contenter de l'heureuse conclusion qu'elle s'est étouffée dans un accès d'hilarité provoqué par cette ridicule pantalonnade. Et maintenant… » L'Obèse Contrôleur vérifia l'heure à son poignet. Une Rolex en or endomorphique avait remplacé sa montre-gousset. « Il est bientôt 9 heures et demie. Je suis sûr que ta mère se demande où nous sommes passés. Nous ferions bien de nous embusser pour Saltdean. Cap sur le terminus. »

Cette nuit-là, assis sur le bord de mon lit et contemplant les posters pop scotchés sur le papier peint à fleurs de ma chambre, je me pris à trembler. Ça ne pouvait pas être vrai. Si ? L'Obèse Contrôleur n'avait pas réellement tué cette femme. Si ? Il était indéniable qu'il avait pénétré mon esprit en se servant de ma mémoire eidétique pour gauchir le rapport du représenté à sa représentation, et qu'il l'avait fait avec virulence et même agressivité. Mais, tout de même, il y avait un monde entre cette vérité et le vicieux femmicide gratuit qu'il avait perpétré – surtout si l'on songe que cette femme ne lui avait rien fait, sinon se montrer incivile et outrecuidante, un peu à la manière de L'Obèse Contrôleur lui-même.

La tête me tournait. Je sentais monter la nausée d'un réveil dans un éclatant matin de douleur, je voyais poindre l'aube de mon exclusion totale du cercle de mes compagnons mortels. Dans quel pétrin m'étais-je fourré ? J'imaginais mon mentor vautré sur sa courtepointe blanche, regardant consciencieusement *Night Thoughts* et peut-être improvisant sa propre homélie télévisuelle. Je voulais tout avouer, mais à qui ? Les soupçons que j'avais conçus quant à une éventuelle complicité entre ma mère et L'Obèse Contrôleur s'étaient mués en intime conviction, et j'étais certain qu'elle s'étendait jusque dans ces zones fuligineuses. Je comprenais que la « confiance » qu'il recherchait était le silence. Un silence de grande envergure, englobant tous ces aspects de nos relations qui pouvaient paraître impropres, voire bizarres, à un observateur extérieur. Je n'osais imaginer les conséquences auxquelles m'eût exposé une trahison de cette confiance. Si une impolitesse avait pu valoir la mort à une femme, alors je devais m'attendre à être cloué sur un poteau, torturé, découpé en morceaux et avoir le cœur arraché.

Ma maudite mémoire eidétique me soumit une vision du retable médiéval du Victoria and Albert Museum de Londres, celui qui dépeint le martyre de saint Antoine : saint Antoine arrosé d'huile bouillante parmi une assemblée d'autres suppliciés ; saint Antoine percé de traits d'arbalète décochés en rafale par L'Obèse Contrôleur ; et, sur le triomphal panneau central, son corps blanc, flexible et divisible comme une couenne de bacon, scié en deux dans le sens de la longueur. Mais, à la place du visage éthéré du saint aux yeux en amandes, c'était une bouche béante que je voyais, ma bouche, mon propre visage distordu par l'agonie entre sa frange de cheveux brunâtres et son menton à fossette.

Sans m'en apercevoir, je m'étais mis à pleurer et mes sanglots m'accompagnèrent dans le sommeil.

Le lendemain était un samedi. En me rendant chez le marchand de journaux du village, je repassai dans ma mémoire les événements de la veille. Je revis, dans la pénombre pelucheuse du Théâtre Royal, la pointe brillante de l'aiguille luisant contre l'étoffe sombre du pantalon de L'Obèse Contrôleur. Je voulais encore croire qu'il s'était joué de moi, qu'il avait testé ma crédulité avec une cruauté peu commune.

C'était une claire et belle journée. L'air marin embaumait l'arrière-saison encore empreinte des dernières chaleurs de l'été, mais rien ne pouvait me soulager du lancinant cafard qui pesait sur moi. Errant sans regarder où me conduisaient mes pas, voilà que je heurtai de plein fouet la rude masse de L'Obèse Contrôleur. J'accusai le choc. Je m'étais toujours douté qu'il était plus solide que la moyenne et cette collision confirma amplement mes soupçons. Il était aussi rigide et résistant que le butoir d'entraînement au rugby de l'école.

« Eh, voilà-t-y pas mon petit compagnon de théâtre ? Où

allons-nous donc de si bon pas, si absorbé dans nos propres fantasmes que nous en oublions le respect dû aux vulnérables piétons vétérans, hein ? » Comme d'habitude, il répondit lui-même à sa question. « Chez le marchand de journaux, je parie, mais il est inutile de te hâter car j'ai déjà la première édition ici même. »

Il tenait sous le bras le journal local, qu'il brandit comme un glaive dans l'azur. « Nous sommes en première page ! » jubila-t-il en me montrant le gros titre : MORT D'UNE FEMME AU THÉÂTRE ROYAL. Je me mis à trembler violemment et je me serais évanoui s'il ne m'eût rattrapé par le coude pour me guider vers un muret, sur lequel je m'effondrai.

« Je vois que tu es un peu abattu, dit-il après un instant. Laisse-moi te lire l'article : "Une femme est décédée hier soir pendant l'entracte au Théâtre Royal." Quel style déplorable. Il y a seulement vingt ans, le tout-venant maniait mieux la langue. Mais passons, je digresse, où en étais-je… ah, oui : "La femme, dont l'identité n'a pas été révélée, assistait avec trois amis à une représentation de *5 à 7 pour six*. Ses compagnons ont alerté le personnel du théâtre en constatant qu'elle respirait avec difficulté. Les secouristes, appelés en urgence, ont tout tenté pour la ranimer. En vain. La malheureuse était morte à son arrivée à l'Hôpital général de Brighton."

« Et voilà le travail. Pas une belle mort, mais paisible. Elle ne pouvait pas espérer mieux, vu les circonstances. Attends voir, attends voir, qu'est-ce que c'est que ça ? "Un porte-parole de la police a déclaré que, bien que ce décès reste mystérieux à certains égards, il n'y avait pas lieu de suspecter un mauvais coup." Oh, bravo, bravo, impayable ! Ah haha ! Ha ! Ha ! Bien sûr que non ! Pourquoi ça ? C'était un très joli coup, au contraire, pas vrai ? Un excellent coup. T'es pas d'accord, p'tit père, t'es pas d'accord ? »

Chapitre 4

MES UNIVERSITÉS

Seule la première femme psychotique que j'aie vue a pu me donner une meilleure illustration de la frigidité, en se plaignant que son vagin contînt un bloc de glace.

Anthony Sorr

Il tint parole. Pendant les cinq années qui suivirent l'assassinat de la femme du Théâtre Royal, ses interventions dans ma vie restèrent purement éducatives. Contrairement à ce que j'avais craint, il ne me demanda pas de commettre des meurtres en douce pour son compte, ni ne m'intima de recourir à mes facultés eidétiques pour me projeter dans le monde nouménal qu'il habitait avec tant de terrifiante aisance. Cela ne l'empêcha pas, évidemment, de continuer à me chavirer la tête, s'attachant à ruiner mes derniers maigres espoirs de devenir un garçon comme un autre – pour ne pas dire comme tous les autres. Il jouait avec mes sentiments, en tirant ces fameux obus émotionnels – sur mon père, entre autres cibles – dont j'ai déjà parlé. Mais, pour lui, ce n'était que de la petite bière.

À la fin de ma scolarité, je quittai Varndean pour aller étudier les sciences économiques à l'université du Sussex. La première année, on m'alloua une chambre dans le campus mais, ne m'y plaisant guère, je revins à Cliff Top, où ma mère mit l'une des caravanes à ma disposition.

À l'époque, il n'en restait que quelques-unes, groupées comme des véhicules utilitaires autour du domicile jumbo-jet de L'Obèse Contrôleur. Le bungalow avait été réformé par les rénovations de ma mère pour renaître, tel un phœnix, de ses décombres rouillés et corrodés derrière la façade délicieusement toc du Cliff Top – l'hôtel.

Mes années d'étudiant furent heureuses, pour un temps au moins. J'aimais les cours et je trouvais que le caractère pratique des questions commerciales était un excellent antidote contre l'occultisme qui avait dominé mon adolescence. Certes, les étudiants en lettres et sciences humaines nous regardaient de haut, mais nous avions le sentiment, nous qui avions choisi de nous intéresser aux affaires, d'être plus en accord avec l'esprit du temps que les vieux hippies de la faculté.

La cupidité n'était plus vraiment considérée comme une turpitude. Les gens cachaient de moins en moins leur désir d'accaparer les plus grosses parts du gâteau. Je n'avais pas d'opinion politique arrêtée mais j'estimais qu'il fallait savoir faire des choix, tant en ce qui concernait les marques des produits que les personnes que l'on voulait dénigrer. Là au moins mes éducations parallèles convergeaient.

Pendant tout le premier trimestre, je fus timide et gauche. Il m'était presque impossible de me mêler à mes compagnons d'études. Je comprenais à peine les références culturelles qui leur étaient coutumières. Et je ne parvenais pas à me défaire des locutions de L'Obèse Contrôleur. Son penchant pour la redondance avait déteint sur moi. Souvent, lorsque j'essayais d'expliquer quelque point obscur de nos études à des camarades en difficulté, je voyais, en levant les yeux de notre manuel commun, passer une lueur d'incrédulité dans leurs regards médusés. Je savais pourquoi : ils avaient l'impression de parler avec un visiteur en provenance d'un âge révolu.

Je conservais les arcanes d'une science exigeante. L'Obèse Contrôleur m'avait inculqué la certitude que les choses n'étaient pas ce qu'elles semblaient. Mon intelligence de cette vérité était encore balbutiante mais, tout en m'appliquant avec ardeur à comprendre mes études en profondeur, jamais je n'ai douté que le vrai sens de ma vie résidât ailleurs.

Si je traînais la jambe dans cette conscientisation, c'est qu'elle était solidement ficelée au boulet de l'émotion dominante de ma vie : la peur – si bien que j'avançais à cloche-pied en m'appuyant sur les deux béquilles de la spéculation et du sentiment, dans une course à trois pattes vers l'avenir.

Cela surprendra peut-être le lecteur (à qui, ne l'oublions pas, est confiée la tâche de prendre une importante décision) de me voir écrire que mes années universitaires furent heureuses tout en continuant à dire que mon émotion dominante était la peur, mais le pire est encore à venir.

Celui qui s'était lui-même intitulé Brahmane du Banal maintenait le degré de mes peurs à un niveau critique en se manifestant à l'improviste. Comme je l'ai dit, dès l'adolescence je savais intuitivement que les rapports sexuels saperaient les quelques pouvoirs magiques que je pouvais posséder. Pourtant je me languissais d'amour physique – de la crudité du toucher – presque davantage encore que d'amour affectif. Je me sentais hypersexué et, quoique débarrassé de l'influence immédiate de L'Obèse Contrôleur, j'obéissais toujours à sa règle. Je lubrifiais ma mémoire eidétique pour lui permettre de susciter des fantasmes de plus en plus impudiques, compensant par des chairs de marionnettes le défaut de chair réelle.

La situation devint si grave que je n'arrivais plus à me concentrer sur mes études. Je ne pouvais plus ouvrir un livre, assister à un séminaire, à un cours ou à des travaux dirigés, ni même entrer dans une bibliothèque, sans avoir une érection. Je devais m'éclipser dans les toilettes, dans l'escalier du sous-sol, dans les placards fermés de la bibliothèque pour frotter l'allumette. Et la friction me brûlait, mon imagination s'enflammait dans le rougeoiement de ma lanterne magique.

Au moins ces saynètes avaient-elles gagné en sophistication depuis mon adolescence. Je devins catholique dans ma lubricité. J'avais cessé de convoquer des assemblées de nymphettes étiquetées de badges Playboy en plastique. Je préférais tringler au hasard dans la foule – des individualités de toutes sortes, grosses et maigres, jeunes et vieilles, mâles et femelles. Je pratiquais le cunnilingus, la sodomie, la sexualité intercrurale et même l'encapotage, bien avant que ce fût à la mode. J'avais acquis une telle maîtrise eidétique que je pouvais métamorphoser ces partenaires fantômes à mi-coït, de sorte que, pénétrant une vierge au déhanchement chaloupé, fraîche et fleurant la fillette, je pouvais jouir dans la bouche édentée, flasque et incrustée d'aliments d'une octogénaire.

Cette accoutumance à l'onanisme se révéla bientôt nuisible. J'étais aliéné par la branlette. C'était l'absence de toucher qui m'affectait le plus. Privé de la sensation physique d'autrui, je commençais à perdre la sensation de mon propre corps. Je m'engourdissais de partout. Il eût fallu que des mains étrangères palpent mes contours pour me prouver que j'avais encore une forme.

Pendant ma deuxième année, les choses allèrent en s'aggravant. Depuis mon retour à Cliff Top, ma mère avait dopé mes subsides. Je pus acheter une petite voiture qui réduisit à un quart d'heure mon trajet quotidien jusqu'au campus. Chaque matin, au sortir de la caravane, je me campais face à l'océan et me livrais à mes exercices, avant d'enchaîner sur ma routine rituelle. J'étais devenu un gros homme mou. Ma ressemblance avec mon père – qu'on avait maintes fois commentée dans mon enfance – était à présent saisissante. Je me savais peu séduisant et je ne faisais rien pour singer l'élégance des jeunes fats en veste de tweed, pantalon de flanelle et chemise à col ouvert.

J'étais empêtré dans un filet temporel qui enchevêtrait tout dans ses mailles, y compris Cliff Top. L'hôtel de ma mère lui avait peut-être permis de s'élever du marasme du petit commerce – au point qu'elle était maintenant abonnée à *Country Living* et autres périodiques –, mais l'enclos des caravanes était en décrépitude. Elles n'avaient pas été retapées depuis mes quatorze ans et leur peinture s'écaillait. Le liseron avait repoussé autour des roues et tout était figé dans le début des années 70.

Le campus du Sussex aussi était figé dans le passé. Construit pendant une période d'optimisme architectural, quand on supposait que la technologie triompherait, il avait été divisé en une série de cours pavées oblongues entourées de bâtiments en béton, longs et bas, remarquables par la brutalité de leurs façades. Par une ironie du sort, ces constructions, qui avaient été dessinées pour donner un aspect futuriste au présent, donnaient aujourd'hui à ce présent l'aspect d'un passé récent.

Les crédits s'appauvrissaient, de mauvaises herbes sortaient entre les dalles et des pans entiers de crépi tombaient des façades lépreuses et pourrissantes. Par-dessus le marché, la plupart des étudiants avaient gardé les habitudes vestimentaires du temps où l'université avait été construite, selon une mode révolue qui ajoutait à l'impression de désuétude de l'ensemble.

L'Obèse Contrôleur ne résidait plus en permanence à Cliff Top. Il avait commencé à s'absenter au cours de l'hiver qui suivit l'incident du Théâtre Royal – pour quelques jours d'abord, puis des semaines et finalement des mois. Je crus assister à une nouvelle projection du film de la disparition de mon père. « Raisons d'affaires », expliqua-t-il et, de fait, je voyais de temps à autre de discrètes allusions à ses activités, sous son nom professionnel de « Samuel Northcliffe », dans les rubriques économiques et financières du journal. Il apparaissait que son alter ego était une sorte de financier international. Le nom de Northcliffe était lié à de juteuses opérations boursières sur les cinq continents, mais toujours en entrefilet, sans qu'il en retirât une publicité personnelle. Jamais je ne vis sa photographie publiée.

Vous seriez fondé à penser que ces révélations eurent un puissant effet sur moi, or, en réalité, j'étais trop rompu à ses manières pour être encore sujet à la surprise en ce qui le concernait. Et je ne faisais rien pour essayer de retrouver sa trace. C'était plutôt le contraire : connaissant ses formidables pouvoirs, je soupçonnais qu'il me gardait en observation même pendant son absence. J'avais raison.

Voici l'automne de ma seconde rentrée universitaire. Un autre automne, un autre changement dans ma vie. C'est toujours en automne que se sont produits les événements importants. Chaque nouveau départ s'est toujours situé dans un contexte de mort.

Je repérai une fille qui me plaisait. Qui me plaisait vraiment. Oh, rien de très nouveau à cela. Je savais quoi faire : l'incorporer à la fosse commune de mes fantasmes, où ses charmes réels se corrompraient vite pour faisander avec mes autres visions putrides. Dès qu'elle aurait été souillée par mon imaginaire, elle cesserait d'exercer un quelconque pouvoir sur moi.

Mais je tardai à enclencher le processus et un fait imprévu survint. Elle se prit d'amitié pour moi. Nous suivions les mêmes cours optionnels, « marketing » et « statistiques ». C'était une jeune conservatrice, qui avait dû grandir dans un milieu assez protégé. Ses chaussures sans chichi, ses jupes sobres et ses corsages repassés sentaient le cathéchisme et la brioche dominicale, mais elle n'était pas aussi naïve que je l'imaginais. Elle avait les attaches et la taille fines, les cheveux auburn maintenus en arrière par une barrette en cuir. Son cou était peut-être un peu trop long et sa tête trop petite, mais elle avait les traits symétriques et de grands yeux noisette. Elle s'appelait June Richards.

Pendant les séminaires, elle s'asseyait toujours devant et posait à notre assistant des questions qui ressemblaient davantage à des affirmations. Elle levait la main pour attirer son attention, puis se servait d'un stylo à bille pour ponctuer ses propos d'un tir de fléchettes invisibles. Les autres étudiants étaient tous des hommes de Cro-Magnon, des fans de hard-rock qui garnissaient leurs classeurs de graffiti. Elle était différente, bien informée et, ce qui la rendait encore plus séduisante, sincèrement passionnée par l'économie de marché. Elle pouvait appuyer ses arguments sur des exemples puisés dans le monde réel du commerce. Après trois séminaires semblables, j'étais sous le charme.

June dut remarquer mes œillades. Il faut dire que j'avais le regard baladeur, je ne pouvais m'empêcher de suivre des yeux le galbe de ses chevilles ou les contours de ses épaules anguleuses et de ses seins, lesquels me paraissaient étonnamment proches de sa clavicule saillante. Mais, quand elle s'approcha de moi à la fin de ce troisième séminaire, je fus si ébranlé et gêné que j'en perdis presque l'usage de la parole. Je me mis à flageoler, mes semelles traînantes gémirent sur le linoléum.

« Tu es Ian, n'est-ce pas ? (Il y avait quelque chose de colonial dans son accent.)

– Ou…oui.

– Je m'appelle June. Je prépare l'U.V. de marketing, moi aussi.

– Je… je sais.

– Je ne veux pas t'ennuyer mais, voilà, M. Hargreaves m'a dit que tu prenais très bien les notes et j'ai manqué les T.P. d'économétrie l'an dernier. Il a pensé que tu pourrais peut-être m'aider.

– Pourquoi n'étais-tu pas là l'an dernier ? (Je regrettai aussitôt ma question, qui sonnait comme une indiscrétion, le commencement d'un interrogatoire, mais elle ne sembla pas s'en formaliser.)

– Eh bien, mes parents vivent au Kenya et je devais faire mes études à Nairobi, mais Moï a suspendu les cours de l'université, alors je me suis inscrite ici.

– Ah, je vois. (Le Kenya, Nairobi, Moï. Comme c'était exotique, comme c'était curieux…)

– Alors, ces notes ?

– Oui, oui, bien sûr. Malheureusement, je ne les ai pas sur moi, mais je peux les apporter demain. »

Le lendemain, nous photocopiâmes de compagnie lesdites notes. Je m'étais levé de bon matin et je m'étais efforcé de me rendre présentable. Non que j'eusse l'intention de lui faire des avances – pour des raisons évidentes –, mais j'espérais au moins ne pas la dégoûter.

Elle ne fut pas rebutée. Était-ce le flash répétitif de la photocopieuse qui l'hypnotisait – il y avait plus de cent feuilles à reproduire –, était-ce le manque d'air dans la pièce ? Quoi qu'il en fût, après avoir achevé le travail et loué l'exhaustivité de mes notes, elle me demanda de sortir avec elle. Comme un idiot, j'acceptai.

Nous allâmes dans un cinéma d'art et d'essai de Brighton. Je ne pus me concentrer sur le film, j'étais trop conscient de sa présence à côté de moi dans la pénombre clignotante. Je dus me réciter des passages entiers de mon « catalogue ritualiste » pour m'empêcher d'eidétiser, m'empêcher de souiller son image. Je me tenais droit sur mon siège, mes gros genoux coincés contre le dossier de devant, résistant stoïquement aux terribles crampes qui m'élançaient dans les cuisses.

Ensuite, nous cherchâmes une pizzeria et tombâmes – comme par hasard – sur Al Forno. Je n'y avais pas remis les pieds depuis ma visite avec L'Obèse Contrôleur. On m'y reconnut pourtant. Tommaso bondit vers nous dès notre arrivée, aussi théâtral que dans mon souvenir.

« Ah, l'ami du signor Northcliffe ! Depuis oune éternité que vous venez pas. Eh pourquoi, vous aimez pas notre pizza ?

– Oh, non, non, Tommaso… (J'essayais de lui donner le change.)

– Et avec oune jolie demoiselle. Entrez, entrez. Vous aurez la meilleure table. La table spéciale du signor Northcliffe. »

Je vis que June était impressionnée. Tommaso me traitait en homme mûr, en homme important. Je n'étais pas dupe. Il y avait plus de complicité que je n'en méritais dans ses clins d'œil. Comme j'avais grandi d'une bonne dizaine de centimètres depuis la dernière fois qu'il m'avait vu, je refusais de croire qu'il eût pu me reconnaître à l'improviste.

La chère et le vin aidant, je devins plus intime avec June. Au début, nous parlâmes de nos cours et de nos camarades d'études, mais la conversation dériva bientôt vers des sujets plus personnels. June fit allusion à une liaison malheureuse qu'elle avait eue avec un garçon au Kenya. Le message était clair et je me trouvais fort à l'aise dans le rôle de prétendant. Peu importait mon inexpérience, puisque j'avais répété le rôle pendant des années, envisageant toutes les situations – jusqu'à ma façon de m'asseoir, attentif aux moindres mots de l'objet du désir – bien que sans jamais penser sérieusement le jouer un jour.

« C'était vraiment un pauvre type. Je crois qu'il voulait juste profiter de moi. » Elle pianotait sur la table. Ses ongles étaient vernis de rouge. « Alors, je lui ai dit que c'était fini. Je suppose que c'est une raison de plus qui m'a poussée à partir. » Elle avait les cuticules abîmées. De faux ongles, peut-être ? Je réprimai une envie de jeter un œil eidétique en me rappelant ma propre technique de manucure onychophage. « Comme j'ai une tante à Hastings, mes parents, qui ont toujours peur pour leur petite fille, se sont dit que je pouvais venir dans le Sussex. J'habite chez Tatie, tu comprends, elle me surveille.

– Ah, je vois.

– Tu es d'ici, toi, Ian, n'est-ce pas ?

– Ouais, j'habite à côté de Saltdean. Depuis toujours. »

Je lui parlai de Cliff Top, de ma mère, protectrice elle aussi, et de mon père absent. Je savais qu'il ne fallait pas, mais c'était plus fort que moi. Le cadre, les chandelles, tout invitait à un colloque sentimental.

Le serveur nous apporta le café et quelques amaretti. June déballa l'un des biscuits aux amandes et roula délicatement le film de papier pour en faire un tube. Elle était bronzée et ses cheveux s'éclaircissaient à la racine. Je pouvais suivre sa blondeur à la trace sur le duvet de ses joues.

« Regarde, tu vois ça ? » Elle prit le tube de papier et en alluma le bout à la flamme d'une bougie. Puis elle le posa sur une soucoupe. « Maintenant, regarde bien, c'est magique. » Une incandescence bleu et rouge transforma le tube en filigrane noir. Mais, avant d'être entièrement consumé, il s'éleva, fusa vers le plafond et retomba vers nous. Je rattrapai la cendre volatile avec une autre soucoupe – d'un geste élégant et magistral qui me mit en confiance. Elle me regarda avec un sourire qui impliquait la fusion.

J'insistai pour régler l'addition et pour lui ouvrir la porte comme tout galant qui se respecte. Nous marchions sur le front de mer vers le Palace Pier quand elle prit mon bras. Devant le Metropole, elle se tourna vers moi et nous nous embrassâmes.

Ce baiser, mon premier, fit chanter ma bouche. Ses bras autour de mes épaules me communiquèrent – ainsi que je m'y attendais – une sensation de totale incarnation, qui m'envahit comme un jaillissement. J'étais revivifié. Jusqu'alors, je n'avais été qu'un fatras sans vie d'organes épars. Maintenant, j'étais le monstre de Frankenstein, animé et coordonné par le choc électromoteur du désir.

« Tu habites vraiment dans une caravane ? (Son haleine effleurait mon cou.)

– Ouais, mais ce n'est pas comme une roulotte de gitan. Vivre dans une caravane, ce n'est pas ce qu'on croit. C'est un habitacle en fibre de verre, sans plus, il n'y a rien de romantique là-dedans.

– N'empêche, j'aimerais bien la voir. On peut y aller ?

– Ouais, d'accord. C'est sur le chemin de Hastings. »

J'étais tout disposé à lui montrer la caravane et je l'emmenai donc chez moi. Je me sentais en sécurité – c'était une jeune femme si réservée. Je pensais que, même si j'eusse tenté quelque chose, elle m'eût arrêté. Mais, arrivant à Cliff Top, dans la fraîcheur de la nuit violette, nous contemplâmes ensemble les lumières des bateaux sur la Manche et nous nous embrassâmes de nouveau. Je distinguais mal son visage, mais sa langue coloriait mon imaginaire. Ses mains froides glissèrent sous ma veste, tiraillèrent ma chemise, l'extirpèrent de ma ceinture.

Et mes mains à moi, mes grosses mains, se promenaient sur elle avec une vigilante défiance, moins pour la toucher ou la sentir que pour définir son anatomie. Elles localisèrent ses omoplates, sa colonne vertébrale, le creux de son dos, puis s'insinuèrent entre nos corps accolés pour monter vers les douces immensités de son sein.

Pour la première fois depuis la formation de mes couilles, j'étais complètement réceptif à l'instant, je n'étais plus importuné par mon fâcheux projectionniste intérieur. Toutes mes bobines de pellicule branlographique gisaient en spirales poussiéreuses sur le sol de la cabine de montage. J'étais libre.

Puis, je ne sais comment, nous nous retrouvâmes dans ma caravane. Le lit escamotable fut abaissé. Sans honte, sans nous cacher, nous nous déshabillâmes. Elle retira sa barrette de cuir et laissa cascader ses cheveux en boucles mordorées. Elle déboutonna son corsage. Je fis l'abandon de mon pantalon. Tandis que je me tenais sur un pied pour sortir la première jambe, la caravane tangua sur ses amortisseurs, mais il n'y avait aucune gêne entre nous, pas même dans la disparité entre le caractère utilitaire de nos sous-vêtements et la transcendance de nos désirs. Nous étions seuls ensemble dans quelque grotte antédiluvienne. Son corps paraissait ocre contre la paroi bleu clair de la caravane. Je la saisis à bras-le-corps et nous nous abattîmes sur le lit. Elle frétillait contre moi avec toute la vie, toute la souplesse, toute la beauté d'une truite arc-en-ciel bondissant d'un bief de moulin dans mes bras ouverts.

Elle me touchait avec assurance. Je n'arrivais pas à le croire. Ses deux mains étaient autour de mon pénis, le cajolaient, l'étreignaient. Je léchais son cou, pinçais ses mamelons roses entre mes phalanges. Nous soupirions. Le talon de ma main calé sur son pubis, je frôlai ses lèvres du bout des doigts, les écartai. Nous nous vautrâmes sur le drap jaune, la courtepointe étant – comme nous – déjà complètement partie.

Elle me guida, m'instruisit, m'indiqua ses désirs par de tendres torsions et des caresses plus tendres encore. Puis le moment vint, tout naturellement. Elle se renversa contre l'oreiller et m'attira sur elle. Ses jambes s'ouvrirent et oh ! la douceur enfantine de ses cuisses, le miel de son haleine, l'intensité de l'instant. Mon envie de la pénétrer, d'être en elle, était plus forte que tout ce que j'avais jamais éprouvé.

« Oui ! gémit-elle. Maintenant ! »

Je ressentis un début d'enveloppement moelleux. Je regardai par la lucarne, au-dessus de son épaule, je voulais ralentir le mouvement, faire que cela durât. Un carré de lumière orange se découpa dans le noir. Je sursautai. Il y avait quelqu'un dans la caravane de L'Obèse Contrôleur.

Sous moi, le corps de June se figea, devint parfaitement

immobile, inerte. Le temps sexuel suspendit son vol. La petite porte de ma caravane s'ouvrit en grinçant. Il était en tenue de soirée. Le bord noir d'un haut-de-forme barrait son front massif. Un Partagas perfecto était fiché dans sa bouche en cul-de-poule, un diamant gros comme un bouton d'or étincelait sur le plastron empesé de sa chemise, une longue écharpe de soie blanche pendait avec négligé à son cou inexistant.

« Bonsoir », dit-il. Je me carapatai comme un rat pelé dans un coin de la caravane. « On a voulu faire un petit essai de rentre-dedans réaliste, hum ? » J'observai le lit. June était en état de rigidité extatique, les yeux révulsés. « Ne t'inquiète pas pour elle. » L'Obèse Contrôleur entra en jetant des regards désinvoltes sur mes quelques effets, nos vêtements éparpillés, les livres d'économie empilés sur la table. « T'as un cendrier ? Non ? Tant pis. » Il projeta une cendre de cinq centimètres sur le sol et s'assit sur le bord du lit que je venais de libérer. Le corps de June vacilla longitudinalement sur sa colonne vertébrale incurvée et roula de côté, aussi raide et cassant qu'un mannequin de plâtre.

« T'as perdu ta langue ? » L'hébétude me faisait bafouiller, je sentais le gland de mon pénis se rétracter, tout collant, dans son capuchon de peau. « Ne t'inquiète pas pour elle, répéta-t-il avec un geste vers la fille nue. Elle aura son orgasme – tu n'y serais pas arrivé, de toute façon. Je m'en chargerai personnellement, une fois que nous aurons eu une petite conversation. Tu n'auras pas à en rougir, elle te tiendra pour un amant remarquable, un vrai Lothario, un don Juan princier. Et le fait même que l'expérience restera sans lendemain embrasera sa mémoire d'un feu cent fois plus brillant.

« T'imagines ? Quand elle sera mariée, dans une dizaine d'années, elle comparera les performances de son mari aux tiennes et il en sera chaque fois plus dépité. Les souvenirs sont cruels pour le présent et, en ce qui concerne les rapports sexuels, c'est un axiome : la promiscuité engendre le mépris. » Comme de bien entendu, son exécrable galéjade le fit pouffer.

Je bafouillais toujours. Des béguètements étouffés et des borborygmes étranglés vibraient sur mes lèvres. « Oh, arrête ça ! Viens ici, enfile un pantalon ou quelque chose. Nous avons à parler et je suis fatigué. On vient juste de me ramener de Covent Garden et j'ai hâte de me coucher. Tu peux dire que tu as de la chance. Si Tommaso ne s'était pas donné la peine de me biper à l'opéra, tu aurais certainement pratiqué le coït avec cette jeune femme et tu sais ce qui se serait passé ?

– N…non. » J'avais réussi tant bien que mal à me faufiler dans mon pantalon. J'étais accroupi sur le plancher rectangulaire, palpant les seuls seins qui me restaient à palper – les miens.

« Ton pénis se serait cassé net en elle. Au sens littéral. Je croyais que tu savais ce qu'était le coït, que tu mesurais ce qu'implique l'honneur d'être mon adoubé.

– Ou…oui, mais…

– Mon cher ami, reprit-il, plus conciliant, je sais que ça doit être difficile pour toi, peut-être même un peu traumatisant, mais ne le prends pas trop à cœur. En temps utile, tu auras une partenaire de lit et laisse-moi te dire que tu l'aimeras beaucoup plus que celle-ci. C'est ainsi que fonctionne ton rapport à moi, tu piges ? J'ai déjà… comment dire ? J'ai déjà préparé pour toi une affinité élective. Le processus est engagé, alors ne va pas tout gâcher. »

Il appuyait nonchalamment son énorme main sur le genou replié de June comme sur le bras d'un fauteuil. Il tourna son tronc de séquoia et la lorgna sous ses paupières sans cils, en détaillant son rictus de plaisir, que l'immobilité rendait grotesque. Nous observâmes tous deux son vagin, dont les lèvres luisantes bâillaient vers nous. Du coin de la bouche, L'Obèse

Contrôleur souffla dessus une volute de fumée, habillant de mèches bleues ses enchevêtrements châtains.

« Bon, c'est tout, maintenant je vais me coucher. Je suis complètement vanné, le grand opéra est trop… trop' hharassant. J'étais assis à côté d'un homme monstrueusement gros. Il faisait une chaleur infernale dans les loges et il puait la sueur. À croire qu'il chiait par les pores. » Il s'exprimait avec naturel et sans la moindre ironie. Puis il se leva et, d'une seule main, ramassa son chapeau, son cigare et ses gants blancs. Au moment d'ouvrir la porte, il se retourna et pointa vers le lit le majeur de sa main droite. Je n'avais jamais remarqué à quel point ses phalanges étaient longues. Le bout du doigt se mit à osciller. Il semblait relié à un rayon invisible projeté par le vagin de June. Elle reprit des couleurs, son dos se cambra encore plus, elle gémit, se débattit, agrippa le bord du matelas. L'Obèse Contrôleur m'adressa la parole par-dessus ses cris d'orgasme, qui ne le perturbaient pas plus qu'une musique d'ambiance dans un grand magasin :

« Ah ! Haa ! Rrrhaaaa ! Oh… Oh…

– J'ai affaire à l'université demain, donc je viendrai te chercher après. Je m'aperçois…

– H…h…a hnh… ha, ha, Ha !…

– …que j'ai négligé ton éducation. Je peux être plus utile à tes ambitions que je ne l'ai été jusqu'ici. Considère cela…

– Oui, oh oui, oh ouiii… (Elle se calmait.)

– …comme une compensation pour ceci. » Il désigna la jeune femme qu'il déshumanisait sur le lit. « Maintenant, défroque-toi fissa, fais-lui un câlin et veille à ce qu'elle déguerpisse, je ne veux pas l'entendre geindre demain matin. » Il allait partir, mais se retourna à nouveau. « N'oublie pas, si tu y fourres ta bistouquette, en elle ou en n'importe quelle autre bougresse… » il coinça son cigare entre trois doigts « voilà ce qui arrivera. » Il le brisa en deux, me lança un regard en biais et disparut aussi soudainement qu'il était apparu.

Je fis ce qu'il m'avait dit. Je câlinai June, en pleurant à chaudes larmes. Elle en fut terriblement émue. Elle s'accrocha à moi, riva ses jambes entre les miennes. Je lui expliquai, le plus gentiment possible, que ma mère était très vieux jeu et venait toujours me réveiller le matin. Vers 3 heures, je parvins à la caser dans la voiture pour la raccompagner chez sa tante à Hastings.

Sur la route du retour le long de la côte, filant, pleins gaz, dans ma caisse à savon qui dérapait sur le macadam humide, je devais raidir les bras pour résister à la tentation de braquer d'un coup sec et mettre fin à ce cauchemar. Seule l'allusion de L'Obèse Contrôleur à une « affinité élective » m'en empêcha. Aujourd'hui, bien sûr, je regrette de ne pas l'avoir fait.

Le lendemain, June me chercha, après un séminaire de gestion. Nous nous tenions dans le hall central, à une croisée de galeries bétonnées, parmi les allées et venues d'autres étudiants. « On se voit ce soir ? » dit-elle, sans se rendre compte de ce qu'elle me demandait. Son ingénuité était si pathétique que j'en restai sans voix. En un éclair, je revis le cigare de L'Obèse Contrôleur. J'avais enjambé son mégot froid, ce matin, en sortant de la caravane.

« Je... ce soir, je ne pourrai pas. Vraiment. Désolé.

– Qu'est-ce qui se passe? Tu es de sortie avec ta petite maman ? J'avais pensé qu'on pourrait potasser ensemble. Tu sais, ce qu'il y a entre nous ne nous empêche pas de travailler.

– Ha ha ha. Non, penses-tu, ce serait avec plaisir, mais j'ai quelque chose à faire. Je ne peux pas vraiment t'en parler maintenant. Je t'expliquerai demain. »

Ne pouvant supporter son regard de chien battu, je tournai

les talons. Si je devais rompre avec elle, il ne servait à rien d'atermoyer. Autant couper les ponts tout de suite. En arrivant au bout du foyer des étudiants, je lui fis un petit signe du doigt. Même à cinquante mètres de distance, je pouvais lire la douleur sur son visage.

En tournant au coin d'une paroi de verre armé, avec son quadrillage métallique incrusté, je percutai quelqu'un – ou quelque chose. Bien que je marchasse d'un pas normal, l'impact m'étourdit. Ma tête tintinnabula – vous savez, cette vibration carillonnante si particulière qui arrive toujours après un choc accidentel au lieu de le précéder en guise d'avertissement.

« Décidément, tu as la manie de me télescoper ! » Il était en prince-de-galles, ce matin. Cet étalage de petits carreaux qui enrubannait sa volumineuse éminence produisait une impression plus architecturale que vestimentaire. « J'ose espérer que ton inattention est l'effet d'une studieuse préoccupation et non d'une dissipation adolescente.

– Quelle différence ça fait, franchement ? » L'audace de cette repartie permet de mesurer mon désespoir du moment.

« N'ergote pas sottement, ça m'énerve. » Le ton était sec, mais les foudres que j'attendais n'éclatèrent pas. J'espérais à demi qu'il me zapperait comme il avait zappé June la veille au soir, mais son horrible majeur était recroquevillé autour d'un corona malodorant et ne donnait aucun signe de frémissement.

Il cala mon corps rebelle sous son bras et m'entraîna vers un espace intitulé jardin par l'université, une série de parallélogrammes encadrés de bordures en briques, qui n'eussent pas semblé plus artificiels s'ils eussent été plantés de rayons cathodiques au lieu de fleurs repiquées. Pour un observateur neutre, nous étions l'image même de l'inquiétude filiale confrontée au souci parental.

« Alors, dis voir, qu'est-ce que tu as étudié ce matin, hein ?

– Les techniques de gestion.

– Ah bon, et quelles sont-elles ?

– Eh bien… » je m'en voulais de satisfaire sa curiosité « on a analysé différents types d'organigrammes pour optimiser le procès décisionnel dans un contexte *corporate.*

– Je vois. Tu peux réellement ajouter foi à ces foutaises ?

– Pardon ?

– À cette crotte.

– Mais c'est fondamental, non ? Je veux dire, il faut bien que quelqu'un sache ce qu'il y a à faire et comment l'expliquer aux employés. » J'étais très sérieux, comme peut l'être un jeune aspirant adulte en mal de reconnaissance. Ma réponse ne l'intéressa pas.

« Ce qu'il y a à faire… médita-t-il. C'est ce que je disais à Vladimir Ilitch. Que faire ? Évidemment, il s'en est servi comme titre pour un pamphlet, alors que je me proposais simplement de lui donner un conseil. Je le pressais de s'envoyer quelques filles de la noblesse avant d'établir le gouvernement provisoire, à l'Institut Smolny. Il était assez obstiné, quoique bien moins froid et impassible qu'on n'a voulu le faire croire par la suite. »

Nous marchâmes quelque temps en silence. Finalement, L'Obèse Contrôleur m'arrêta devant une haie de buis vicieusement scalpée. Retirant son corona de sa bouche, il en examina l'extrémité verte et baveuse comme s'il eût sous les yeux le cul d'un reptile en train de se faire pousser une nouvelle queue.

« Je pensais que tu t'intéressais aux produits, reprit-il d'une voix plus cajoleuse. Je peux t'aider dans ce domaine.

– Nous avons fait du merchandising, du ciblage, de la prospective et de l'audit comptable.

– Je ne parle pas de ça. Je peux t'aider dans la compréhension de la nature des produits bien au-delà de ces coquecigrues, de ces catégories académiques déguisées en vérités.

– Je m'intéresse à l'aspect marketing du problème. Comment élaborer une stratégie pour vendre un produit. Vous savez bien, la publicité, la promotion, ce genre de choses.

– Bien sûr, tel père tel fils, n'est-ce pas ?

– Ouais, je sais, “méprisable Essénien, non-entité claustrale”, vous me l'avez déjà dit.

– Tu as une bonne mémoire, garçon, je te reconnais cette qualité. Mais, dis-moi, cette mémoire est-elle d'abord visuelle ou verbale ?

– Qu'est-ce que vous voulez dire ?

– Eh bien, quand tu repenses à cet entretien que nous avons eu au sujet de ton père, qu'est-ce qui te revient d'abord : l'image de nous deux dans ce café ou les mots ?

– Je suppose que c'est d'abord…

– …Donc tu as triché. Tu sais très bien ce que je veux dire. » Il me prit le cou en étau entre son pouce et son index en appuyant sur la carotide. Des étincelles électriques fusèrent dans mon crâne, piquantes comme des épingles. Il poursuivit la conversation, mais en esprit : « Tu te souviens de ton caleçon, alors ? » J'étais avachi, presque évanoui. Il m'avait mené par le cou derrière une loggia en briques rouges, manifestement pour pouvoir me régler mon compte à l'abri des regards. « Eh bien, j'écoute ?

– Qu… qu'est-ce qu'il a, mon caleçon ? » Je bégayais, je toussais. Qu'attendait-il pour en finir ?

« Je veux que tu te rappelles l'étiquette dudit caleçon. Visualise-la aussi nettement que possible. Je veux que tu saches si le texte était imprimé ou surpiqué à la machine, si l'étiquette elle-même était cousue ou fixée par un autre moyen, si elle comportait des indications de taille, de style, ou simplement des informations sur la composition du tissu du sous-vêtement susnommé. Tu peux ? » Il savait que je pouvais, il me faisait tourner en bourrique. « Maintenant, quand tu auras cette image, montre-la-moi.

– C...comment ça ?

– Tu sais ce que je veux dire. » Il relâcha sa mortelle étreinte et m'assit à côté de lui sur un banc opportun. Je remarquai vaguement une plaque de cuivre déclarant que cet élément de mobilier était consacré à la mémoire de quelqu'un. J'eusse aimé que ce fût à la mienne.

Je fis ce qu'il demandait. L'étiquette était cousue sur l'ourlet élastique froncé du caleçon, modèle boxer-short, à rayures bleues et blanches comme une toile à matelas. Le texte disait : « Barries pour homme, 212 King's Road, Londres, 100 % coton d'Égypte. » Il m'était facile de ressusciter cette vision quotidienne parce que, chaque fois que je m'asseyais dans les toilettes, l'ourlet se tendait entre mes mollets et, quand je me penchais en avant, c'était toujours la première chose qui s'offrait à ma vue.

« Bien. Maintenant, je me propose de t'apprendre comment prolonger tes facultés eidétiques dans un sens qui se révélera très utile dans ta future carrière. Il n'y a pas de mot, du moins dans le langage courant, pour signifier cette technique de pointe. J'ai donc dû inventer un terme moi-même. Je l'appelle "rétroscendance". » Il s'interrompit et me regarda comme pour jauger l'effet que produisait sur moi cette piteuse trouvaille. « Avant de rétroscender, permets-moi quelques remarques préliminaires sur ton caleçon. Tout d'abord, oublie l'appellation "boxer-short". Tu es trop blanc-bec pour le savoir, mais cette dénomination n'est qu'un néologisme publicitaire, destiné à relancer la demande pour un type de sous-vêtement que les Anglais trouvaient démodé. En Amérique, où les dessous masculins mi-cuisse en coton lâche ont toujours conservé leur part de marché, on n'a jamais éprouvé le besoin d'appeler cet article autrement que "short".

« Secundo, tu es loin d'être un dandy, je dirais même que tu as atteint la taille adulte sans avoir jamais réellement mesuré la valeur de ce qu'était une mise correcte. Quoi qu'il en soit, je perçois dans ta décision d'acheter ce caleçon… C'est bien toi qui as acheté ce caleçon, n'est-ce pas ?

– Oui.

– J'y perçois, disais-je, une tentative, bien que discrète, d'adopter les manières d'une population extérieure à Saltdean. Je t'imagine en virée dans la capitale, peut-être pour un stage d'un jour dans les bureaux de quelque consortium. Ai-je raison ?

– Vous avez raison.

– À l'heure de la pause-déjeuner, tu te diriges vers King's Road en partant de Sloane Square. Tu marches, tu marches en regardant les boutiques chic. En voici une spécialisée en boucles de ceinturon, une autre où l'on ne vend que des bottes pointues, ou country, ou western, ou que sais-je. De toute façon, c'est sans importance, tu n'as pas l'intention d'entrer. Tu serais trop gêné, trop timide devant le vendeur, qui serait tellement plus métropolitain, tellement plus sophistiqué que toi. Alors, tu te contentes de regards furtifs à l'intérieur, tu essaies de calculer le coefficient de rentabilité : quelle est la quantité de stock nécessaire, par mètre de rayonnage, pour rentrer dans les frais et réaliser un profit ? Ai-je raison ?

– Oui. (Sa voix était hypnotique, onirique.)

– Bien sûr que j'ai raison. Cependant, tu as toujours ta petite vanité, n'est-ce pas ? Tu as encore en mémoire la honte d'un passé récent en culottes courtes. Tu imagines encore – Dieu sait pourquoi – que quelqu'un va par mégarde examiner tes sous-vêtements après un accident de voiture. Alors, après avoir trottiné quelque temps, tu entres chez Barries et tu montres le caleçon exposé en vitrine au milieu de ses petits frères. Mais je m'égare, tout ce que je veux t'enseigner, c'est l'histoire complète d'un tel produit. Le titre du cours sera donc : “L'Histoire du produit.” Et, comme tous les cours modernes – qui consistent à orner le savoir plutôt qu'à l'inculquer –, celui-ci utilise des aides visuelles. »

La grosse main se posa derechef sur mon cou, qu'elle vissa comme la focale d'une caméra humaine. Le soleil blême de l'automne s'éclipsa, les arbres fuselés et décolorés s'enveloppèrent de ténèbres. J'eus la sensation d'être tiré vers l'arrière et vers le haut, de sorte que mon champ visuel ressemblait effectivement à celui d'une caméra, à un trucage vidéo de banc-titre. Le campus se déroba sous moi, prit l'apparence d'un groupe de maisons de poupées, puis de miniatures, puis de miettes, puis de chiures de mouches. Bientôt les voitures circulant sur les routes périphériques de l'université ne furent plus que des poissons d'argent et le paysage tout entier se voila sous un nuage bas. Nous montions, nous montions, la terre se courbait, je voyais le nimbus de l'atmosphère se dessiner sur son pourtour.

À nouveau, L'Obèse Contrôleur parla en moi : « Lève les yeux, observe la joue nue de l'infini. » J'obéis. Là-haut, dans l'immobilité des étoiles, comme marquée au fer rouge dans le cosmos, brillait l'étiquette de mon caleçon. « Tu vois, dit-il, la rétroscendance nous permet d'intégrer n'importe quel élément à notre champ visuel et de dérouler son histoire. Nous avons choisi ton caleçon, je me propose à présent de t'instruire de son origine et de son passé. Je t'en prie, ne te laisse pas distraire par l'apparente dissolution de ton champ visuel. Rappelle-toi que le solipsisme le plus pur est le réalisme. Car, si je suis le monde » nous redescendions et, sous la morsure de ses ongles dans ma chair, je pouvais distinguer la Méditerranée orientale « alors le monde est réel. N'est-il pas ? »

Dans le plat pays du delta, des bébés s'endorment en vagissant dans l'ombre suffocante, tandis que les grands triment sous le soleil étincelant. Quand tombe la brune, les enfants descendent dans les canaux d'irrigation pour un bain bilharzique. Clapotant dans la vase de quelque plage riveraine, ils n'ont rien à espérer de la vie, sinon un peu plus de gras sur les os.

Mon caleçon était éparpillé sur vingt-cinq ares de plantation dans une lumière argentée, sous forme de globes blancs et fibreux. Duveteux pour les yeux, mais durs au toucher.

« Regarde ces bourgeons, dit L'Obèse Contrôleur, car après une longue journée de cueillette ce sont de vrais barbelés et, après des années d'abrasions semblables, un cal nécrosé se forme dans la main des cueilleurs. C'est, pour les travailleurs du coton, l'équivalent du stress des travailleurs à la chaîne. Le moment venu, nous observerons un phénomène semblable, à un demi-monde d'ici, dans Mile End Road. »

Puis je me retrouvai couché au fond d'un rude tombereau en planches juché sur une digue d'irrigation. Le fruit du labeur de ces gens (« Leur nom est El Azain », dit-il, et ses lèvres voraces semblaient sucer mes lobes, sa langue râpeuse frotter mes synapses) tomba en pluie autour de mon visage. Et nous voilà partis, puis déversés pêle-mêle avec le coton dans le camion qui transportait la moisson des El Azain, avec celle de cinq autres familles œuvrant dans la même coopérative, vers la ville pour être vendue.

La ville était un endroit organique. Un compost de murs mous qui s'effritaient doucement et dégoulinaient pour se joindre à la boue. À la longue, la terre serait extraite, remodelée et façonnée à nouveau en forme de briques qui serviraient à élever des murs frais, lesquels s'émietteraient à leur tour.

Notre dyade regarda Mohammed Shérif, le chef de la coopérative, vieilli et ballonné par la malnutrition, régler les formalités avec l'acheteur. Ils buvaient du thé à la menthe dans des verres sales, pendant qu'un charbon de bois brasillait dans le fourneau en terre. De temps à autre, la vieille tête laineuse de Shérif, négligemment enturbannée dans un méchant fichu, retombait en arrière contre le dernier quart restant d'une enseigne rouge bourdonnante de mouches. Sur cette triste ferraille on pouvait lire « oca-Cola » en arabe.

Pendant qu'ils devisaient, notre point de vue confiné accompagna le futur produit, qui fut déchargé du camion et entassé dans un silo de planches tordues. Un homme, auquel il manquait une narine, jeta sur nous une bâche raide.

« Il n'y a pas d'autre acheteur, tu vois ? dit L'Obèse Contrôleur. Le marchandage n'est même pas une formalité, ce n'est qu'un rituel vide. Shérif doit accepter le prix qu'on lui offre s'il veut que les cinq familles gardent un espoir de payer la facture élastique de leur fournisseur et que leurs enfants – ahaa a haha – survivent pour pouvoir maigrir encore ! Regarde par là, regarde-le… » nous sortîmes la tête « il pense : “C'est peut-être ma dernière récolte.” Hélas pour lui, je crains que non. »

L'Obèse Contrôleur et moi fûmes alors entièrement matérialisés en coton. Nous fûmes transbahutés du delta à la côte, où nous disparûmes dans un immense entrepôt en tôle galvanisée. Là, nous fûmes martelés, débourrés, cardés, embobinés, jusqu'à ce qu'enfin je le visse fuser devant moi sous la forme d'un long fil vibrant et moite, qui s'étirait comme un ectoplasme entre les mâchoires du métier à tisser. « C'est parti ! » s'écria-t-il, et je le suivis. La machine s'activa, un coup en haut, un coup en bas, un coup en haut, un coup en bas, avalant d'abord L'Obèse Contrôleur, puis le caleçon en devenir, puis moi.

« Une sacrée veine » sa voix résonnait comme les cordes d'une harpe dans les fils de la trame à demi chaînée « que cette vieille Schliemann-Hoffer ait déjà avalé son quota de doigts pour aujourd'hui. Tu vois, les petites mains doivent se dépêcher de dégager la trame avant que le cadre ne retombe. Si elles ne sont pas assez promptes… ouille ! Le sang, du sang aussi frais que le tien ou le mien, crée un effet moiré qui condamne ton caleçon au rebut. »

Avant de repartir, le long de la côte puis au-delà des mers, L'Obèse Contrôleur jugea bon de dédoubler notre étrange conscience. Ainsi, tandis qu'une partie de moi restait intriquée dans le coton, un autre centre séparé de mon existence de dessin animé accompagna ces symboles qui servent, à travers leur concaténation ordonnée, à refléter des développements parallèles dans le monde des objets. Et voilà comment je me retrouvai dans des rayons alvéolés de petits compartiments, serré en piles et en liasses entre des feuilles de papier pelure. J'attendais d'être agrafé, épinglé, estampillé, punaisé. Plus tard, je fus digitalisé et impulsé dans les sombres convexités des éventaires informatisés. Je pensais, tout au long de ce processus, que ce clignotement de ma propre conscience était une jolie expression de la valeur que je représentais.

Entre-temps, mon corps-coton fut déroulé en larges rames, longues de cinq mètres chacune. Malgré l'épaisseur de ces rames, je ployai par le milieu quand je fus soulevé et emporté, tenu par un homme à chaque bout. Je fus brinquebalé avec mes semblables dans un container puis… plus rien, le noir. Après une longue, longue et fastidieuse attente dans l'obscurité ouatinée, je sentis la traction de la grue et compris qu'on me descendait dans la soute.

Un vrombissement surpuissant, une vibration d'ultra-sons, une odeur d'hydrocarbures, les pores qui s'ouvrent aux poussières.

« Ça va ? demanda L'Obèse Contrôleur. Y avait pas grand-chose à voir dans la soute de ce cargo branlant, hein ?

– Non.

– C'est pourquoi je t'ai amené ici. »

Voici Old Kent Road. De l'autre côté de la route se dressait un bâtiment culotté par la pollution, qui ressemblait à une tranche de gâteau au chocolat desséché, bruni dans un carcan de goudron. Depuis que la circulation avait été détournée sur une autre voie, c'était un cul-de-sac. Au-dessus du porche, gravés dans le revêtement, on lisait les mots : « Maison de la Réussite. »

« C'est pas mal, ça, hein ? » Sa voix était étouffée par quelque chose – se pouvait-il que, même désincarné, il fumât le cigare ? « Quelle douce ironie. La façade proclame la réussite mais, derrière, le bâtiment se réduit à rien. Vois ces colonnes classiques, considère ces ornements de stuc qui s'entrelacent sous les appuis de fenêtres, médite sur les moulures en forme de faisceaux qui cloutent sa peau grêlée.

– Ou…oui.

– Tout cet ensemble ne t'évoque-t-il pas l'impérialisme triomphant, l'industrialisation du monde ?

– J'suppose.

– Et cependant on ne trouve à l'intérieur qu'un vieux Juif. Zekel est son nom.

– Ça, je sais. Je veux dire que, quand j'étais un numéro sur l'un de ces écrans, je voyais son nom à côté de moi.

– Parfaitement, car c'est lui qui importe le *schmatte* dont sera fait ton caleçon. C'est un fabricant. Et regarde un peu par là. » Je regardai. « Voilà, si je ne m'abuse, son client qui se présente. »

Un Grec encore jeune garait une Porsche bleue dans l'allée, le long de la Maison de la Réussite. La voiture était si basse – comme si un géant eût marché dessus – que, en s'extirpant du siège baquet, le Grec ressentit momentanément le mal de l'altitude. Il inspecta les alentours avec méfiance en verrouillant la portière.

« Tu vois comme il regarde de tous les côtés ? Il craint que, si

Zekel voit qu'il a une Porsche, le Juif ne fasse monter les prix. Et leurs palabres, qui sont déjà très longs d'habitude, seraient interminables.

« Le Grec s'appelle Vassily Antinou et laisse-moi te dire qu'il est pétri de contradictions internes, encore plus stupides que les tiennes. Son père a eu maille à partir avec les Colonels au sujet d'une histoire de pots-de-vin. Naturellement, l'Antinou adolescent, échoué dans la juteuse capitale britannique, éleva son exil au rang d'une affaire politique. Le caractère anglais a fait que ce rebelle s'est retrouvé à la tête d'un joli magasin à Clapton – tu le constateras tout à l'heure *de visu.* Toute sa dialectique socialiste s'est dissoute dans le problème aigu que représente la direction masculine de vingt femmes en bas-nylon. Les pauvres Chypriotes en sont réduites à regarder leur patron – habillé par Anzio, chaussé par Hoage et chemisé par Barries – vitupérer sur le linoléum en se prenant les pieds dans les cordons de leurs machines à coudre et en parlant de contrats de productivité et d'intéressement des ouvriers aux bénéfices. Pathétique, hein ? »

Nous étions maintenant à l'intérieur de la Maison de la Réussite. Les susdites colonnes classiques encadraient l'immense panorama ridé du sud de Londres. Le fabricant était assis derrière un bureau à cylindre, tellement voûté et atrophié par l'arthrite qu'il ressemblait à un crustacé en complet-veston.

« Qu'est-ce que tu veux, Vassily ? » Visiblement, il tenait le Grec appuyé contre le chambranle pour un crétin. Il prit un jeu d'échantillons neufs sur le bureau et le lança à Antinou, qui le rattrapa d'une seule main et se mit à le palper négligemment.

« Celui-ci », dit Antinou en détachant un échantillon, qu'il tâta entre son pouce et son index.

« C'est l'entrée en matière, dit L'Obèse Contrôleur *sotto voce.* Maintenant, observe-le, il va l'étirer un coup sec pour vérifier la solidité. »

Il avait raison.

« Du coton d'Egypte, soupira Zekel. Je l'ai acheté moi-même aux enchères. Il est encore à l'entrepôt. »

Antinou continua à palper la pièce de tissu, qui avait été naguère une boule duveteuse dans le delta. « Combien ? » dit-il finalement. Le fabricant donna un prix, Antinou contesta et le marchandage se poursuivit quelque temps.

L'Obèse Contrôleur et moi avions réintégré la rame de coton quand elle arriva de l'entrepôt de Felixstowe. Les portes de la fourgonnette s'ouvrirent, les hommes d'Antinou déchargèrent et une vue de Clapton à 6 heures du matin s'offrit à nous – très sous-exposée, comme une photographie rejetée par le contrôle de qualité.

« Tu le vois, lui ? » dit L'Obèse Contrôleur. Un Noir élégamment vêtu s'affairait alentour avec nonchaloir. « C'est Crispin. C'est lui qui a créé le look Barries, c'est lui qui est derrière ton caleçon. »

« Posez, les gars ! » Le Noir abattit sa main sur la rame, tira une pièce de drap et, avec des gestes sensuels, comme s'il eût dévêtu une zone érogène, pelota l'étoffe. Il la froissa, la tendit et finalement la plia entre ses phalanges avant de la relâcher. Il partit en direction d'une porte verte à double battant sur laquelle était écrit « Vêtements Narcissus », en marmonnant : « Ça ira, ça ira. »

« Tu vois, reprit L'Obèse Contrôleur quand Crispin eut disparu, ton caleçon avait déjà sa forme et sa façon dans son esprit. Maintenant, il a trouvé sa substance. On continue ? »

Nous étions dans King's Road. La devanture de Barries imitait le style cottage : un pseudo-colombage de poutres noires sur fond blanc surmonté de fenêtres à petits carreaux. « Le voilà, c'est Barry... Barry Mercer. » Un homme replet, pisciforme, dont la nageoire caudale se terminait par de petits mocassins en cuir, sortit de la boutique en gesticulant et en agrippant sa tête rouquine et moite. Crispin lui emboîtait le pas. « Bien sûr, son vrai nom est Morgenstern. Son père était un tailleur renommé de Mile End Road. Je t'ai parlé du stress des travailleurs du coton, tu te rappelles ? Eh bien, le père de Mercer avait exactement le même genre de cal dans les mains.

« Pour changer de nom, Barry a dû attendre la mort de son père – qui, en outre, n'aurait jamais engagé Crispin. "On vend aux *schwartzer*, lui aurait-il dit, on ne collabore pas avec eux." Mais la mère de Barry est trop polie pour ça et, chaque fois que Crispin passe à la maison, il a droit aux schnecks et à l'album de famille comme tout le monde. On les écoute ? »

« Accessoiriser, y a pas à sortir de là si vous voulez imposer un concept stylistique », disait Crispin. Il avait les narines caverneuses et si finement ciselées qu'elles semblaient faites de papier.

« Accessoiriser ! Accessoiriser quoi ? gémit Mercer. J'ai dû aller jusqu'à Clapton, hier, et marchander pendant des heures avec Antinou sur ce foutu coton d'Égypte. Qu'est-ce que vous me voulez ? J'ai pas une ligne de vêtements, j'ai pas une collection qui nécessite des accessoires.

– N'importe, persista Crispin, imperturbable, on fera quand même les accessoires. Antinou peut sortir des boxer-shorts à moins de 50 pennies pièce. On peut faire aussi des chemises, des chaussettes… »

Ses propos furent brutalement interrompus. Nous étions de retour à l'université, assis sur le banc comme s'il ne se fût rien passé. Des feuilles pourries jonchaient le bassin ornemental vide, des étourneaux tournoyaient de ci de là comme des déchets aviaires. L'Obèse Contrôleur tenait, ouvert dans une main, un large étui à cigares en métal bleui, qu'il étudiait religieusement, comme un bréviaire tabatier.

« Apprends que le choix d'un cigare procède de l'intuition autant que de l'analyse, dit-il. Il ne sert à rien de les regarder et d'essayer d'en sélectionner un sur la base de critères préétablis. Tu dois attendre que le cigare qui t'est destiné – si j'ose le terme – te parle. Te dise : “Fume-moi.” Celui-ci… » il en cueillit un délicatement par une extrémité « me dit qu'il est la réincarnation de l'aspic de Cléopâtre. J'achète. » Il l'alluma avec son Zippo.

« Je croyais que les connaisseurs n'allumaient jamais leurs cigares avec des briquets à essence.

– Hein, quoi ? Euh, oui, *stricto sensu* c'est vrai, mais c'est une erreur de croire qu'un plaisir des sens corresponde à une donnée invariable. Au contraire, chaque expérience est multiple. Si ton palais est suffisamment développé, tu peux distinguer entre le tabac et l'essence. Personnellement, j'aime assez l'essence. Un goût que j'ai acquis lors d'un bref séjour chez les aborigènes d'Australie… mais, passons, nous nous égarons. Comment as-tu trouvé ma petite leçon : “L'Histoire du Produit” ?

– Intéressante. C'était une hallucination ?

– Cesse de crétinifier ! À quoi bon te consacrer du temps, te cultiver, te témoigner tant de sollicitude si c'est pour t'entendre débiter pareilles mièvreries, hein ?

– Me séparer de ma petite amie, je n'appelle pas ça de la sollicitude.

– Ça te reste sur l'estomac, n'est-ce pas ? Allons, tu ne peux tout de même pas croire que ta liaison avec cette grognasse aurait donné quelque chose. Dans le tréfonds de ton cœur, tu sais que tu es incapable d'une telle communion, d'un tel abandon de toi…

– Mais… et mon “affinité élective”, alors ?

– C'est complètement différent.

– Parce que c'est vous qui en décidez ?

– Exactement. Maintenant, pour en revenir à “L’Histoire du Produit”, la faculté de rétroscender comme nous l’avons fait t’apportera une aide précieuse. Cela te permettra, lorsque tu devras évaluer un produit particulier, de remonter par étapes jusqu’à sa genèse. Et cela t’éclairera aussi sur un autre aspect du produit, à savoir la superstructure culturelle qui correspond à cette base historique. Je me réfère bien sûr aux publicités discrètes dans la presse de qualité, aux exclamations infatuées (“Oh, Barries!”) que fait naître la vue de ta chemise, aux prospectus que Mercer laisse traîner insidieusement sur les comptoirs des plus grands hôtels de Londres, et ainsi de suite.

« Évidemment, ton caleçon n’est qu’une illustration rudimentaire du problème. En ce qui concerne les produits de plus grande diffusion, l’expérience rétroscendantale peut être considérablement plus déconcertante. Bien qu’un rétroscendeur aguerri puisse apprendre à s’orienter dans le dédale des images historiques disponibles, je crains que l’exercice ne te dépasse. Pour le moment donc – en attendant que tu te sois un peu débourré –, tu seras obligé de requérir mon assistance quand tu désireras rétroscender, pigé? Bien. Maintenant… » il éleva sa Rolex devant ses yeux « le temps me couille. J’ai un avion à prendre. Je te verrai tantôt. » Il ne pouvait jamais dire bonjour ou au revoir, il se contentait d’apparaître… et de disparaître. Je fus abandonné sur le banc commémoratif, plus seul que jamais.

Naturellement, June ne comprit pas pourquoi je lui battais froid tout à coup. D’autant moins que ce fut radical. J’allai même jusqu’à manquer les séminaires et les travaux pratiques pour éviter de lui parler. Au début, elle fut simplement intriguée, mais sa confusion se mua bientôt en colère. Elle me laissa une série de billets dans mon casier, qui commencèrent sur le ton plaintif: « Je suis très troublée par ce qui s’est passé entre nous l'autre nuit. Moi qui te prenais pour une personne attentionnée, je n'arrive pas à comprendre pourquoi tu refuses maintenant de me parler. Est-ce en rapport avec le sexe ? » (Elle ne croyait pas si bien dire.) Mais le style changea vite : « Ian Wharton, tu es le plus puant de tous les phallocrasseux de l'histoire de la phallocratie. Tu sors avec une fille et tu la largues. Tu ne te soucies jamais des sentiments des autres ? »

Si seulement elle avait pu savoir à quel point je m'en souciais. Si seulement elle avait pu me voir errer comme une âme en peine à Cliff Top. J'étais la mélancolie faite homme. Assis tout penaud sur les murs, abîmé dans la déréliction. Ses sarcasmes me transperçaient. Au fond de mon abdomen, il y avait un sac d'amour chaud, une vessie pleine à craquer de suc affectif, prête à éclater pour engendrer un nouveau cœur. Mais j'étais ligoté par la peur.

Coupé de la société de mes pairs, je me tournai à nouveau vers ma mère. Depuis que je fréquentais l'université, nous nous voyions beaucoup moins. C'était un prolongement – du moins le pensais-je – du tact dont elle avait toujours fait preuve dans mon enfance en évitant de trop me régenter. Cependant, lorsque je me prenais à flâner dans la nouvelle maison, lorsque je la regardais bavarder avec son personnel et ses pensionnaires, recevoir la bourgeoisie locale ou gourmander aristocratiquement ses fournisseurs et autres artisans au téléphone, je commençais à m'apercevoir que ce tact apparent était en réalité un prolongement de la complicité que je soupçonnais depuis longtemps. Je compris que Mère était davantage qu'une simple connaissance de M. Broadhurst, qu'elle savait tout de lui. C'est pourquoi elle fut la première avertie de son déménagement.

J'étais dans ma caravane, où j'essayais d'étudier par un après-midi de dimanche hivernal. Je lisais quelque bouquin inepte sur l'économie, rempli de ces pictogrammes mi-diagrammes miillustrations, quand j'entendis le ronflement d'un moteur diesel par-dessus la bourrasque qui soufflait de la mer et le ronron du calorifère qui me ventilait les pieds.

Le rectangle aux angles arrondis de ma petite fenêtre sur le monde m'offrit une image télévisuelle du site. Dehors, dans le larsen, des cordes de pluie tournoyaient et s'enroulaient autour des derniers cabanons. J'y voyais de sinistres augures et ce fut alors que je les aperçus. Les romanos. Je reconnus tout de suite leurs profils de faucons et leurs mèches broussailleuses, doublement encadrés par la fenêtre de leur camion et celle de ma caravane.

Je sortis en coup de vent. Ils avaient dû descendre la pente en bloquant les freins, car leurs roues avaient creusé de longues tranchées de chocolat dans le turf. « Qu'est-ce que vous voulez ? criai-je dans la bourrasque. Regardez ce que vous avez fait. C'est une propriété privée, vous savez. » J'avais beau crier, j'étais conscient de la totale absurdité de mes propos et du ridicule de ma dégaine, un jeune homme rondouillard, mal attifé, gauche, falot, avec des pans de chemise saillant de ma ceinture comme des oreilles de lapin.

Ils sautèrent de la cabine, tels que je me les rappelais : agiles et dangereux. « Tire-toi de là ! dit le plus costaud des deux en avançant impérieusement vers moi. On est venus pour ça. » Il indiqua le fuselage rutilant de la caravane de M. Broadhurst.

« Mais où est M. Broadhurst ?

– J'sais pas, môme. M'en fous. J'ai tous les papiers ici. » Il brandit un classeur, qu'il pointa sur moi comme une arme.

L'autre gitan l'avait rejoint. Il étirait et repliait ses bras simiesques, comme pour s'échauffer avant la lutte. « T'es pas content, p'tit con ? » éructa-t-il.

Je reculai et partis en courant vers la maison de ma mère. Je traversai en trombe le nouveau vestibule, avec sa moquette

Wilton, ses faux tableaux de chasse et son papier en similibrocart. Elle était dans l'arrière-cuisine, debout à côté du chef qui roulait de la pâte. « Les romanos sont revenus, haletai-je. Ils disent qu'ils vont emmener la caravane de M. Broadhurst. »

Elle me considéra d'un œil critique en ajustant ses nouvelles bésicles à monture d'or sur son nez. « Évite de mettre de la boue dans la maison, Ian, et je te prierai une fois de plus de bannir le terme “romano” de ton vocabulaire. C'est affreusement commun. » Thora Hird prêchait dans le poste de télévision, assise devant une urne grecque.

« Mais, M'am. Il ne m'a jamais dit qu'il allait déménager de Cliff Top…

– Ah oui, Ian mais, moi, il me l'a dit, il me l'a dit, à moi. »

Et voilà, bas les masques. Elle n'eut pas besoin d'insister, cela n'eût pas pu être plus clair. Elle savait tout sur lui, elle savait tout sur « nous », soit qu'elle s'en désintéressât, soit qu'elle approuvât franchement. Ma mère, à l'époque, affichait une seconde jeunesse suspecte. Ses seins avaient retrouvé leur forme des années 50. Maintenus par la ferme embrasse de l'argent nouveau, ils pointaient fièrement, telles ces têtes coniques de fusées prêtes à s'élancer dans l'exploration planétaire à la recherche de nouveaux mondes. Et sa chevelure – cette chevelure – toujours bouclée à l'envi, comme si chaque mèche était une pulsion sexuelle ingouvernable. Comment avais-je jamais pu lui faire confiance ?

Le parquet en pin neuf vibra. À travers la fenêtre à guillotine, je pus voir le camion noir remonter l'allée vers la grand-route, en tractant la caravane argentée comme une drague qui l'empêchait de sombrer, de s'enfoncer dans les profondeurs de la terre. Avec eux s'en allaient les quelques chances que j'eusse pu avoir de reconquérir mon enfance.

Chapitre 5
RÉHABILITATION

La maladie est au commencement de toute psychologie. Quoi ? La psychologie serait-elle un vice ?

Nietzsche, *Le Crépuscule des idoles*

Voici comment ça s'est passé. Je poursuivais mes études, assistais à mes cours optionnels et continuais à éviter l'intimité sous quelque forme qu'elle se présentât à moi. En même temps, je pratiquais assidûment mes rituels personnels afin de me prémunir contre toute espèce d'eidétique. J'étais déterminé à vivre autant que possible dans le présent. Si d'aventure j'étais tenté par la stase séduisante d'une image eidétique, je crevais sa peau réfléchissante avec une pointe et la déchirais pour dévoiler la structure de l'habitude sous-jacente. Je louchais et transformais la galaxie en poussière de ma peau morte ; je lisais toujours « EGASSAP EL ZEDEC » sur le macadam luisant et j'évitais de céder le passage. Je devins capable – comme il me l'avait prédit – de magnifiques combinaisons d'appréhensions avec de petits stimuli kinesthésiques. Je devins – à mon humble manière – une Cassandre du Caca. Les aspects les plus insignifiants de ma corporéité m'alimentaient en prophéties : si tel petit lambeau de peau gingivale se détache, alors… la feuille tombera ou ne tombera pas, je mourrai ou serai immortel, le soleil se lèvera ou non.

En fait, c'est à cette époque que, paradoxalement, je me muai en authentique adepte du Mage du Quotidien. À tel point que je pus rester, des semaines durant, sans eidétiser du tout. Paradoxalement parce que, après m'avoir montré ce qu'il appelait la

« rétroscendance », L'Obèse Contrôleur s'amusa à me laisser mariner quelque temps dans mon propre jus.

À la vérité, j'estimais que sa technique de dévoilement de l'histoire cachée des produits était méprisable. Je voulais fonder mon sens des affaires sur des bases complètement différentes, sur l'analyse et la déduction plutôt que sur de troubles intuitions visuelles.

Je comprenais confusément qu'en me présentant ce royaume des essences matérielles, accessible par un acte de la seule volonté, L'Obèse Contrôleur me condamnait à un cosmos de noms de marque, une métaphysique de sigles, une logique de logos et une épistémologie basée sur le PVE (la méthode du Point de Vente Électronique pour le suivi d'inventaire, qui commençait à être en usage à l'époque parmi les principaux détaillants). L'intérieur de mon esprit devait être agencé selon ce plan de merchandising, avec des présentoirs circulaires de concepts disposés dans les allées de la cogitation et flanqués de longs rayons foisonnant de petites idées aux couleurs vives.

Je sentais que, si je cédais le passage à la rétroscendance, la gondole moyenne de supermarché, pourvue en produits multiples comme un hérisson en épines, deviendrait, à travers ses mille étagères, une paillasse de laboratoire mystique propre à m'aspirer dans des sagas individuelles si complexes et durables que je ne referais peut-être jamais surface.

L'écosystème même que j'habitais s'inscrirait à son tour dans l'ordre des produits, de ces produits en lutte contre une obsolescence tenace pour s'individuer et usant de tous les moyens humains mis à leur disposition pour perpétuer leurs espèces estampillées. J'avais le sentiment que tout cela était subordonné à une sorte de Loi de la sélection non naturelle établissant que le produit le mieux adapté, doté de l'emballage le plus coloré, était le mieux à même d'être pollinisé par l'acte d'achat.

Mais, contre toutes mes attentes, plus il se tenait à l'écart, plus je me sentais maître de mes facultés. Je me coulai dans une apparente normalité. Je m'extirpai de l'anachronique camisole de force de sa verbeuse élocution. Je m'essayai même à l'élégance, devins une sorte de dandy. Le caleçon de chez Barries fut suivi de chemises et de chaussettes, puis de vestes et de pantalons de chez Di Stato (une succursale d'Anzio) et finalement de chaussures Hoage.

Comme je n'avais pas de vices et que toute liaison m'était interdite, je pouvais consacrer l'essentiel de mon budget d'étudiant à l'habillement. En esprit, j'étais déjà le jeune cadre bien mis, brillant et efficace que j'aspirais à être. Je voulais être paré de tous les attributs du personnage à ma sortie de l'université.

Après quelques mois de ce train de vie, j'en vins presque à me persuader que ma collusion avec celui que j'appelais « L'Obèse Contrôleur » n'avait été qu'un fantasme échevelé. Après tout, quelle preuve matérielle possédais-je ? Il n'y a aucun mal à vivre sous un nom d'emprunt et, d'ailleurs, je ne pouvais prouver ni que M. Broadhurst et Samuel Northcliffe étaient la même personne, ni que c'était L'Obèse Contrôleur qui avait tué la femme du Théâtre Royal avec une seringue rétractable enduite de curare et non un autre.

Quant à mes happenings eidétiques, je les trouvais tout aussi suspects ; ils étaient trop évidemment le fruit de ma foisonnante imagination visuelle. À la réflexion, force m'était de constater que, quand bien même ce fût lui qui semblât les gouverner, presque toutes mes errances eidétiques avaient précédé, et non suivi, l'intervention de L'Obèse Contrôleur.

Je commençais à me demander si je n'avais pas été victime d'une hallucination prolongée, due peut-être à une sorte d'explosion psycho-hormonale provoquée par la surchauffe d'une adolescence enfiévrée. Je savais peu de pyschologie, mais assez tout de même pour être conscient de l'impact que pouvait avoir l'absence du père sur un ego en gestation. Les sinistres et si vastes pouvoirs dont j'avais investi M. Broadhurst pouvaient-ils être une manière de compensation à mon manque chronique de modèle adulte adéquat ?

Dans l'élan de ce récent sursaut de rationalité, j'essayai de m'appréhender sous un éclairage nouveau. Peut-être que, au lieu d'être le jouet d'un mage déterminé à m'entraîner dans le monde effrayant et chaotique de la volonté pure, j'étais simplement un jeune névrosé qui avait besoin d'aide.

Mais quel genre d'aide ? Je ne savais ni vers qui ni vers où me tourner. Or donc je continuais à cultiver mes rituels, comptant obsessionnellement le nombre de pas que me prenait tel ou tel trajet, contournant prudemment les fissures du trottoir, de peur que les ours du ça ne m'assaillent, et remplissant mes fonctions corporelles avec la précision métrique d'un sadou.

Je nourrissais aussi l'idée que le mal qui m'affligeait était une espèce de strabisme de la psyché. En m'appliquant, je parvenais à voir le monde comme les autres, en stéréoscopie, mais, si je relâchais mon effort, une vision binoculaire s'ensuivait et, tandis qu'un « œil » restait focalisé, l'autre glissait vers la brumeuse périphérie où vacillaient L'Obèse Contrôleur et ses avatars. Seule une vigilance de tous les instants me permettait de le maintenir à distance.

Mais, pour un solitaire, la vigilance est un tourment de plus, un effort patient et déprimant. Je devais lutter pour ne pas m'écarter du droit chemin, pour m'assimiler à tous les pékins ordinaires suspendus à l'hameçon idiomatique (gobant la ligne avec le bouchon) et déterminer mes votes en fonction des variations de la politique fiscale, mais le moindre relâchement avait des effets étourdissants.

L'Obèse Contrôleur – quel qu'il fût – avait cessé de se manifester. Et la carcasse humaine sur laquelle j'avais greffé son illusion avait définitivement quitté Cliff Top. Malgré cela, il m'arrivait encore de découvrir à l'improviste des messages occultes, subtilement codés, qui troublaient le repos de mon âme.

Un jour que je furetais dans les rayons de la bibliothèque universitaire, je choisis sans raison précise une biographie de Newton sur l'une des étagères. En la feuilletant, je tombai sur un passage décrivant sa crise psychotique. Apparemment, au cours de l'automne (tiens !) de 1693, Newton – toujours excentrique et muré dans sa tour d'ivoire – devint de plus en plus sujet au délire. Il écrivit une série de lettres à Pepys, Locke et autres amis, les accusant d'être des athées et des catholiques. Il affirma même qu'ils avaient essayé de le corrompre en envoyant des tentatrices le séduire dans ses appartements de Cambridge. Le biographe supposait que c'étaient ses échecs dans ses expériences alchimiques qui l'avaient conduit à cette crise.

Il faisait grand jour quand je lus ce passage et le soleil qui filtrait par les carreaux des fenêtres illuminait un décor moderne et ordonné. Rien n'y fit : dès que je lus le mot « alchimie », des cloches d'alarme se mirent à sonner dans la caserne de pompiers de mon esprit. Les moteurs de mes rituels, si prompts d'habitude à refouler toute irruption du magique, furent vite enrayés. Il était trop tard, je ne pus m'empêcher d'eidétiser l'insolite caducée de M. Broadhurst, celui qu'il avait confectionné avec une vieille antenne de télé et du fil électrique, et je ne pus m'empêcher de lire :

> Newton écrivit à Locke pour lui dire qu'il avait « reçu la visite de certaine Divinité monstrueuse à la semblance d'un Crapaud. Cet homme, ou cette bête, prétendait être instruit de diverses opérations de la Science Alchimique dont je n'avais aucun savoir. Il insista pour examiner mon attirail alchimique et déclara que ma

> méthode de Fixation était inexacte, sans laisser de proclamer que la matière de ma Coupelle était entachée d'impuretés. Il affirma outrement qu'un pur distillat de la Pierre était enseveli sous l'abbaye de Glastonbury, en un lieu où il pouvait seul accéder. Rien ne saurait rendre la malplaisante impression que cet homme, qui avait nom Broadhurst, produisit sur moi... »

Je refermai le livre d'un claquement. Je me bouchai les yeux et m'enfonçai les doigts dans les oreilles. Je tournai les ongles pour détacher un éclat de cérumen du tympan. Je roulai les deux boulettes de sécrétion entre les index et les pouces de chaque main, puis les replaçai dans les oreilles opposées, tout en chantonnant et en marquant l'empreinte de mes semelles dans la texture molle du linoléum.

En rouvrant les yeux, je n'osais imaginer que le procédé avait fonctionné. Je m'attendais à le voir à mes côtés, à voir la spacieuse bibliothèque métamorphosée en cagibi par son envahissante obésité. Mais il n'y avait personne.

Il y eut d'autres incidents semblables. Attiré par les couleurs du dragon chinois qui en illustrait la couverture, je feuilletai un volume des *Confessions d'un mangeur d'opium anglais* de De Quincey. Cette fois, mon regard s'arrêta sur un passage où l'auteur était réveillé de sa somnolence narcotique par un heurt à la porte de sa demeure :

> La servante entra dans ma chambre et me donna à entendre qu'il y avait en bas une sorte de démon, qui « jabouinait » dans une langue étrange. Je mis de l'ordre dans ma mise et descendis. Dans la cuisine, je trouvai ma servante et un enfant d'un village voisin, tous deux interdits par cette apparition. J'établis vite que le

« jabouin » était en réalité du grec ancien, dont cet imposant personnage avait une parfaite maîtrise.

– Vous êtes le mangeur d'opium ? dit l'homme.

– Oui, répondis-je en frémissant.

– Alors, cher ami, procédez, apportez la matière, disposez l'outillage et donnez-nous une dose appréciable, crénom d'une pipe, car, par Zeus, je pète le feu.

Curieusement, je fus davantage étonné par son désir d'opium que par son apparence et le choix de son langage. Et je fus pris d'une certaine consternation quand je le vis porter à ses lèvres et engloutir d'une seule bouchée les trois fragments que je lui offris, car il y avait là de quoi tuer trois dragons et leurs chevaux. Là-dessus, sans autre forme de procès, il s'en retourna en claquant la porte derrière lui. Ce ne fut que plus tard, en méditant sur cet incident, que je me rappelai l'apparence de l'homme. Il était extrêmement gras et montrait une mine sinistre et agressive. Bien que sa physionomie fût européenne, il était vêtu comme un Malais, d'un pantalon bouffant et d'un turban.

Je ne puis dire si cette apparition fut un produit de l'opium, mais l'image effrayante de ce gros homme s'attacha dans la suite à mes rêves tourmentés et hanta pour toujours les corridors de mon esprit. Peut-être son aspect était-il une fonction de ces involutions de la mémoire dont j'ai parlé ; et la combinaison de ces attributs, le brutal appareil du Malais, ses traits globuleux et sa prédilection pour l'opium, loin d'être un pur hasard, furent-ils l'expression profonde de ma propre souffrance.

Je ne croyais pas davantage que De Quincey au « pur hasard ». Cette juxtaposition d'érudition et de parler populaire, ce comportement gargantuesque, cette « mine sinistre et agressive »... Sûrement y avait-il là un autre indice, une autre référence codée ; ou alors c'était que ma propension à la fantasmagorie, momentanément délogée de mon imagination visuelle, avait élu domicile dans un autre royaume, polluant mon entendement même.

En un sens, ce nouveau mode de surveillance de L'Obèse Contrôleur était encore plus déroutant que l'ancien. J'étais sur la pente descendante. Je me présentais débraillé aux séminaires, ou ne m'y présentais pas du tout. Un jour, je négligeai de rendre une dissertation sur le déficit de la balance commerciale. Ce n'était pas dans mon caractère. Au séminaire suivant, M. Hargreaves – le même assistant qui m'avait envoyé la pauvre June – me demanda de rester après l'heure.

« Wharton, commença-t-il, un peu gêné, je ne voudrais pas me mêler de ce qui ne me regarde pas, mais j'ai quelques inquiétudes à votre sujet. »

Je raclai les pieds, mal à l'aise. « Oh, euh... c'est que... je me fais du souci pour l'examen de fin d'année.

– Allons, ce n'est pas sérieux, vous avez été excellent dans tous vos partiels – j'ai eu une conversation avec votre professeur principal – et vous avez toujours été assidu. Vous ne pourriez pas rater l'examen, même avec de la mauvaise volonté. Qu'est-ce qui se passe, mon garçon ? Vous ne vous mélangez jamais avec vos camarades, vous êtes un solitaire. Encore une fois, je ne voudrais pas me mêler de ce qui ne me regarde pas, mais ça me désole de voir un jeune homme gâcher sa vie. »

Je le regardai dans les yeux. Hargreaves était un peu comme un gros rongeur, un cabiai ou un myopotame. Il avait un museau fouineur et des membres grêles articulés à un corps adipeux. Il va sans dire, ou presque, qu'il avait aussi les cheveux coiffés à la Beatles et une barbe tondue, mais drue comme de la fourrure, qui lui montait jusqu'aux pommettes et laissait soupçonner qu'il devait se raser quotidiennement le pourtour des yeux et le front pour ne pas ressembler complètement à une bête.

« Ouais, ronchonnai-je, je ne me sens pas trop bien dans ma peau. » Et les mots se mirent à sortir de ma bouche comme l'air caoutchouteux et renfermé d'un matelas pneumatique crevé. « Disons… disons… que je n'ai pas beaucoup d'amis et que je me sens un peu exclu, si on veut… » Je m'interrompis. J'empiétais sur un territoire interdit, je m'apprêtais à en révéler trop. Comment pouvais-je parler de mon autre monde au milieu de l'absolue certitude des stores à lattes, des combinaisons chaise-bureau plastifiées et des stylos-feutres aux couleurs codifiées ?

« Si vous êtes déprimé, » Hargreaves était plein de sollicitude « vous auriez peut-être intérêt à voir le conseiller d'études. Il est là pour vous aider dans tous les problèmes qui se posent à vous, vous le saviez ? » Je marmonnai une réponse affirmative. « Écoutez, voici ce que je vous propose. » Il s'éclaira, afficha la mine rassérénée d'un homme sur le point d'être déchargé d'une désagréable responsabilité. « Je vais prendre rendez-vous pour vous auprès du Dr. Gyggle. Ce n'est pas seulement un conseiller, c'est aussi un psychiatre qualifié. Je suis convaincu qu'un entretien avec lui vous aidera. Ne vous en faites pas, » il était tout content à présent, il lissait sa barbe avec ses petites mains « notre conversation restera confidentielle, comme tout ce que vous pourrez lui dire. »

Le lendemain, il y avait un message de Hargreaves dans mon casier : je devais voir le Dr. Gyggle dans l'après-midi. Je ne pouvais pas revenir en arrière sans m'empêtrer dans de nouveaux mensonges et, quand bien même, tout cela me rendait malade : sans l'embonpoint gyroscopique de L'Obèse Contrôleur pour le stabiliser, mon univers partait en toupie.

Le lendemain après-midi, donc, je traversai le campus pour

commencer, sans le savoir encore, ma complète réhabilitation. Ce que je sus tout de suite, en revanche, dès le premier coup d'œil, c'était que le Dr. Gyggle était exactement le psy qu'il me fallait. À cause de sa barbe, je suppose, une barbe qui était à l'opposé de celle de Hargreaves. Tandis que la première était manifestement destinée à compenser, à maquiller une virilité inaccomplie, celle de Gyggle était foisonnante et priapique. Certes, ce n'était jamais qu'une barbe, mais on sentait qu'elle était une partie intégrante de son visage depuis de longues, longues années. C'était visiblement un objet transitionnel, conçu exprès pour me ramener dans le monde des hommes et des affaires.

Quand j'entrai dans son petit cabinet du bâtiment administratif, Gyggle lisait, les avant-bras posés sur son bureau. Son maigre torse était encadré par une arche de classeurs disposés sur des étagères, qui formaient un portique au-dessus de sa tête.

Les avant-bras de Gyggle étaient tapissés d'un motif régulier de petites boucles de poils roux. En fait, je devrais même dire que ma première impression fut d'un homme entièrement dominé par un motif régulier de petites boucles de poils roux. Ses manches étaient retroussées – ce qui m'avait permis de me forger cette première impression – mais c'étaient en réalité ses cheveux qui donnaient le ton. Les bouclettes se massaient à la hauteur du col et, à partir de là, étaient relayées par un espalier d'ondulations alignées qui montaient vers le sommet dénudé de son crâne. Des vagues ambrées de la même eau encerclaient l'arrière de sa tête, d'un versant à l'autre de son visage ovale. Elles formaient des galeries si bien ordonnées qu'on eût pu les prendre pour des nids de lentes établies dans une cohabitation cordiale avec leur hôte. Mais, tout fascinants qu'ils étaient, ces poils devaient être considérés comme un simple complément du trait dominant de l'apparence de Gyggle : la barbe.

C'était une espèce de superbarbe, la barbe des barbes, une

recréation grandiose des barbes les plus belles et les plus marquantes de l'histoire. La façon dont elle retombait – non, cascadait – sur la poitrine gyggléenne évoquait ces barbes prophétiques que maintes heures de contemplation, tête penchée, dans les cathédrales et les musées avaient laissées dans ma mémoire, tout en rappelant, par sa rigidité, son apparente inflexibilité, Sumer ou l'Assyrie, de lointaines épopées dans des chars de combat bondissants, des incantations de guerriers à l'attaque – et toujours de profil, bien entendu.

Quand il se tourna vers moi pour me saluer, le vrai profil de Gyggle s'effaça en pivotant derrière une barbe plus impressionnante encore, dont la richesse m'effara. J'avais devant les yeux l'éventail de la grande époque victorienne, une barbe parsemée de phrases élevées et de sécrétions coupables, la barbe du pouvoir absolu qui s'estompait sur les bords vers l'inefficience d'une monarchie constitutionnelle déclinante. Non, vraiment, quelle barbe, pensai-je.

« Vous devez être Ian Wharton. » Il leva les yeux de sa lecture, et la façon dont sa barbe se fendit me laissa supposer qu'une affable grimace se cachait quelque part derrière.

« Ouais.

– Tim Hargreaves m'a dit que vous aimeriez bavarder de certaines choses avec moi. Il paraît que vous n'êtes pas dans votre assiette depuis quelque temps.

– Pas seulement depuis quelque temps.

– Que voulez-vous dire ?

– Je veux dire que je n'ai jamais été dans mon assiette. Je me suis toujours senti comme ça, depuis… oh, depuis que j'ai l'âge de m'en souvenir. (Depuis que le vert ressac creuse le rivage, depuis que le temps a refusé d'être dans le temps mais toujours maintenant, depuis qu'un générique a zippé de la couture entre le ciel et la mer, depuis…)

– Ah, ah. » Sa voix était douce et mielleuse, comme un filet sonore tombant sur mon esprit pour capturer la vérité dans ses mailles. « Et c'est quoi, "se sentir comme ça" ? »

Tout allait si vite. Il ne pouvait pas se rendre compte de la crise qu'il allait déclencher en moi. La pièce était comme une cabine pressurisée brusquement décompressée. Je sentis la chaleur de l'atmosphère s'échapper d'un coup pour faire place au zéro absolu de sa persona clinique, mais je ne pouvais plus m'arrêter.

« Je… je… je suis un eid… eid… j'ai une mémoire eidétique », dis-je, d'abord bégayant, puis d'un seul jet.

Gyggle joignit ses doigts pommelés et les fourra sous un rouleau de sa barbe. Il braqua sur moi des yeux jaunes de bête fauve.

« Sans blague. Comme c'est fascinant. J'ai fait un petit travail sur l'eidétique. Quel genre de mémoire eidétique avez-vous ? »

Les bras m'en tombèrent. « Je… je ne savais pas qu'il y en avait plusieurs genres.

– Ah si, vous avez l'eidétique morphique, centrée sur les formes et les proportions, ou l'eidétique de type mnémotechnique, qui consiste en une mémorisation immédiate par des combinaisons de lettres et de chiffres. Il y a aussi une eidétique mathématique, qui envisage les équations et autres calculs de façon spatiale et, bien sûr, il y a l'eidétique commune, que les gens appellent "mémoire photographique"…

– C'est ça ! dis-je, un peu gêné de m'entendre m'exclamer comme un gamin enthousiaste criant youpi.

– Je vois, fit Gyggle, imperturbable. S'il est vrai qu'un grand nombre d'eidétistes ont des problèmes de communication pouvant aller jusqu'à l'autisme, les autres ne sont en principe ni pariculièrement névrotiques ni malheureux. Au contraire, ils appliquent leurs dons à des tâches satisfaisantes mais résolument non imaginatives. Ils accumulent les diplômes, apprennent des choses sans intérêt ou dessinent sur commande avec une précision photographique mais remarquablement dépourvue de… comment dirais-je ? de pouvoir émotif. » Un trou dentelé s'ouvrit dans la barbe. J'eus l'impression que le psy essayait de m'appâter, de m'enjôler. « En fait, poursuivit-il, ces eidétistes sont généralement des gens affreusement ordinaires, absolument sans imagination, hmmm ?

– Mon problème est exactement inverse, affirmai-je. Je crois que je souffre plutôt d'un excès d'imagination, ou bien alors… ou bien alors… » Et me revoilà dans la mélasse : je n'avais rien à gagner ni à perdre, j'étais damné, d'un côté comme de l'autre. Si je trahissais le pacte qui me liait à L'Obèse Contrôleur, il me détruirait à coup sûr, me découperait comme une volaille, me dématérialiserait dans le vide abyssal. Mais si je ne disais rien, si je tirais ma révérence et fuyais Gyggle, quel espoir restait-il à Ian Wharton de connaître un jour une vie normale ? Quel espoir de connaître l'amour ?

« Ou bien alors quoi ? Vous pensez que vous devenez fou ? » J'acquiesçai. Gyggle se leva et contourna son bureau. Il était très grand, près du mètre quatre-vingt-dix, tout en coudes et en avant-bras, comme une énorme mante religieuse rousse. Il jucha son absence de cul sur le bord du bureau et me considéra. « Écoutez, Ian, je suis ici pour vous aider, pas pour enfiler mes propres perles. Je ne suis pas un conseiller, ni un psychiatre, tout à fait orthodoxe, mais s'il est en mon pouvoir de faire quelque chose pour vous, je le ferai. Maintenant, dites-moi ce qui, dans vos facultés eidétiques, vous cause un tel désarroi. »

Je le lui dis. Je lui dis tout. En détail. Sans rien omettre – enfin, rien sauf L'Obèse Contrôleur. Je lui expliquai qu'on m'avait enseigné dans mon enfance que j'étais un sujet eidétique mais que cela n'avait eu aucune signification pour moi, et que j'avais recouvré mes facultés à la puberté, comme sous l'effet d'une poussée de sexualité. Je lui racontai comment je figeais mes images eidétiques et y projetais mon corps fantôme pour découvrir des choses que je ne pouvais pas connaître. Je lui dis que ce don bizarre m'avait effrayé, m'avait communiqué une sensation de vulnérabilité et que j'avais dû mettre au point un système magique de mon invention pour éviter d'être complètement anéanti par ma mémoire visuelle hyperactive.

Gyggle m'écouta sans se départir de sa posture perchée, les doigts embarbés, les yeux rivés aux miens. Quand j'eus fini, il n'eut que deux choses à dire.

« Je constate avec beaucoup d'intérêt, premièrement, que vous ne parlez jamais de vos relations humaines. La plupart des étudiants qui viennent me trouver sont très préoccupés par leurs parents, leurs amis, leurs partenaires sexuels... » J'émis un grognement neutre. « Deuxièmement, si ce que vous dites est vrai, alors vous avez une forme de perception extra-sensorielle. Vous savez qu'il y a certains tests – des tests scientifiques – qui permettent de le vérifier.

– Non, je ne savais pas.

– Eh bien, ils existent et, si vous acceptez de me prêter votre concours, je me propose de vous y soumettre. Il y a tout ce qu'il faut pour ça ici, à la faculté de psychologie expérimentale. N'allez pas imaginer, surtout, que je ne crois pas ce que vous me dites. Mais, quelle que soit la réalité de votre condition, une vérification constituera une sorte de catharsis... Vous savez ce que ça veut dire ? » Je le foudroyai du regard ou, du moins, j'essayai. « Bien sûr que vous le savez. Tim Hargreaves m'a dit que vous étiez un étudiant hors pair. Maintenant, si vous voulez bien m'excuser, je crois que nous avons passé l'heure. Pouvez-vous prendre rendez-vous pour la semaine prochaine auprès de la secrétaire ? Nous nous retrouverons ici et nous irons ensemble au labo, d'accord ? »

Je raclai ma chaise et me levai en marmonnant un au revoir. Au moment où j'ouvrais la porte institutionnelle de son bureau pour ressortir, il leva les yeux de la lecture qu'il avait déjà reprise et me dit :

« Oh, Ian...

– Ou...oui ?

– Essayez de ne pas vous en faire, mon garçon, je suis là pour veiller sur vous. »

Dans le couloir géométrique, avec ses briques apparentes et ses spots directionnels, une jeune femme attendait son tour. Elle me regarda avec méfiance sous une frange de cheveux. D'une petite main, mordillée jusqu'au sang autour des ongles, elle serrait un mouchoir en papier contre un œil suintant. Pour quelque cruelle raison, le caractère ordinaire de sa détresse me redonna du tonus.

J'abordai alors la phase empirique et expérimentale de ma vie. Chaque jeudi après-midi, je rejoignais Gyggle dans son bureau et nous traversions ensemble le campus vers le blockhaus trapu qui abritait la faculté de psychologie expérimentale. Nous descendions au sous-sol et zigzaguions dans un dédale de cloisons à hauteur de taille. Sous le bourdonnement de l'éclairage tubulaire stroboscopique, la gent trotte-menu des étudiants en psychologie transbahutait de ci de là des brassées de listing informatique, des classeurs et des calculatrices. Leur gestuelle semblait tellement bien programmée qu'ils eussent pu être eux-mêmes les sujets de quelque méta-expérience et la pâleur de leurs blouses un effet de leur confinement en cage.

Pour commencer, Gyggle me soumit aux mêmes types d'exercices rudimentaires que j'avais déjà pratiqués dans mon enfance. Il me montrait des images que je devais reproduire au crayon de couleur ou me demandait de visualiser mentalement la rotation d'un motif selon un degré et un axe donnés avant de le redessiner. Mais nous en vînmes rapidement à une expérimentation plus recherchée. Des séquences de mots défilaient sur un écran à une vitesse telle qu'ils ne pouvaient – en théorie – être perçus que subliminalement. Ces tests confirmèrent ce qui avait déjà été établi, à savoir que j'avais effectivement une mémoire visuelle exceptionnellement aiguë. J'étais capable de mémoriser sans erreur de très longues séquences de mots, même lorsque leur temps d'exposition ne dépassait pas vingt millisecondes.

Pendant les tests, Gyggle se montra très gentil et attentionné. Il ne me parla pas de mes craintes de devenir fou et se conduisait comme s'il se fût agi d'exercices parfaitement ordinaires, entrepris dans une intention purement scientifique. Ce fut cette attitude, plus qu'autre chose, je pense, qui eut un effet thérapeutique bénéfique. Car, à mesure que progressaient les tests, ma vie extérieure progressait aussi, dans le sens d'une normalité que je n'avais jamais encore éprouvée.

Je consacrais de plus en plus de temps à ma mère, au lieu de m'enfermer dans ma caravane. Nos conversations étaient dépassionnées et inconséquentes. L'embourgeoisement lui avait enseigné l'art de discourir longuement pour ne rien dire. Dans sa bouche, quand elle relayait la complainte locale, le vide politique et le déclin moral du pays devenaient des cancers tout à fait bénins. La petite Cosette d'antan était devenue la grande causeuse qu'elle avait toujours rêvé d'être. La tension du cordon ombilical pyschique se relâchait et – c'était là le plus important – le nom de M. Broadhurst n'était plus cité.

À l'université, je sortis de ma coquille. Je mis à parler avec les autres étudiants et même à nouer des liens qui, s'ils n'étaient pas réellement amicaux, satisfaisaient néanmoins à la définition du mot « relations ».

Un jour, croisant June esseulée dans le couloir, au lieu de hâter le pas en rasant le mur, je m'arrêtai pour lui adresser la parole. Je savais qu'elle avait maintenant un petit ami. Je les avais vus ensemble, bras dessus bras dessous, menant leur béguin à la promenade. Peut-être était-ce cela, cette idée qu'elle avait désormais quelqu'un d'autre à aimer, qui me donna la force de lui présenter de plates excuses et de lui assurer, bredouillant et rougissant, que j'étais désolé de ce qui s'était passé. Je lui expliquai que j'avais subi une sorte de dépression nerveuse et que j'étais consterné par ce que j'avais fait. J'aimerais pouvoir dire qu'elle se montra compréhensive, mais elle me toisa comme si j'eusse été un incube violeur et se faufila le long des briques apparentes pour décamper sans demander son reste.

Après environ deux mois de ce régime, Gyggle changea la nature de nos expériences. « Eh bien, Ian, dit-il en caressant sa barbe comme un animal de compagnie pelotonné sous son menton, je pense que nous avons définitivement établi que vous êtes un eidète. À présent, vérifions vos autres affirmations plus extravagantes. »

Gyggle s'était procuré une série de modèles de visualisation informatique auprès d'un chercheur en perception extra-sensorielle au Texas. Ces tests invitaient le sujet expérimental à observer des figures tridimensionnelles sur un écran, puis à répondre à des questions concernant les aspects connaissables de ces figures – mais en faisant très peu appel à l'intuition. Par exemple, si la figure était un diagramme linéaire d'une pièce avec quatre fenêtres situées à des hauteurs différentes, le programme me demandait si un angle de vision partant d'un certain coin de la pièce me permettait de voir un point particulier à l'extérieur de la fenêtre la plus proche de moi, un point qui variait à grande vitesse sur l'écran.

Quand Gyggle m'expliqua l'expérience, je faillis éclater de rire tant la chose était facile. Me demander à moi – qui avais à lutter consciemment contre le maelström imagique induit par l'idée de rétroscendance – de déployer des pouvoirs aussi piétonniers, voilà qui semblait tout bonnement absurde. Je le lui dis.

« Je crois, docteur Gyggle, que vous êtes à côté de la plaque.

– Allons bon, et pourquoi ?

– Eh bien, voyez-vous, je croyais vous l'avoir expliqué, si je devais eidétiser maintenant, j'entrerais dans une sorte de transe. Vous ne verriez pas le temps s'écouler mais, moi, pendant cette transe, je pourrais déballer toutes les informations contenues en réserve dans cette séquence visuelle.

– Donnez-moi un exemple.

– Ma foi, je pourrais, mettons, découvrir la forme de votre menton sous cette barbe. »

J'avais choisi cet exemple au hasard, pour détendre l'atmosphère, mais au moment même où je prononçais ces mots je compris que j'avais transgressé un important tabou gyggléen. C'est toujours comme ça avec les barbes, particulièrement les barbes médicales et surtout les barbes psychiatriques. Bien que leurs porteurs les considèrent comme des excroissances naturelles de leur individualité, dès qu'on aborde ce sujet hors contexte, ils prennent le mors à la mentonnière.

« Je ne vois pas ce que ma barbe vient faire là-dedans, dit-il d'une voix soudain démiellisée. Mais si vous pensez en être capable… allez-y. »

J'entrai donc en transe eidétique. J'encapsulai tout le décor : le méchant compartiment avec ses cloisons en contreplaqué ; le lino, onduleux comme le sol en terre battue d'une grange ; l'horrible chemise en gaze de Gyggle, déboutonnée jusqu'au sternum où pullulait la fameuse bouclette. J'englobai le général

– les moutons de poussière lunaires pris dans le rayon sidéral de l'éclairage au néon – et le particulier : un filament de toile d'araignée sur un centimètre de fil électrique au plafond.

Quand l'image eidétique fut fixée en moi avec précision, je me projetai, ou plutôt essayai de me projeter, car rien ne se passa. J'avais l'impression d'inverser ce moment-pivot de ma carrière eidétique qui avait eu lieu huit ans auparavant, lorsque M. Broadhurst m'avait prié de regarder dans la poche de son gilet et avait bougé. À présent, c'était moi qui étais incapable de bouger. Pire : j'avais perdu la notion du mouvement. Naguère mon corps eidétique, cet outil avec lequel je forgeais mes visions, s'orientait sans peine dans l'espace tridimensionnel, comme guidé par des panneaux signalétiques en suspension dans l'air ; ma volition ne connaissait aucune entrave ; j'étais aussi maître de moi qu'une tricoteuse l'est de ses aiguilles et je démaillais à loisir les coutures atomiques du monde matériel.

Or, soudain, je ne savais même plus à quoi ressemblait cette sensation. Tout s'évaporait. Je bredouillais conceptuellement, j'avais beau faire, je n'apercevais plus le miroitement familier de mon imaginaire visuel. Il n'y avait plus rien. Aucun mouvement. Qu'était devenue ma mobilité astrale ? Tout était glacé. Du moins presque tout, car, juste avant d'effacer l'image, de faire avorter cette transe ratée, je crus voir – sans toutefois en être certain – le trou dentelé à travers lequel Gyggle s'adressait au monde se dégarnir un peu sur les bords, dévoilant une échancrure de ce qui eût bien pu être la lèvre de Gyggle.

« Alors, dit le vieux renard, avez-vous retiré eidétiquement les poils de mon menton-tontaine ?

– Je… je… je n'y arrive pas vraiment. Je veux dire… j'essaie.

– Essayer, déclara sentencieusement le psychiatre, c'est mentir.

– Je n'y comprends rien. »

Je tremblais, je suais. Si je ne pouvais plus eidétiser efficacement, cela signifiait-il que mon statut d'apprenti adoubé du Brahmane du Banal avait été annulé d'un trait de plume ?

« Ça ne m'étonne pas, dit le thérapeute. Je n'y arrive pas non plus.

– Hein ? Qu'est-ce que vous voulez dire ?

– Hum, voyons, vous vous prétendez capable de puiser dans une image interne des informations que vous croyez directement articulées au monde phénoménal.

– Hein, quoi ? Qu'est-ce que vous entendez par "phénoménal" ? (C'était le genre de jargon que j'attendais de vous-savez-qui.)

– J'entends le monde commun des objets matériels et des apparences. Vous prétendez que vous pouvez découvrir des choses inconnaissables par la méthode orthodoxe en tournant autour de la réprésentation de ce monde à l'intérieur de votre tête. C'est bien ça ?

– Ouais.

– Donc, si je projetais devant vous une scène d'un film de cinéma, montrant deux personnages bavardant sur un divan, vous seriez capable de me dire s'il y a un objet derrière ce divan ?

– Ouais.

– Supposons que ce soit un dessin animé. Vous seriez capable d'entrer dans ce monde-là aussi ?

– Je ne l'ai jamais fait, mais je suppose que oui.

– Mais, si c'était un dessin animé, il n'y aurait rien derrière le divan. Mieux que ça, le divan n'aurait même pas de derrière. Vous voyez ce que je veux dire ?

– Eu...euh...

– Non. Pas "eu...euh". La vérité est que vous souffrez d'une illusion complexe. Il n'y a rien derrière le divan dessiné et, si vous y trouvez quelque chose, c'est que vous l'y avez mis vous-même. Il ne peut y avoir dans votre tête aucune image du monde qui existe indépendamment de votre propre représentation. Savoir quelque chose, c'est participer à une vérité communicable. Votre croyance en votre pouvoir eidétique réside dans une conception erronée de la nature de la conscience même. »

Il était campé devant moi, dans sa pose magistrale caractéristique, masquant le bord d'un bureau qui disparaissait derrière son invisible dos. Cette pose me faisait toujours soupçonner qu'il avait une raie des fesses horizontale, signe d'une curieuse mutation adaptative tendant à rapprocher l'humain du mobilier de bureau. Il mâchait du chewing-gum et le miam-miam de son long maxillaire faisait remuer la queue de sa barbe sur son plastron.

« Maintenant, revenons à nos moutons, dit-il. Continuons les expériences et voyons si vous pouvez me donner tort. »

Je ne pus. Je fus incapable de réussir la plus simple des manipulations impliquant la perception extra-sensorielle. Gyggle commença par les plus sophistiquées, les cartes revêtues de couleurs et de symboles, mais en fut vite réduit à me demander de deviner – et ce n'était vraiment rien d'autre que de la devinette – lequel de trois gobelets en carton retournés dissimulait une balle de ping-pong. Je ne fis pas mieux que la moyenne. Et j'en fus quitte pour un autre choc quand nous en revînmes à l'expérience de visualisation d'objets hors champ dans la pièce synthétisée sur écran. L'image était floue, les mécanismes de mon esprit semblaient chimiquement anesthésiés, pulvérisés dans le brouillard. Les laboratoires Kodak de mon eidétisme étaient démantelés ; il n'en resterait bientôt qu'un poussiéreux photomaton en panne sur un quai de gare désert.

Je dois rendre cette justice à Gyggle : il ne se gaussa pas. Au contraire, en me raccompagnant à travers le campus à la fin de la séance, il passa un bras autour de mes épaules et joua les tontons. « Vous savez, Ian, fit-il, cajoleur, vous êtes un prodige, mais simplement pas le genre de prodige que vous imaginiez. Puis-je vous parler franchement ? » Comme si tu t'en étais privé jusqu'ici, pensai-je sans le dire. « Voyez-vous, je crois que vous êtes ce qu'on appelle une personnalité borderline, avec des tendances schizoïdes prononcées. Que ce mot ne vous effraye pas. Ce n'est pas si grave, parce que nos tests ont prouvé que vous n'étiez pas psychotique au sens habituel. Quand votre vérité intérieure est prise en défaut, elle se rend à la réalité. Vous comprenez ça ?

– Ouais, j'crois. »

« Ouais, j'crois », voilà tout ce qui me resta de notre entretien, ce « ouais, j'crois », avec toute la penaude résignation qu'il supposait. Mais, quoi que je pensasse de l'homme, la thérapie de Gyggle avait été une réussite à cent pour cent. En me forçant à participer à des rituels formulés scientifiquement, le psychiatre avait inversé logiquement le processus par lequel ma mémoire eidétique originelle avait percé le ménisque pour me plonger dans le monde nouménal.

Cette journée fut une plaque tournante dans ma vie qui, dès lors, connut une incommensurable amélioration. Le lendemain même, à mon réveil, pour la première fois depuis que j'avais l'âge adulte, et sans préméditation, sans réfléchir, je procédai à ma toilette sans vérifier la conformité de mes actes avec le schéma de mes habitudes. Il en fut de même dans tous les secteurs de ma vie ; libéré du besoin de me protéger contre les horreurs de mon eidétique exacerbée, je me mis à vivre comme les autres, dans la béatitude de l'inconscience. Je n'eus pas même à me donner la peine de comprendre que cette ignorance était une béatitude.

Désormais, je nageais dans l'événementiel, au lieu de l'observer de l'extérieur. L'éléphant corporel qui portait mon univers sur son dos pouvait aller l'amble sans effort, et sans que j'eusse à me pencher au-dehors de la nacelle de ma tête pour le cornaquer.

Quel soulagement. Vous imaginez ? Grandir dans la démence

et, d'une seule pirouette, retomber sur les pieds de la normalité. Non, vous n'imaginez pas, parce que c'est inconcevable, de même que vous ne pouvez imaginer ce que c'est de naître aveugle et de se trouver brusquement doué de vue. Mais, moi, je peux. J'avais rompu le cycle de huit mille générations et souillé le brahmane banal en moi, je l'avais pollué par le contact de l'expérimental, des preuves matérielles de l'induction. Je shootais dans des cailloux en allant de ma caravane à l'hôtel de ma mère, et chaque « tchac » réfutait mon terrible idéalisme adolescent.

Tout ceci se produisit juste avant Pâques, à la fin de mon pénultième trimestre à l'université du Sussex. Cela signifiait que l'été suivant, malgré le stress des examens, je serais en mesure de jouir de la compagnie des hommes et d'y trouver un répit qui, jusque-là, m'avait toujours été refusé.

Je fus admis à réviser au sein de la petite congrégation qui se réunissait sur les pelouses du campus. Les jeunes pardonnent plus facilement que les adultes et, malgré l'isolement hautain que j'avais pratiqué, je fus beaucoup mieux accepté que je ne l'eusse espéré. J'appelais par leur prénom les autres managers en herbe. Ils m'invitaient à des sauteries punk aussi bruyantes que des usines de tracteurs, où j'éclusais des canettes en fumant des cigarettes qui me donnaient le vertige.

En retour, j'en conviais quelques-uns à Cliff Top. Nous descendions sur la plage de galets et faisions trempette en gloussant. Ma mère ordonnait à son révérencieux personnel de nous servir le thé sur le terrain de croquet. Nous nous bourrions de canapés au saumon fumé arrosés d'Earl Grey, pendant qu'elle faisait assaut de charme et les intimidait par ses grands airs et ses grâces d'emprunt. Ils me considéraient tous comme un jeune homme nanti, même s'ils trouvaient que Cliff Top manquait d'intimité.

Les tantes et les cousins arrivèrent pour leur congé annuel juste après la fin de mes examens. Une partie du cousinage était maintenant pourvue en progéniture : la pullulante nichée Hepplewhite avait essaimé sur une autre branche. Les nouveaux moutards étaient la réplique des anciens et les nouveaux parents reproduisaient le modèle appris, car les cousines étaient toutes mariées ou à la colle avec de pauvres bougres inconsistants et les cousins avaient tout simplement épousé leurs mères.

Maman les tenait à l'écart de son hôtel. Ils étaient confinés sur un lopin de terre soigneusement masqué par les paysagistes, où les quelques caravanes restantes croupissaient dans une triste sénescence. Mais ils ne semblaient en éprouver ni inconfort ni vexation, même rentrée.

Ils végétaient là comme avant, mastiquaient des pétoncles et des buccins, lampaient de la bière, bécotaient des joues enfantines collantes de glace à la vanille et saupoudrées de sable.

« Ian va à Londres, annonça ma mère à la cantonade. Il a brillamment réussi ses études et maintenant il a un emploi, une très belle situation. Parle-leur de ta nouvelle situation, Ian.

– Ouais, raconte-nous, répondit un chœur de robes à fleurs.

– Ça n'a rien d'extraordinaire, dis-je. Ce n'est même pas à Londres proprement dit, j'habiterai dans une banlieue appelée Erith Marsh. Je vais être ingénieur commercial dans une compagnie qui a son siège là-bas…

– Ah ouais ? fit l'une des tantes, qui scrutait un mollusque phallique avec l'œil critique d'un officier du service d'immigration devant un voyageur suspect. Et elle fait quoi, c'te compagnie, mon petit ?

– Euh, eh bien, ils fabriquent des valves.

– Des valves ?

– Ouais, pour l'industrie pétrolière. Ils fabriquent les valves d'obturation qu'on met dans les forages pour éviter les fuites. »

La tante eut un geste vers l'autre bout de la terrasse, où l'un de ses fils était assis. Comme de juste, à l'instar de tous les hommes Hepplewhite, il était falot et émasculé. « Je crois que notre Harry devrait s'en coller une pareille quelque part, dit-elle. Plus d'un an qu'il est marié et notre Tracy est toujours pas en cloque. Il doit avoir des fuites dans le forage ! »

De gros éclats de rire secouèrent la fine équipe, qui se tapa sur les cuisses en martelant le sol. Non, vraiment, rien n'avait changé. À part ma mère. Elle se tenait en retrait et grimaçait de dégoût devant le spectacle de leur vulgarité.

Quand arriva l'automne et que j'eus enfin chargé ma voiture pour quitter Cliff Top, elle vint me trouver dans un état d'émotivité inattendu. « Prends bien soin de toi, mon chéri. »

Après deux semaines avec ses sœurs, ce n'était pas seulement son accent mais sa voix même qui sonnait faux. Comment ma mère avait-elle pu se métamorphoser ainsi en douairière, en héritière de la noblesse ? Ma curiosité, toutefois, fut balayée par une inclination plus pressante : déguerpir en quatrième vitesse. Je m'abstins donc de théâtraliser ma réponse.

« Bien sûr, Mère, je ne vais pas très loin, je reviendrai pour les week-ends.

– Oh, tu dis ça mais je suis sans illusions. Tu te laisseras séduire et aspirer par le grand monde, je le sais. (Des perles de larmes brillèrent au coin de ses yeux.)

– Erith Marsh, ce n'est pas exactement le grand monde, Mère.

– Je n'aime pas parler de ça, Ian, parce que c'est beaucoup trop douloureux pour moi. Tu sais que ton père me manque toujours. Je souffre aujourd'hui encore de son départ. Tu ne feras pas comme lui, n'est-ce pas ? »

Elle se haussa sur la pointe des pieds et m'embrassa.

Je reçus de plein fouet la vieille odeur maternelle, l'émanation atomisée de l'atavisme. Elle enfla en moi, revendiquant sa juste place dans le hit-parade des sens : n° 1 et disque d'or. Le coin de sa bouche se pressa contre la mienne et, de concert avec sa rude main qui empoigna ma large fesse, sa rude langue se glissa imperceptiblement entre mes lèvres.

« Méprisable Essénien, non-entité claustrale. » Les paroles de L'Obèse Contrôleur résonnaient encore à mes oreilles, tandis que ma caisse à savon motorisée caracolait sur l'A22 en direction de Londres. Cette salope, cette Clytemnestre à la manque, comme je la haïssais ! Elle avait attaché ma queue aux cordons de son tablier pour la fariner et la rouler. Elle ne me dorlotait pas, elle me pétrissait, elle voulait me transformer en pâte à tarte comme Papa.

J'avais donc accepté un emploi chez I. A. Wartberg Limited qui, comme je l'avais dit à mes tantes, était responsable de la fabrication des valves de forage en profondeur utilisées dans l'industrie pétrolière de la mer du Nord.

Mon choix avait surpris M. Hargreaves. Mes notes étaient excellentes et j'avais suivi des stages professionnels dans des agences de marketing du West End. Nous étions au début des années 80 et la Grande-Bretagne se sortait de la crise en profitant d'une poussée de la demande. L'économie de marché était le matérialisme dialectique du régime et j'étais dans une situation idéale pour gravir rapidement les échelons du statut d'apparatchik.

Toutefois, prudent et pragmatique comme toujours, j'estimais que, avant de m'attaquer aux abstractions éthérées de ma carrière d'élection, il me fallait aller au charbon, me confronter aux dures réalités de la vente réelle de produits spécifiques à une clientèle d'industriels. En outre, il y avait dans les activités de Wartberg quelque chose d'apaisant qui m'avait séduit dès mon premier entretien d'embauche.

Le vaste hangar en tôle galvanisée où l'on manufacturait les valves formait un antre tumultueux et cacophonique, peuplé de stakhanovistes qui torturaient des pièces de métal lourd au moyen de perceuses hurlantes. Comme les bâtiments de bureaux adjacents où je siégeais étaient mal insonorisés, je me sentais à la fois entouré et transpercé par les processus de fabrication que je devais vanter sur le marché.

Et puis, il y avait Wartberg lui-même : il fixa le modèle de tous mes futurs employeurs. Son père était un réfugié juif allemand et sa mère une Galloise, mais Wartberg était un anglophile pur et dur, qui affectionnait les costumes en tweed, palabrait sur le jardinage, la loi et l'ordre, le déclin des valeurs britanniques (il venait d'être décoré pour sa valve qui triomphait sur le marché), le poids écrasant des charges sociales, etc.

Il me plut sur-le-champ. Il dirigeait la compagnie comme un mécanicien sur le marchepied d'une locomotive en folie. Il était sans cesse en mouvement, allait et venait au pas de course entre le magasin, les bureaux, sa voiture, ses fournisseurs, ses clients. Il était petit, brun de poil, l'œil marron, tout en sueur et en bagout. Nous nous entendions très bien et quand, au bout de mon deuxième mois dans la compagnie, mon supérieur immédiat – le directeur du marketing, un grincheux au teint plombé – souffrit d'un ulcère perforant (je ne pus m'empêcher d'eidétiser la paroi de son duodénum, écaillée comme une portière de voiture rouillée et piquetée d'éclats de tissu coupants qui lui râpaient le viscère), je décrochai son job.

Bien sûr, ma situation ne peut se résumer à ce simple schéma : au revoir, Maman, à nous deux, Londres ! Oh, non. Ma thérapie avec le Dr. Gyggle avait suivi son cours et entrait à présent dans une phase nouvelle.

Après la déconstruction de mes facultés eidétiques, Gyggle avait insisté pour poursuivre les séances. Nos rendez-vous du jeudi s'étaient perpétués pendant toute la durée de ma carrière universitaire.

« Je voudrais établir des liens plus intimes avec vous, Ian, m'avait dit le broussailleux psychiatre. Je sais que vous êtes tenté de laisser les choses en l'état. J'ai utilisé des méthodes purement techniques pour vous aider à vous débarrasser d'un problème que vous croyiez purement technique, mais nous savons tous deux que, derrière cette illusion eidétique, il y a une réalité émotionnelle. Pour employer un jargon freudien, je ne pense pas que vous puissiez atteindre le stade génital achevé si nous n'enquêtons pas dans ce domaine, hum ?

– Le stade génital achevé ?

– Un rapport équilibré de l'affectif et du sexuel.

– Ah ? Oh, ça. »

Étrangement, il venait de mettre le doigt sur mon principal souci. Car, s'il y avait un aspect du legs de L'Obèse Contrôleur qui me troublait encore dangereusement, c'était cela : le sexuel – et spécifiquement sa grotesque menace selon laquelle, si je pénétrais une femme, je perdrais mon pénis.

« De quoi avez-vous peur, Ian ? » Il m'éprouvait psychologiquement tout en dirigeant l'artillerie de sa pointe feutre sur le champ de bataille de sa barbe.

Je pensai secrètement : laisse tomber, il n'insistera pas. Je savais que les psys étaient censés respecter l'incapacité de leurs patients à exprimer certaines angoisses fondamentales et que l'essentiel de leur action consistait à contourner l'édifice de la névrose pour saper peu à peu les fondations de la mémoire avec une espèce de petite cuiller verbale.

Mais Gyggle n'était pas ce genre de psy. Il insista.

« Je sais que vous avez élaboré une sorte de récit intérieur pour étayer votre illusion eidétique, il ne peut pas en être autrement. Vous m'avez dit que vous aviez passé votre adolescence dans l'isolement, en codifiant vos moindres habitudes corporelles et cycles cognitifs…

– Oui ! Et je vous ai dit pourquoi : parce que j'avais peur de m'eidétiser moi-même. Au fond, j'ai les mêmes angoisses que tout le monde. Rien de spécial. Cette même peur d'être écartelé physiquement et émotionnellement, d'être transformé en tas de pulpe, de n'être jamais aimé par personne, d'être un raté comme… comme…

– Comme votre père ?

– Ouais, comme lui, le méprisable Essénien.

– Je vous demande pardon ? Qu'est-ce que vous avez dit ?

– Oh, rien, rien. »

Gyggle avait aussi une bonne nouvelle pour moi : il allait me suivre à Londres. Il allait réintégrer le Service de santé national et avait accepté de tenir une permanence dans un centre de désintoxication basé à l'hôpital pour dipsomanes de la Fondation Lurie, dans Hampstead Road.

« Non que je m'intéresse particulièrement aux junkies, comprenez bien », me dit-il en me conduisant vers Brighton par la route de la côte. Son aile protectrice sans plumes étendait son envergure jusque-là : il me faisait profiter de sa voiture et de ses théories insolites. « Mais ce type de personnalité obsessionnelle me fournit un matériel de recherche. Comme personne ne semble capable de faire quoi que ce soit pour ces gens, personne ne viendra se mêler de mes petites expériences, hi hi ! » Il gloussa, telle une midinette, comme s'il eût projeté quelques lobotomies impromptues, et la barbe, qui déferlait sur le volant, froufrouta de façon suggestive dans la concavité du compteur de vitesse. « Vous pourrez continuer à me voir là-bas. Je peux vous inscrire comme patient anonyme, de sorte que ça ne vous causera aucun tort dans votre carrière. » Il se tourna vers moi avec, dans la barbe, cette fente caractéristique qui lui tenait lieu de sourire. Je m'efforçai d'avoir l'air reconnaissant.

Chaque vendredi après-midi, pendant toute la durée de mon

emploi chez Wartberg à Erith, je traversais Londres pour aller voir Gyggle dans son nouveau cabinet. Je m'en trouvais bien. Je faisais confiance à Gyggle. Je commençais même à l'aimer. Après tout, il avait réussi à démanteler les aspects magiques de mon eidétisme et il s'attaquait maintenant à la matière même de ce qu'il appelait mon « appareil illusionnaire ».

Il me fallut de longs mois encore avant d'acquérir assez d'assurance pour lui parler de L'Obèse Contrôleur, mais le moment vint. Quand s'estompa le souvenir de notre dernière et vertigineuse rencontre, je me sentis prêt à risquer le coup. Bien sûr, Gyggle fut emballé. Je savais que, pour lui, L'Obèse Contrôleur confirmait l'intérêt de mon cas : j'étais son Homme aux loups, son Anna O. Il me l'avoua.

« Si ce n'était pas néfaste à votre guérison, Ian, j'adorerais publier ça, me dit-il. Car je ne pense pas qu'aucun clinicien ait jamais eu le privilège d'observer un exemple d'hystérie aussi complexe. Cet homme, ce M. Broadhurst dont vous avez fait votre “Contrôleur Obèse”, votre ça personnifié, vous comprenez maintenant ce qu'il était réellement ?

– Ma foi, si j'accepte votre hypothèse selon laquelle toutes mes expériences subséquentes n'ont été que des broderies hystériques, je suppose qu'il était simplement un retraité ordinaire légèrement excentrique.

– Évidemment, il est probablement mort aujourd'hui.

– Oh, j'en doute.

– Pourquoi ? Pourquoi en doutez-vous ? »

C'était là que le bât blessait. Quelque efficace que fût le traitement du Dr. Gyggle et quelque séduisante son explication sur la manière dont un garçon solitaire et raté construit une illusion pour compenser l'absence du père et se punir lui-même du crime œdipien, je n'arrivais toujours pas à croire que je fusse entièrement débarrassé de mon mage.

Il continuait à me poursuivre. Il était une ombre noire dans un coin de mon champ visuel, une silhouette à contre-jour dans le clair-obscur du lieu commun. Parfois, mangeant un sandwich sur un banc public ou cahotant dans l'impériale d'un bus, j'entendais sa voix résonner dans mon for intérieur. Sa voix entraînante de bon gros, expansive et glaçante à la fois. Mon inaptitude à ne pas croire en lui me tenait à la gorge pendant que je gravissais les échelons corporatifs.

Bientôt lassé de rédiger des articles de presse sur les nouveaux concepts de lubrification, je quittai Wartberg pour rejoindre Angstrom Corporation, où l'on me confia le lancement d'un nouveau biscuit, le Doigt Rose. Au bout de trois ans, une agence de marketing, D. F. & L. Associates, qui avait son siège juste au nord de la City, me recruta par l'intermédiaire d'un chasseur de têtes et me para du glorieux titre de « consultant ». Mon boulot consistait à préparer les conditions de mise sur le marché d'un nouveau produit financier.

En sept ans, j'eus sept voitures, chacune plus puissante et plus spacieuse que la précédente. Je me mis à porter des costumes croisés, à fréquenter les bars, à discourir sur les taux d'intérêt – et avec quelque résultat, car je commençais à trouver mes marques dans mon espace vital, je me noyais à plaisir dans l'oubli des mes anciens schémas.

À Pâques et à Noël, je rentrais à Cliff Top. Maman avait abandonné l'hôtellerie. Elle avait gagné assez d'argent pour entretenir et conserver Cliff Top sous la forme du manoir qu'il était devenu. Peu importait que ce fût un ersatz – quelque chose comme la reine Anne engrossée par le prince Charles –, elle était convaincue d'appartenir à la « haute ». Et, bien que je l'eusse déçue en choisissant de « faire de la vente », j'étais toujours le fils de la maison. Quand nous buvions le sherry ensemble et que je lui voyais pousser les bajoues ovines de la gente dame anglaise sur le retour, j'avais du mal à ressusciter mon ancienne rancœur. Je n'arrivais même plus à croire vraiment qu'elle eût été de mèche avec M. Broadhurst.

Elle parlait de lui à l'occasion, béatement oublieuse ou ignorante des alter ego qu'il avait pu avoir. « J'ai reçu une carte de M. Broadhurst, l'autre jour, disait-elle en chevrotant. Tu te souviens de lui, mon chéri ?

– Oui, Maman, comment pourrais-je l'oublier ? (Et comment Gyggle avait-il été assez stupide pour imaginer qu'il fût mort ?)

– Il se fait vieux, bien sûr, le pauvre.

– Oui, il doit être très âgé aujourd'hui.

– Il me dit qu'il va peut-être devoir aller à l'hospice. Il ne peut plus se débrouiller tout seul. »

Apparemment, il en était réduit à n'être plus que cela : un banal sujet de conversation en famille.

Quant à ces fameux alter ego, son nom d'affaires « Samuel Northcliffe » figurait toujours épisodiquement dans la presse économique et financière. Il était membre de groupements d'intérêts mêlés à des O.P.A., important souscripteur de la Lloyd, consultant de telle corporation, conseiller de tel émirat. Mais, quand j'examinais de près les photographies de format timbre-poste qui commençaient à paraître au-dessus de son nom, je me prenais à douter qu'il formât une seule et même personne avec L'Obèse Contrôleur. Ainsi que le suggérait le Dr. Gyggle, il était tout à fait possible que j'eusse eu connaissance de Samuel Northcliffe par ailleurs et incorporé à mon fantasme des informations glanées dans les journaux.

Le Dr. Gyggle n'était pas satisfait de mes progrès. Il considérait le « stade génital achevé » comme le but ultime de sa thérapie et tenait fermement à ce que je jouisse d'une guérison complète. Tant que le spectre de L'Obèse Contrôleur ne serait pas complètement éradiqué de ma psyché, je serais incapable de me comporter en adulte.

« Je suis convaincu que la solution à tout ceci est profondément enfouie dans votre inconscient, me dit-il pendant que nous bavardions dans son cabinet du Service de toxicomanie. Je peux vous parler, vous pouvez me parler. Nous pouvons essayer toutes sortes de techniques pour pénétrer dans l'arrière-pays de votre psyché, mais j'ai le sentiment que, si vous n'êtes pas vous-même préparé à ce voyage intérieur, nous n'arriverons jamais à exorciser ce catéchisme négatif. Quelque part au fond de vous-même, l'idée que vous vous faites de la personne humaine, de l'appartenance au monde des hommes, est dangereusement brouillée par une fantasmagorie puérile. De ce point de vue, le choix de votre iconographie est particulièrement révélateur. »

Pour commencer, Gyggle essaya la privation sensorielle. Il avait détourné une partie du budget du Service pour acheter un caisson de privation sensorielle, qu'il conservait dans le sous-sol de l'hôpital. C'était ce genre de fantaisie financière qui avait fait de lui – du moins le prétendait-il – un praticien en vogue et très recherché.

Malheureusement, le peu qui me restait de mes facultés eidétiques me rendit parfaitement inapte à cette thérapie particulière. La descente au sous-sol et le déshabillage dans un cagibi plein de flacons d'eau de Javel et de balais-brosses constituaient un prélude prosaïque très tentant pour mes voyages dans l'espace intérieur. Mais, une fois que Gyggle m'avait installé dans le caisson – qui m'évoquait un sous-marin miniaturisé ou une lessiveuse du vingt et unième siècle – et avait refermé sur moi la porte étanche, je me révélais incapable de perdre – et donc, comme il l'espérait, de recouvrer – mon moi.

Le coussin lénifiant de solution saline à la température du corps sur lequel je flottais m'aidait effectivement à oublier les peurs physiques qui m'étaient inhérentes. La notion du temps et même la conscience d'être éveillé ou endormi s'évaporaient bientôt. Je m'enfonçais dans un vide velouté si total et hermétique que je ne savais plus si c'était ça qui était moi ou moi qui étais ça. Mais, juste au moment où mes doutes relatifs au monde extérieur commençaient à s'affirmer et que je sentais venir la révélation, un pépin surgissait. Soit le sel picotait quelque coupure ou écorchure de ma peau, réveillant en un instant la sensation corporelle, soit mes oreilles, en quête du moindre stimulus, captaient un bruit quelconque provenant des entrailles du bâtiment, une chasse d'eau ou le heurt d'un chariot contre un mur. En une fraction de seconde, je réglais ma conscience sur cette particule de bruit et formais une idée du monde qui pouvait produire ce genre de phénomène. Inutile de dire que ce monde ressemblait toujours étrangement à celui que je venais d'abandonner.

Gyggle n'était pas homme à se laisser décourager : au lieu de s'incliner ou de changer son fusil d'épaule, il proposa des mesures encore plus radicales.

« Ce n'est pas absolument déontologique, dit-il en me regardant doucher des cristaux de sel hexagonaux sur l'intérieur de mes cuisses, mais ni vous ni moi n'avons un rapport thérapeutique orthodoxe.

– Qu'est-ce qui n'est pas absolument déontologique ?

– On a d'abord préconisé ça pour le sevrage des héroïnomanes, sans beaucoup de succès, naturellement. Puis on l'a essayé sur divers types de dépressions, même des psychoses. À tous les coups, le remède se révélait pire que le mal.

– Mais, bon sang, de quoi parlez-vous ?

– Le sommeil profond, voilà à quoi je veux vous soumettre, Ian. Je voudrais vous endormir pour au moins quarante-huit heures. Je pense que seules de longues périodes de sommeil paradoxal contrôlé nous permettront de faire surgir votre démon. Alors seulement, quand il se sera matérialisé, nous pourrons le combattre, hum ? »

Pourquoi me suis-je laissé persuader ? La réponse est simple. Certes, j'avais une belle situation et un logement confortable. On m'invitait à des dîners en ville. J'avais endossé la panoplie de la réussite, j'avais un rang dans la société. Après une enfance et une adolescence particulièrement traumatisantes, j'avais atteint, avec l'âge adulte, une relative stabilité. Mais, d'une part, il y avait toujours ce problème sexuel et, d'autre part, quelque chose de plus indéfinissable, comme un déracinement, une intemporalité dans ma vie.

J'avais beau m'efforcer de vivre dans le présent, de me subsumer à l'histoire, de me considérer comme un corpuscule errant parmi d'autres dans les artères urbaines, rien n'y faisait. Ma vie entière était sujette à une impression d'anachronisme, à une sorte d'aliénation que je n'arrivais pas à comprendre et qui s'exprimait surtout dans mon travail. Si innovants que pussent être les produits que je lançais sur le marché, je ne pouvais m'empêcher de les voir déjà empoussiérés dans quelque immense bazar du futur lointain, surannés et horriblement datés au milieu d'un bric-à-brac de ferrailleur cosmologique.

Cette constante prégnance du Maintenant me minait. Au volant de mon automobile, je n'allais jamais nulle part dans le temps, j'étais toujours en transit dans l'instant. Je convenais avec Gyggle que c'était seulement en pénétrant le paysage onirique, l'hyperespace de mon esprit surchauffé que je pouvais espérer résoudre ce paradoxe et me libérer une fois pour toutes de la force malveillante qui avait façonné ma vie.

Il me dit que, dans le passé, on avait utilisé l'insuline pour créer artificiellement des états comateux mais qu'il n'avait pas l'intention de m'infliger un traitement aussi rude et violent.

Une sédation par le valium serait amplement suffisante. Il m'installerait dans une chambre libre de l'hôpital et me garderait en observation, inconscient, pendant quarante-huit heures.

ENTRACTE

Ce qu'il faut à ce pays, c'est un bon cigare à cinq cents.

T.K. Marshall

Bon, où en étions-nous ? Nous écoutions le frigo, c'est ça ? Nous écoutions ses variations modulées, le gaz qui tousse, les joints qui vibrent.

Vingt Grands Succès de frigo, ah, voilà un album qui ferait sûrement un tabac sur le marché. Il y a forcément une demande pour ce genre de choses : tout le monde est tellement branché sur la musique d'ambiance, de nos jours, et qu'y a-t-il de plus ambiant qu'un frigo pour le consommateur ? Ce sont les deux faces de l'environnement : à la fois ce qui nous environne et, contenue en germe, une sourde menace au putain d'environnement.

D'accord, je reconnais que quarante-cinq minutes de bruits de frigo peuvent manquer d'entrain. Il faudrait jazzer tout ça, demander à quelques vocalistes en vogue de chanter par-dessus le ronron du fluide réfrigérant, à quelques producteurs renommés d'échantillonner les diverses composantes de la vibration et de les réagencer en un grand mur de sonorités frigorifiques. Là, je pense que l'affaire tournerait, je suis sûr que vous auriez une jolie petite source de revenus entre les mains.

Quand je dis vous, je veux dire moi. J'attaquerais par la base, je ferais du marketing direct, sur ce coup-là. J'irais voir un courtier en fichiers de ma connaissance. Un type nerveux, en costume Anzio bleu fluo, un vrai fil électrique à ressort branché à la masse sur le clavier de son ordinateur.

Chaque fois que je vais le voir, il est en survoltage, raccordé directement au secteur de milliers de consommateurs passifs qui, la bouche en cul-de-poule, tètent goulument son transformateur psychique. Il a toujours les doigts écartés pour tâter le pouls des centaines de méga-octets d'informations qui affluent vers lui. Son disque dur contient de foisonnants listings d'acheteurs potentiels et son propre esprit se confond tellement avec cette autre mémoire, cette prompte mémoire vive, qu'il peut pivoter vers moi en disant : « Tu veux une liste alphabétique des possesseurs de la dernière Volvo à quatre portes ? J'ai ! Tu veux les experts-comptables des secteurs Acorn 117 à 492 ayant participé à des jeux-concours publicitaires ? J'ai ! Les membres de minorités ethniques âgés de dix-huit à quarante-quatre ans propriétaires de leur propre logement ? Ouais, j'ai, j'ai ! »

Mieux, il peut mélanger ces fichiers de clientèle pour produire des juxtapositions délicieusement improbables : les possesseurs de bicyclettes d'appartement adeptes du tourisme culturel en Ukraine (sept seulement dans l'agglomération londonienne) ; les lépreux ayant un penchant pour la lingerie Janet Reger (étonnamment, plusieurs centaines rien qu'à Roseland) ; les démocrates libéraux amateurs de Nintendo qui sont aussi des fans de Wagner (moins nombreux qu'on ne l'eût espéré).

Après une vingtaine de minutes avec mon courtier, vous commencez à voir le monde comme lui. Il a une vision déconstructrice ; son rayon optique perçant détranche et compartimente toute assemblée, tout groupe humain selon leurs caractères catégorisables. C'est une vision de type géo-démo (comprenez géographique et démographique). Que ses yeux se posent dans une salle de bar et, instantanément, son regard réticulé entre en action ; il jette ses rets à la ronde sur les costumes, ferre ses proies par les pans de leurs vestes, et c'en est fait : les voilà tous isolés dans ses mailles, chacun dans une grille à sa mesure, luttant pour se dépêtrer avant que les marchands ne fondent sur eux en les agaçant avec de fantastiques Offres Promotionnelles.

Mon album frigo le mettra à rude épreuve, le poussera dans ses derniers retranchements. « Tu veux quoi ? dira-t-il. Une liste des gens qui prennent leur pied en écoutant le frigo à 3 heures du matin ? Rien que ça ? T'es pas compliqué, comme mec. » Il hoche la tête, il humhumme, il mouais-ouaye, il martèle le clavier de ses doigts theloniousmonkiens, défié dans son art. Mais ça y est, il a trouvé, il est déjà sur la brèche, il intègre et mixe les données avec une frénésie lubrique.

« Attends voir… attends voir… hum, hum… mouais, ouais… » les touches de plastique tressautent « on a un fichier des acheteurs de frigos-congélateurs sur Londres l'an dernier… Hum, hum, ce qui nous fait environ seize mille cibles. Et j'ai une liste de gens qui ont répondu à des offres de télé-achat pour des albums de compilation de musique d'ambiance… trois mille environ… Hum, hum, j'intègre, je mixe, qu'est-ce que ça nous donne ? Cent cinquante-deux cibles. Maintenant, en toute franchise, je dirais que quelques-uns d'entre eux seulement seront assez cinglés pour acheter un album de compilation frigo. Mais lesquels ? Attends voir… attends voir… »

Il revient au menu principal, appelle le répertoire central, le Fichier des Fichiers, l'encéphalogramme du neurochirurgien lui-même. Il y a une région floue sur l'écran, comme si quelqu'un y avait frotté du gras, un voile à travers lequel je peux distinguer d'autres fichiers – les fichiers secrets, les catalogues ténébreux de panels inacceptables. « J'ai une liste des patients traités pour des psychoses graves dans les hôpitaux londoniens – oui, oui, je sais, ce n'est pas absolument déontologique au sens strict, mais laisse-moi te dire qu'on a ici des trucs encore bien moins déontologiques. Comme quoi ? Oh, eh bien, euh, des criminels de guerre nazis ayant des berlines quatre portes immatriculées dans le Staffordshire, par exemple. Ou des ministres avec un penchant prononcé pour les prothèses exotiques. Ou des PDG qui aiment s'encanailler pour sortir de leur routine. Celle-là est classée d'après la taille des entreprises et toutes sont disponibles sur listing prédécoupé ou étiquettes autocollantes. Maintenant, voyons, que je t'intègre tout ça, je mixe, j'intègre, je mixe… Hein, quoi, tu dis ? La loi Informatique et Liberté ? Ne me fais pas rigoler, coco. Voyons voir, voyons voir… hum. Voilà ta cible. Unique. Le seul et unique frappadingue qui écoute le frigo et peut tendre sa carte de crédit dans notre direction… »

Moi, évidemment. Ce ne peut être que moi. Normal, puisque c'est moi-même que j'avais soumis au marketing direct de mon âme. Vous avez entendu parler du mâle solitaire, je suis son descendant moderne, le mâle de rebut. Laissez-moi vous conter une anecdote, insérer dans votre esprit sagace un croustillant McNugget narratif pour illustrer mon propos.

Je me rappelle un week-end, quand j'avais dix-neuf ou vingt ans, en tout cas peu avant sa disparition et après sa transformation, la proutation de sa nouvelle identité. Nous étions allés dans le Yorkshire, à la recherche des lieux hantés par mon grand-père. Nous n'avions pas l'intention de débusquer Old Sidney – car, selon mon mage, ce n'eût pas été « diplomatique » – mais simplement de nous promener dans la lande, du côté de Hebden Bridge. C'était aux environs de Pâques, ce qui explique peut-être pourquoi, au fil de nos pérégrinations dans les bruyères et les ajoncs, il se mit à parler théologie.

La lande était douloureusement belle, ce jour-là. Les cumulus dessinaient dans le ciel un saisissant paysage renversé et drapaient d'ombres mouvantes les reliefs qui déferlaient en bosses successives vers les crêtes accidentées des gorges.

« Autrefois, la mer venait jusqu'ici, dit-il en décrivant un arc de cercle avec sa tourelle brachiale. Vois comme, sur ce versant, les strates mises à nu évoquent un rivage marin. Si tu combles les vallées avec l'océan absent, qu'en résulte-t-il ? Un superbe archipel, pardi. Une charmante dissémination d'îles émeraude léchées par les vagues. »

Je fis ce qu'il disait, j'inondai eidétiquement le paysage de grandes masses d'eau, que je vis se répandre et monter à niveau dans les fjords asséchés, jusqu'à nous isoler tous deux, le gros homme et moi, sur une hauteur émergée, cernés de toutes parts par le spectacle du panorama originel, le cœur liquide de l'Angleterre.

« Voilà pourquoi cette partie du monde m'est si chère, reprit-il en sortant de sa poche un volumineux étui à cigares en cuir. Elle replace le spectateur dans la véritable échelle du temps géographique et le met ainsi au contact de l'infini et de l'ineffable. » Il ouvrit l'étui en grand et considéra les projectiles de tabac qu'il contenait, chacun aussi dangereux en puissance qu'un Sam-7. « Celui-ci, je pense. » Il en sortit un, en mordit le bout et l'alluma à la flamme caressante de son briquet à essence. « Ce n'est qu'un Montecristo numéro un, mais ce serait gâcher que de pétuner plus substantiellement au grand air. »

Nous marchâmes. Il balançait son alpenstock comme une canne de golf, arrachant des mottes d'herbe à chaque swing. Il était vêtu pour une partie de chasse édouardienne, d'un ensemble en tweed à parements de cuir. Un chapeau, également en tweed et orné d'une plume de coq de bruyère, était posé sur le sommet de son crâne rocheux. Je ne sais pourquoi, l'aspect fripé de ce couvre-chef attira mon attention. On eût dit un camouflage, une sorte d'affût conçu pour permettre à sa conscience d'ornithologue aux aguets d'observer un monde craintif.

« Tu penses à ma tête, n'est-ce pas ? »

Je sursautai et faillis déraper dans le fossé boueux qui longeait le sentier.

« Tu médites probablement sur ma calvitie.

– Je… non.

– Bon, admettons. Mais, si d'aventure c'était le cas, inutile de me témoigner de la compassion. Ma condition tonsurée est plus décorative qu'accidentelle. Une petite idée que j'ai chipée lors d'un séjour parmi les dipsomanes de la Mère Russie. Ces pauvres hères sont si démunis qu'ils se rasent la tête pour pouvoir l'enduire d'alcool. Parce que, comprends-tu, de toutes les variétés d'alcool disponibles sur le marché, l'embrocation est la moins chère. Tu veux essayer ? » Il tira une imposante gourde de son autre poche, en dévissa le bouchon et, d'un mouvement brusque, éjecta son chapeau et s'aspergea le front d'une poignée de liquide. La brise me souffla en pleine face une puanteur d'astringent, tandis qu'il s'ébrouait en faisant ondoyer son corps de cétacé comme un lamantin en position verticale. « Brrr ! fit-il. C'est puissant, je sens l'aqua vitae infuser dans mon cerveau, libérer ses rouages, ses engrenages sonores, son moteur différentiel. »

Le chemin que nous suivions serpentait vers un point d'eau. C'était une sorte de petit étang au pied d'une falaise miniature, brisée à mi-hauteur par la trajectoire sinueuse du sentier qui plongeait dans la vallée. Là, sous un bouquet de chênes nains et de sorbiers, une troupe de randonneurs vieillissants avait choisi de faire halte pour une collation. Assis, les jambes allongées sur le sentier, le dos contre l'à-pic, ils mastiquaient des sandwiches et lampaient des gobelets de plastique. De la rive opposée, nous pouvions entendre la rumeur de leur conversation animée.

« Hum humpf ! » Il frappa le sol du bout de sa canne. « Si je ne m'abuse, voici ce qu'on appelle un “panorama qui vaut le détour". Il va sans dire que cette dénomination est fonction de l'attrait qu'exercent de tels sites sur les échantillons les plus hideux d'*Homo erectus.* Observe-les, garçon, considère l'étrange contraste que leurs faces rougeaudes offrent avec la sophistication de leur attirail ambulatoire et de leurs costumes. »

J'observai et considérai. C'était vrai, les vieux marcheurs étaient à la fois très laids et très joliment équipés en vêtements de plein air. Des blousons en Gore-Tex emmaillotaient leurs cous décharnés et leurs épines dorsales voûtées ; des cartes sous étui plastifié et des boussoles perfectionnées pendaient contre leurs poitrines concaves ; leurs jambes cagneuses étaient gainées dans de la moleskine dernier cri ou des culottes de velours, leurs pieds plats et leurs fragiles chevilles sanglés dans du cuir souple du meilleur faiseur. Avec quelques lustres de moins, en pareil équipage, ils eussent pu escalader les Rocheuses.

« Absurde, n'est-il pas ? » Il tira une puissante bouffée de son Montecristo et inhala, bouche ouverte, une épaisse volute de fumée. « Le prétentieux accoutrement de ces retraités appelle de ma part une paraphrase du plus célèbre apophtegme du philosophe alsacien de poche : "L'enfer, c'est les pantalons des autres." Pas mal, hein ? Ah hâââ, ha ha ha ! » Il dégorgea l'euphorie et la vapeur en quantités égales.

« De quoi, de quoi ? » Il pivota vers les marcheurs, qui s'étaient mis à bouger, comme en réponse à ses commentaires désobligeants. Ils revissèrent les capsules de leurs bouteilles thermos, refermèrent les couvercles de leurs gamelles en plastique vides et entreprirent de se lever poussivement. Des mains tachetées par l'âge s'accrochèrent l'une à l'autre. Il était difficile de dire si ceux qui étaient déjà debout aidaient leurs congénères à se hisser, ou si ceux qui étaient encore à terre entraînaient les plus ingambes avec eux dans la tombe.

Enfin, ils furent tous sur pied. Ils s'époussetèrent, chassant miettes et brindilles, et clopinèrent vers la vallée, à la queue leu leu derrière une sorte de chef-scout.

« Régale tes mirettes. » Nous les suivions à bonne distance. « Imagines-tu quelle fête macabre ce sera pour le chef des babouins, quand cette mauvaise troupe abordera un environnement plus farouche ?

– Que voulez-vous dire ?

– Je veux dire que, lorsqu'ils seront à destination, cette basse-cour picoreuse prendra une signification mortelle sous la griffe et la dent.

– Hein, à Hebden Bridge ?

– Non, andouille ! Tu sais pourtant que je ne supporte pas les andouilles ! C'est nous qui allons à Hebden Bridge. Eux, ils se préparent à une randonnée plus radicale. » Son doigt lycanthrope, le majeur à triple jointure, jaillit à nouveau, frétillant de bas en haut, comme pour titiller une zone érogène invisible.

À ces mots, un inquiétant phénomène s'opéra, tout à la fois obscène et bizarrement naturel. Devant le chef-scout, qui cheminait en balançant sa houlette, avec un quart de siècle de retard pour Aldermaston, l'air parut se dilater, se déchirer. Ce fut comme un froissement de l'atmosphère, une trouée dans l'épiderme éthéré, une faille qui s'élargissait dans le vide, mais sans dévoiler d'autre perspective que le sentier et ses lacets. Le chef-scout fonça bille en tête dans la gueule de cette cavité, et disparut.

Je tombai en arrêt et regardai, hébété, le reste des promeneurs sénescents s'engouffrer dans cette autre dimension. Quand le dernier talon de la dernière botte fut englouti, l'immatériel chatoiement se referma, souda ses lèvres et s'évapora.

« Qu'est-ce que vous avez fait à ces gens ? haletai-je. Où ils sont passés ? Vous les avez tués, c'est ça ? Vous les avez anéantis par pure mesquinerie !

– Sornettes, galopin, abstiens-toi de faire dans le mélodrame, je t'en prie. » Il s'était arrêté à son tour et contemplait le bout de son Montecristo d'un œil las, sans appétence. « J'ai simplement procédé à une petite retouche chronologique, en effaçant quelques faux plis sur la jambe empesée du temps.

« Ils sont toujours au même endroit, ils suivent le même sentier... » il s'interrompit et souleva sa manchette pour faire apparaître sa Rolex large comme un tumulus « quelque quatre mille ans plus tôt. Certes, l'expérience les déconcertera un chouïa mais, s'ils parviennent à éviter les aurochs en maraude le jour et le croc sabreur des tigres carnassiers la nuit, ils pourront trouver quelque attrait à leur nouvel environnement. Moi-même, étant arborophile, je goûte fort les denses forêts de conifères du néolithique. Eh quoi, j'ai même fait sculpter ce bâton dans leur bois lors de mon dernier séjour là-bas. Chaque année, il s'amenuise d'un anneau, plaisante inversion, je dois dire, de la nouvelle science de la dendrochronologie. »

Je l'avais perdu. Pour ce que je comprenais, il eût aussi bien pu s'exprimer en bas-allemand. J'étais ancré dans le présent, je regardais les étourneaux virevolter autour des fils télégraphiques et les jeunes feuilles miroiter au vent comme un Monet brouillé.

Nous marchâmes quelque temps en silence. Il fumait avec concentration. Pour renouer le fil, combler le hiatus, je demandai : « Pourquoi ? Pourquoi avez-vous fait ça ? » Je me préparais déjà à essuyer ses foudres, mais rien de tel n'advint.

« Ceci, évidemment, est une synecdoque, dit-il. Tu vois, mon jeune adoubé, quand ces institutrices en retraite, ces employés de banque redondants prendront pied dans l'ère pétrifiée, ils seront forcés de soumettre leur équipement high-tech à l'épreuve de vérité. Ils sauront alors si le Gore-Tex et la Timberland sont à la hauteur de leurs qualités tant vantées.

« Mais, surtout, pendant qu'ils se démèneront pour trouver leur chemin jusqu'à la côte – avertis de la réalité de leur infortune par une rencontre avec leurs pères velus, qui les laissera, pour moitié, aveugles ou trépanés et, pour les deux tiers des autres, mourant d'infection sanguine –, ils en viendront enfin à mesurer la folie de leurs anciens préceptes moraux, de leur bagage spirituel, de leur ballast transcendantal. Ils pourront éprouver *in situ* la force du Pari de Broadhurst.

– Pardon ?

– Le Pari de Broadhurst est le rétablissement de la vérité, la bonne manière de voir, un habile renversement des sophismes de cet apostat anorexique qui griffonnait sur des liasses de Post-it. Il se formule ainsi : Tu es un fol de vénérer la déité. Car, si Dieu existe, il pardonnera assurément ta déréliction, c'est un tendre en ces matières, une vraie mouillette trempée dans du lait. Et, s'il n'existe pas, alors, à l'heure du dernier soupir, tu te retrouveras Gros-Jean comme devant et couronné roi des couillons. Toutes ces heures perdues dans de fastidieuses tombolas, tous ces matins à te raper les rotules sur des agenouilloirs, tous ces pathétiques déchirements – la perte temporaire puis l'éphémère recouvrement de la petite monnaie de la foi, la foi en un rien, une nullité, une vacuité.

« Non, non, quand tu prends conscience de la force du Pari de Broadhurst, la figure christique du père absent devient ce qu'il était, ce que nous savions tous qu'il était : un névrosé errant, incapable d'assurer l'entretien de sa propre création. Il est probablement en train de dilapider ses fonds dans quelque psychanalyse théologique, allongé sur un divan, là-haut, dans le firmament. “Pourquoi ? gémit-il devant son psychiatre. Pourquoi ai-je fait cela ?” Mais il n'assume rien, oh non, il protège le refoulé, il nie l'existence même du monde. Tout au plus en reconnaît-il une petite partie, de temps en temps, dans ses rares moments de lucidité et de conscientisation. Le Liechtenstein, par exemple.

« Mais assez de théologie pour aujourd'hui. » La Rolex fut à nouveau consultée. « Il s'agit de hâter le pas si nous ne voulons pas trouver porte close à l'auberge et nous priver ainsi d'un verre d'urine de *Culex pipiens.* Ce qui passe pour de la bière dans ces contrées. »

C'est ce Pari de Broadhurst qui me revient maintenant à l'esprit, à 3 heures du matin, tandis que je prête une oreille attentive au réfrigérateur. Comme si c'était à moi de demander pourquoi il faut que le plaisir s'achève. Moi entre tous. Si je ne le savais pas, je ne serais pas assis là, à guetter le point du jour, la dérisoire lueur de l'aube à travers les stores, en attendant que Madame se meure. Non, non, c'en est fini du plaisir, seule demeure l'idée que j'en ai. Moi et lui, lui et moi.

Nous sommes comme des cocaïnomanes ou des masturbateurs chroniques, n'est-ce pas ? Nous essayons de grappiller la dernière miette, d'extirper la dernière goutte de bien-être d'une expérience intrinsèquement vide et mécanique. Nous enfonçons le bouchon, nous abrasons le clitoris, nous remuons le pénis et nous ne sentons rien – ou, pire que le rien, le trois fois rien, un petit quelque chose, un frémissement, un picotement, l'équivalent sensuel d'une image rétinienne rémanente. C'est cela, notre plaisir, désormais, non plus le plaisir en soi, juste sa vague évocation. Et pourtant, nous croyons de toutes nos forces qu'il suffirait de l'évoquer une seule fois encore, mais avec netteté, de le décrire tel qu'il est pour qu'il revînt comme les oiseaux après l'hiver.

Un matin, nous nous réveillerons dans notre lit en entendant un chœur de trilles et de piaillements ; le plaisir sera revenu s'attrouper dans les branches de l'arbre devant notre fenêtre. Nous nous blottirons sous les draps, pleins de joie anticipée.

Mais voici que nous nous levons pour nous habiller, que nous quittons la maison pour aller acheter le journal et voilà qu'il reflue, que la source se tarit. Nous passons à côté d'un terrain de jeu. Il y a des enfants sur un carrousel. Un pied dessus, un pied au-dehors, ils le font tourner à une vitesse vertigineuse, encore et encore, jusqu'à ce que leurs visages ne forment plus qu'un seul ruban flou. Et dans ce flou apparaît une unique paire d'yeux, deux yeux morbides et dévastés comme ceux d'une pocharde mourant de cirrhose, d'une adolescente extatique bafouillant sur une piste de danse, d'une femme giflée pour la centième fois.

Avait-il raison ? Sommes-nous tombés en disgrâce ? Est-ce cela ? Avons-nous perdu notre innocence collective ? On le dirait bien, parfois. Nous avons l'impression d'avoir été poussés malgré nous dans un monde railleur et brutal, qui nous a déflorés. Mais, parfois aussi, il semble que tout est souillé par notre faute, que nous avons trop touillé, trop secoué, trop rué, trop botté, et youpi et hop là ! Aujourd'hui fourbus et rendus, plus pesants que jamais, nous nous détachons du corso enchanté, de la nef des délices, pour découvrir sous nos pas une fleur piétinée, un camélia écrasé dans un mélange de pollen et de sève comme une tache de sang sur le sol stérile, le sol sec, semé de ferraille tétanique.

D'où vient ce lancinant sentiment d'être à la fois la victime et le bourreau, à la fois nous et eux, à la fois moi et lui ? Avons-nous été expulsés d'une salle de jeux où la nature nous pourvoyait en automates innocents, en machines meuglantes et braillantes pour notre amusement ?

J'en doute. J'en doute fort. Je vais vous dire ce que j'en pense, puisque vous me le demandez, puisque vous osez tourner vers moi votre faciès repoussant, je vais essuyer les plâtres de mon cœur lourdement hypothéqué. Je pense qu'il y avait une quantité limitée de plaisir à partager ; à chacun sa portion congrue, et pas de rabiot. Nous l'avons dépensée en bals champêtres sous les lampions, en baisers au clair de lune, en festins de coquillages sous le soleil, émerveillés par les miroitements de notre fourchette ; nous avons mangé notre pain blanc. L'ennui avec le plaisir, c'est qu'il n'existe que rétrospectivement, par rétroscendance : au moment où nous le prenons, nous n'y pensons pas, nous nous abandonnons. Et on s'en est payé, du bon temps, hein ? Dites ! Franchement ! Oh, oui alors, vous le savez bien.

Vous êtes avec moi maintenant, n'est-ce pas ? Nous quittons la fête ensemble. Nous nous arrêtons sur les marches et, bien que nous soyons partis de notre propre gré, que nous ayons nous-mêmes récupéré notre manteau sous le couple enlacé sur le lit, nous sentons déjà que c'était une mauvaise décision, qu'une main invisible nous a poussés dehors, pour nous exclure.

Nous nous arrêtons donc sur les marches et nous entendons la fête qui se poursuit sans nous, un éclat de rire, un air de musique. Est-il trop tard pour revenir sur nos pas ? Aurons-nous l'air idiots si nous rebroussons chemin pour annoncer à la cantonade : « Écoutez, le taxi n'est pas encore arrivé. On s'est dit qu'on pourrait peut-être l'attendre ici, rigoler encore un peu avec vous. »

Eh bien, oui, oui, nous aurons l'air idiots, terriblement idiots, parce que ce n'est pas vrai. Le taxi est bien arrivé, nous pouvons l'apercevoir du haut des marches, vrombissant d'impatience, prêt à recevoir nos instructions, avide de nous emporter, de nous ramener à la maison, loin des plaisirs, vers les faubourgs de la maturité.

Une dernière chose. Vous n'aviez jamais pensé qu'en devenant adulte vous deviendrez si… comment dire ? si… adulte. Soyez franc. Vous ne pensiez pas que ce serait si dur, si prenant d'être une grande personne, de rechercher la reconnaissance, l'équilibre, de trouver vos marques dans une instable matrice quadridimensionnelle de Considérations Entièrement Valides. Vous auriez bien envie de vous griser un peu, de temps en temps, hein ? Vous aimeriez bien, vous aussi, bidouiller les boutons de la réalité comme il le fait, prendre vos aises sans remords, sans avoir l'impression de trahir quelque obscure promesse.

Ne vous inquiétez pas, je m'en suis inquiété, j'ai cherché l'enfant en moi. Ian, le petit écolier. Je l'ai traqué dans les chemins évanescents de ma psyché. Je suis lui comme il est moi, comme nous sommes tous... Son dos, large comme un menhir... Mes pas, qui résonnent funestement dans ma tête. Je rentre en moi-même pour me regarder en face. En face. En face. Au fond des yeux, de mes propres yeux. Ian, est-ce toi ? Mon autre signifiant ? À présent, je te vois tel que tu es, Ian Wharton, debout sur une haute falaise taillée et profilée par le vert ressac de la mer, voûté sous le poids des travaux et des jours, la lourde somme de peines qu'est la vie, qu'est la mort, puis la vie à nouveau, éternellement, le monde sans fin.

Et maintenant, Ian Wharton, maintenant que tu n'es plus le sujet de ce conte moral, mais seulement son objet, maintenant que tu es un simple atome improductif comme les autres, posté à la fenêtre d'une monade estampillée, maintenant que je t'ai mené où je voulais : que la fête sauvage commence !

Livre 2
LA TROISIÈME PERSONNE

La culpabilité : j'aimais tellement cette sensation que j'ai acheté l'émotion tout entière.

Farrah Anwar

Chapitre 6

LE PAYS DES DEVINETTES ENFANTINES

Si quelqu'un me dit qu'il est allé dans les pires endroits, je n'ai pas le droit de le juger, mais s'il me dit que c'est sa science supérieure qui lui a permis d'y aller, alors je sais que c'est un imposteur.

Wittgenstein

L'hôpital pour dipsomanes de la Fondation Lurie plonge ses fondations fuligineuses dans l'aride ravin de Hampstead Road. C'est une structure confuse, une espèce de vaste hospice de type victorien enserré dans des bâtiments ajoutés vers les années 30.

Derrière l'hôpital, face à la masse bleuâtre et trapue d'Euston Station et limité par le système de climatisation du Kennedy Hotel, il y a un jardin tarabiscoté, un espace jadis aménagé grâce à d'aristocratiques largesses pour procurer au personnel et aux malades une promenade gravillonnée dans une marqueterie de parterres et de pelouses. Les fonds étant venus à manquer au fil des ans, l'endroit n'est plus guère aujourd'hui qu'un ramassis de feuilles mortes et de morceaux de polystyrène mouillé, restes de quelque opération oubliée, mais sans doute essentielle, d'emballage.

Quand on regarde l'hôpital de l'autre côté de Hampstead Road, l'aile années 30 qui le flanque sur la gauche ressemble à s'y méprendre à une banque en forme de blockhaus. Avec sa façade en pierres gris-jaune, elle ne déparerait pas dans Lombard Street. À l'angle de cette annexe, une porte en chêne massif. Ni plaque ni panneau d'aucune sorte n'indiquent s'il s'agit d'une entrée secondaire de l'hôpital ou d'un accès à tout autre chose.

Derrière cette porte, on trouve un bureau d'accueil scindé par deux hautes marches. Au-delà s'étend une enfilade désordonnée de pièces sépia aux murs peints à la détrempe, dont les sols moquettés sont hérissés de larges cendriers métalliques semblables à des boîtes de mouchoirs en papier reconverties par un mystérieux processus de galvanisation. Les pièces communiquent par de brefs couloirs en linoléum, grêlés de brûlures de cigarettes si nombreuses qu'elles finissent par créer un effet moucheté assez décoratif ; les couloirs donnent également accès à des toilettes sentant l'urine et équipées de barres d'appui blanches pour le cas où vous auriez du mal à tenir debout. Vous avez aussi, fixés aux parois de ces toilettes, des distributeurs blancs, qui ne distribuent absolument rien, mais avec une constance imperturbable.

Depuis six ans, ces locaux rébarbatifs étaient le domaine du Dr. Hieronymus Gyggle, psychiatre, spécialiste en toxicomanie et – pour reprendre un titre qu'il aimait se donner – philosophe pratique. Là où d'autres n'eussent vu que des déchets humains, au visage et aux mains rongés et labourés par le lancinant travail intraveineux de la drogue, Gyggle voyait de joyeux junkies cockneys. Quand il promenait sur les lieux sa grande barbe rousse, il s'attendait presque à voir sa clientèle se lever d'un bond et se mettre à chanter, les pouces sous les bretelles : « Il est des nô-ôtres, il a bu son verre comme les au-autres. »

Mais il est vrai que Gyggle n'était pas un psy ordinaire – nous le savons – et l'étonnante diversité de ses activités, par cet étouffant vendredi après-midi d'arrière-saison, en était une preuve supplémentaire.

Trois projets en cours se partageaient son précieux temps.

D'abord, dans l'une des pièces sépia, six de ses junkies devisaient dans le cadre d'une thérapie de groupe. Gyggle accueillait dans ces séances quiconque voulait se soumettre au programme de désaccoutumance de quatre-vingt-dix jours par la méthadone.

Ensuite, il y avait, dans une cabine à rideaux de plastique au fond du service, le protégé de Gyggle, son plus ancien patient, un grand et gros ingénieur commercial du nom de Ian Wharton. Gyggle avait connu Wharton à l'université du Sussex, où il exerçait la fonction de conseiller d'études, et l'avait entraîné avec lui, comme un autre eût emporté un accessoire de bureau ou une collection de gravures de sport.

Enfin, dans le cabinet du grand homme, dont la fenêtre couverte d'une pellicule de poussière offrait une vue brouillée sur le jardin décrit plus haut, une jeune femme, une certaine Jane Carter, était assise. Les doigts de Jane faisaient la chasse aux échancrures qui dérangeaient la frange parfaite de sa chevelure. Elle attendait aussi Gyggle, qui devait se prononcer sur son aptitude à exercer un emploi bénévole.

Gyggle arpentait à grandes enjambées le service de désintoxication. Sa barbe était si longue et si rigide qu'elle le précédait comme un éclaireur cherchant à débusquer des snipers. De temps à autre, il s'arrêtait pour échanger quelques bons mots avec l'un ou l'autre de ses collègues. Les drogués peuvent attendre, se dit-il en pressant le pas. Mlle Carter aussi. Je dois d'abord m'occuper de la thérapie par sommeil profond de Ian. Il consulta la fausse montre de plongée qui garrottait son poignet ossu. Il est maintenant 4 heures, il faudra donc que je le réveille vers 4 heures dimanche après-midi. Sinon, il sera trop groggy pour travailler lundi et ce n'est pas ce que nous voulons, pas du tout.

Le rideau de plastique s'écarta et Ian, allongé sur le lit d'auscultation, vit apparaître dans la longue et mince embrasure la longue et mince silhouette du Dr. Gyggle qui, suspendue à la tringle par ses bras de mante, emplissait tout l'espace. Il mâchait du chewing-gum et chaque mastication s'accompagnait d'un froufroutement de sa barbe en éventail sur sa chemise.

« Alors, Ian, susurra-t-il. Vous êtes là depuis longtemps ? Miam miam. (Frou-frou, fit la barbe.)

– Assez.

– On est un peu nerveux, hein ? Ou sarcastique, peut-être ?

– Je vois pas ce que vous voulez dire.

– Sarcastique, alors. Écoutez, que ce soit bien clair entre nous, Ian. Je ne vous force pas la main. Vous pouvez vous lever et rentrer chez vous, si vous voulez. D'ailleurs, c'est bien simple, je refuserai de vous endormir si vous n'êtes pas dans une disposition d'esprit adéquate.

– Oh, et c'est quoi, une disposition d'esprit adéquate ?

– En bien, voici comment je vois la chose. » Et, comme tout amateur passionné par sa marotte, Gyggle posa une de ses fesses infinitésimales sur le bord du lit et releva son pantalon avant de se lancer dans son laïus. « Le sommeil profond est le prolongement de la fonction chamanique du psychiatre. Si nous considérons que l'interprétation – tant en psychanalyse qu'en psychiatrie dynamique – est analogue aux différentes formes de divination pratiquées par les chamanes, alors l'expérience du sommeil profond est un équivalent de la transe de possession.

« Dans les sociétés traditionnelles, la transe de possession est invoquée pour purger un individu de ses démons en le mettant en contact avec son esprit tutélaire. Donc, ce que j'espère, c'est qu'une exposition prolongée au rêve aidera votre psyché à fixer, puis à dissoudre le surmoi que vous avez élaboré autour de ce personnage mythique, cet “Obèse Contrôleur”.

– S'il vous plaît, dit Ian en se hissant sur un coude, je vous prie de l'appeler “L'Obèse Contrôleur”. Il est essentiel de mettre une majuscule à l'article défini, même en pensée.

– Vous voyez ! s'exclama Gyggle. Vous voyez quelle emprise il exerce encore sur vous. Vous ne voulez pas vous libérer de lui ?

– Au nom du Ciel, vous saviez bien que si.

– Eh bien, alors, ça vaut le coup d'essayer. Maintenant, déshabillez-vous, je vais vous faire une piqûre préparatoire.

– Hein ?

– Nous allons vous endormir et vous maintenir en sommeil au moyen d'un sédatif, mais la perte de conscience peut être une sensation déplaisante et je préfère que vous soyez relaxé. Maintenant, faites ce que je vous dis, Ian, et arrêtez de chipoter. »

Tandis que Gyggle s'affairait avec l'ampoule et la seringue, Ian retira ses vêtements. Debout, en caleçon, il sentit un frisson le parcourir, malgré la chaleur ambiante de la cabine. « Je vais devoir rester allongé sur cette foutue couchette pendant tout le week-end ? »

Gyggle, qui avait rempli la seringue, manipulait le goutte-à-goutte et le cathéter suspendus à un crochet au-dessus de ladite couchette. « Miam miam (frou-frou), non, bien sûr que non, quand le service fermera, ce soir, vous serez transféré à l'hôpital central, dans un vrai lit. J'ai tout prévu, une infirmière vous gardera en observation, renouvellera vos perfusions en sédatif et nutriments jusqu'à ce que je vienne vous tirer du pays des ombres, dimanche après-midi.

– Et vous dites que je serai en mesure de reprendre le travail lundi ?

– Oh, absolument. Vous avez un poste important en ce moment, n'est-ce pas ?

– Ouais.

– Maintenant, tournez-vous sur le côté, je vais vous faire la piqûre. »

Ian sentit une gifle sur sa fesse, puis le vicieux picotement de l'aiguille. Une vague de chaleur se répandit en lui, en partant de la base de sa colonne vertébrale. Il se crut immergé dans un bain ou réintroduit dans le sein maternel. Quand il se remit sur le dos, Gyggle était à nouveau campé dans l'embrasure. « Relaxez-vous, Ian. J'ai quelque chose à faire ailleurs et je reviens vous endormir tout de suite après. D'accord ? » Il tourna les talons et disparut.

Pendant ce temps, dans l'une des pièces qui donnaient sur Hampstead Road, la séance de thérapie de groupe négligée par Gyggle suivait son cours. Les six junkies se livraient à une enquête sur la nature des espèces. Gyggle eût été ravi de les entendre, car leurs délibérations procédaient selon les lignes directrices qu'il avait lui-même tracées en sa qualité autoproclamée de philosophe pratique.

« C'est comme "Frigidaire", expliquait John en enfonçant un ongle endeuillé dans la masse de chair gélatineuse qui rembourrait sa mâchoire. Je veux dire, y a personne qui dit "appareil ménager de réfrigération" quand il veut parler d'un frigidaire, franchement.

– Nan, nan, c'est pas du tout comme frigidaire, du tout, parce qu'un frigidaire, c'est un objet manufacturé, attention, pas un simple… comment… euh…

– Ouais ?

– Un produit !

– Tss ! » John dodelina de la tête avec un profond dédain. Son interlocuteur, Billy Cloporte, était un Noir courtaud, vêtu d'une veste de survêtement vert, dont les manchettes élimées lui arrivaient à mi-main. Son élocution était infléchie par une composante chuintante fort énervante. Billy Cloporte était presque universellement tenu pour un inutile et un imbécile profond.

« Ou Magimix », continua John, emporté par sa thématique. Il se redressa sur sa chaise et se mit à battre les airs des ses avant-bras tatoués de bleu. « Quand tu dis Magimix, les gens pensent à un nom de marque et en même temps à un produit, pas vrai ? » La question appelait une dialectique, mais Billy Cloporte n'était pas à la hauteur de son rôle dans le symposium, de toute manière. Quant aux autres, ils semblaient complètement étrangers à la conversation. Quelqu'un, un jour, probablement un officier de contrôle judiciaire ou un éducateur, avait commis l'imprudence de dire à John qu'il avait une « excellente expression orale ». Et, depuis ce jour, nombre de gens, qui n'avaient rien à voir avec la profession, avaient dû subir les effets de son oralité.

Il poursuivit : « Bien sûr que si, mais laisse-moi te dire un truc, d'ici quelques années, plus personne dira "robot culinaire", c'est vachement trop long, "ro-bot cu-li-naire". Nan, ils diront magimix, avec un petit "m". Maintenant, Billy, si tu vas par là, c'est pareil pour le j'sais-pas-quoi, le c'est-quoi-ce-truc, le comment-ça-va ? le et-ta-sœur ? et tout ça, le bidule, le machin, le matos, c'est exactement pareil, si tu veux, comme pour le magimix ou le frigidaire. Bientôt, plus personne verra autre chose que le produit, le seul et unique, tu vois, pas juste un en particulier…

– Mais, John, intervint Billy, en guise de bout d'essai tardif pour le rôle de Glaucon, y a quand même différentes sortes de matos, pas vrai, mec ?

– Oui, Billy, tout comme il y a différentes sortes d'appareils ménagers de réfrigération. » Et, comme si ce commentaire gnomique eût suffi à résumer toute la conversation, John se carra sur sa chaise, joignit les mains derrière sa tête et sombra dans la rêverie.

Billy Cloporte ne parut guère convaincu ; il tripota ses manchettes élimées et jeta un regard noir à John. Avec sa chevelure argentée rigoureusement coiffée en arrière, son nez fin, ses pommettes saillantes et ses yeux sombres, John avait un faux air d'aristocrate. Mais cette première impression était battue en brèche dès qu'il ouvrait la bouche, opération qui faisait pointer sous ses lèvres des canines jaunes biseautées, renfoncées et noircies. Outre ce défaut, il était affligé d'une malformation à la base d'une joue, dont la peau semblait martelée tout autour du maxillaire – un peu comme si quelqu'un eût inséré une roulette dentelée au sommet de son cou et imprimé un mouvement de torsion, tandis qu'un autre sadique – ou peut-être le même – eût lissé délicatement les ondulations spiralées de la chair avec un fer rouge, ou un autre instrument cautérisant – mais lentement.

« John.

– Oui, Billy. » Billy était penché en avant, le visage blême de concentration.

« Tu connais Tony ?

– Oui, Billy.

– Le grand Tony ?

– Oui, Billy.

– Il m'a dit comme ça de venir à Bristol…

– Récemment ?

– Nan, l'an dernier. » John soupira. L'histoire promettait d'être longue.

« Il connaissait un mec qui venait de ce portistruc, là, tu sais, près de Bristol…

– Portishead ?

– Ouais, bon, si tu veux, Portishead. N'importe, Tony et ce mec, ils avaient fait une pharmacie, la veille, et ils avaient l'armoire chez lui, vu ?

– Vu.

– Donc Tony il m'appelle pour me dire de venir la chercher, parce que, vu que l'autre mec était déjà fiché, il pensait que les keufs iraient direct chez lui, parce que ce mec-là, il était… comment…

– Suspect.

– Tout juste. N'importe, j'y vais. Ça m'a pris vach'tement de temps, parce que ma caisse avait une fuite. Fallait que je m'arrête toutes les vingt bornes pour refoutre de l'huile et tout. Eh ben, n'empêche, j'ai réussi à la revendre à cette pute d'Ethel, la semaine d'après…

– Et ?

– Eh ben, je me pointe et ça m'a pris vach'tement à temps à

trouver le coin, c'est juste à l'entrée de la ville, dans le petit lotissement, là, tu vois. À peine que j'arrive dans la rue, je vois que les keufs sont déjà là, garés juste en face la baraque. Alors, moi, j'accélère et je continue, je me mets à chercher la route de Londres.

« Donc, je roulais sur cette route, à côté d'un terrain de foot, et je vois le grand Tony avec ce mec – un drôle de gonze avec un œil qui disait merde à l'autre, t'sais. Ils étaient au milieu du terrain et ils se trimbalaient l'armoire à deux. Y avait des gosses qui jouaient au foot et ils s'étaient arrêtés, comme ça, pour voir ce que Tony et le bigleux maquillaient.

– Qu'est-ce que t'as fait ? demanda John en bâillant.

– Je suis sorti de la bagnole et je leur ai couru après sur le terrain. Tony, il me voit et il se met à m'engueuler que je suis en retard. "Où est la tire ?" qu'il me dit, et je lui montre. "Vous deux, vous faites sauter la serrure de ce truc et vous sortez la came. Moi, je vais amener la tire de l'autre côté du terrain."

« Bon, on a fait comme il disait. Et c'était déconnant, je vais te dire, parce que ça nous a pris vach'tement de temps à péter la serrure et tous les gosses venaient voir. Eh ben, les mômes du mec qui louchait, ils allaient justement dans c't' école, alors tu en entendais qui disaient des trucs, genre : "Qu'est-ce que vous faites, monsieur Anderson, pourquoi vous transportez cette grande caisse ?"

« On finit par ouvrir l'armoire, et y a tout qui tombe par terre. Y a fallu qu'on fouille dans la boue pour trier ce qu'y avait de bien, tu vois, et je peux te dire qu'on était dans un sale état quand on est arrivés à la bagnole. Tony était assis derrière le volant. "Vous l'avez ?" qu'il dit. "Ouais", je fais et je lui montre ce que j'ai dans les poches. "C'est quoi, cette merde ?" il dit. "Des amphètes, je réponds. T'as dit d'apporter la came." Là, il se met à gueuler : "Pas cette came-là, pauvre con, les flacons, putain, les flacons ! Ce truc était bourré de flacons pleins de poudre, connard !" Il était écœuré, il a plus voulu me parler pendant des mois après.

– Qui ? demanda John, dont l'attention avait quelque peu dérivé.

– Le grand Tony, tiens, pas le bigleux. Lui, je voulais plus le voir, de toute manière, il était complètement défoncé à la coke, il délirait. Tout le temps qu'on roulait autour de Portistruc, là, en faisant gaffe pour éviter les keufs, il a pas arrêté de déblatérer en me racontant comment que, s'il avait une canne à pêche assez longue, il pourrait attraper des bateaux dans le chenal de Bristol depuis la fenêtre de sa baraque. »

Billy Cloporte fit silence, comme si la morale de son histoire se fût imposée d'elle-même. Et personne ne rompit son silence. John contemplait le plafond et remuait les lèvres en comptant les carreaux ignifugés. Les autres junkies étaient figés dans une rigidité cadavérique. Le calme régnait, chacun était claquemuré dans l'intime purgatoire du repli sur soi, à l'exception d'un seul, un type efflanqué, aux cheveux gras, avec des lunettes à double foyer, qui ressemblait à un ingénieur électricien victime de la dureté des temps. Il fumait une cigarette avec une grande application et se servait du bout incandescent pour réduire un gobelet de plastique en treillage calciné. À part une mouche bleue qui tambourinait contre la vitre sale, on n'entendait d'autre son dans la pièce que l'infime crépitement produit par le contact du mégot avec la matière inflammable.

« Et alors ? dit finalement John.

– Eh ben, c't' histoire, mon gars Johnnie, c'est comme, c'est comme… euh… un j'sais-pas-quoi.

– Un exemple ?

– Ouais, c'est ça, un exemple, parce qu'il a dit "la came" et j'ai pas compris ce qu'il voulait dire. Donc, c'est pas vrai qu'un appareil peut être un j'sais-pas-quoi.

– Tu veux dire comme le mot "Frigidaire" ?

– Ouais, c'est ça, comme un frigidaire. »

Il y avait plusieurs bonnes raisons pour lesquelles Hieronymus Gyggle avait choisi un service de désintoxication comme théâtre d'opérations. Ainsi qu'il l'avait avoué à Ian Wharton, il considérait les drogués comme de la chair à canon destinée à être envoyée en première ligne sur les champs de bataille de la folie. Par ailleurs, et plus essentiellement, Gyggle avait besoin d'eux comme une reine des abeilles a besoin de ses ouvrières. Dans leurs périples urbains, de dealer en pharmacien, de ruelle en avenue, ils collectaient un pollen qui lui était nécessaire pour ses incubations plus intensives et plus insolites.

Car les états de conscience atteints par les humains dans le sommeil profond ou la narcose extrême ne sont pas de simples phénomènes cervicaux, d'évasives coalescences de neurones, ce sont des objets concrets. Après avoir été abandonnés par leurs occupants d'origine, ces artefacts errent en souffrance dans notre univers surpeuplé en attendant que de nouveaux pensionnaires les investissent, les parasitent. Le SD, le Service de désintoxication, abondait en épaves de ce genre, qui faisaient partie des déchets ordinaires, au même titre que les mégots et les flacons d'urine en plastique. Heureusement, ils étaient bien plus difficiles à éliminer. Ces alvéoles de catalepsie encombraient les cages d'escaliers et, étant chargés d'énergie négative, adhéraient aux néons comme des membranes invisibles.

Ian Wharton, sous l'effet de l'Omnipom qui commençait à diffuser dans son corps, prit son envol. Sa psyché dormante s'accrocha au filet dérivant du défunt paysage onirique de Richard Whittle, l'un des junkies de Gyggle. C'était une rêverie encore fraîche, récemment déposée au SD et, en tant que telle, particulièrement puissante, pleine d'une sève cauchemardesque. Elle tenait lieu de portail ouvert sur les plaines du paradis, effrayant territoire où son esprit – libéré des entraves de l'identité – pouvait se mouvoir d'une épouvante à l'autre.

Richard essayait de se frayer un chemin vers la conscience, mais l'issue était bloquée. Le monde avait choisi d'interposer des myriades de dynasties de rêves encroûtés entre Richard et l'éveil. C'étaient à la fois des rêves agissant dans d'autres rêves et des rêves qui étaient eux-mêmes les restes fragmentaires de quelque immémoriale hypnogogie ayant permis à d'obscurs archéologues de reconstituer des éléments de ce rêve préhistorique et de l'exposer dans des vitrines, c'est-à-dire qu'ils étaient eux-mêmes les reliques, les sacro-saints ciboires d'une culture qui était, elle aussi, un rêve.

Richard gisait sur le dos (comme Ian) et sentit le col de son anorak frotter contre son cou. (Car Ian lisait en braille la housse en papier de son lit, avec la nuque.) Il regardait à travers une vitre parsemée de gouttes de pluie. Vu à l'envers, l'alignement des maisons mitoyennes d'en face avait une apparence étrange et immatérielle. Les façades pastel, luisantes après l'averse, la large masse du bâti et la crénelure des cheminées festonnées d'antennes arachnéennes semblaient glisser au-dessus du ciel. C'étaient les immeubles qui bougeaient, non le nuage déchiré en arrière-plan. Tout le pâté de maisons se déplaçait le long de la rue comme un paquebot urbain.

Un bruit feutré de chaussettes sur la moquette. Richard tourna les yeux. Billy Cloporte et Grosse-Mama Rosie émergèrent dans son champ de vision. (Gyggle et son infirmière soudoyée étaient de retour dans la cabine. L'infirmière ajusta le fausset d'une poche de liquide clair et la suspendit au crochet situé au-dessus du lit.) Ils entrèrent dans la pièce et – pour autant que leur nombre le leur permettait – entourèrent Richard.

« Allons, mon chou, dit Grosse-Mama Rosie en faisant ballotter ses chairs flasques comme pour justifier son sobriquet.

– Martin est là », glouglouta Billy Cloporte, la lippe baveuse.

Richard se redressa par à-coups successifs. Quand il atteignit la position haute, le couple avait disparu. Il ne les avait pas entendus partir, mais leurs murmures lui parvenaient de la cuisine, en bas. Grosse-Mama Rosie et son mari Martin habitaient une maisonnette dont les proportions intriguaient. Richard pensait qu'il devait y avoir autant d'étages qu'il y avait de pièces. De longs passages aux murs bombés reliaient de poussiéreux entresols fermés par de lourdes tentures en peluche et en velours. La déambulation dans la maisonnette était un froufroutement répétitif, chaque froufrou déclenchant à son tour le bal duveteux de la tenture suivante. L'endroit était confiné, étouffant même, comme un emmitouflement, mais sans qu'il y fît chaud. On n'avait pas d'argent pour le chauffage, ici.

Richard zigzagua dans l'escalier. L'entresol inférieur donnait sur une pièce ouverte. Il s'assit à mi-hauteur pour observer Martin, Grosse-Mama Rosie et Billy Cloporte, qui s'activaient autour de la table de la cuisine, avec des gestes hâtifs mais efficaces. Ils maniaient du feu et du liquide, des creusets et des entonnoirs avec une agitation obsessionnelle qui évoquait davantage des mécaniciens dans un stand de course automobile que des chimistes.

Grosse-Mama Rosie, qui préparait une seringue, leva les yeux. « Va attendre dans la chambre des gosses, Richard, j'arrive tout de suite. »

Richard remonta les marches à reculons, sur les fesses. Il s'était juré d'atteindre la chambre d'enfants sans se mettre debout, en faisant tout le trajet sur son derrière. Déjà ses poignets étaient endoloris ; la tâche s'annonçait difficile, mais elle avait une signification magique capitale, du moins en était-il persuadé. S'il parvenait au but, l'augure serait favorable, les guerres prendraient fin et les enfants affamés auraient à manger.

Arrivé en haut, il se hissa sur un palier surélevé et continua, toujours à reculons, crapahutant à bonne vitesse sur les mains et les talons, puis s'effondra en riant à la porte de la chambre.

Richard se jeta sur la couchette supérieure. Il avait le souffle saccadé. Chaque expiration délogeait une petite pointe de nausée qui remontait dans son gosier et s'épanchait dans le fond de sa gorge. La sueur lui picotait les sourcils et la lèvre supérieure. Il remua son fondement, qu'il enfonça dans le mince matelas de mousse. Étaient-ce les ressorts du sommier qui produisaient ce grincement douloureux, ou son propre bassin rouillé ?

La défaillante attention de Richard dériva ; même l'acte réflexe de bouger les yeux lui coûtait un effort. Ils tournaient de quelques degrés, puis se fixaient sur l'éventail de décalcomanies et d'images de dessins animés que Grosse-Mama Rosie avait collées au-dessus des lits superposés. Richard s'absorba dans la contemplation de lointains cousins coréens de Dingo et Pluto. Leurs corps avaient la couleur des fruits de la passion et leurs museaux étaient aussi bulbeux que des seins. Ils avaient les pieds fendus en deux orteils arrondis et les pattes antérieures terminées par deux cotonneuses dents de fourche qui ne pouvaient jamais se joindre ni, assurément, comme le montrait une créature vert pomme derrière une pelouse en deux dimensions, lever une tasse de thé à hauteur de lèvres.

Ce monde de formes aspirait Richard tout entier – des formes qui, partant de l'idée du corps humain, s'en détachaient pour régresser jusqu'au moment de la conception, jusqu'au temps de ce monde-là, le monde fœtal. Dans ce bestiaire fantaisiste, les enfants étaient en pays de connaissance. Des créatures aux membres rudimentaires, aux capacités illimitées, avec, à la place du sexe, un pubis rond et duveteux, impossible à pénétrer.

Grosse-Mama Rosie entra dans la chambre d'enfants, avec Billy Cloporte sur ses talons. Il récitait une histoire interminable dans son dos. « Et nous, ben, du coup, on était coincés dans la rue, parce qu'il avait pas pensé à ça. C'était facile de balancer l'armoire dans la réserve à charbon, mais on n'arrivait pas à la faire passer par-dessus ce putain de mur et puis y avait le chien qu'aboyait, le chien à Fucker Finch, un pit-bull...

– Tais-toi, Billy ! » Billy était le frère de Rosie. Elle traîna les pieds jusqu'à la fenêtre et tira brusquement le rideau.

Le crépuscule était tombé comme une épaisse suppuration jaune à travers le ciel. Le front sombre de Rosie reflétait ce jaune et l'orange de sa jupe tubulaire. Elle leva des mains ictériques devant la vitre froide, en tapotant le réservoir de la seringue qu'elle tenait entre le pouce et l'index. Des petites bulles jaillirent du fluide et montèrent se joindre à l'écume qui bouillonnait sous la collerette de la seringue. (Gyggle aspira 5 ml de valium liquide dans le réservoir. Il avait déjà introduit le cathéter dans le dos de la main de Ian et posé le sparadrap.) Elle tapota et tapota, puis enfonça le piston jusqu'à ce qu'un jet pisseux fusât et heurtât la tringle du rideau.

Billy Cloporte demeurait planté derrière elle, sans savoir s'il devait partir ou rester.

Rosie s'éloigna de la fenêtre et s'approcha de la couchette supérieure, où reposait Richard. Elle monta sur le premier barreau de la fragile échelle miniature, puis marqua une pause, vacillante. Une main tenait la seringue, l'autre agrippa puis retroussa le tissu orange extensible au-dessus du genou, dévoilant d'abord des mollets potelés, ensuite des genoux potelés et finalement le fâcheux empiècement de sa volumineuse culotte. Un genou se posa sur la couchette. Rosie enjamba Richard et s'assit à califourchon sur son entrejambe. Il ne sentait plus maintenant que le tissu froissé et godant de son pantalon ; c'était sa seule sensation.

Quand Rosie déboutonna la manchette de la chemise de Richard, il détourna la tête. Billy Cloporte s'était installé sur une commode blanche ornée de poignées en faux cuivre. Il lisait un vieil exemplaire de *Beano* avec une attention soutenue. Par-dessus l'épaule du mécanicien idiot, Richard apercevait le couloir enténébré, privé d'ampoules depuis quatre mois, et pensait – ou peut-être imaginait seulement – qu'une silhouette était tapie dans l'ombre.

Les mains prestes de Rosie, agiles comme des rats dans un égout, avaient découvert le creux du bras de Richard et, aussi, trouvé son invulnérable petit pénis ramolli. Elle empoigna le pénis comme la seringue, fermement, et les introduisit ensemble, l'aiguille dans le bras de Richard, le pénis dans son goulet humide, sous l'ourlet élastique.

Grosse-Mama Rosie commença à s'échiner. Des sons inarticulés sortaient de sa bouche. Elle se répandait sur Richard comme un magma, en pompant d'une main sur la seringue, dont le contenu orange se mêlait de sang rouge. Il fit l'effort de lever son bras libre, mais le bras ne répondait plus, flottait dans l'air, comme déconnecté. Il agrippa faiblement le tee-shirt de Rosie et arracha le tissu moite de sa poitrine. Les seins de Rosie étaient semblables à deux blancs-mangers ruisselants, deux gâteaux de gelée flasques qui pendouillaient, accrochés à sa cage thoracique. Les mamelons étaient rétractés, telles des groseilles ratatinées que Richard essaya d'extirper de leur doux nappage rose, son goûteux dessert d'antan.

Il y avait du « houba-houba » dans l'air, un assourdissant battement de cœur. Richard observa le creux de son bras et vit qu'un énorme thrombus s'était accumulé dans la veine et enflait, enflait en rythme : « houba-houba, houba-houba ». Il essaya d'alerter Rosie, de lui crier de cesser la double injection, de lui en elle et d'elle en lui. Peine perdue. Les yeux vitreux et révulsés, elle regardait sans le voir le plafond, où Spiderman était suspendu à sa toile d'araignée en plastique. Le « houba-houba » s'amplifia, envahit le froid confinement de la chambre. Dehors, les réverbères s'allumèrent, comme des îlots sur l'océan. « Houba-houba, houba-houba. » Et toujours le caillot gonflait, gonflait dans son bras, gonflait jusqu'à éclipser le bras lui-même. Et toujours Rosie pompait, pompait. Richard s'agriffa à son sein, il sentit la peau se froisser et céder, comme le caoutchouc fripé d'une vieille baudruche.

Le sein explosa. Le thrombus explosa. Un embrun de gouttelettes orange se dispersa dans l'air ; du jus de femme gicla du bras et de la poitrine. La peau flétrie de la mamelle de Rosie retomba mollement sur le radiateur dénudé de sa cage thoracique. Richard regarda son bras. Des lambeaux de chair et de peau ourlaient une plaie béante. Le cœur même du membre était dévoilé, les tortillons à vif et les fragiles rivets de son anatomie de Meccano s'offraient à la vue de tous.

Un gigantesque homme chauve sortit de l'ombre où il se cachait et se campa devant Richard. Il portait un costume à fines rayures, de coupe impeccable. Il épongea la matière orange sur ses revers et son front avec un mouchoir de soie imprimée. Puis il abaissa la main au-dessus du visage de Richard, le pouce et les doigts médians repliés, l'index et l'auriculaire tendus pour chasser l'œil du démon. Et, de ces deux doigts, il ferma les paupières de Richard et appuya sur ses globes oculaires pour le renfoncer dans les ténèbres orange.

(« Il est complètement endormi, maintenant, dit Gyggle.

– Et je suppose que vous voulez que je change son sac à pisse et tout.

– Ma foi, oui. Il me semble que cela fait partie de vos attributions d'infirmière.

– D'habitude, il y a une bonne raison pour garder un patient inconscient pendant tout un week-end.

– La nôtre est de ne pas chercher de raisons… » Gyggle tourna la tête et disparut. Il s'en allait interroger sa volontaire.)

Ian était au Pays des Devinettes Enfantines. Ses yeux gommeux s'ouvrirent sur une pièce bigarrée d'étincelantes couleurs primaires, des rouges de boîtes aux lettres, des verts véronèse, des bleus céruléens. C'était une grande pièce au mobilier fongiforme. Des amanites géantes tenaient lieu de tabourets et des morilles distendues faisaient office de divans. Les chapeaux aplatis de grands champignons de Paris accolés formaient des dessus de table approximatifs. L'air sentait le renfermé, la pâte, la levure, l'humidité, le fauve.

Il y avait deux hommes avec Ian dans la pièce. L'un, rose et dodu, était accroupi, nu, dans un coin. L'autre portait un costume de satin violet parsemé de gros pois noirs et marchait de long en large entre les insolites meubles mous. Tous les trois pas, il pivotait sur ses talons et prenait la pose, en levant une canne à l'oblique dans la main droite. Ian pouvait l'entendre marmonner : « Cha cha *cha* ! Cha cha *cha* ! Cha cha *cha* ! » en mettant toujours l'accent sur le dernier « cha ».

« Tu es réveillé, mon chou ? » dit l'homme rose dans le coin. Il parlait sans bouger mais, à voir comme ses cuisses potelées flageolaient, il était clair pour Ian qu'il avait quelque peine à maintenir sa position. Pour confirmer cette impression, toutes les deux ou trois secondes, une main crispée quittait son giron et prenait appui sur le tapis pour stabiliser sa masse chancelante. « Ooh euh ! s'exclama-t-il. Je ne sais pas si je vais pouvoir tenir encore longtemps comme ça.

– Cha cha *cha* ! Cha cha *cha* ! » Le personnage en costume à pois s'interposa en une pirouette. Outre la canne, il brandissait un chapeau haut de forme, du même tissu brillant à pois, qu'il faisait tournoyer en cadence, au gré de ses évolutions terpsichoréennes.

« C'est mon sens de l'équilibre, tu vois, poursuivit l'homme rose. Il est moins bon qu'autrefois, ce n'est plus ce que c'était, plus du tout. » Comme pour étayer ses dires, il manqua tomber à la renverse sur son postérieur, se rattrapant in extremis à la large hampe d'une amanite tue-mouches d'un mètre de haut. « Ouf! Je me demande si ça vaut le coup. Avant, ça prenait un ou deux jours, mais maintenant ça peut durer un mois, voire plus.

– Quoi ? » demanda Ian.

Ce fut sûrement une erreur de prendre la parole. Avant d'avoir parlé, Ian pouvait encore croire que la pièce et ses occupants étaient une sorte de rêverie floue, mais avec le langage vinrent le détail et la netteté : la forte odeur d'une fraîche récolte de moutarde et de cresson qui jonchait l'amas pourrissant du tapis mouillé ; les blêmes rayons de lumière qui tombaient du haut triptyque de fenêtres à guillotine au fond de la pièce ; la voix de Pinky, qui grasseyait avec un accent bucolique traînant ; et le « Cha cha *cha* ! » qui sonnait comme un bruit de machine, précipité, déplacé, urbain, américain.

« Qu'est-ce qui ne prenait qu'un ou deux jours avant ? » demanda Ian. Car, quoiqu'il eût la peur chevillée au ventre et qu'une telle profusion de champignons dans un espace clos l'enveloppât d'une sensation nauséeuse, son salut résidait dans la conversation.

« De faire sortir les vers, bien sûr ». Pinky esquissa un geste vers la base froncée de son individu, mais son bras trop court n'atteignait qu'à mi-hanche. Il le laissa donc là et recroquevilla l'index vers l'intérieur en direction de son soubassement caché. « Je suis sûr que c'est pas ces trucs, parce qu'ils sont toujours aussi bons. Tu parles, ils font même une offre spéciale en ce moment, t'en as vingt-cinq pour cent en plus… entièrement gratis ! » Il était sincèrement ravi de sa bonne affaire. Une joie authentique plissait ses traits burinés.

Ian se redressa, du mieux qu'il put, sur ses coudes. Ce mouvement saupoudra le lit organique d'un nuage de spores infectes, grosses comme des libellules, qui se détachèrent comme une poussière oxydée de son cou et de ses épaules. L'expérience était vraiment effroyable, mais elle fut payée de retour, car ce demi-décubitus permit à Ian de voir sous le derrière de Pinky. Une barre Mars gisait sur le tapis. Elle avait été fendue et la faille ainsi opérée dans l'enrobage de chocolat laissait entrevoir les différentes strates de praline, de caramel et de nougat.

« C'est pour les vers, tu vois, expliqua Pinky. Les Mars, c'est ce qu'ils préfèrent – quoiqu'ils crachent pas sur un Snicker ou un Bounty de temps en temps, faut dire ce qui est.

– Alors, quel est le problème ? demanda Ian, avec une curiosité non feinte.

– Oh, tu compatis, tu compatis vraiment ? Tu penses que ça peut vraiment t'intéresser ? Lui, il ne cherche jamais à savoir où en est la situation... » (Cha cha *cha*! Cha cha *cha*!) « il s'occupe uniquement de ses problèmes à lui. Mais, si ça t'intéresse, je vais te répondre.

« Tu vois, normalement, le cycle dure environ une semaine. Au début, il y a une drôle de douleur, une sorte de bandeau autour de mon ventre, et puis c'est des crampes et des contractures. Mais c'est seulement quand je commence à perdre du poids, c'est là seulement que je sais avec certitude que le ver est revenu, et c'est à ce moment-là que j'agis.

– En faisant quoi ?

– Eh bien, voici. Généralement, je m'enfonce un Mars dans le derrière quotidiennement pendant trois ou quatre jours. Le quatrième jour – et écoute bien ce que je te dis, ça n'a encore jamais raté –, je pose le Mars sur le tapis et je m'accroupis au-dessus. Quand le ver sort la tête de mon troufignon pour voir où est passé son casse-croûte, je l'attrape par le cou et je le tire dehors ! Mais, cette fois, ça ne marche pas très bien... Voilà deux semaines que je suis comme ça, et toujours aucun signe de lui.

– Comment vous savez qu'il est encore dedans ?

– Oh, mon chou... je le sens, tiens. Je peux le sentir en ce moment même, enroulé en moi. Il me remplit de partout, le bout de sa queue est coincé dans le bas de mon gosier et sa tête gluante farfouille dans mon côlon au moment même où je te parle. Oh, j'espérais tellement qu'il viendrait aujourd'hui. »

En décrivant ce supplice parasitaire aigu, Pinky promenait ses petites mains sur son abdomen pour essayer de repérer et de souligner la forme du ver en pressant et en tiraillant sa chair. L'exercice le fit panteler et vaciller sur ses jambes de bébé, tant et si bien qu'il finit par culbuter sur le tapis avec un « ouf ! » et un couinement étouffé.

Ian se relâcha aussi et s'enfonça dans le paillis du grand lit. Il ferma les yeux et tenta de s'évader du Pays des Devinettes Enfantines. Il se crispa dans un effort du corps et de l'esprit, et plongea, plongea, plongea à travers des couches internes de plus en plus sombres, jusqu'à n'être plus rien, une graine perdue dans l'humus tiède, une bouteille en plastique ballottant dans le sillage d'un navire.

« Cha cha *cha* ! Cha cha *cha* ! Pas si vite, petit. » Un doigt pointu appuya sur le bord d'une paupière de Ian, puis la souleva, et la pâle lumière du petit matin s'y insinua de nouveau. « Ne t'imagine pas que tu vas nous quitter comme ça, petit, pas avant le clou du spectacle, en tout cas… Cha cha *cha* ! »

Le bonhomme désossé recula d'un bond et s'immobilisa à quelques pas du lit. Ian ne put s'empêcher de le regarder. « Cha cha *cha* ! Cha cha *cha* ! » Le désossé se mit à danser une gigue. Il avait un long visage décharné, dominé par un nez acéré marbré de varices. Ses petits yeux d'oiseau jetaient des éclairs et, selon qu'il tournait la tête à droite ou à gauche, on voyait apparaître l'une ou l'autre oreille, épaisse tranche de cartilage noueux inclinée à quarante-cinq degrés par le bord luisant de son chapeau luisant.

« Y t'plaît, mon menton-tontaine ? Y t'plaît, mon menton-tontaine ? Y t'plaît, mon menton-tontaine ? » scandait-il d'une voix nasillarde, imitant un violonneux dans une taverne de village. À chaque nouvelle phase de la gigue, il lançait sa canne, la rattrapait et pointait le pommeau sur le menton en question. « Y t'plaît, mon menton-tontaine ? Y t'p... » Il s'interrompit brusquement.

« Alors quoi ? Y t'plaît, mon menton-tontaine ? » Il amena son effrayant faciès au-dessus de Ian d'un air menaçant. « Comment tu le trouves, mon petit chéri ? » Il portait des gants de satin et, d'un doigt glissant, tâta son menton, dont le bout fendu était garni d'un bouton de chair, une sorte de petit verticille creusé d'une fossette. « Alors ? s'exclama l'homme. Y t'plaît, oui ou non ? Réponds ! » Le doigt pointu se dirigea vers la gorge de Ian.

« Il... il me plaît beaucoup. Il est extrêmement mignon.

– Aaah, bien, mais est-ce que tu le reconnais, garçon ? Tu sais ce que c'est, maintenant ? Dis-moi ce que c'est, allez, dis-le-moi ! »

Ian observa le menton. Le désossé surplombait Ian dans une position instable, tremblotant, comme une grue en porte-à-faux, sans cesser de titiller son étrange menton en faisant ballotter la spire de peau de droite et de gauche. Ian ne comprenait pas où il voulait en venir, mais il se rendait compte que la question était importante. Le personnage était franchement dangereux, il semblait capable du pire en cas de mauvaise réponse. Pour une raison inconnue, l'expression « cheveux poissés de sang » trottait dans la tête de Ian.

« Réponds ! » Tout était maigre chez cet homme. Ian pouvait discerner les moindres stries de la trachée artère de son bourreau. Dans la profonde concavité qui se creusait sous sa mâchoire, il voyait battre son pouls comme l'articulation d'une pédale de grosse caisse. Les ligaments de son cou étaient si tendus qu'on eût pu les gratter ou les pincer comme les cordes d'une harpe. Ils formaient des arcs-boutants sous son gosier, comme pour soutenir la large pomme d'Adam logée dans son jabot.

C'était un très long cou, aussi long au-dessus qu'en dessous du larynx. Il descendait, descendait et disparaissait dans un minable faux-col en celluloïd. Et là derrière, là, sous un nœud papillon à pois, quelque chose bougeait. Une racine vivante, au milieu des poils hirsutes qui hérissaient le creux de son cou, une projection de chair reployée sur elle-même palpitait derrière le bord blanc du col.

« Je sais ! s'écria Ian, surpris par la stridence de sa propre voix. Enfin, je crois que je sais.

– Qu'est-ce que tu sais ? Dis-le, dis-le donc si tu sais quelque chose. Allez, assez tourné autour du pot. » Le désossé bondit en arrière et reprit sa danse en décrivant des voltes autour du mobilier légumineux de la pièce fétide. « Cha cha *cha* ! Cha cha *cha* ! » Il balançait la tête et les hanches à contretemps, se trémoussait et tressautait comme un marathonien d'un nouveau genre. Tout à coup, Ian sut, et avec une absolue certitude, que l'homme ne lui ferait pas de mal.

« Cette chose sur votre menton…

– Oui, garçon ?

– C'est votre nombril, n'est-ce pas ? Votre nombril ! »

Le désossé ne répondit pas, il continua son cha-cha-*cha* comme s'il n'eût rien entendu. Puis, soudain : « Taratata ! » lança-t-il en prenant la pose au pied du lit. Il leva et baissa les bras, puis pointa le menton en avant. La fossette ombilicale saillit, blanche et tubéreuse, de son affreux pourtour surtendu. Mais il y eut plus affreux encore, bien plus affreux. Jaillissant comme un ressort du col qui l'emprisonnait, un pénis élastique retomba, ballant d'un revers à l'autre du costume satiné à pois. Sa fluide oscillation contrastait singulièrement avec la rigidité de la pose du désossé.

« Je parie que tu ne devineras pas ce qui s'est passé. Tope-là ? Je parie que tu ne pourras pas me dire pourquoi c'est comme ça. Chiche ? » Il était à nouveau menaçant. Chez Ian, le sentiment de sécurité disparut aussi vite qu'il était apparu. Le désossé posa ses genoux tranchants comme des lames de part et d'autre des pieds de Ian et abattit ses mains de part et d'autre de ses cuisses. Puis il avança à quatre pattes sur le lit, enfonçant l'un après l'autre ses membres aratoires dans le matelas pâteux, comme des bêches dans de la glaise. Ian dodinait sous son mouvement de balance. Alors, le désossé se mit à marmonner, mais en s'adressant à lui-même plutôt qu'à Ian.

« Il a deviné mon précieux… Deviné… Comment a-t-il pu ? Rumpelstiltskin est mon nom, le fil d'or est mon jeu… Comment a-t-il pu deviner mon petit secret, ma précieuse et triste énigme ? »

Chaque secousse de sa reptation hochait, de ci de là, de flip et de flap, le pénis sous sa gorge. C'était un tout petit pénis, une jeune verge délicate, au prépuce retroussé sur un gland rose bonbon. Une goutte de semence scintilla dans son orifice, s'étira comme une larme et tomba en une chaude éclaboussure sur la poitrine de Ian. Il cessa d'avoir peur quand le désossé posa ses lèvres fines sur son front.

Pendant ce temps, dans le monde éveillé, le monde non absurde, le monde tranchant comme un fil de nylon cisaillant les peaux rebelles autour des ongles de la cogitation, ce monde haï, cette piscine vide, ce monde bouche-trou, ce poussiéreux mortier de temps pris en sandwich entre deux éternités, la bénévole de Gyggle attend toujours.

Attendre. C'est son problème. Elle passe son temps à attendre les hommes, cette femme, cette Jane Carter. Et, en cet après-midi d'été au SD, elle ne peut pas se plaindre, car elle est tellement endoctrinée, tellement conditionnée que c'est elle-même qui s'est portée volontaire… pour attendre.

Assise là, l'œil fixé sur les vitres embuées par une cataracte de poussière, Jane cédait peu à peu à la traction d'un licou intérieur qui l'entraînait vers son passé. Elle descendait dans sa mémoire, au gré d'une curieuse contorsion de son être. Était-ce la nécessité ou la contingence, la contingence ou la nécessité qui avait infléchi son destin pour l'échouer sur cet endroit étrange entre tous ?

Car, pendant toute sa longue enfance, Jane avait joué sur une vaste pelouse ensoleillée. Jane et son frère pareillement vêtus, elle d'une jupe écossaise à bretelles, lui d'un pantalon écossais, et tous deux chaussés de souliers vernis. Jane lançait doucement le ballon multicolore à Simon et Simon le renvoyait avec force, en garçon.

En culottes de cheval brunes et chandails rouges, sur la banquette arrière de la berline que conduisait Maman, ils s'en allaient au club hippique. Puis c'étaient le thé, l'assiette de biscuits, le verre de jus d'orange. Les montants en aluminium du mobilier de jardin étaient frais au toucher.

L'enfance de Jane avait le parfum du nouveau monde, la qualité Eisenhower. Ses parents vivaient dans une maison isolée sur les contreforts vallonnés du bas-ventre méridional de Londres.

C'était une maison isolée non seulement des autres maisons, mais encore du temps et de l'espace. C'était là que les gens argentés avaient élu domicile. Ils s'étaient répandus sous les chênes et les noyers et avaient planté des crocus sur les vertes prairies, dans un souci cosmétique plus qu'horticole.

Le goudron brun des routes faubouriennes captaient la chaleur en été ; pour Jane, c'étaient comme des coulées de lave déversées avec une lenteur infinie par quelque volcan réveillé. On n'oublie jamais les trottoirs de sa petite enfance, n'est-ce pas ? Les moins de cinq ans qui clopinent sur les dalles moussues, vendent de la limonade sur des tables pliantes bancales et disposent des jouets dans l'herbe.

Jane aimait Simon, l'aimait à la folie. En retour, il la torturait. Il s'asseyait sur sa poitrine, lui tordait le nez, lui brûlait les poignets. Il lui donnait des coups de pieds, des coups de poings, des gifles, lui crachait dessus. Plus âgé et plus fort que Jane, il étendait son domaine dans le monde de l'imaginaire. À six ans déjà, c'était un pédagogue implacable, une version cruelle du brave maître d'école qu'il deviendrait plus tard.

« Qui c'est, ça ? disait-il pour examiner ses connaissances ferroviaires.

– Gor...on, balbutiait-elle.

– Et ça ?

– Hen...hy.

– Et ça ?

– Redward.

– Pas "Redward", espèce d'idiote. Arrête de faire l'idiote. Alors, qui c'est ?

– Je... je... j'sais pas.

– C'est James. Retiens bien. James est rouge et il a un truc en cuivre sur la tête. Edward est bleu. T'as pas intérêt à te tromper parce que je vais dire au Gros Contrôleur de t'enfermer dans un tunnel. »

Les tracasseries d'un frère ne blessent jamais vraiment un enfant. Pas un enfant aussi aimé que Jane. Et Jane était très aimée. Ses parents étaient des personnes sûres, des protecteurs pour Jane et Simon. Ils les tenaient à l'écart des impasses compissées et du commun des chieurs. Jane fréquentait des écoles tranquilles où l'on ne plaisantait pas avec la discipline – et les résultats étaient en conséquence. Des amis venaient jouer sur les grandes pelouses fleuries, faisaient pipi dans la verdure sous un ciel sans nuages et hors du temps.

À l'âge de cinq ans, Jane économisa l'argent de la limonade pour son frère adoré. Elle savait exactement quel cadeau lui ferait plaisir. Non pas un cadeau d'anniversaire ou de Noël, un présent spontané pour lui montrer combien elle l'aimait. Maman emmena Jane au magasin de jouets, et le voilà devant elle, un petit bonhomme de plomb colorié, haut de quelques centimètres à peine. Son frac était noir comme son gibus. Son gilet était jaune et son pantalon gris. Jane sortit ses sous de sa bourse de cuir en fer à cheval, des pièces de trois et six pennies. La vendeuse enveloppa la figurine métallique dans un sac en papier kraft, qu'elle scella au moyen de ruban adhésif, et Jane l'emporta à la maison en la serrant contre elle, dévorée d'impatience.

« C'est quoi ? dit Simon, l'ingratitude personnifiée.

– C'est un cadeau, un cadeau pour toi.

– L'Gros Contrôleur ? Ouais, oh, j'en ai déjà un, tu peux le garder. »

Jane le garda. Pas au sens propre, bien sûr. La petite figurine du Gros Contrôleur alla rejoindre le fourbi du coffre à jouets. Chaque fois que Jane la revoyait, au fil des années, elle revivait le choc de son humiliation. Mais, quelque part ailleurs, très proche d'elle et cependant inaccessible, une grosse présence dure avait surgi dans son esprit et y était restée, comme le nimbe noir qui entoure le soleil ou le halo sombre qui affleure à la lisière de l'œil.

Jane grandit, et la présence grandit avec elle. C'était une présence masculine, de cela elle était certaine, mais sans plus : elle eût été incapable de la définir ou de la visualiser. C'était juste cette chose qui rôde, cette chose qui est derrière vous quand vous vous cachez derrière un arbre pour vous couper du monde quotidien des enfants et des chiens caracolant dans l'herbe au soleil. C'était cette ineffable sensation de manque qui habitait Jane au réveil d'un profond sommeil. C'était cette masse compacte de muscles, ce léviathan informe qui lui pinçait les chevilles sous la surface des eaux quand elle s'éloignait de la plage à la nage, à Poole, à Polzeath, à Brighton.

Lorsqu'elle atteignit la puberté et passa de l'école de filles au pensionnat de jeunes filles de Reigate, la présence l'accompagna. Ce n'était plus simplement une présence masculine, c'était un homme. À treize ans, Jane était une petite demoiselle éveillée et en avance sur son âge. Son éducation l'avait instruite des choses du sexe et ses tendances romantiques étaient circonscrites par une information claire. Elle savait parfaitement reconnaître la présence pour ce qu'elle était, l'animus, l'autre dionysiaque, Pan, Priape.

Non que Jane conçût la présence comme un être doté d'un pénis. Curieusement, elle était incapable de formuler cette idée. Non, la présence était arrondie, ferme et impénétrable.

Jane devint une jeune femme séduisante, quoique sans être une beauté à couper le souffle, car cela lui eût conféré un complexe contraire à la bienséance. De taille moyenne, elle avait les hanches larges, les seins lourds, les cheveux noirs et généralement coupés à la chienne, avec une frange nette. Son teint, un peu cireux en hiver, prenait un joli hâle doré dès que le soleil se mettait à l'œuvre. Elle était réservée, attentive, modeste, passive, intuitive, bref, elle avait toutes les qualités tartes qui codifient les femmes, de même que les Noirs ont toujours le rythme dans le sang et que les Juifs sont toujours radins. Or, malgré cela, la présence rôdait encore.

Noël dans le Surrey. Quelques parents sont réunis dans le salon surmeublé. Jane, âgée de seize ans, se rend dans la cuisine pour chercher d'autres croquettes au fromage. La présence est dans le placard, c'est clair, elle la sent qui guette derrière la porte. Elle pose délicatement la coupe, les croquettes se stabilisent, elle avance à pas de loup sur le lino et ouvre la porte d'un coup sec. Rien, ou peut-être tout de même un petit quelque chose, l'empreinte d'une chaussure sur le sol saupoudré de farine.

Après l'école, Jane trouva un emploi dans un magasin de

laine. C'était ce qui l'intéressait, le tricot, le crochet, le canevas, la tapisserie, le patchwork. Toute activité faisant intervenir le tressage de fils, la torsion, le nouage. L'intérieur du magasin de laine était lui-même laineux, l'atmosphère saturée de millions et de millions de filaments ordonnés. En attendant les clients, assise sur un tabouret moelleux, Jane sentait la présence qui l'épiait derrière les rayons de rouleaux et de pelotes.

De sympathiques jeunes gens sortaient cette sympathique jeune fille. L'emmenaient au cinéma, dans des discothèques, dans des surprises-parties. Ils la raccompagnaient chez papa et maman à 11 heures pile, après des séances de câlins sur des divans, des bancs, à l'arrière des voitures. Quelles déceptions que ces mains malhabiles, ces gauches palpations de sa sensuelle boîte de vitesses synchronisée. Jane les comparait à la présence. La présence, elle en était sûre, n'eût pas eu de ces bégaiements.

Étant donné qu'elle habitait toujours chez ses parents, elle perdit sa virginité au grand jour plutôt que de s'en défaire à la va-vite dans une obscurité tâtonnante. Le garçon concerné crut avoir remporté une grande victoire en la persuadant de passer à l'acte. En fait, comme toujours, ce fut sa décision, à elle seule, et lui ne fut qu'un tâcheron du désir vite éconduit. En observant la jonction de leurs ventres sous la couverture, Jane considéra la pénétration comme un simple assemblage de menuiserie, cheville et encoche. Ensuite, ils allèrent au café du coin. Elle regarda le gros cuistot racler du gras sur le comptoir avec une spatule.

Le lendemain matin, Jane se réveilla dans la pénombre. Elle sut immédiatement que la présence était avec elle, avant même d'avoir pris conscience de la chose suceuse chevillée dans son vagin. Il y avait cet horrible poids qui l'écrasait et elle n'avait plus de sensation réelle dans la moitié inférieure de son corps. Elle n'avait plus de voix, non plus ; elle était sans force, impuissante.

La chose, quelle qu'elle fût, la suçait avec l'insensibilité mécanique d'un appareil domestique. Elle cria, mais le cri ne sortit pas, elle n'arriva pas à l'expulser de son larynx. La chose continuait à dévorer son vagin. Était-ce une personne, un animal ? Elle ne pouvait le dire ; tout ce qu'elle voyait, c'était un objet globuleux, une tête ou une balle. Tout son appareil génital était aspiré dans la chose, slurp-slurp-slurp. Graduellement, inhumainement.

Quand elle s'éveilla tout à fait à la conscience, elle hurlait et son père était déjà dans la chambre, qui la consolait, un bras autour de ses épaules. Sa mère était debout sur le seuil de la porte ouverte, voilée par les ramages de la nuit. Comment avaient-ils pu accourir si vite ?

Ce cauchemar traumatisa Jane qui, depuis, se sentait sexuellement inhibée par une réalité extérieure, complètement étrangère. Le traumatisme lui collait au corps, comme l'incube qui l'avait couverte.

Elle se mit à créer ses propres motifs. Elle tint une rubrique régulière sur l'art du tricot dans un magazine féminin. Peu après, un ami qui travaillait à la télévision lui demanda de passer une audition pour une émission. Elle fut à la hauteur. Son front bas était photogénique et sa voix claire passait bien à l'enregistrement. Forte de ce contrat avec la chaîne, elle déménagea, acheta un appartement à Londres, près des studios. Papa s'occupa du déménagement.

Jane se considérait comme une femme avertie, sur le plan sexuel. Non pas libérée, mais avertie. Si elle avait réussi à résister au Moloch de la débauche, c'était afin de se protéger. Contre quoi ? Elle ne le savait pas au juste. Environ deux fois l'an, elle concluait une alliance mal assortie avec un jeune homme sans caractéristiques particulières. Au terme d'un fastidieux processus, ils découvraient leur incompatibilité fondamentale et, au moment même où ce point était acquis et admis par les deux parties, ils consommaient enfin leur union, histoire d'apposer un scellé sexuel sur son avis de liquidation.

Jane, assez naturellement, liait cela à la présence. Elle pouvait supporter le toucher d'un homme, la caresse d'un homme, la poussée giratoire d'un homme. Elle savait gérer les petits matins, les excuses pleines de sollicitude, les regrets polis. Mais jamais, jamais, jamais plus elle ne laissait un de ces charmants jeunes hommes aller fouiner en bas. Plus depuis le cauchemar. C'était la zone interdite.

Tel était donc le genre de jeune femme qui attendait Gyggle – une Jeune Femme Bien, avec un J majuscule, un F majuscule, un B majuscule. Gentille et motivée. Elle avait un ami éducateur, qui s'occupait de la réinsertion des prisonniers, et c'était lui qui avait éveillé sa conscience sociale dormante. Adolescente, elle avait participé à une association d'aide aux enfants autistes dirigée par une amie de sa mère. Il était de bon ton, dans le Surrey, de promener sous le nez des gens normaux leurs congénères trémulants et radoteurs. L'accompagnement de ces âmes égarées, l'attention jalouse qu'elle portait à leurs effarements terrifiés lui avaient procuré un sentiment de probité qui ne l'avait jamais vraiment quittée. Maintenant que sa carrière était engagée sur de bons rails, le moment était venu pour elle d'aider quelqu'un d'autre. Elle avait donc posé sa candidature au service de réinsertion sociale et on l'avait envoyée chez Gyggle.

En suivant Hampstead Road, sous un ciel nuageux qui enfumait les revêtements en verre teinté des immeubles de bureaux, dans le paysage urbain carnassier que formaient les mâchoires des galeries commerçantes, Jane sentit à nouveau la présence. Avec force. Il y avait des années qu'elle ne l'avait sentie aussi puissamment, pratiquement depuis cette aube mémorable dans le foyer parental. Elle en avait une conscience aiguë en attendant Gyggle ; sa masse s'enroulait lentement autour du SD, s'insinuait dans les couloirs phénoliques, s'arrêtait dans les plates-bandes piquetées de détritus. La présence pressait sa joue contre la vitre.

Gyggle entra et, sans dire un mot à la jeune femme en robe de denim noir, introduisit l'un après l'autre ses membres filiformes dans l'interstice ménagé entre son bureau et le mur. Cette première recontre produisit sur Jane le même effet que sur Ian Wharton, des années plus tôt, à l'université du Sussex : une arche de classeurs de guingois encadrait Gyggle comme un ouvrage de stuc marbré, qui lui donnait une apparence byzantine, iconique.

Jane observa la barbe de Gyggle. Elle en détailla les chaotiques crevasses. Et, tout comme Ian, là encore, elle éprouva une terrible envie de la détacher du visage de Gyggle, un irrésistible désir de se pencher en avant pour la toucher, la caresser un peu puis l'empoigner à deux mains – à la base, là où elle frottait sur le bureau – et l'arracher d'un coup sec. Elle ne doutait pas que le poil céderait à la traction, c'était une barbe trop splendide, trop cinématographique pour être réellement enracinée dans un visage. Gyggle lisait la lettre que lui avait envoyée le service de réinsertion. Jane restait sagement assise.

Enfin, il prit la parole. « D'après vous, mademoiselle Carter, pourquoi le service de réinsertion pense-t-il que vous prendrez plaisir à travailler avec des toxicomanes ?

– Ma foi, prendre plaisir n'est pas exactement le…

– Peut-être pas. » Il ne lui coupa pas la parole, il l'infiltra. Sa voix était à la fois douce et piquante, comme un tampon d'ouate cachant une aiguille. « Mais il doit y avoir une raison. C'est un secteur sensible, ils sont très pointilleux sur le choix des bénévoles.

– Eh bien, euh… Vous avez mon C.V.

– Oui, oui. Je l'ai lu. J'ai cru comprendre que vous aviez une petite expérience des malades mentaux, mademoiselle Carter.

– J'ai travaillé comme bénévole avec des enfants autistes pendant quatre ans.

– Vous pensez que les drogués sont un peu comme les autistes ? Excusez-moi de vous poser cette question mais, personnellement, je ne vois absolument pas le rapport.

– Non, bien sûr que non.

– Vous pensez peut-être que les drogués sont coupés du monde – comme les autistes –, ligotés dans un univers intérieur auquel nous n'avons pas accès, qu'ils participent d'une réalité complexe mais entièrement inconnue ?

– Non, affirma Jane. Je pense qu'ils n'ont rien à voir avec les autistes.

– Eh bien, c'est là que vous vous trompez, dit Gyggle, songeur, sans paraître se rendre compte qu'il contredisait sa propre opinion. Les deux syndromes sont peut-être liés. » Il s'extirpa de derrière le bureau et se posta devant la fenêtre, les genoux pressés entre les arcs-boutants gothiques du radiateur froid. Les yeux perdus quelque part au-dessus du toit de la gare devant le jardin de l'hôpital, il semblait lire un texte de psycho-actualités sur un téléprompteur céleste. « Les drogués sont des psychopathes, régressifs, avec un affect vulnérable. Néanmoins, on peut envisager que leur comportement stéréotypé est une forme de photographie de la normalité, une image eidétique de ce que c'est que d'être normal, hum ?

– Excusez-moi, j'ai peur de ne pas vous suivre.

– Oui, oh, bah, peu importe… peu importe. » Il agrippa la pointe de sa barbe et s'en servit comme d'un treuil pour réintégrer son siège. « De toute façon, ce n'est pas le sujet, lequel est de savoir, non en théorie mais en pratique, ce que nous allons faire de vous. » Il fit saillir son poignet décharné et regarda sans vergogne sa montre de plongée offerte-en-cadeau dans une station-service.

Jane commençait à s'énerver un peu. « Je ne veux pas abuser de votre temps…

– Non, non, je vous en prie, non. » Gyggle esquissa ce qui eût pu passer pour un sourire, mais que Jane eut quelque peine à identifier dans la mesure où son tchador pileux ne dévoila pas le moindre millimètre de lèvre. Il reporta son attention sur le C.V. « Vous êtes disponible vingt-quatre heures par semaine. C'est beaucoup.

– Mon travail me laisse pas mal de temps libre. Et je me suis fait la promesse de consacrer vingt-quatre heures par semaine au bénévolat.

– Ça doit être assez lucratif alors, votre… votre… » il consulta le C.V. « votre émission de tricot.

– Oui, en effet.

– Pourtant, mademoiselle Carter, des criminels… Pas des victimes, des auteurs de crimes. Qu'est-ce qui ne tourne pas rond, chez les drogués, d'après vous, mademoiselle Carter ?

– Je ne suis pas sûre qu'ils ne soient pas également des victimes, Docteur Gyggle. La toxicomanie est peut-être une maladie.

– Si c'est le cas, avez-vous une idée du traitement qui convient ?

– Je n'ai pas la prétention de…

– Allons, allons. C'est un domaine dans lequel ma profession n'a pas obtenu de succès retentissants. On dit que ce sont les médecins ratés qui deviennent psychiatres et les pschiatres ratés qui se spécialisent dans la toxicomanie. Vous avez déjà entendu ça ? » Le ton douceureux de Gyggle donnait encore plus de relief à ses manières pontifiantes.

« Non, jamais. Je n'ai pas d'idées préconçues sur la question.

– Très bien, très bien, une autre fois peut-être. » Gyggle rassembla les papiers sur son bureau, puis pivota et fit courir son doigt le long des piles onduleuses de classeurs qui garnissaient les étagères. Il en tira un, l'ouvrit et en sortit une chemise bulle. « Je vais vous mettre tout de suite dans le grand bain. Je fais ça avec tous les bénévoles qui se présentent. Ce n'est pas absolument professionnel. Certains pourraient même dire que ce n'est pas déontologique, mais ça donne des résultats. J'ai essayé les séances surveillées et les stages de formation mais, franchement, si un bénévole est compétent, il peut s'en passer. »

Gyggle leva la chemise à la verticale et la tapota sur le bureau pour enfoncer le clou. « Ceci est la fiche d'un jeune drogué appelé Whittle. Je veux que vous établissiez une relation amicale avec lui. Il est en cours de désaccoutumance par la méthadone, qu'il vient chercher chaque jour, ici au SD. Il doit comparaître devant le tribunal dans trois semaines. Vous pouvez l'aider à s'en sortir, en veillant à ce qu'il ne repique pas au truc.

– Pourquoi Whittle ?

– Pour dire les choses simplement, mademoiselle Carter, c'est une question de qualité de vie. Contrairement à la plupart de mes clients, Whittle a une chance de se réhabiliter. Il a des dispositions, il est blanc, d'origine petite-bourgeoise et relativement bien éduqué.

– C'est ça, ses dispositions ?

– Dans notre société, mademoiselle Carter, ce sont les seules choses qui comptent. » Il lui lança le dossier. « Tenez. » Il consulta de nouveau sa montre. « Je dois vous laisser maintenant, je supervise une séance de thérapie de groupe, ainsi qu'une expérience importante. Lisez la fiche et allez voir Whittle. Si vous savez mener votre affaire, je suis sûr que nous nous reverrons. Sinon, eh bien, j'aurai été ravi de faire votre connaissance. »

Il se leva. Sa haute taille l'empêchait de se mouvoir à l'aise et son départ s'apparenta au déménagement d'un meuble encombrant qui passe tout juste dans la porte.

« Eh bien, au revoir, mademoiselle Carter. J'espère sincèrement que ce n'est qu'un au revoir.

– J'en suis certaine, Docteur Gyggle, répondit Jane, qui n'en était pas certaine du tout.

– Et, euh, mademoiselle Carter, contentez-vous de recopier l'adresse de Whittle sur le dossier. Laissez-le sur le bureau quand vous aurez fini et, en repartant, assurez-vous que la porte est bien verrouillée. Vous comprenez, les clients ici ont tendance à avoir la main baladeuse. »

Il sortit.

Jane resta un instant pour lire le dossier. Il consistait principalement en appréciations psychiatriques et remarques médicales. Whittle, songea Jane, était une sorte de récidiviste du système de santé. Il avait eu, à lui seul, plus d'affections oto-rhino-laryngologiques qu'une école pleine de Népalais. Et il avait aussi été victime d'un nombre déconcertant d'abcès, d'abrasions, de brûlures, de lacérations, de kystes et de coupures. À croire que son ambition dans la vie était de se façonner une résille ornementale de cicatrices sur tout le corps.

Elle soupira. L'atmosphère du cabinet de Gyggle devenait oppressante. Dès qu'il était parti, la présence avait pointé le nez à la fenêtre. Dehors, le soleil brillait. Des pigeons emphysémateux se posaient furtivement sur l'appui et reprenaient leur essor. Jane essayait de se convaincre que l'instant était crucial, qu'il signifiait quelque chose. Comme un enfant jouant avec une carte postale animée, elle l'inclinait de haut en bas et de bas en haut, de la destinée à la contingence et vice-versa. Ce fut une lourde erreur.

Chapitre 7
« MIAM-MIAM »

Le point de vue de l'ancien matérialisme est la société civile ; le point du vue du nouveau matérialisme est la société humaine, ou humanité socialisée.

Marx, *Thèses sur Feuerbach*

Maintenant les choses s'accélèrent. Le temps est un accordéon cassé, maltraité par un chanteur de rues aviné ; dans un gémissement poussif, il resserre les événements, puis les écarte à nouveau, loin, loin, loin. Et le temps lui-même, bien sûr, est semblable à cette métaphore : creux, verbeux et contraint. Ainsi le temps nous conte fleurette, nous régale d'un peep-show initiatique, où le sou inséré produit invariablement le même spectacle tristement monotone.

Ian Wharton et Jane Carter, guidés par les rayons laser de l'amour, sont propulsés l'un vers l'autre. Ils filent cœur en tête ; leurs carrosseries émotionnelles de trois millimètres d'épaisseur vont se froisser, se déchirer, se déchiqueter dans le crash de l'amour physique. Mais ils n'en savent rien encore.

Seul, sans amour, Ian Wharton se réveilla dans la salle des malades chroniques de l'hôpital pour dipsomanes de la Fondation Lurie. On était dimanche après-midi – quarante-huit heures s'étaient écoulées depuis que Gyggle et l'infirmière boudeuse l'avaient endormi. Le réveil fut un doux soulagement pour Ian. Ses expériences au Pays des Devinettes Enfantines restaient présentes dans sa mémoire, avec une cohérence et une précision narratives que ne confèrent pas les rêves. Autour de lui, les alcooliques moribonds miaulaient comme des chatons en cage. À sa droite, un homme, au foie cirrhosé aussi gros et lourd qu'une boule de bowling, geignait et gesticulait sur son sommier de fer. Son nez, émaillé de vaisseaux éclatés, ressemblait à une poignée de framboises réduites en pulpe. Et Ian remarqua que ses mains étaient emmaillotées dans de la gaze chirurgicale.

Gyggle entra par le fond de la salle et se dirigea vers Ian, en repoussant au passage plusieurs formes spectrales en chemise de nuit hospitalière qui se mettaient dans son chemin. Les malades, dont les cervelles flottaient dans l'alcool comme des spécimens blanchis dans du formol, n'offraient qu'une faible résistance. Gyggle accrocha ses mains décharnées au barreau du lit de Ian et parcourut distraitement la feuille de maladie suspendue aux tubulures.

Ian avait les lèvres engourdies, toutes boursouflées comme de petits sacs autour d'une bouche incontrôlable.

« Qu'ef que f'est que fes codderies ? demanda-t-il à Gyggle.

– Tenez, buvez un peu d'eau, dit le psy. Vous avez la bouche sèche. » Il lui passa un gobelet de plastique, que Ian but en bavant sur son cou et sa poitrine. « Eh bien ! reprit Gyggle avec un exaspérant enthousiasme de gamin. Racontez-moi, votre vieil adversaire s'est-il manifesté ?

– Bnon, fit Ian.

– Mais ce fut une expérience onirique très aiguë, n'est-ce pas ?

– Boui.

– Et ?

– Une espèce de royaume », dit Ian. Son élocution était claire à présent, ses lèvres reprenaient vie. « Difficile à décrire mais très… comment dire ? Signifiante ?

– Continuez. »

Ian lui parla de Pinky, de l'histoire du Mars, de la devinette de Rumpelstiltskin et du tête-à-tête qui s'était ensuivi avec le désossé.

« Avez-vous reconnu l'un de ces personnages ?

– N…non. Mais c'est bizarre, parce que j'avais l'impression que, d'une manière ou d'une autre, j'allais les connaître…

– À l'avenir ?

– C'est ça. À l'avenir. Mais j'ai tout de suite compris où j'étais. Vous voyez, l'histoire du Mars et l'homme avec son pénis sous la gorge, ce sont des personnages de cauchemar extraits de contes pour enfants. Vous savez, les contes morbides, ceux qui se basent sur ces affreuses visualisations.

– Je vois, je vois, bien sûr, brillante analyse.

– J'ai su instinctivement que j'étais au Pays des Devinettes Enfantines.

– Oui, oui, je suis certain que nous tenons là quelque chose, que nous avons commencé à pénétrer ce surmoi dévastateur qui vous inhibe. Je suis convaincu que nous devons continuer.

– Je ne veux pas continuer… ça me fait peur. » Ian essaya de se lever. Il se sentait encore cotonneux. Le sable du sommeil lui collait encore aux paupières.

« Ah, mais il le faut, dit Gyggle, il le faut. Rappelez-vous, sans catharsis, pas de stade génital achevé. Vous saisissez ? Vous saisissez le truc ? » Il disait cela en s'éloignant déjà, par-dessus son épaule anguleuse, en actionnant les bâtons de ses jambes vers le fond de la salle. Sans pouvoir en être certain, Ian eut aussi l'impression que Gyggle faisait un geste bizarre, que, repliant le pouce et les doigts médians dans sa paume, il pointait l'index et l'auriculaire vers ses propres testicules. Puis il disparut à travers les portes battantes.

Lundi matin. Dans le cœur purulent de la ville, la chaleur est odeur et l'odeur est chaleur. La queue brûlante de l'arrière-saison embrase et enrobe les flancs blêmes des immeubles de bureaux autour de la bouche de métro d'Old Street. La chaleur diurne importune fort la « Maison du software », la « Maison de la télévision », la « Maison du polystyrène » et autres lugubres commerces.

Ian Wharton jaillit du métro comme un bouchon de champagne. Il était tout feu tout flamme, ce matin, gonflé à bloc, paré à l'abordage. C'était le moi professionnel de Ian, très distinct de son autre moi tourmenté. Au bureau, personne ne connaissait ses problèmes. Chez D.F. & L. Associates, vers où il caracolait, tout le monde le tenait pour un type sérieux, la tête sur les épaules, un honnête bourgeois bonhomme et jovial. C'était aussi un commercial brillant et, en ce lundi matin, un nouveau projet important attendait ses lumières. Un projet qu'on avait provisoirement intitulé « Miam-Miam ».

Ian tourna au rond-point et prit par l'allée qui menait à Norman House. L'allée devenait un passage qui traversait un site de bombardement entre deux hautes palissades en bois. À gauche, le site avait été dégagé pour faire place à un chantier, où manutentionnaires casqués et contremaîtres ahanaient dans la poussière, mais, à droite, c'était encore un terrain vague. À travers les failles de la palissade, Ian pouvait voir un enchevêtrement de troènes biscornus, d'orties déplumées, de fleurs sauvages et de mauvaises herbes, qui formaient un camouflage confus au-dessus des fondations ensevelies de l'immeuble bombardé. Il inspira profondément et soupira. Quelle merveilleuse matinée pour aller d'un si bon pas et si élégamment vêtu vers un travail si distingué.

Norman House, qui abritait les bureaux de D.F. & L. Associates, se trouvait entre deux immeubles semblables, quelque part au nord du rectangle irrégulier formé par Old Street, City Road, London Wall et Shoreditch High Street. En fait, l'immeuble n'avait de normand que la plaque qui proclamait en lettres pseudo-romanes : « Norman House ». Pour le reste, c'était un gratte-brouillard indifférencié de six étages, revêtu de briques londoniennes, dont les dix-huit fenêtres étaient soulignées par un double encadrement de zinguerie et de grès.

Ian avala les trois marches du perron et poussa les portes en verre. Dans l'étroit vestibule, devant l'ascenseur, il rencontra Dave, le portier, une sorte de mutant dont le poitrail velu moussait sous son col.

« 'jour, monsieur Wharton, dit Dave.

– 'jour, Dave, dit Ian en appuyant sur le bouton d'appel de l'ascenseur.

– Va encore faire chaud aujourd'hui.

– À ce qu'il paraît, à ce qu'il paraît. »

Les portes coulissantes de l'ascenseur se rouvrirent au troisième étage, sur le hall d'accueil de D.F. & L. Derrière un pupitre en acier brossé, Vanda, la sculpturale réceptionniste noire, caressait les touches de sa console Merlin. Son épaisse chevelure laquée dissimulait un casque d'écoute avec micro pouvant faire croire qu'elle parlait à quelque guide spirituel, personnage alors en vogue dans les boîtes de nuit londoniennes.

« 'jour, Vanda.

– 'jour, monsieur Wharton. »

Ian traversa le hall d'accueil en coup de vent et grimpa les marches. Le décor des locaux de D. F. & L. était très convenu : moquette beige et éclairage fonctionnel au néon. Aux murs, on pouvait voir, dans des cadres, des affiches publicitaires pour des produits que l'agence avait lancés, ainsi que divers diplômes de mérite commercial. Çà et là, dans l'escalier, le long des couloirs, d'autres trophées étaient exposés dans des présentoirs vitrés sur pied. C'étaient des échantillons factices, des produits symboliques, des modèles réduits métallisés de packaging, des bouchons en caoutchouc, un assortiment d'agrafes, de valves et autres gadgets miniaturisés, soutenus par de petits cônes en acrylique et disposés sur des socles en inox et bois de cèdre garnis de feutrine. Dans le lot, Ian repéra le trophée offert à D.F. & L. pour l'une de ses plus fructueuses campagnes, le Painstyler.

Le Painstyler était une espèce d'outil qui pouvait être utilisé par des décorateurs amateurs pour transformer une surface revêtue d'une marque particulière de peinture, très épaisse et enrichie de plâtre, en un paysage de frondaisons pétrifiées. Le Painstyler – Dieu sait pourquoi – avait fait un malheur. La campagne de D.F. & L. avait été un véritable matraquage et, en gage de reconnaissance, Hal Gainsby, l'actionnaire majoritaire américain, avait fait painstyler tous les bureaux. Aucun plafond, aucune surface verticale n'échappa à ce flocage artistique, de sorte qu'on avait l'impression, en se déplaçant dans les couloirs, d'être un bol alimentaire humain péristalté dans un boyau géant.

Les employés ne supportaient pas les surfaces painstylées, qui étaient, pour des ongles désœuvrés, une manière d'incitation effroyablement démangeante au grattage et à l'arrachage. Aucun bureau, aucun poste de travail n'était épargné par les neiges des éclats de peinture. L'irritation du personnel provoqua le courroux de Gainsby : quelques employés subirent des réductions de salaire, d'autres furent proprement virés. Le succès même du Painstyler avait commencé à érailler le tissu corporatif.

Ian Wharton engloba tout cela du regard et trottina vers la salle de conférence du cinquième étage, en se garant des chutes de neige fraîche. Il poussa la lourde porte et se retrouva face à ses collègues.

Avec Hal Gainsby se trouvaient Patricia Weiss, directrice de clientèle, Geoff Crier, acheteur d'espaces publicitaires, et Simon Arkell, responsable du planning stratégique. Gainsby, un petit homme rondouillard toujours à la recherche d'un point surélevé pouvant lui servir de hausse, était juché sur le climatiseur, devant la fenêtre rectangulaire. Les fesses coincées entre les deux rebords de l'appareil, il était soumis à un courant d'air froid qui tendait à transformer son élégante chemise Barries en linceul glacé, et regrettait amèrement le choix de sa posture.

C'était Gainsby tel qu'en lui-même. Chacune de ses dispositions, de milliseconde en milliseconde, était vouée à un regret postural, dont la manifestation principale était physique mais qui s'étendait jusqu'à sa carrière et à son anglophilie pour se terminer dans une triste solitude émotionnelle sans raison. À la vérité, on pouvait en dire autant des trois autres commerciaux présents.

Patricia Weiss était une bombe juive allemande, l'antithèse de Leni Riefenstahl. Son visage mat était caché par une épaisse couche d'enduit caramel. Ses lourdes paupières étaient violacées, ses faux cils gluants de mascara, ses lèvres minces rouge sang, et un sordide grain de beauté formait un point trigonométrique sur la morne plaine de sa joue.

Si les bijoux de Weiss indiquaient une appartenance à une tribu millénaire, quoique encore inconnue, d'Amazones, son habillement suivait une option contraire : un ensemble de reliques abandonnées par une vamp des années 50. Sous la cuirasse noire de sa veste, elle ne portait pas de corsage, seulement un soutien-gorge à forte armature qui positionnait ses seins comme des projectiles à la Folamour. Ses jambes étaient dissimulées sous le bois blond de la table en losange, mais tout le monde eût pu vous dire que ses bas étaient fins, fins, fins et ses jambes plus fines encore. Ses pieds en lames de patins étaient aussi inquiétants que des serres de rapace, armés de pointes en cuir verni sur le bout et le haut talon.

Si Gainsby était triste, Patricia Weiss se considérait, elle, comme une tire-au-flanc du sentiment, et c'était pire, bien pire. Anciennement mariée à un directeur soûlographe d'I.B.M., elle avait quitté la maisonnée de Havant sous une avalanche de coups de la sombre brute, qui avait ensuite eu le culot de faire porter sur elle les torts exclusifs du divorce pour abandon du domicile conjugal. Le juge, qui était misogyne, livra les enfants à papa et à leur perte. Consumée par la haine de soi, Patricia partit pour Londres et se fit tatouer un papillon sur les reins. Le garçon et la fille avaient respectivement six et neuf ans aujourd'hui. Quand elle faisait l'effort d'aller les voir, elle ne supportait pas leurs regards de reproche et, sous sa masse de cheveux méticuleusement assemblés, l'idée germait que seul un autre enfant, une nouvelle naissance, pourrait la sauver.

Patricia essayait d'être dure et sexy. Elle vampait les hommes, les allumait, les faisait démarrer à la manivelle et les renvoyait vrombissants au garage. Mais chaque nouvel accouplement amenait un nouveau désespoir. À l'intérieur de sa somptueuse poitrine, une araignée post-coïtale festoyait sur son cœur de cadavre.

Quant à Geoff Crier, Ian lui trouvait un faux air de Hargreaves, son ancien prof à la fac. Crier avait la même envahissante barbe brune, qui devait nécessiter elle aussi un rasage quotidien autour des yeux. Il était une résurgence du dandysme des années Ogilvy de la publicité britannique, quand les « créatifs », les responsables du marketing et même les gens du service fabrication arboraient des nœuds papillons colorés et affectaient des manières d'artistes devenus commerçants par hasard. Crier n'était pas d'une intelligence lumineuse. La vie, soutenait-il, changeait systématiquement de trottoir quand elle le voyait arriver. C'était le plus vieux des trois et, aux abords de la cinquantaine, son physique devenait ingrat, fade et poupin, comme celui d'un adolescent pendant la croissance. Sa petite amie n'avait pas lieu de s'en plaindre, car elle ignorait béatement que Crier égouttait sa frustration dans la passoire de sa personnalité jusqu'à ce qu'il n'en restât plus qu'une bourre de prétention délavée.

En cette matinée prête-à-cuire, déjà humide dans son distingué caleçon noir (de chez Barries de King's Road), Sim Arkell, le plus jeune du trio, s'employait rudement au travail secret qui occupait toutes ses journées : une lutte sans relâche pour parvenir à assumer sa sexualité. Il tâchait de se convaincre que le fait de coucher avec des hommes était un passe-temps comme un autre, de même que le football ou les cercles associatifs pour d'autres, mais il avait beau faire, la pilule ne passait pas, son homosexualité ne passait pas, elle le rongeait de l'intérieur comme un chancre – un piranha cancéreux qui dévorait tout ce qu'il avait de stable, toutes ses facultés de concentration.

La nuit, dans le désert minimaliste de son appartement branché de Bayswater, Arkell potassait la génétique. Chaque nouvelle théorie envisageant une différence structurelle du cerveau des invertis le différenciait et le destructurait encore davantage. Plus il lisait, plus sa propre représentation de son cerveau devenait alarmante. Dans ses rêves, il le visitait comme un plongeur miniature nageant autour d'un récif de corail, pour en observer les efflorescences mutantes et les incrustations parasitaires qui faisaient de lui ce qu'il était. Le matin, il se réveillait en sueur ; ses rêves étaient si criants de vérité et si épuisants qu'il commençait la journée déjà fatigué.

De temps en temps, le pauvre Arkell craquait. Il allait draguer – généralement des hommes qui ne lui plaisaient pas. Ils l'enfilaient ou se faisaient sucer et, à l'occasion, lui défonçaient la gueule en guise de point d'orgue. Ainsi, même l'assouvissement de ses désirs se transformait pour lui en humiliation. Pauvre Sim.

Tous ceux-là, tous ces adeptes du marketing, compensaient la douloureuse nullité de leur vie affective par un acharnement au travail, qu'ils introjectaient dans leur psyché. Ils étaient les confrères idéaux de Ian. Car, comme lui, ils avaient, à la place du cervelet, une gondole glacée de supermarché remplie d'objets de pensée surgelés. Ils avaient organisé une mise en scène mentale dans laquelle les aspirations, les désirs, les rêves, les dilemmes moraux étaient autant de produits dont la rentabilité dépendait de leur disposition dans le champ de la caméra de leur conscience.

Ils se soumettaient eux-mêmes à la méthodologie du marketing, avec une conviction sans partage. Ils se découpaient intérieurement en subdivisions socio-économiquement classifiables d'homoncules déterminés, voués à satisfaire aux sondages d'opinion, à participer aux panels représentatifs chargés de définir les phénomènes et à assister aux démonstrations coups de poing de la prochaine Petite Idée. Le parler marketing avait envahi leur langage ordinaire. Ainsi avaient-ils adapté la prédication populaire à leur propre usage et proclamaient-ils : « Il n'y a pas d'individus différents, seulement des clients potentiels que nous n'avons pas encore convertis. »

Tels étaient les collègues de Ian, les seules personnes avec qui, à sa façon perverse, il se sentait vraiment à l'aise.

« 'jour, Hal, Pat, Sim, Geoff…

– 'jour, Ian, répondirent-ils en chœur.

– Ian, je suis content que vous soyez là. J'ai une nouvelle fantastique. » Gainsby désigna la table de conférence. Ian remarqua qu'un dossier D.F. & L. Associates était posé devant chacun. « Nous avons décroché le budget de la Banque de Karmarathon ! » Son curieux accent bostonien fit chanter les syllabes et il se sentit enfin libre de se décrocher du climatiseur pour prendre place à la tête de la tablée. Ian s'assit aussi.

« Hal, mais c'est formidable ! Félicitations, tout le mérite vous en revient.

– Non, non, non, non, ça n'aurait pas été possible sans vous. Nous formons une équipe et j'estime que nous méritons tous d'être récompensés… dignement. Ils ont accepté sans restrictions notre devis pour le lancement du produit. Inutile de vous dire que, sur un budget pareil, notre marge sera considérable.

– Quel soulagement ! » Ian s'enfonça lourdement dans son siège, et le regretta aussitôt. Les sièges étaient, eux aussi, des fruits du labeur de D.F. & L. et de l'infortunée loyauté de Hal Gainsby aux produits qu'il mettait sur le marché. La courbure d'aluminium en S était un design très répandu, mais cette version particulière avait un défaut majeur. La résistance de l'aluminium utilisé laissait à désirer et quiconque oubliait ce fait rebondissait comme sur un trampoline.

Quand il eut enfin stabilisé son assiette, Ian reprit :

« Et maintenant ? De quel délai disposons-nous ?

– Eh, justement, c'est là que ça coince. J'ai reçu un coup de fil de New York, à 4 heures ce matin, de Nat Hilvens. Karmarathon veut procéder au lancement en janvier prochain, ce qui nous laisse à peine six mois pour tout mettre au point.

– Oh là là, marmotta Geoff Crier. Ça représente d'énormes problèmes logistiques. Il faut s'occuper de la presse financière, pour commencer. J'avais pensé qu'on aurait le temps d'organiser une série de séminaires informels pour les familiariser avec le concept.

– M…moui, fit Arkell en gigotant sur sa chaise, les mains croisées, avec ses petits doigts enroulés autour des poignets. Il y a tous ces stands qu'on voulait installer. C'est une idée en l'air que j'avais lancée comme ça, mais je vois mal comment on pourra obtenir toutes les autorisations et les faire construire avant janvier. »

Sans raison particulière, le silence tomba dans la salle de conférence. Ian observa distraitement la jonction de la plinthe crème et de la moquette beige, attentif aux éclats de peinture et de plâtre qui trahissaient une fois de plus la coupable propension du personnel à gratter le revêtement painstylé. Sous sa large paume, il sentait les chemises lisses, les stylos phalliques, les cartes à puce sous étuis plastiques qui bosselaient son porte-documents en vélin souple. Son attention dériva, puis vogua au loin, au-delà du silence. Dehors, dans l'autre monde de la rue, des véhicules ruisselaient dans l'air pesant, un marteau-piqueur tambourinait sur la croûte durcie de la terre.

Ça n'allait pas. Normalement, il se sentait dans son élément, ici, à D.F. & L., sécurisé dans sa persona professionnelle. Dans son travail, il concevait l'univers des produits comme une contruction primaire, une configuration spatio-temporelle sur laquelle s'était greffée la conscience en général, comme une glycine sur un treillage. C'est pourquoi – croyait-il – les esprits s'accordaient si bien entre eux. N'importe quelle colombe de cogitation consumériste pouvait épouser n'importe quel ramier de conscience marchande. Le lien communautaire des produits était plus solide que celui du langage, de la télévision, de la religion, de la fête, de la famille, de la primogéniture, de la *Heimat*, de Medellin, du châtiment, de la baffe, du visage, du *latah*, des Quatre de Tout-ce-qu'on-voudra, du off-Broadway, de toutes les abstractions ou concrétions qu'on avait utilisées pour établir le caractère de plus en plus arbitraire des cottages qui constituaient le village global.

Pour la première fois depuis des années, Ian pensa au concept de rétroscendance. Comment il était possible d'entrer dans l'histoire d'un produit, n'importe quel produit, la Porsche ou le paquet de chips, et de descendre dans ses méandres évolutifs, de zoomer jusqu'au point où il était encore indifférencié, non positionné, non finalisé et donc sans identité. Dans le plat pays du delta les bébés s'endorment en pleurant dans l'ombre suffocante, pendant que les grands triment sous les feux du soleil. Quand tombe la brune, les enfants descendent dans les canaux d'irrigation pour un bain bilharzique. Qu'ont-ils à espérer de la vie, sinon… Gainsby disait quelque chose. « ... estime que c'est lui qui a, en quelque sorte, obtenu le contrat pour nous. Je ne vous en avais pas encore parlé…

– Non, en effet, Hal, vous n'avez pas jugé utile de le faire, rétorqua Patricia d'un ton sec, plus que vexé.

– Je ne connais pas ce type. » Hal n'en menait pas large. Sa voix se haussa d'un demi-octave. « Je ne sais même pas comment il a su qu'on était sur le coup. Or, apparemment, il le sait et il a même l'air de dire qu'il en sait long. Il a des intérêts chez Karmarathon, c'est sûr…

« Eh oui, bon Dieu, c'est sûr. Et merde, tiens, on avait bien besoin de ça. L'agence bat de l'aile, on est constamment à la limite du dépôt de bilan. Et puis, un beau jour, enfin, on décroche une affaire qui promet de nous laisser un honnête bénéfice, qui va vraiment nous mettre sur les rails, pas le lancement bidon d'une crème capillaire pour minorité ethnique. Et, aussi sec, voilà qu'on se fait balader comme un caniche nain au bout d'une laisse. Et qui nous balade ? Un financier à la retape, un intermédiaire marron, un détrousseur, un gros chat, Môssieu Samuel North… »

Ian n'entendit pas la dernière syllabe, mais il la connaissait d'avance. C'était le « cliff » du Cliff Top d'où il venait, la falaise creusée et profilée par le vert ressac de la mer.

Sans vraiment comprendre comment il était arrivé là, il se retrouva dans l'exigu cabinet de toilette de l'entresol. Il ne s'était pas rué vers la porte, de cela il se souvenait, il avait trouvé le moyen de marmonner une vague excuse pour s'éclipser. Ce qui était sûr, c'était que le besoin de sortir avait été des plus urgents.

Il était revenu. Ian ne croyait pas au hasard. La coïncidence était cousue de fil blanc, puante. Le gros homme était partout, maintenant. C'était lui qui bourdonnait dans le conduit d'aération, lui qui commandait le bras de fermeture pneumatique de la porte. En regardant alentour dans le réduit, Ian fut saisi par l'ubiquité de son tortionnaire. Il était tout et partout à la fois, avec une simultanéité parfaite, il était aussi cette mouche sur le mur, qui s'insinuait entre les frondaisons de plâtre. Ses chaussures cirées maintenaient son équilibre aussi sûrement que les ventouses ou les sécrétions gluantes des insectes.

Que d'arrogance ! Quel manque d'égard pour l'effet Painstyler ! Il balançait d'une branche à l'autre, les mains ouvertes, comme une sorte de muscidé humanoïde surgi de la nuit des temps. Et, à chaque balancement, la branche se cassait ; on pouvait suivre sa trace aux brisures poussiéreuses qu'il laissait dans son sillage.

Comme il eût fort bien pu le dire de lui-même, il était le Corps Dharmique du Morne. Il était dans le lino, il était dans la savonnette, il était dans le Canard WC. Il regardait par les fenêtres des monades de marque. Il était exactement où Ian voulait qu'il ne fût pas. Le monde des produits n'était pas la quiddité englobante qu'il avait voulu construire avec tant de résolution. Au-dessus et en dessous, tournoyant, tourbillonnant autour de l'œil vrillé d'une force cyclonique, il y avait un autre déterminant, un autre *primum mobile.* Et Ian commençait à se faire une petite idée de ce que c'était. Si Samuel Northcliffe était dans le coup, c'était qu'il y avait de l'argent dans l'air.

Dans la salle de conférence, les choses suivaient leur cours. Les papiers avaient été étalés sur la table, les stylos biffaient et encadraient. Ian rentra, l'air de rien, et se rassit.

« Ça va ? demanda Gainsby.

– Oui, oui, très bien.

– Bon. Écoutez, Ian, je pense que nous devons, d'abord et

avant tout, régler le problème du nom. Nous avons tous pris l'habitude d'appeler ce truc "Miam-Miam" entre nous, et ça ne va pas.

– Même le client l'appelle "Miam-Miam"…

– Peu importe, on est payés pour donner une image, une personnalité à ce produit. Personne ne vendra un produit financier appelé "Miam-Miam". Je veux donc un nouveau nom, et vite.

– Je m'en occupe. Je vais convoquer un panel pour la semaine prochaine.

– Excellent. Geoff va se charger de la déclinaison dans la presse, en commençant par une série d'encarts dans les publications ciblées. Sim est déjà en train de réorganiser tout le planning en fonction de la nouvelle date de lancement. Une fois qu'il aura réglé ça, on aura déjà une meilleure idée de la façon de procéder.

« Pour le moment, étant donné qu'il n'y a pas beaucoup de relations clients à assurer, Patricia restera disponible pour toute assistance éventuelle. D'accord ? Ah, une dernière chose, je pense qu'il serait bien que nous fassions tous une apparition chez Grindley, ce soir, pour le lancement du S.K.K.F. Lilex. Je sais, ce n'est pas notre produit, mais on fait d'autres choses pour eux et Brian Burkett considère que la participation à ces sauteries témoigne de la loyauté de l'agence. »

Une onde de ronchonnements et de « Oh non » parcourut le losange. Gainsby ne s'en soucia pas, rassembla son lot de paperasses et, fronçant un peu plus son costume en seersucker déjà froncé, se dirigea vers la porte.

Le résidu gras et aqueux figé au fond d'une poêle à frire qui s'est enflammée et qu'on vient d'arroser d'eau pour l'éteindre : voilà à peu près ce qui résulta de l'entrevue de Jane Carter et Richard Whittle.

Vendredi après-midi, Jane quitta l'hôpital pour dipsomanes de la Fondation Lurie, le cœur aussi serré que son sac à main. Elle avait eu quelque mal à déchiffrer l'adresse de Whittle dans les notes que lui avait remises Gyggle. C'était presque un nomade. Ses adresses successives avaient été biffées, récrites, et biffées et récrites encore dans la case réservée du dossier. Elle était finalement parvenue à la lire correctement, mais en pensant : à quoi bon ?

Un omnibus à impériale happa Jane et, tel le rocher de Sindbad, l'emporta sur la colline à travers Camden Town, vers Gospel Oak et la cité où vivait Whittle, en bordure du Heath. Au débouché de High Road, affalée sur la banquette, elle avait à nouveau perçu la présence près d'elle. Le tissu de sa jupe mouillée de sueur, qui se creusait entre ses jambes sans collant, offrait un accès – du moins le ressentait-elle ainsi – à l'intérieur de son corps, comme l'ouverture d'un panier de crabes. Elle tira la jupe sous ses genoux et regarda par la fenêtre pour expulser la présence, hors et loin d'elle.

Dans la rue, à sa descente du bus, sous le soleil rougeoyant de l'après-midi, c'était l'effervescence commerciale. Où qu'elle regardât, quelqu'un vendait quelque chose à quelqu'un – comme si le commerce eût remplacé le langage comme forme primaire de communication et que les gens eussent échangé des biens pour faire l'emplette de quelques mots. Une résille de gestes – une main tendant un billet à une autre, identique, une maille à l'envers, une maille à l'endroit – tressait la chaîne des étals et la trame des magasins eux-mêmes, supermarché, électricité, épicerie, habillement, fast-food, bricolage, ameublement. Tout cela débordait sur le trottoir ; les marchandises sortaient des stocks pour être déversées en pagaille aux pieds des acheteurs potentiels. Une fois à l'air libre, elles se mêlaient aux vendeurs des rues, aux marchands des quatre-saisons, aux camelots et commis qui faisaient tourner ce souk de bric et de broc. Partout où se posaient les yeux de Jane, quel que fût l'angle de sa vision, on signait des chèques, des reçus, des facturettes de cartes de crédit, et l'argent liquide coulait – par mille, par cent, de la grosse galette aux picaillons –, coulait comme du mercure, comme un élément.

Plantée sur le palier de pierre froide, elle vit Whittle nager vers elle, ondulant à travers la transparence déformante du verre martelé. Dans les anfractuosités cachées de l'immeuble, elle entendait des voix d'enfants, un industrieux ronron d'aspirateur, des aboiements de chiens trop gros dans de trop petits espaces.

« Oui ? » Richard frotta ses yeux englués par la poussière des deux jours de sommeil de Ian – sentant lui-même que cette chassie solidifiée de l'oubli était d'un autre. La sonnette l'avait brusquement arraché à ce sommeil riverain pour le rejeter ici, sur la berge boueuse de sa propre vie.

« Euh… bonjour », dit Jane, un peu désorientée, en essayant de se composer une contenance. Quoiqu'elle se fût préparée à cette rencontre, le visage de Whittle formait un spectacle sinistre, un mêlécasse de suintements infectieux, de sources chaudes de pus en ébullition lente. « Je viens du SD. Je ne suis ni assistante sociale, ni psychiatre, je suis bénévole. Le Dr. Gyggle m'a envoyée pour voir si je pouvais vous aider d'une manière ou d'une autre, mais je peux revenir une autre fois si je vous dérange, ou plus jamais si ça vous ennuie… » Les mots sortaient de sa bouche avec une précipitation bêtement révélatrice.

Richard fut désarmé – et se mit à rire. « … je vois. Entrez donc et je vais vous… je vous faire… du thé ! »

Les invraisemblances s'enchaînèrent : voici le toxico dégingandé qui déposait devant Jane du thé, d'abord, puis du lait et même, pour finir, du sucre relativement raffiné. Compte tenu de son mode de vie, l'hommage n'eût pas été plus grand s'il lui eût présenté des sandwiches au concombre soigneusement débarrassés de leur croûte sur un plat à liséré d'or.

Assis dans une cuisine tout à fait incongrue, ils échangèrent des regards par-dessus leurs tasses dépareillées. Whittle avait les cheveux bruns, les yeux verts et rapprochés, le nez camus, le front bas et le menton indescriptible, petit et pointu. Il surprit Jane en lui faisant la conversation. Il la questionna sur son travail, son appartement, lui demanda si elle avait un fiancé. Il ne semblait pas du tout se rendre compte, et c'était là le plus pathétique, de l'impression affreuse qu'il produisait, avec son faciès boutonneux, ses cheveux gras et hirsutes, son méchant pyjama rayé et son anorak universitaire américain sans manches.

Vite lassée, elle dut interrompre son bavardage. « Le Dr. Gyggle m'a dit que vous alliez passer devant un tribunal... C'est pour quand ?

– Pas avant quatre mois. Avec du bol, d'ici là, je me serai tiré. Ça leur épargnera le boulot et les frais. » Il faisait le bravache, comme un gosse trouvant que son cynisme a de la classe. Jane se mordit la lèvre : tout cela était-il bien nécessaire ? Un tel personnage voulait-il vraiment, méritait-il vraiment qu'on l'aidât ?

« Vous ne devriez pas dire ça. Vous ne le pensez pas.

– Qu'est-ce que vous savez exactement sur moi, Jane Carter ? » Il l'appela par son nom et son prénom, comme pour la situer avec précision, évaluer son jeu.

« Seulement ce que m'a dit le Dr. Gyggle, répondit-elle.

– C'est un charlatan, ce mec, dit-il sans hausser le ton mais avec véhémence. Tous ces enfoirés du SD, c'est tous des charlatans. Des crâneurs qui se la jouent pro-fes-sion-nelle avec des paumés dans mon genre – des gentils petits paumés. » Il tendit son bras rayé en travers de la table et libéra une cigarette d'une prison de dix, ce qui permit à Jane d'avoir un aperçu sur la peau scarifiée mise en exergue dans le dossier médical de Richard Whittle.

« Mais vous suivez une cure de désintoxication, n'est-ce pas ? Je ne me trompe pas ?

– Ouais. Ensuite, je vais faire négociant en vin. Je vais devenir un expert en vin. Tous les étés, j'irai à Xérès, en Dordogne, à Bordeaux, partout. Dégustations, tout, la belle vie, quoi.

– C'est vraiment ce que vous voulez faire ?

– Ouais.

– Vous avez déjà une première expérience dans ce domaine ? » Jane elle-même se trouvait insupportablement moralisante – comme une maîtresse d'école, alors qu'ils ne devaient pas avoir plus de cinq ans de différence d'âge.

« J'ai bossé chez un négociant à Richmond. Je connais tout sur le vin, je lis des tas de trucs là-dessus. » Il désigna une pile de magazines en papier glacé dans un coin. Jane suivit son doigt et remarqua, à côté du garde-manger cabossé, sur le planning de travail parsemé de taches suspectes, un verre où luisait comme en un reposoir la toute-impuissante trinité : la petite cuiller, le bout de citron trituré et la sainte seringue hypodermique.

« Je vois », dit-elle, puis, essayant de biaiser : « Vous prenez de la méthadone ?

– Non, mais je me brosse les dents avec du dentifrice au fluor. » Whittle ricana bêtement, gêné, et dévoila une denture négligée, couverte d'une plaque verdâtre. Jane estima que c'en était assez. Elle chercha des yeux son lourd sac à main, résolue à sortir définitivement de la vie de Richard Whittle.

Mais, soudain, il se leva et, mettant son bras en orbite approximative, dit : « Je suis désolé. Voyez, qu'est-ce que vous voulez que je vous dise de plus ? » Il engloba d'un geste de la main tous les plans de travail de la cuisine, tel un conférencier junkie racontant l'histoire de sa vie ratée à l'aide de tableaux disposés horizontalement. « J'ai assez parlé. J'ai parlé à mes parents, j'ai parlé à mon frère, j'ai parlé à votre Gyggolo – le toubib, je veux dire – et à mon toubib perso. J'ai plus rien à dire. Putain merde, il a même fallu que je parle à mes deal... » Il s'interrompit brusquement, l'air méfiant.

« À vos quoi ?

– Non, non, personne. Juste ceux-là, j'arrête pas de leur parler... et ça mène jamais à rien. » Whittle baissa les yeux, examina un durillon dans sa paume et se mit à le gratter. Bercée par le silence qui se propageait autour d'eux, Jane pouvait entendre, au-dehors, des enfants qui criaient, qui criaient, qui criaient.

« Total, ça vous servirait pas à grand-chose de me causer, hein ?

– Non, pas vraiment. »

Ce fut alors que survint la chose inconnaissable. Un bruit de pas précipités, très sonores, résonna sur le parquet du vestibule, juste devant la cuisine. Puis la porte d'entrée claqua dans un fracas de bois, de verre et de ferrures. Sans savoir pourquoi, sans réfléchir à ce qu'elle faisait, Jane se retrouva sur les talons de Whittle, qui se ruait vers le palier.

Ils s'aplatirent d'un même élan contre la rampe et se penchèrent ensemble pour essayer d'apercevoir l'intrus en fuite. Les pas résonnaient encore bruyamment, comme de l'acier sur de la pierre, mais Jane ne put voir le fuyard que lorsqu'il atteignit la pénultième volée de marches. Plus tard, quand elle tenterait de se remémorer la scène avec précision, elle ne se souviendrait que de la tête de l'homme – ou plutôt de son chapeau. Un couvre-chef très particulier, bizarre. Un chapeau violet luisant, à pois noirs. Un haut-de-forme.

Partout dans Londres, les créatures de L'Obèse Contrôleur, ses confrères et intimes, ses agents et complices, ses adoubés et ses légats, étaient en effervescence. Ils sentaient sa présence – ou peut-être l'imminence de sa présence, sa pré-présence – comme on sent venir un orage. D'abord dans la baisse de pression atmosphérique, puis dans l'augmentation du taux d'humidité et dans l'étrange impression ambiante que quelque chose se prépare et que cette angoissante attente est l'essence même des choses. Et puis, quand cela se produit enfin, quelle déception ! La pluie n'est jamais, en définitive, que de la pluie. La pisse du ciel. Et le tonnerre n'est jamais, en définitive, que du tonnerre. Simplement Dieu qui, tel un locataire mécontent, un peu étourdi et cherchant à vivre une seconde adolescence, imagine qu'un réagencement du mobilier de son appartement lui procurera un nouveau charisme.

Oumpf ! Vous voyez ce qui arrive ? Il est temps pour vous de rétroscender à nouveau, bébés de Belzébuth, rejetons de la kabbale qui dandinez sur les allées rétrécissantes du Maternage. Il est temps de me rejoindre. Choisissez un objet fait par l'homme, remontez le fil de son histoire et servez-vous-en pour ourdir l'intrigue d'une nouvelle histoire. Naturellement, je ne vous force pas la main. Vous avez peut-être mieux à faire de vos loisirs que ratisser les greniers du petit commerce, que suivre les étoiles filantes des vies enrayonnées. Néanmoins, je vous garantis quelques lumières qui ne s'allumeraient pas si vous m'éconduisiez. En effet, je vous offre, Gratis et Sans Aucune Obligation de Votre Part, vingt-cinq pour cent de lumière supplémentaire par rapport à votre précédente rétroscendance.

Si ces lumières n'adviennent pas, si vous vous estimez pauvrement traité après avoir rétroscendé, alors permettez-moi d'attirer votre attention sur la Clause de Rédemption Totale "Satisfait ou Remboursé". À tout moment, vous pouvez réclamer la restitution de votre temps, du temps que vous estimez avoir gaspillé en rétroscendant. Allez-y, demandez qu'on vous rende votre temps au comptoir en sortant, mais, crénom de d'là, vous le regretterez ! Car le temps qu'on vous rendra est un temps pauvre en événements, parcouru çà et là de minables anecdotes sans suite qui ne mènent à rien d'autre qu'à elles-mêmes, certes pas à trois heures d'orgasme ininterrompu. Oh non, c'est un temps de petit pensionnaire, de la roupie de sansonnet, de la tripette, de la clopinette de temps. Du temps passé à regarder la demi-lune de rouille sur le bord d'un rivet dans la carrosserie d'un car de touristes en attendant à un feu rouge ; du temps passé à tirer sur le coin du pot de yaourt dont le couvercle devait théoriquement se détacher sans effort ; du temps perdu à pianoter sur la table ; du temps passé à attendre que votre numéro apparaisse sur le comptoir de l'épicerie. C'est de ce temps-là que je vous parle. Alors, tout bien pesé, ça vaut le coup de vous interrompre quelques instants pour rétroscender.

Autre chose, cette incongruité sémantique que mon adoubé a portée à votre attention précédemment, eh bien maintenant vous avez l'occasion de participer. Allez, participez aux exercices au sol du sens qui sautille en diagonale sur le tapis. Le moment est venu pour vous d'abandonner votre dialectique de fauteuil, de vous départir de votre discours d'après-dîner-TV et de sentir votre estomac vous titiller un peu.

Steve Souvanis, patron et actionnaire unique, était assis dans le bureau de l'entreprise qu'il dirigeait sans partage. Dyeline Contructions of Clacton. Il venait de raccrocher le téléphone après une brève et curieuse conversation avec Sim Arkell, responsable du plan stratégique chez D.F. & L. Associates. Pour certaine raison que Souvanis avait du mal à cerner, Arkell lui avait demandé un devis pour la réalisation de modules en plexiglas, qui lui semblaient franchement farfelus. Ces modules devaient être des stands de vente en forme de cabines transparentes, octogonales, hautes de deux mètres cinquante et équipées de mini-lutrins, où les utilisateurs pourraient se tenir debout et écrire, tout à la fois en observant le monde extérieur et en étant observés par lui.

Arkell avait dit à Souvanis qu'il voulait un devis pour soixante de ces « cabines-stands », comme il les appelait, lesquelles devaient être construites et érigées dans tout Londres avant la fin de l'année. Souvanis n'en avait pas cru ses oreilles. Certes, il avait déjà travaillé pour Arkell dans le passé, mais jamais sur une telle échelle. Souvanis était spécialisé dans la réalisation de modules en plexiglas conçus pour la distribution de prospectus et autres gadgets promotionnels.

Dans l'entrepôt à côté de la cage à lapin qui servait de bureau à Souvanis, on en trouvait tout un stock, pêle-mêle dans un apparent capharnaüm. C'étaient des distributeurs de prospectus en forme de gâteaux, de livres, de tourniquets, de ponts suspendus en miniature, de monuments célèbres, de véhicules, de vaisseaux spatiaux, de sous-marins, de portemanteaux, d'armoires et de bibliothèques. Tous étaient faits de plexiglas ou d'acrylique transparent. L'ensemble donnait l'impression d'un espace rempli de non-substances. Les modules n'étaient pas des objets réels, mais leurs pâles reflets, comme les ombres trompeuses des formes platoniciennes.

Ce matin-là, assis sur son lit, les oreilles bouchées, les yeux collés et la poitrine goudronnée par l'alcool de la veille, Souvanis avait dû s'escrimer pour attacher la ceinture de son pantalon. Je dois m'escrimer pour attacher la ceinture de mon pantalon, avait-il d'ailleurs pensé ce faisant, de même qu'il avait pensé, en enfonçant ses petits pieds potelés dans ses mocassins : hou, qu'ils sont serrés, ces trucs. Puis il n'avait plus pensé. Il avait pris son breakfast avec sa femme, comme d'habitude, et quitté sa maison de Barking pour Clacton.

À chaque kilomètre, par narcissisme, il s'était regardé dans le rétroviseur. La même figure ronde, les mêmes bouts de poil noir manqués par le rasoir, la même calvitie bronzée, le même sourire, les mêmes rides frontales. Qu'était-ce donc qui lui semblait différent ?

À présent, dans le chaud confinement de l'entrepôt, avec ses odeurs commerciales de papier et de plastique, l'explication commençait à se faire jour en lui. Il prit ou plutôt empoigna le paquct de BiSoDol sur l'établi encombré, l'ouvrit rageusement et extirpa deux comprimés crayeux de leur emballage en cellophane. Pourquoi ai-je des indigestions, pensa-t-il, même quand je saute le repas de midi ? Il essaya de glisser une main entre sa ceinture et son ventre, en vain.

Deux jours plus tôt, dans les pages financières de son journal, un article sur une O.P.A. contre une grande compagnie américaine de pneumatiques avait attiré son attention ; une semaine auparavant, aux actualités télévisées, il avait vu une silhouette dangereusement familière se faufiler entre deux jeunes princes en djellaba, dans un reportage sur la clôture d'une conférence au Moyen-Orient. Bien avant cela, un mois peut-être, en sortant sur la terrasse de sa petite maison, Souvanis, qui regardait en l'air sans but, avait aperçu, à vingt ou trente mètres à peine au-dessus de lui, le dirigeable Goodyear. Lequel s'était incliné devant ses yeux ébahis en guise de salut – de salut à lui seul, semblait-il – dans le ciel limpide.

Ces divers événements s'imbriquaient maintenant dans l'esprit de Souvanis pour former une sorte de perron menant à une seule conclusion possible : l'homme que le monde connaissait sous le nom de Samuel Northcliffe, financier, jouisseur, éminence grise de la géopolitique, et que Steve Souvanis connaissait sous le nom de L'Obèse Contrôleur, était de retour.

Acide et anti-acide se mêlaient, des langues de feu sillonnaient son estomac volcanique. C'était bien dans la manière de L'Obèse Contrôleur, cette façon d'annoncer son arrivée par une crise d'indigestion surnaturelle. Souvanis avait l'impression que sa graisse et son lard étaient apostrophés dans leur intimité profonde, au niveau des amidons, des hydrates de carbone et des sucres primaires, par une autre graisse plus puissante et d'une haute signification lunaire, qui l'essorait de l'intérieur en faisant tourner son embonpoint sur lui-même dans sa ceinture de peau suante.

L'insolite requête de D. F. & L. était maintenant facile à expliquer. Northcliffe était derrière. Souvanis avait appris depuis longtemps, fort longtemps, quand avait commencé son association avec L'Obèse Contrôleur (et qui peut dire quand c'était ? Le petit gosse court sur pattes qui traînait ses guêtres dans les rues poussiéreuses de Nicosie avait peut-être tenté de chiper un appareil photo à un vieux mollasson de touriste et découvert que le touriste n'était ni vieux ni mollasson. Mais ce n'est pas ici le lieu de spéculer, les liens de Souvanis et de L'Obèse Contrôleur appartiennent à un autre récit), que presque tout événement insolite, tout ce qui dérangeait le tranquille ordonnancement de sa vie, pouvait être imputé à son mentor.

Souvanis soupira pesamment. Il regarda autour du clapier vide et fit un signe de tête significatif au non-être qui se trouvait là. Il ne savait pas encore ce qui se préparait mais, quoi que ce fût, il y trouverait probablement son compte. À coup sûr, c'était en rapport avec ces « cabines-stands » que lui demandait D.F. & L. Associates. Alors, autant s'y atteler tout de suite et calculer un devis. Dans un exaspérant crissement de quincaillerie moderniste, le télécopieur de la pièce voisine se mit à grésiller dans la tête de Souvanis ; les mandibules frangées de la machine semblaient lui mordiller l'oreille interne. C'était sûrement Arkell qui lui envoyait le plan de l'édicule.

« Bon, puisqu'ils veulent un devis, dit Souvanis dont la voix résonna dans l'entrepôt encombré d'échantillons, ils auront un devis. » Il se leva et se rendit dans l'autre pièce pour prendre connaissance du fax.

Après une longue et étouffante journée au bureau, Ian n'avait aucune envie d'assister au cocktail de S.K.K.F. Lilex chez Grindley. Il savait exactement à quoi s'attendre : ce serait comme tous les autres cocktails pour le lancement des produits S.K.K.F. Lilex auxquels il avait assisté. Ces entreprises imbéciles semblaient persuadées qu'il leur suffisait d'abreuver d'asti spumante tiède une poignée de plumitifs pour avoir un bon article. Ils ne se donnaient même pas le mal de varier le menu, d'épicer un peu la tisane.

Et quelle journée ! Compiler la ridicule documentation de la Banque soudanaise de Karmarathon pour essayer de se faire une idée de ce que ses analystes financiers entendaient au juste par « un produit financier comestible » ! Car enfin, c'était quoi, ce « Miam-Miam » ? Eh bien, en gros, c'était à la fois une carte de crédit, une facilité de compte courant, un service de courtage et de gestion de capital, un service de renseignements bancaires téléphoniques et une facilité de dépôt avec un taux d'intérêt élevé. Non seulement le texte était confus et monotone, mais les diverses appellations s'embrouillaient, se recoupaient : « service facile », « facilité servicielle », quelle différence cela faisait-il ? Et si les dividendes dus aux clients pouvaient être convertis soit en aliments, soit en options alimentaires ? Et si les différents supports qui constituaient la documentation du produit – carnets de chèques, cartes de crédit, etc. – étaient réellement, par eux-mêmes, comestibles ? Rien de tout cela n'était convaincant pour Ian. Il en avait vu défiler, de ces nouveaux produits bancaires personnalisés révolutionnaires. Aucun d'entre eux n'avait jamais eu le moindre impact sur la qualité de plus en plus inconnaissable, de plus en plus intangible, de l'argent même.

En cette fin de millénaire, l'argent avait commencé à se détacher du médium même de l'échange. L'argent était déphasé. Ian savait – pour l'avoir lu dans la presse – que quelque 800 000 milliards de dollars étaient apparus sur un coup de baguette magique. Cette masse d'argent n'avait jamais été gagnée par quiconque, ni même imprimée par aucun gouvernement. Partout on pouvait voir des publicités clamant : « Vous en aurez pour votre argent. » Qu'un si évident *non sequitur* eût pu devenir un gage de crédibilité, voilà qui dépassait l'entendement de Ian, et de tout le monde à vrai dire. Cette valeur garantie était aussi insubstantielle que les 800 000 milliards de dollars. Elle n'était liée à aucune variable communément perceptible ; au contraire, elle était relativisée de façon chronique. Les banques de commerce et les compagnies d'agents de change qui avaient fait la City avaient depuis longtemps renoncé à employer des pronostiqueurs économiques, même les plus brillants et les plus intuitifs. En échange, elles s'étaient rabattues sur les soi-disant « analystes financiers », des transfuges de la surabondante presse d'information, qui offraient leurs services pour produire des jugements « purement esthétiques » sur différents modes d'échange.

Mais les affaires étaient toujours les affaires. Et donc, en compagnie de ses collègues, Ian introduisit sa masse suante dans le taxi noir qui attendait, soufflant et toussant, devant Norman House.

« Chez Grindley, dit Hal Gainsby au chauffeur.

– Vous allez au cocktail S.K.K.F. Lilex, alors, répondit le chauffeur.

– Comment vous le savez ? demanda Sim Arkell, le seul qui fût assez jeune et curieux pour poser la question.

– Ah, c'est que je m'intéresse beaucoup à tous les nouveaux traitements de l'ulcère qui sortent sur le marché, dit le chauffeur en s'éloignant du trottoir pour engager le taxi dans un embouteillage. Ça fait partie du boulot. »

La ville était surchauffée et le taxi exigu. À l'intérieur, les désodorisants respectifs des cinq commerciaux se disputaient la suprématie olfactive. Le talc au bois de santal, d'un puissant mauvais goût, de Sim Arkell emporta la décision. Quand ils eurent enfin franchi le rond-point d'Old Street, passé en force Hatton Garden, guerroyé dans High Holborn – où le chauffeur repoussa comme il put les assauts des challengers à grand renfort de « connard ! » et de coups de klaxon – et louvoyé dans le raphia de métal qui permet à Trafalgar Square d'entretenir son vice, Ian était près d'expirer. Ils jaillirent comme un seul homme de l'habitacle sudorifique du taxi. Pendant que Gainsby payait la course, Ian contempla le portique pseudo-régence de chez Grindley, qui s'étalait sous les platanes poussiéreux de Northumberland Avenue.

La présence avait accompagné Ian, lui aussi, tout l'après-midi. C'était un souffle sinistre, qui lui sifflait la bienvenue à l'oreille. Ian s'attendait à ce que tout s'écroulât autour de lui, d'un instant à l'autre. Et c'est – pour ainsi dire – exactement ce qui arriva.

Chapitre 8

L'OBÈSE CONTRÔLEUR REVIENT SUR SCÈNE

Comme il est dit dans la Bulle papale, il y a sept méthodes par lesquelles ils infestent de sorcellerie l'acte vénérien et la conception de la matrice. Premièrement, en conduisant l'esprit des hommes à une passion désordonnée ; deuxièmement, en contraignant leur force génitrice ; troisièmement, en retirant les membres appropriés à cet acte ; quatrièmement, en changeant les hommes en bêtes par leur art magique ; cinquièmement, en empêchant la force génitrice des femmes ; sixièmement, en faisant qu'elles avortent ; septièmement, en offrant des enfants aux démons, en même temps que d'autres animaux et fruits de la terre avec lesquels ils doivent exercer leur malice.

Maleum Maleficorum,
trs. Révérend M. Summers, *sub specie æternatis*

Tôt dans la matinée de ce même jour, le tableau des messages des voyageurs, au terminal 3 de l'aéroport d'Heathrow, avait commencé à se remplir de notes diverses, de pétitions et de billets doux. Tous étaient écrits de mains différentes et adressés à des individus différents, mais chacun était destiné au même homme.

L'Obèse Contrôleur arrivait d'Amérique. De New York, pour être précis. C'était là une caractéristique de L'Obèse Contrôleur : il arrivait toujours de quelque part, sans que jamais cependant on pût concevoir sa présence ailleurs qu'à l'endroit exact où il se trouvait. En tout cas, ceux qui le connaissaient ne le pouvaient pas. Peut-être existait-il quelque part, sur une autre planète, par exemple, une race de cénobites particulièrement avancés qui consacraient leur réclusion et leur effort collectif à visualiser L'Obèse Contrôleur *in situ* dans ces endroits d'où il arrivait perpétuellement. Mais, alors il fallait qu'ils fussent effectivement très avancés.

L'Obèse Contrôleur franchit en trombe les portes à abattants qui menaient du contrôle douanier au hall principal du terminal. Il était en tenue de voyage : veste en tweed Donegal, pantalon de flanelle grise et brodequins. Autour de son bras-madrier, il portait l'un de ces trench-coats américains garnis de plus de boutonnages, de revers, de pattes et de martingales que ne l'exigeait le strict nécessaire. Derrière lui venait, tel un petit chien fidèle, une valise Samsonite marron, que L'Obèse Contrôleur traînait par saccades et qui semblait trotter dans son sillage comme une arrière-pensée.

L'Obèse Contrôleur atteignit le bout de la rambarde séparant les passagers des amis et parents venus à leur rencontre. Il s'arrêta pour se retourner, afin d'observer la sortie de ses compagnons de voyage. L'Obèse Contrôleur procédait toujours ainsi. Il descendait toujours de l'avion le premier et réglait au plus vite les formalités douanières pour pouvoir assister à la scène des retrouvailles.

« C'est vraiment un instant très important, aimait-il dire. Un instant authentique et plein d'émotion. Quand les gens se retrouvent après une absence – surtout dans les aéroports, sous la lumière crue des plafonniers –, ils sont transparents l'un pour l'autre. La faute d'un mari infidèle passe comme une ombre sur son visage dans la nanoseconde qu'il lui faut pour se fabriquer un sourire attendri à la vue de sa femme venue l'attendre. Que deux amants s'accueillent et, dès avant qu'ils ne se touchent, leurs visages trahissent déjà l'angoisse de leur prochaine séparation. Des moutards ingrats, rentrant de leurs tristes vacances chez un hôte taciturne, opposent une mine boudeuse à la joie feinte de leurs parents fatigués. Comme je chéris ces moments-là ! Car je suis un explorateur de sentiments et un trafiquant d'âmes – que dis-je, les échantillons que je recherche sont si furtifs et si fragiles sur pattes que je devrais m'intituler entomologiste des émotions ! »

L'Obèse Contrôleur tournait ces phrases dans sa bouche, avec une goulée de whisky single malt et une volute de son sempiternel cigare, avant de les proférer devant son public. Il adorait pontifier, bien que, trop souvent hélas, il dût recourir à la force pour s'assurer des auditeurs.

Ce jour-là, son voyeurisme sentimental ne fut assouvi qu'après cinq minutes d'observation, dix fois répétées, de ces « instants authentiques ». Puis il se dirigea vers les portes automatiques et la file des taxis, sans accorder le moindre regard aux criantes annonces du tableau d'affichage. La valise le suivit.

Chaque fois qu'il venait à Londres, L'Obèse Contrôleur descendait au Brown's Hotel de Piccadilly. L'Obèse Contrôleur affectionnait cet hôtel pour plusieurs raisons. Il y avait là assez de résidents obèses et sans âge qui partageaient son goût du tweed et de Burberry pour qu'il y passât inaperçu. Et, autre avantage, le Brown's attirait toujours une ribambelle de célébrités américaines de second plan – acteurs, producteurs et metteurs en scène de cinéma ou de comédie musicale. À toute heure du jour, on pouvait voir l'un d'eux, acculé dans un coin du hall, répondre à une interview d'un journaleux anglais sur son dernier spectacle. Évoluer parmi ces constantes allées et venues de la presse était pour L'Obèse Contrôleur une façon de jouir de la notoriété par procuration. Il aimait d'ailleurs se considérer comme une célébrité lui-même, bien que, plus qu'aucun autre, il sût que le fait d'être l'objet de l'attention d'autrui était au mieux une expérience transitoire et peu gratifiante, au pis une damnation sans appel.

C'est pourquoi, plutôt que d'être réellement une célébrité, L'Obèse Contrôleur préférait se contenter d'en avoir l'allure – c'est-à-dire un port et une contenance qui amenaient une personne sur trois à penser en le croisant : je suis sûr d'avoir déjà vu cet homme, mais je n'arrive pas à le situer ; ça doit être quelqu'un de connu. C'était à ce genre de renommée qu'aspirait L'Obèse Contrôleur : une façon reposante d'être la coqueluche du moment, sans en subir les inconvénients et dans le confort de l'éphémère.

Dehors, dans l'atmosphère déjà lourde de cette matinée de

fin d'été, L'Obèse Contrôleur s'arrêta pour regarder les hideurs bétonnées qui constituaient l'aéroport. À quoi bon voyager, songea-t-il, si c'est pour se retrouver toujours au point de départ ? Il ne pensait pas à lui, mais aux quidams qui peuplaient l'endroit. Pour L'Obèse Contrôleur, tous les Occidentaux modernes étaient foncièrement identiques, tous conformes au petit nombre de stéréotypes qui leur étaient assignés. Selon lui, on eût pu substituer à un faubourg de Scranton, dans le New Jersey, un faubourg de Hounslow, dans le Middlesex, sans que personne ou presque, dans les communes limitrophes, ne s'en rendît compte. Tous ces gens, méditait-il en promenant çà et là ses yeux de crapaud, sont en transhumance, ils arrivent tous de quelque *Heimat* urbaine, quelque banlieue ancestrale, quelque zone grise, pour essaimer comme des colons ou des lemmings, sans réfléchir, mus par un besoin instinctif d'acheter un journal dans un autre pays.

Le taxi suivant dans la file s'avança et le chauffeur retira sa pancarte *Libre*. La vitre électrique s'abaissa.

« Où on va, chef?

– Brown's Hotel, Piccadilly », dit L'Obèse Contrôleur.

S'ensuivit un inconfortable hiatus, une pause étrange. Il n'entra pas dans le taxi. Le chauffeur attendit, d'abord en silence, puis aboya : « Alors, vous montez, oui ou non ? » L'Obèse Contrôleur introduisit sa tête porcine par la fenêtre, déposant quatre livres de joue contre le taximètre qui cliquetait déjà. « Non, fit-il de sa voix de basse, pas tant que vous ne serez pas sorti pour prendre ma valise. »

La rage exorbita les yeux du chauffeur. Il sentit son gosier lui remonter dans la gorge, amer et bilieux. Bêtement, il déglutit, ravala, quitta son siège et contourna la voiture pour rejoindre L'Obèse Contrôleur. Entre-temps, les autres taxis de la file s'étaient chargés de passagers et klaxonnaient pour qu'on fît place. Le chauffeur lança un long et pénétrant regard à L'Obèse Contrôleur, en guise d'intimidation. Puis il ramassa la valise Samsonite marron et la rangea à l'arrière. Il ouvrit la porte et attendit que s'installât L'Obèse Contrôleur, lequel prenait son temps, posait soigneusement son trench-coat d'un côté de la banquette et le *Herald Tribune* de l'autre.

Ils étaient sur la M4 menant au toboggan de Chiswick, quand L'Obèse Contrôleur alluma son premier cigare depuis son passage à la douane. C'était la vaillante trompette d'un Tosca opératique. Il planta le barreau de chaise dans un coin de sa vaste bouche et appliqua la flamme ruisselante de son briquet de fabrication carcérale à son bout organique.

Cela donna lieu à une scène comique. Quand le taxi escalada la rampe du toboggan, L'Obèse Contrôleur et son chauffeur s'élevèrent soudain des taudis de Hillington et Hayes pour planer sur un tapis de macadam au-dessus du halo bleu de la ville. L'immense océan londonien clapotait autour d'eux. Devant, le toboggan serpentait entre des immeubles d'entreprises. Des horloges-thermomètres à cadran digital étaient disposées le long de la route, aux endroits où la trajectoire frôlait les quatrièmes ou cinquièmes étages des édifices. Elles rivalisaient : 11:44 contre 11:43 ; 32 ° celsius contre 33. L'Obèse Contrôleur aspira une puissante rétropropulsion de son Tosca et médita sur les vicissitudes de la vie secrète des produits, les aléas du site et du style qui avaient fait des immeubles Brylcreem et Lucozade ce qu'ils étaient, des porte-enseignes surannés opposés dans un anachronique combat au néon de part et d'autre du toboggan de Chiswick.

« Savez pas lire ? » La vitre de séparation venait de s'ouvrir, brisant la rêverie de L'Obèse Contrôleur. Il dissipa les épaisses fumeroles bleuâtres qui s'étaient formées devant lui et voilaient l'impérieux panonceau d'interdiction de fumer.

« J'ai.

– De quoi ?

– J'ai lu votre panneau.

– Alors, pourquoi vous faites pas ce qui est marqué dessus ?

– Je ne le souhaite pas.

– Vous ne le sou… Vous vous foutez de moi ? » Le chauffeur était pris au piège, il ne pouvait pas s'arrêter sur le toboggan, il ne pouvait pas faire demi-tour, il ne pouvait même pas lâcher le volant. Il se jura d'expulser L'Obèse Contrôleur à la première occasion.

Le taxi filait sur la route surélevée. L'Obèse Contrôleur tirait avec satisfaction sur l'instrument puant qui garnissait sa bouche en se demandant si ce n'était pas là, en définitive, un moyen de torture plus commode que le recours à la force physique et un mode de pression psychologique plus pratique que les méthodes convenues.

Dans la dernière ligne droite avant le rond-point de Hogarth, la circulation était ralentie et saccadée.

« Han hum, grogna L'Obèse Contrôleur, qui pensait à voix haute. Un joli *Ballet mécanique*, pas d'erreur.

– De quoi ? aboya le chauffeur, redoutant une nouvelle insulte.

– Oh rien, rien… ne mettez pas martel dans votre petite tête. »

Dès qu'il put bifurquer, le chauffeur s'engagea dans la contre-allée, tourna dans une rue latérale et arrêta son taxi en faisant gémir ses pneus, sous un platane encrassé. Il sortit d'un bond et vint ouvrir d'un coup sec la portière arrière.

« Dehors, vous ! cria-t-il. Allez ouste, du balai ! » L'Obèse Contrôleur abaissa le bord supérieur de son *Herald Tribune* et contempla le chauffeur du haut de quarante siècles de pyramidale impassibilité. Le gaillard semblait vraiment révolté, les mains sur les hanches, les pectoraux bombés sous un tee-shirt vert rendu luisant et presque translucide par la transpiration. Plus bas, ses cuisses blanches, potelées et glabres, tombaient sans grâce de l'entrejambe godant de son short de footballeur. L'Obèse Contrôleur remarqua qu'il portait des chaussures lacées et des chaussettes montantes, à la façon coloniale.

« Non, dit-il en regardant alentour dans la rue résidentielle déserte. Vous, dedans. » Et, avec une fluidité du geste que sa corpulence rendait encore plus effrayante et surnaturelle, ils se fendit en avant, prit le chauffeur à la gorge et le tira violemment sur le plancher du véhicule. Tel un prestidigitateur, il fit jaillir un mouchoir de soie cachemire de la poche de son gilet et l'enfonça dans la bouche béante du bonhomme. Alors, serrant toujours sa proie comme une énorme truite qu'il eût attrapée dans la rivière urbaine, L'Obèse Contrôleur se mit en devoir de le torturer doucement. Il tira une autre bouffée de son Tosca et plaqua le bout incandescent du cigare sur la barde de lard blanc qui émergeait du tee-shirt vert. Il ne cessa l'opération qu'après avoir réussi à dessiner un joli cercle de cloques.

Toujours penché en avant et serrant bien le gosier du chauffeur, L'Obèse Contrôleur se servit de sa main libre pour dénouer sa cravate en mohair verte, qu'il enroula ensuite autour du cou de sa victime. Remplaçant alors sa main étrangleuse par un genou, il confectionna un nœud coulant et se rassit confortablement en disant : « Maintenant, mon bon monsieur, vous êtes mieux placé que tantôt, je pense, pour juger du genre de personnage que vous avez comme passager. Non, non, ne vous donnez pas la peine de vous excuser », le chauffeur ouvrait la bouche pour chercher de l'air « c'est inutile. Je ne suis pas un homme vindicatif, sachez-le, il n'y a pas de place pour de tels sentiments dans ma nature et, quand bien même pareille impulsion me saisirait, je la réprimerais. Nonobstant, je vous ai engagé pour me conduire au Brown's Hotel et j'entends que vous le fassiez. Dans un instant, je vous relâcherai et nous reprendrons notre parcours. Mais ne vous méprenez pas, si vous vous montrez factieux à nouveau, je n'hésiterai pas à utiliser cette parure de col pour vous garrotter. Pigé ? »

Le chauffeur approuva d'un hoquet. Ce n'était pas un homme particulièrement observateur mais, pendant sa morbide expérience de ces dernières minutes, il avait remarqué certaine bizarrerie sous les doigts de L'Obèse Contrôleur. Ils n'avaient ni stries ni ridules et, par conséquent, ne laisseraient pas d'empreintes.

Libéré, le chauffeur regagna l'avant du taxi et s'assit. L'Obèse Contrôleur fit passer le garrot par la fenêtre de séparation et ils reprirent leur route. L'Obèse Contrôleur s'adossa et fuma en lisant son journal, tandis que le chauffeur conduisait au bout de sa laisse.

La circulation était fluide et, en moins de trente minutes, le taxi contournait Berkeley Square. L'Obèse Contrôleur se pencha. Posant un bras gros comme une solive sur l'épaule du chauffeur, il dit : « Prenez ce parking souterrain. » Le chauffeur obtempéra. L'entrée était un long boyau étouffant qui s'enfonçait dans la terre à un angle de quarante-cinq degrés. En bas, le guichet du gardien était vide. L'Obèse Contrôleur se baissa néanmoins par mesure de précaution.

« Prenez le ticket. » À nouveau, le chauffeur obtempéra. « Et garez-vous au fond, là-bas. » Le taxi s'arrêta dans un coin en béton, sombre et dissimulé aux regards par un fourgon. L'Obèse Contrôleur garrotta l'effronté, prestement et avec une impitoyable efficacité. « Je gage, monsieur », il s'adressait au cadavre affalé du chauffeur tout en retirant sa valise de l'arrière du véhicule « que cette mort est encore l'une des plus belles que vous pouviez escompter. » Sa large paume esquissa un salut papillotant, puis il passa la tête par la fenêtre pour contempler le visage dégonflé. « Certes, je ne peux pas savoir quels étaient vos projets d'avenir, mais je gage en effet, monsieur, au nom du principe selon lequel tout homme est responsable de ses manières, que vous ne seriez jamais devenu une créature capable de ces subtiles distinctions qui font l'affinage du raffinement. »

Sur cette euphonique oraison, L'Obèse Contrôleur tourna les talons et traversa le sol taché d'huile du parking souterrain, en direction de l'ascenseur. La valise marron Samsonite l'accompagna.

Quelqu'un avait dit un jour à L'Obèse Contrôleur qu'il avait un air de ressemblance avec le personnage de Gutman, interprété par Sydney Greenstreet dans *Le Faucon maltais*. Il en fut fort aise. En vérité, la similitude était très superficielle. De même que le Gros, L'Obèse Contrôleur présentait une masse intéressante, une adiposité d'un genre inhabituel. Toutefois, tandis qu'on eût pu dire de Greenstreet, avec quelque raison, comme on le dit d'ailleurs souvent des gros en général, qu'il était « étonnamment gracieux » ou « d'une surprenante souplesse de pied » – pied qu'il avait en effet « tout à fait élégant » –, aucun de ces qualificatifs ne pouvait s'appliquer à L'Obèse Contrôleur, qui était réellement gros. Gros au sens lourd et strict. Méthodiquement gros. Gros comme si son aspect de mammouth avait été le résultat de plusieurs plans quinquennaux fructueux de suralimentation. Où qu'allât L'Obèse Contrôleur, sa graisse l'entourait et l'escortait comme une troupe compacte de malfrats en manteaux.

Autre dissemblance : à la différence de Gutman, L'Obèse Contrôleur n'était pas un authentique esthète ; en dernier ressort, les choses ne lui apportaient guère plus de joie que les hommes. Alors que Gutman était prêt à consacrer sa vie entière à la recherche de l'oiseau noir, L'Obèse Contrôleur eût éliminé l'ensemble des acteurs avant la fin de la première demi-bobine. Les attitudes de L'Obèse Contrôleur étaient dictées par un pragmatisme sans concession, qui était perçu comme une sorte d'émanation naturelle par ceux qui le connaissaient. Gutman possédait un magnétisme qu'il savait mettre en valeur avec une rhétorique inspirée, L'Obèse Contrôleur était banal. Et, pour peu qu'on le laissât donner libre cours à ses manières affectées, il devenait vite fondamentalement chiant.

Le réceptionniste du Brown's Hotel était certain d'avoir déjà vu L'Obèse Contrôleur quelque part. Le visage du gros homme avait quelque chose de familier, quoique impossible à situer. Il attendit, le stylo en suspens au-dessus du registre, que L'Obèse Contrôleur eût transporté jusqu'à lui sa gangue de chair.

« Diantre ! Quel temps ! Et en Angleterre, qui plus est ! » L'espace d'un instant, le réceptionniste essaya d'imaginer L'Obèse Contrôleur sous des cieux plus ensoleillés, mais sans y parvenir.

« Puis-je vous aider, monsieur ? demanda-t-il avec une aménité commerciale.

– Certes, certes… » L'Obèse Contrôleur s'interrompit. Visiblement, il cherchait à se remémorer quelque fait important, comme son nom, par exemple. Il passa le pack de cinq saucisses de Francfort qui composait sa main autour de son col. « J'ai une réservation.

– À quel nom, monsieur ?

– Northcliffe, mon brave, Samuel Northcliffe. Regardez dans votre petit registre. »

Jane Carter pleurait dans son appartement de West Hampstead. Elle pleurait dans la lumière du soir qui dessinait des rayures gaies sur le décor clair de son intérieur, en respirant pesamment. De petits sons plaintifs de clarinette s'échappaient des muqueuses qui bordaient les couloirs humides de sa tête. Un bouillon indigeste d'apitoiement avait mijoté en elle tout l'après-midi et, sous l'effet de l'ébullition, l'écume se déversait maintenant, sans cesse renouvelée. Pareilles à des rochers dégringolant une montagne, les larmes dévalaient le versant de ses joues, chacune poussée par un élan propre, une blessure différente, telle histoire d'amour ratée ou telle autre qui eût pu être mais ne fut jamais.

À ses pieds, un ouvrage de tricot tomba pêle-mêle d'un sac en plastique, en un laineux circuit de fils bleus, verts et jaunes. Parmi les entrelacs pointa une aiguille à tricoter en bois qui attira son attention. Elle la démêla, l'extirpa, perdit dans la manœuvre plusieurs centaines de mailles soigneusement enfilées puis, l'empoignant de la main droite comme une dague, releva l'ourlet de sa robe en denim noir. Ses cuisses lui parurent monstrueuses, preuves manifestes de son incapacité à atteindre la sylphidité. « Tu es grosse ! Grosse ! Grosse ! » s'exclama-t-elle, en plantant à chaque « grosse » la pointe acérée de l'aiguille dans l'affreux magma. Le dernier coup fit venir le sang – et assez de douleur pour mettre fin à ses pleurs.

Elle se leva brusquement, se mit à danser dans l'appartement en chantant d'une voix discordante : « Oh, que je suis seule, que je suis seule, que je suis grosse et seule », et ce chant était une incantation. Elle voulait un amant, n'importe quel amant, un démon ou un incube – la présence pouvait venir la prendre, ici et maintenant. Elle s'en fichait désormais. Qu'est-ce que ça peut me faire ? se dit-elle. Je suis un zéro, une pauvre vache perdue dans le troupeau. Je porte certains habits et certaines chaussures, je me maquille d'une certaine façon et utilise certaines serviettes hygiéniques, je vais chez un certain dentiste et un certain médecin, et tout ça à cause d'un foutu certain papa et d'une foutue certaine maman. Ouais, ma vieille ! Et, sur ce lugubre constat, elle reprit son pas de danse, jetant alternativement ses soi-disant grosses gambettes. Dans cette pitoyable introspection, elle avait le sentiment de n'être qu'une Jane parmi une multitude d'autres, toutes debout au même moment sur leurs carpettes ovales crochetées dans leurs appartements récemment rénovés. Elles se ressemblaient toutes, regardaient toutes dans la même direction et balançaient toutes les bras en cadence, à la Busby Berkeley. Elles formaient le plus vaste corps de ballet de l'histoire, une armée fantôme de Jane gesticulantes.

Le téléphone sonna.

« Jane ? (C'était une voix de femme.)

– Oui ?

– C'est Beattie. (La belle et sèche Beatrice, l'attachée de presse.)

– Oh, salut, Beattie, comment ça va ?

– Ça va, Jane, et toi ?

– Ça va.

– Jane…

– Oui ?

– Tu fais quelque chose ce soir ?

– Pourquoi ? (Toute grosse et laide qu'elle pensait être, Jane n'était pas femme à avouer son impopularité.)

– Eh bien, voilà, je… bon, c'est un peu ennuyeux, mais j'aurais besoin d'un service… » Sentant que Jane allait l'interrompre, elle s'empressa d'enchaîner : « C'est moi qui organise le cocktail de presse pour S.K.K.F. et je n'ai pas pu réunir autant de gens que je l'espérais. Tout le service marketing de l'entreprise sera là et… disons que ça pourrait aller assez mal pour moi si le compte n'y est pas.

– Autrement dit, tu voudrais que je me fasse passer pour une journaliste de la presse médicale ?

– Tu as tout compris.

– Et, en ce qui concerne le produit en question… est-ce que je suis censée le connaître ? »

Beattie arpégea un rire dans l'aigu, qui força Jane à éloigner le combiné de son oreille. « Pas exactement. Bien que ce soit un truc assez super, révolutionnaire même. Le Lilex est un tout nouveau médicament contre l'ulcère duodénal, qui se présente sous forme de comprimés à avaler, conditionnés sous blister, par deux dans un paquet de douze.

– Oh, génial. » Jane était peu réceptive à l'enthousiasme de Beattie. Elle connaissait la musique. À chaque nouveau contrat, chaque nouveau lancement, l'attachée de presse changeait radicalement de religion. Sa foi dans le produit était toujours absolue, sincère et inconditionnelle. Peu importait que ce fût un cosmétique ou un médicament, une voiture ou un accessoire de mode. Elle vivait dans une perpétuelle métempsycose de la nouveauté. Son esprit était une espèce de chose éthérée, qui s'animait avec la conviction suivante.

« Écoute, Jane. » Beattie négociait une conciliation. « Rends-moi juste ce service, tu veux ? Tu es journaliste. Viens avec ton carnet et fais semblant de noter tout ce que dira Wiley. C'est le chef du marketing de S.K.K.F. Ensuite, je t'invite à déjeuner, d'accord ?

– Bon, d'accord. Mais n'en fais pas une habitude, Beattie, j'ai déjà suffisamment rabaissé mon amour-propre pour avoir en plus à me dire que mes seules invitations sont des cocktails de presse pour les nouveaux médicaments contre les ulcères. »

Elles rirent toutes deux et raccrochèrent.

Jane consacra les deux heures suivantes à travailler son corps. Elle le lava, le ravala, le bouchonna, le bichonna, le pouponna, le pomponna. Elle s'en voulait de déployer autant d'artifices mortifiants sur sa carcasse avachie, mais avait-elle le choix ? Elle changea deux fois de tenue, des pieds à la tête, avant de se sentir d'attaque et digne de paraître chez Grindley. Finalement, elle partit vêtue des mêmes habits qu'elle avait portés tout au long de cette chaude journée.

Au sortir de la station de métro de Trafalgar Square, elle emboîta le pas aux pigeons et aux touristes, et rencontra Beatrice, aux prises avec la meute des journalistes, à mi-hauteur du grand escalier de chez Grindley. L'amie de Jane était si fraîche et si astiquée qu'elle semblait sortir du même emballage plastique que son badge nominatif.

« Tiens, dit-elle en collant un dossier de presse dans les mains de Jane. Je crois que les discours vont commencer. Va dans la salle Régence, je te rejoins dans un instant. »

Jane fit ce qu'on lui dit. Dans la salle Régence, elle se casa près de la cheminée de marbre, sous l'immense miroir à cadre d'or, et passa en revue les autres convives, les apparatchiks de l'ulcère.

Elle se sentait toujours grosse. Grosse et en nage. C'était un comble que d'assister à la célébration d'un médicament pour l'ulcère quand on se trouvait grosse. L'ironie de la chose ne lui échappait pas. Wiley, le directeur du marketing – à tout le moins celui qu'elle prenait pour tel –, pérorait sur le Lilex. Jane était incapable de se concentrer. Elle détailla les représentants de la presse et arrêta son regard sur une photographie du PDG de S. K. K. F., les mains enfouies dans ce qui, d'après la légende, était du sperme de chien congelé. Elle contempla le plafond en suivant des yeux le paysage inversé de falbalas et de ciselures de pâtre qui donnait son nom à la salle Régence. Dans ces moments d'absolue inattention, la présence qui l'avait hantée toute sa vie était loin, très loin de son esprit.

« Ce sont des cacahuètes grillées à sec ? lui demanda quelqu'un à côté d'elle.

– Oh, euh… je ne sais pas. C'est important ? »

Il poussa un petit rire et dit : « Je ne supporte pas les grillées à sec, elles sont bourrées de toutes sortes d'additifs E et autres saletés, elles me donnent mal au cœur. Vous êtes de l'agence de presse ? Je ne crois pas vous avoir déjà vue. »

C'était un homme corpulent, aux traits réguliers tendant vers le grassouillet et aux cheveux ternes coupés au carré. Il y avait dans ses inflexions quelque chose de candide qui inspira de la candeur à Jane. « Je m'appelle Jane Carter. À vrai dire, je n'ai rien à voir avec tout ceci. Une amie m'a simplement demandé de venir pour compléter le nombre.

– Idem pour moi. Je m'appelle Ian Wharton, comment allez-vous ? »

Interlude

Voici où mène le principe d'affinités électives de L'Obèse Contrôleur.

Ils étaient dans un couloir sombre, qui sentait le renfermé et le vieux tapis. Ils étaient nus. Debout ainsi, tout près d'elle, il avait une conscience aiguë des différences sexuelles qui modelaient leurs corps. Mais, tandis que son corps à elle lui semblait conformé naturellement, pourvu de hanches rondes et d'un solide postérieur qui lui assurait un centre de gravité approprié, le sien n'était qu'un long bandeau pendant de sa tête et mal arrimé au sol. Et c'était un peu ça, d'ailleurs.

Il avait une érection. Une érection latex, turgescente et ductile. Elle se tourna pour se présenter à lui de profil, puis elle empoigna son pénis, comme elle eût fait d'un ustensile de cuisine, un attendrisseur de viande ou une roulette à pâte. Elle le retroussa et s'en fouetta les fesses. Le pénis oscillait sur sa base, les fesses tressautaient. Elle le provoquait et se provoquait elle-même avec l'idée de pénétration. C'était un moment de perdition.

Ian et Jane se retrouvèrent face à face au Yellow Moon de Lisle Street. De veules serveurs voûtés se penchaient au-dessus du bar. La nappe était tachée de ces mêmes additifs jaunes qui donnaient des haut-le-cœur à Ian. À la table voisine, un touriste allemand récapitulait son itinéraire avec une fastidieuse précision : « Et che reste une chournée à Hampton Gourt, oui ? » C'était un Souabe, les culs-terreux de l'Allemagne, et sa voix voltigeait sur les accents toniques comme un cerf-volant captif. Ian et Jane échangèrent un regard complice et chauvin.

« Vous croyez vraiment au marketing ? » demanda-t-elle, en songeant : voyons tout de suite si j'ai affaire à un crétin avant d'aller plus loin.

Ian prit son temps pour répondre. « C'est une question difficile, dit-il. Au risque de paraître pédant, je dirai que, bien sûr, je crois à l'économie de marché en tant que fait. Mais je n'affirmerai pas que c'est nécessairement une bonne chose, ni même simplement une chose nécessaire.

– Alors, pourquoi faites-vous ce métier ?

– C'est tout ce que je sais faire, soupira-t-il. Je ne pense pas être assez intelligent pour me lancer dans autre chose, même si je le voulais.

– Vous travaillez sur quoi en ce moment ?

– Oh, sur un truc appelé "Miam-Miam". C'est un produit financier comestible… »

Ian fut interrompu par le serveur qui, de loin, tendit l'oreille en direction de leur table – une manière de leur signifier qu'il eût bien aimé prendre leur commande. Ils lui dirent ce qu'ils voulaient et il écouta distraitement, sans rien noter, en échangeant quelques aboiements cantonais avec ses collègues. Quand ils eurent fini, il s'éclipsa dans la cuisine, sans avoir prononcé un seul mot d'anglais.

« Le service n'est pas exactement le point fort de ces restaurants, dit Ian d'un air gêné, comme si le garçon eût été un parent ou un ami.

– Oh, je sais, répondit Jane en riant. C'est ce qui me plaît chez eux. Partout ailleurs, les serveurs font semblant d'être aux petits soins, alors qu'en réalité ils s'en foutent éperdument. Les Chinois ont une sincérité dans le dédain que je trouve rafraîchissante.

– Je ne suis pas sûr que ce soit vraiment du dédain. Il y a quelques mois, dans le restaurant d'à côté, le chef a arraché le bras d'un client à coups de hachoir.

– Pourquoi ?

– Le type avait fait une scène parce qu'ils ne voulaient pas qu'il paie avec sa carte de crédit.

– Mais tout le monde sait qu'on paie toujours en liquide dans ces restaurants.

– C'était un touriste. »

Leurs regards se croisèrent à nouveau : l'Allemand de la table voisine venait de se lancer dans un autre laïus sinusoïdal. Cette fois, ils en rirent ensemble. Pour Ian, ce fut comme le déferlement d'une vague contre son cœur, une vague de chaleur humaine. Il la sentit se répandre vers ses terminaisons nerveuses. Et Jane… c'est bête à dire, mais Jane la sentit aussi.

« Vous parliez d'un "produit financier comestible". Qu'est-ce que ça peut bien signifier ?

– Le produit est comestible en deux sens : les supports matériels du produit se présentent sous une forme mangeable et le client perçoit ses intérêts et autres bénéfices sous forme de bons alimentaires.

– Au fond, c'est un placement sûr et moral.

– À condition d'être gourmand. Mais assez parlé de moi, parlons de vous. Que faites-vous ?

– Oh, du tricot et du crochet. Je fais aussi du macramé, du patchwork, du canevas, de la tapisserie, et également un peu de broderie et de macramé… mais je l'ai déjà dit, non ?

– Oui, il me semble bien.

– Et j'écris sur le sujet dans des magazines spécialisés. Je fais une émission de télé aussi…

– Oh, alors je dîne avec une célébrité ?

– Pas tout à fait, mais enfin ça paie mon loyer. »

Le serveur revint avec un canard laqué entier, qu'il se mit en devoir de déchiqueter avec une efficacité mécanique en le triturant au moyen de deux fourchettes. Ian et Jane commençaient tous deux à éprouver une certaine gêne. Il y avait quelque chose de vénérien dans cette trituration. Ian s'excusa, traversa le restaurant en direction des toilettes, où il s'enferma et appuya sa tempe palpitante contre le distributeur de papier hygiénique.

Il pensait à sa némésis, celui dont-il-ne-fallait-pas-prononcer-le-nom, celui qui commençait par un L majuscule. Était-il de retour ? Peut-être était-ce là l'affinité élective dont il avait toujours parlé, qu'il avait toujours promise à Ian ? Il y avait longtemps que Ian n'avait ressenti une attirance si décisive. Depuis que L'Obèse Contrôleur avait rompu son cigare en deux, depuis ces années d'antan à Cliff Top. Et même si ce n'est pas ça, se dit Ian, même si ce n'est pas lui qui a arrangé cette affaire, pourquoi devrais-je y renoncer maintenant ? Et si Gyggle avait raison – s'il n'avait jamais existé ? Je ne peux plus continuer comme ça, je ne peux plus supporter cette épreuve. Si je n'ai pas bientôt les mains d'une autre personne sur mon corps, je vais cesser d'exister. Car c'était ainsi qu'il ressentait son corps, comme un continent géant, inexploré, dont les parties lointaines commençaient à disparaître, faute d'avoir été cartographiées.

Dans le restaurant, Jane Carter essayait d'imaginer quelle impression cela faisait d'être entourée, touchée, tripotée par les mains de Ian Wharton, de sentir son gros corps massif allongé sur le sien. Pourrait-elle le supporter ? Elle décida qu'elle le pourrait – à la rigueur.

Ils burent trop de saké, il avait un goût de sueur chaude. Et, après que Ian eut insisté pour payer l'addition, ils sortirent dans la nuit épaisse et entrèrent dans un bar. Là, il y avait un écran de télévision surdimensionné, situé de telle sorte que les gladiateurs du football américain qui y étaient projetés semblaient marcher sur la tête des clients.

Ils burent encore. Tout, déjà, dans la façon dont ils commençaient à rire de leurs plaisanteries réciproques, dans leurs œillades répétées, leurs références partagées, les préparait à la tendresse. C'étaient autant de signes discrets annonçant la conclusion de la soirée, mais quelque chose les retenait encore, une sorte de maturité, la prescience que les choses pouvaient ne pas aboutir.

Jane n'était pas sûre d'avoir vraiment envie de se faire sauter. Son désir était une confuse appétence qui bouillonnait dans le sillage du sexe plutôt que dans son anticipation. Elle savait qu'elle pourrait supporter le corps de Ian, supporter son poids et ses rebonds sur elle, mais qu'en serait-il au petit matin ? Le souvenir des hommes non désirés qu'elle avait vus défiler dans son appartement la fit grimacer dans son verre. Au petit matin, les hommes nus étaient pareils à de grandes araignées blanches suspendues aux robinets quand, sous la lumière crue de la salle de bains, ils allaient, le membre ramolli, rincer leurs émotions dans la bonde du lavabo.

« Où habitez-vous ? (Il semblait un peu tendu.)

– Dans West Hampstead.

– Prenons un taxi, je vous déposerai.

– C'est sur votre chemin ?

– Pas exactement. »

Dans la rue, ils furent saisis par le délire de la certitude qu'ils allaient bientôt atteindre le stade génital achevé – un délire parce que nul ne peut savoir ces choses, nul ne peut connaître les pensées d'autrui. Ils se collèrent l'un contre l'autre dans Old Compton Street. Pour Ian, le ventre de Jane était comme un tas de viande. Elle avait cette animalité-là, cette immédiateté-là. Un poivrot, le front barré d'une fente violacée – et suppurante, bien sûr –, leur demanda l'aumône. Ian lui donna une livre pour ses peines, en pensant : si elles ne valent pas plus d'une livre, alors un hôtel particulier de Mayfair ne vaut pas 50 pennies.

Dans le taxi, ils commencèrent à se peloter. Elle est ma gouine dominatrice – ô Gomorrhe ! songea Ian, en se contenant. Ses lèvres si douces, si adhésives, bloquaient toute aspiration dans sa bouche, toute inspiration dans son esprit. Au carrefour d'Euston Road, une vieille Ford Zephyr à ailerons leur coupa la route au changement de feux. Deux jeunes types, au teint mat comme des gitans, braillards et chahuteurs. Ian ne les remarqua même pas.

En fait, Jane trouva le baiser assez plaisant, elle aussi. Mais peut-être que je suis saoule ? Elle l'était. Elle ne reconnut même pas l'hôpital pour dipsomanes de la Fondation Lurie quand le taxi passa devant. Ian le reconnut. Gyggle était-il à l'intérieur, marchant de long en large ? Ian crut voir une lumière et l'imagina occupé à… à quoi ? À lire une revue scientifique ? Ou à endormir un autre patient, à expédier un autre gogo au Pays des Devinettes Enfantines ? C'eût été tellement mieux si Jane avait prêté attention à la route et vu l'hôpital, parce qu'elle aurait dit, tout sourire : « Tiens, je suis allée là, cet après-midi, pour travailler comme bénévole… » Et ça aurait remué un peu de merde. Mieux valait mettre les pieds dans le plat tout de suite.

Le taxi laissa Finchley Road pour empanner à la hauteur d'Habitat, tira un bord derrière le gros pâté de maisons et accosta devant l'appartement de Jane. Ian paya la course.

Dans le petit vestibule, il flaira une odeur de chaux. Le plâtre était frais. Tandis qu'elle s'affairait avec son trousseau de clefs, palpitante, le cœur contre l'interphone, Jane sentit le corps de Ian se presser contre le sien. Elle s'abandonna. Elle devinait la forme de son pénis, qui durcissait dans le creux de son dos. La main de Ian retroussa l'épais denim de sa robe et remonta le long de sa cuisse pour atteindre la fine lèvre élastique de sa culotte. Elle soupira. Il enfouit son visage pâteux dans son cou et, de son autre main, tâtonna jusqu'à la carapace de son sein timide.

Il dégrafa un à un les lourds boutons de cuivre qui couraient le long de sa robe et palpa son ventre, le haut de ses cuisses, la broderie gaufrée de son soutien-gorge. Son visage contourna le coin de sa joue. Leurs langues se touchèrent. Gauchement, ils essayèrent de pénétrer leurs bouches réciproques par le côté.

Puis, commençant à prendre la mesure l'un de l'autre, ils cessèrent de s'arpenter pour se sonder et chercher l'exultation.

Mais, avant d'enfoncer l'accélérateur, avant de fuser en elle à toute vapeur, Ian marqua une pause. Il la regarda dans le blanc des yeux et s'excusa mentalement de l'horreur qu'il allait peut-être lui infliger. Puis il poussa – s'attendant au pire.

Il n'y a pas de meilleure prévention psychologique contre l'éjaculation précoce que la crainte d'une fracture du pénis.

Un instant plus tard, il la baisait pour de bon. Il la baisait comme baisent les hommes quand ils ont perdu toute sensation, quand le lancinant labeur de leur bite les engourdit, leur ôte la raison et les rend veules au point de ne plus voir devant eux qu'une effroyable zone de tir aveugle. Lorsqu'ils jouirent enfin, ce fut en pinçant les lèvres, comme une secrétaire de direction éconduite clôturant une conférence administrative sans intérêt.

Peu après, cependant, quand ils se retrouvèrent couchés à plat ventre l'un sur l'autre, lui au-dessus, elle en dessous, les cuisses tenaillées entre ses grosses jambes, ils songèrent tous deux : c'est peut-être l'amour.

Steve Souvanis était planté dans ses petits souliers devant le bureau de réception du Brown's Hotel. Il se sentait empoté et savait qu'il jurait dans son costume bon marché. Vaincu par la chaleur, il transpirait, il bedonnait, il dépérissait. Il pouvait apercevoir du coin de l'œil, à travers les portes battantes, les feux de détresse de sa voiture devant le trottoir. Impossible de trouver un parcmètre dans cette partie de la ville. Si un agent de la circulation ou un poseur de sabots en maraude passaient par là, son compte était bon. Pour ne pas paraître trop gauche, trop déplacé, il feignit de s'intéresser aux prospectus de chez Barries, la boutique chic de King's Road, qui avaient été déposés sur le bureau.

« Oui ? fit le concierge, qui le prenait pour un chauffeur de taxi.

– Je suis venu voir l'un de vos pensionnaires.

– Oui ?

– Un certain M. Northcliffe.

– Et vous êtes ?

– M. Souvanis.

– Ah oui, monsieur Souvanis, j'ai un message pour vous de M. Northcliffe. Il est chez Davidoff. Vous savez où c'est ?

– Oui, je sais. »

Souvanis se retira. Comme il regagnait la porte, le concierge lui cria : « À gauche dans Piccadilly, puis à droite après le Ritz. » C'était une insulte, une vexation calculée pour laisser entendre que Steve la jouait à l'esbroufe, voulait se donner des airs.

Il laissa sa voiture, un grand break, dans le parking souterrain de Berkeley Square, côté Piccadilly. Il était si préoccupé qu'il ne remarqua même pas le ruban jaune et rouge tendu tout autour et les pancartes annonçant : « Enquête criminelle, défense d'approcher ». Émergeant au rez-de-chaussée, il sillonna les trottoirs, suant et fulminant. Le soleil tapait, la clarté l'aveuglait. Dans la chaleur et l'éblouissement, l'architecture londonienne semblait byzantine, immémoriale. Ses yeux étaient attirés vers les pinacles et les dômes des immeubles. Il tourna à droite après le Ritz et aperçut l'enseigne du marchand de cigares Davidoff, de l'autre côté de la rue.

La boutique était moquettée de mauve et baignée d'une douce fraîcheur. L'odeur du tabac flottait discrètement comme un parfum de prix. À nouveau, Steve Souvanis se sentit déplacé, pauvre et piteux. Le vendeur était une réplique du concierge du Brown's.

« Oui ?

– Avez-vous un M. Northcliffe chez vous ?

– Oui, il est dans le cabinet d'humidification. Puis-je lui dire qui désire le voir ? »

Souvanis lui répondit et il s'éclipsa.

« Qui désire le voir, qui désire le voir… » Souvanis n'en croyait pas ses oreilles. « Seigneur ! C'est ridicule. Ce n'est pas comme s'il habitait ici, il n'a pas loué le cabinet d'humidification…

– Monsieur ?

– Ou…oui.

– Par ici… » Le vendeur conduisit Souvanis dans un coin de la pièce, où se trouvait une sorte de serre. « Vous excuserez le protocole, monsieur, dit-il, mais M. Northcliffe a loué le cabinet d'humidification pour la journée et il tient beaucoup à son intimité. »

La porte en verre s'ouvrit, laissant échapper une capiteuse et riche odeur tropicale de tabac. L'Obèse Contrôleur était assis dans un grand fauteuil Empire. Il était entouré de cigares, entassés dans des coffrets ouverts sur les étagères. Il y en avait de toute forme et de toute taille, depuis les chargeurs automatiques de petits calibres brésiliens à bout carré aux cartouchières de panatellas du Honduras et à la grosse artillerie, les bazookas et missiles sol-air de coronas cubains, chacun enchâssé dans son lanceur en aluminium.

L'Obèse Contrôleur tenait à la main un Upmann numéro un de la taille d'un bras de bébé. Il était vêtu avec classicisme, comme un fonctionnaire britannique de la vieille école, d'un pantalon à fines rayures noires et blanches et d'une redingote noire. Le col Windsor donnait plus que jamais à son énorme tête l'aspect d'un ballon de football sur le point de pénalty. Un chapeau haut de forme était posé par terre, à côté de son fauteuil.

« C'est toi, Souvanis ? Viens çà, l'ami ! Ne fais pas le poireau, tu laisses échapper l'arôme. » La porte se referma et ils se retrouvèrent tous deux seuls ensemble, dans une promiscuité moite. L'Obèse Contrôleur empoigna aussitôt un repli de la bedaine de Souvanis en un preste tournemain, comme d'autres eussent cueilli une carte de poker. « On prend du lard, hein, dis ? Tu m'as entendu te parler ?

– Hou ! Oui.

– Bien. Te parler à travers ta graisse… quelle trouvaille, non ? Génial, génial. Tu t'es occupé de ce travail pour D.F. & L. ?

– Oui. S'il vous plaît, lâchez-moi. »

L'Obèse Contrôleur le lâcha et examina son cigare. « Une belle pièce, hein ? dit-il finalement.

– Oui, plutôt… écoutez, de quoi s'agit-il au juste, monsieur ?

– Ne m'appelle pas “monsieur”, Souvanis, tu n'es plus à l'école. Nous sommes collègues. Appelle-moi “Maître” si ça peut te mettre à l'aise. »

Il rangea l'Upmann dans son coffret et sortit un petit paquet cartonné de cigarillos Toscanelli de la poche de son gilet. Il en ficha un dans sa bouche. Le volume généreux de sa tête rendait l'objet minuscule comme un cure-dents.

« Allume-moi, Sidney, dit L'Obèse Contrôleur.

– Mais, Maître, dit Souvanis sans savoir d'où lui venait une telle audace, je croyais que les connaisseurs allumaient toujours eux-mêmes leurs cigares.

– Oumpf ! Bah, à proprement parler, ce n'est pas faux. Toutefois, c'est une erreur de penser que les expériences sensuelles n'apportent que la jouissance ; elles peuvent avoir une plus haute importance, une signification politique même. En l'occurrence, tu ne fais pas qu'allumer mon cigare, tu me rends hommage. Allez, maintenant, allume ! » Il s'exécuta. L'Obèse Contrôleur inhala profondément et mitrailla la pièce d'un puissant jet de fumée, qu'il regarda se répandre en vagues molles autour des discrets luminaires qui surmontaient les étagères à cigares, d'un œil scrutateur et ravi, comme dans l'extase d'une profonde rumination esthétique.

« Je vais te dire de quoi il s'agit, Souvanis, reprit-il. Il s'agit de l'âme d'un homme, des facultés morales d'un homme, de sa raison raisonnante, de son intuition, de sa sensibilité et de son amour-propre. Bref, il s'agit de sa destinée.

– Ah, je vois.

– Non, tu ne vois pas, Souvanis, tu ne verras jamais. Pendant vingt ans j'ai cultivé cet homme, je l'ai taillé et façonné, je l'ai soumis à une sorte de jardinage métaphysique. À présent il est temps pour moi d'en recueillir les bénéfices, de – comment dirais-je ? – de boucler la boucle.

– Bon, mais quel rapport avec D.F. & L. ? Qu'est-ce que ce "Miam-Miam" et ces cabines-stands ont à voir avec…

– Andouille ! Tu sais que je ne supporte pas les andouilles. Il ne t'appartient pas de spéculer sur mes méthodes, mes farces, mes mascarades, mes ruses, mes concetti. Tu n'es qu'un animal familier, un gros chaton.

– Oui, Maître.

– J'ai besoin de toi, Souvanis, comme porte-valise, comme cheville ouvrière. Donc, tu vas demander à ton espèce de beau-frère de te remplacer à la direction de Dyeline. J'aurai besoin de toi pendant plusieurs jours. Et maintenant… » il se leva « j'ai réservé une table au Gay Hussar. Mangeons. »

Souvanis n'avait guère envie de manger au Gay Hussar. À la seule pensée de tout ce paprika, il avait des ballonnements. Il essaya de construire une formule du genre : « À la vérité, je n'ai pas tellement faim, je pourrais peut-être grignoter un sandwich au fromage quelque part et vous rejoindre ensuite ? » Mais, en voyant L'Obèse Contrôleur activer ses mâchoires sur son cigare en forme de croc noir, il se ravisa.

À la fin de la semaine, quand Ian se présenta pour sa séance de thérapie par sommeil profond, le Dr. Gyggle le trouva grandement changé. Un sourire attendri se dessinait sur son visage, qui se prélassait sensuellement sur le lit d'auscultation dans le petit cabinet quand Gyggle entra, la seringue à la main.

« Eh bien, Ian, vous m'avez l'air très à l'aise.

– En effet.

– La TSP ne vous fait plus peur ? Vous ne craignez pas de retourner au Pays des Devinettes Enfantines ?

– Non.

– Oh, et comment se fait-il ? » Gyggle cala son sacrum sur le lit et observa Ian en visée plongeante.

« Il se fait que je ne pense pas y retourner. Je pense avoir crevé l'abcès. Voyez-vous… » il rougit « j'ai rencontré une fille… une femme… et je… et puis, eh bien, nous avons fait l'amour. Et il ne m'est rien arrivé. Ça ne s'est pas rompu.

– Je vois, dit le psy en dissimulant un rictus malicieux dans sa barbe. C'est intéressant. Mais il en faut bien plus pour parvenir au stade génital achevé, Ian, bien plus qu'une simple partie de jambes en l'air apparemment réussie. Vous vous en rendez compte, n'est-ce pas ?

– Oui, bien sûr, c'est pourquoi je suis ici. J'ai une raison de vivre, maintenant, autre que les produits. Je veux être prêt à cent pour cent...

– Débarrassé de toutes les vieilles fariboulettes ?

– Exactement, dit Ian, amusé par le vocabulaire de Gyggle.

– À la bonne heure. Je vais vous faire la piqûre alors. »

Il y a de nombreuses façons différentes d'utiliser les drogues, de nombreuses variations frivoles sur le thème central de l'intoxication. Qui douterait qu'un curé de campagne sirotant un gin-tonic dans le jardin du presbytère est à mille lieues du crackomane urbain qui se brûle les chairs avec de l'acétone incandescente ? Ou que les transes psychotropes des shamanes de la Vallée de Sibundoy ne sont pas séparées par des mondes de possibles du vertige protoxydé des acidophages lysergamasques ? Cela étant, L'Obèse Contrôleur se servait des drogues à d'autres fins, les seules qui importassent vraiment, à savoir pour manipuler et déformer, pour ralentir et étourdir, pour cajoler et contrôler. Il avait une petite affaire de drogue à Londres. Elle lui était fort utile et impliquait Richard Whittle, Billy Cloporte et tous les sans-espoirs qui hantaient le ST de Gyggle. C'étaient des participants indisciplinés, comme on peut s'y attendre, mais ce n'était pas un problème, parce qu'il avait l'un de ses plus fidèles confrères dans la place.

Pendant que Ian, sur sa couche, sentait l'Omnipom de Gyggle infuser dans son sang, Richard Whittle et Billy Cloporte sortaient du métro à King's Cross, brinquebalés sur le tablier dallé qui s'étend devant la station et le long de Euston Road. Le pavé grouillait de monde, vendeurs de journaux, banlieusards en transit, étudiants en art, immigrés, réfugiés, huissiers de justice, clercs de notaire, diététiciens, fans de cricket, agents d'assurances, cuistots et junkies. Des junkies seuls ou en bande, des junkies au pas vif, en plein négoce, et des junkies désœuvrés, flânant d'un air faussement détendu et scrutant les alentours comme des touristes appliqués.

À peine avaient-ils fait vingt mètres que Richard et Billy Cloporte furent abordés par un Italien gringalet avec une grande balafre sur la joue et une petite pute anglaise au bras.

« Vous cherchez ? » demanda l'Italien du coin de la bouche. Il possédait ce talent professionnel qui caractérise les dealers du monde entier, la faculté de projeter sa voix à distance dans l'oreille d'un autre junkie tout en restant inaudible pour le reste du public. Richard regarda Billy Cloporte. En cette matière au moins, le mécano imbécile était un sage. Ses yeux irrités par la conjonctivite fixèrent Richard et panoramiquèrent.

« Nan, dit Richard.

– Tu te fous de not' gueule ? cria la petite pute dans leur dos. Eh, déconnez pas, les mecs, c'est de la bonne ! » Mais ils étaient déjà trop loin.

Ils marchèrent vers l'angle de Pentonville Road, qui s'élevait vers les anges comme un tremplin de ski. De l'autre côté de la rue, devant les bookmakers, c'était le lieu de ralliement du lumpen-prolétariat. Mais les junkies ne se mêlaient jamais à la canaille. Il ne fallait pas confondre. Les clochards n'avaient pas de fierté, ils construisaient des abris avec des cageots en plastique, en plein sur le trottoir, et s'y enfermaient pour se biturer. Rien à voir avec les junkies. Les junkies avaient la classe. Ils se posaient un peu là et, si on les voyait toujours tendre le cou quand ils formaient leurs rangs, c'était pour capter des messages célestes. Le clochard marche à l'ombre, le junkie appartient à la brigade en civil de la débauche. Ce sont les officiers d'une section d'élite, entraînés pour se reconnaître au premier coup d'œil.

Billy Cloporte désigna une silhouette dans la file. « C'est Lena, mec, elle racole pour un Black de l'East End, y a qu'à lui demander.

– Vous cherchez ? dit la petite noiraude.

– Eh, oh, t'es bigleuse ? Tu me reconnais pas ou quoi ? C'est moi, Billy Clop. » La fille soupira. « Leroy est dans le coin ? »

Surgissant de nulle part – à ce qu'il sembla à Richard –, apparut un jeune homme noir comme l'ébène et tiré à quatre épingles. Sans prononcer un mot, juste par de brefs hochements de sa tête crêpée au carré, il les guida vers le trottoir opposé, en direction de la station de Midland City Line. Ils tournèrent à droite après le Scala Cinema, traversèrent Gray's Inn Road et plongèrent dans une rue latérale.

L'homme noir d'ébène desserra enfin les lèvres. « Faut prendre du champ, dit-il. Y a trop d'embrouilles dans le coin et je supporte pas. Non, mec, pas moi, non. » Il se tourna vers Richard avec un regard appuyé. « Je suis Leroy, mec, je suis Leroy, Le-roy. Retiens bien ce nom, mec, parce que je suis le Leroy original, mec – faut pas se gourer –, parce qu'il peut y avoir des imites, mais j'suis l'o-ri-gi-nal. Je suis venu faire le ménage dans le secteur…

– Frère de sang, frère de race ! » s'exclama Billy. Ils s'arrêtèrent pour se taper dans la main.

« Bon alors, vous voulez quoi, les mecs ? » Ils traversaient un petit immeuble de quatre étages, en briques rouges. Leroy les entraîna vers un réduit où d'énormes poubelles se dressaient sur des socles à trois roues.

« On veut juste un paquet-cadeau, Leroy, répondit Richard.

– Eh, tu me plais, toi. Tu te rappelles mon nom, mec, c'est une marque de respect, ça, t'sais, j'apprécie. » À ces mots, une petite perle ou un polype de plastique blanc jaillit entre deux de ses bagues d'or. Il le leur tendit. « Voilà pour vous. C'est pour ça que j'aime prendre du champ. Comme ça, mes clients peuvent mater ce que je leur file, tu vois ce que je veux dire ?

– Je vois rien, là, Leroy, dit Richard. Va me falloir une demi-heure pour virer l'emballage. Pourquoi que vous pouvez jamais foutre votre dope dans un bon vieux sachet en papier ?

– Eh, putain, tu sais bien pourquoi. N'importe comment, t'achètes pas ça pour l'emballage, hein ?

– Non, c'est vrai, mais tous les produits ont un certain type d'emballage et, je vais te dire, c'est important parce que ça a un effet sur la vendabilité, même que ça peut représenter une valeur ajoutée pour le consommateur. »

Le dealer marqua un temps d'arrêt, visiblement troublé par l'observation de Richard sur la mécanique de son négoce. Le silence se fit dans le réduit à ordures ; on n'entendait plus que le léger « tchic-tchic » produit par l'entrechoquement des bagues de Leroy et le lointain murmure de la circulation.

« Je suis d'accord, brother, dit finalement Leroy, mais un peu de dope, c'est pas vraiment, comme tu dirais, un produit. Je veux dire, c'est pas comme la crème Custard ou le Painstyler, c'est pas une création originale. C'est juste… comme, ben, euh, de la "dope", quoi.

– Ouais, approuva Billy Cloporte. C'est comme un machin, un produit générique, quoi.

– Générique ? demanda Richard.

– Ouais, comme un frigidaire. Au début, un frigidaire, c'était juste un produit. Mais maintenant tout le monde dit frigidaire quand ils voyent un truc qui ressemble à un frigidaire.

– Je crois que je vois ce que tu veux dire », médita Richard. Leroy commençait à piaffer dans ses mocassins frangés et faisait riper ses épaules richement vêtues contre les briques. « Mais, Billy, le Frigidaire a d'abord été créé comme un produit individuel et c'est ensuite, à travers son ubiquité, que c'est devenu un terme générique. Or cette poudre » il montra la capsule d'héroïne entre les doigts de Leroy « a un nom propre, mais il y a un tas de termes d'argot pour la désigner, pas comme produit ou comme générique…

– Bien sûr que si, c'est un produit, intervint Leroy. Merde, quoi ! Y a quelqu'un qui le cultive, pas vrai ? Y a quelqu'un qui le transforme, pas vrai ? Y a même quelqu'un qui l'importe, pas vrai ? Et, putain, je suis bien placé pour savoir qu'y a quelqu'un qui le commercialise. Maintenant, je vais vous dire, les mecs… » – et, là, il s'interrompit pour agiter la main dans l'espace qui les séparait « moi, je le vends au détail, ce produit in-di-vi-duel. Alors, si vous en voulez, vous payez, et si vous en voulez pas, vous le dites tout de suite parce que, moi, faut que je retourne à la boutique. »

Richard et Billy Cloporte fourragèrent dans les poches de leurs jeans et en sortirent des billets de banque froissés comme des mouchoirs usagés, avec quelques pièces d'une livre et autre menue monnaie. Leroy les regarda compter la somme, d'un œil torve, en faisant le pied de grue. Ils lui donnèrent le liquide, il leur donna la dure. Puis il disparut, se dématérialisa dans l'air lourd aussi soudainement qu'il s'était matérialisé tantôt. Plus loin, dans la cour, un gamin de quatre ans était expulsé d'un appartement et se mettait à geindre.

Quelque temps plus tard, Richard avait réintégré son lit de mort et regardait vers le Heath, où des écoliers jouaient à grands cris. Il posa la seringue de 2 ml sur la caisse en carton qui lui servait de table de chevet et s'allongea, le cerveau en pelote. Il était suffisamment défoncé pour ignorer béatement son rôle de lièvre, d'éclaireur psychique qui devait ramener Ian Wharton au pas de course vers le Pays des Devinettes Enfantines.

Chapitre 9

L'ANALYSTE FINANCIER

L'argent est le médium des transactions ; le rituel est le médium de l'expérience, y compris l'expérience sociale. L'argent procure un étalon pour mesurer la valeur ; le rituel étalonne les situations et permet ainsi de les évaluer. L'argent crée un lien entre le présent et l'avenir ; de même le rituel. Plus nous réfléchissons à la richesse de la métaphore, plus il devient clair que ce n'est pas une métaphore. L'argent n'est qu'une forme extrême et spécialisée de rituel.

Mary Douglas, *Purity and Danger*

Un sommeil sans rêves. Pas même la sensation d'avoir dormi. Un sommeil simple comme un gouffre, comme une absence. Un néant si noir qu'il disperse le cycle des huit mille moments qui constituent l'esprit éveillé. Hume a dit que la conscience était analogue à l'inertie, qu'elle se transmettait de moment en moment comme la force se transmet d'une bille de billard à l'autre. En l'occurrence, une main gantée de blanc, d'une taille supérieure à la moyenne, était venue saisir la bille rouge.

Ian se réveilla, avant même d'ouvrir les yeux. Quand il les ouvrit, il se retrouva au Pays des Devinettes Enfantines. Pinky se tenait, tel un Bonnard mutant, dans la lumière lilas et citron qui tombait des hautes fenêtres à guillotine sans rideaux. Il mangeait un cornet Barratt, en se servant du bâton de réglisse pour extraire la poudre jaune du godet en papier. Il suçait le bâton, puis le replongeait pour l'imprégner consciencieusement de matière collante. Il mangeait avec beaucoup d'application, très attentif au détail, mais sans plaisir. Il était clair que c'était pour lui une corvée, dont il s'acquittait avec patience et abnégation. Il n'en remarqua pas moins le réveil de Ian.

« De retour parmi nous, mon chou ? » dit l'homme à la glorieuse nudité. Il tourna vers Ian un phallus courtaud et une toison barbaresque de poils pubiens blancs.

Ian garda le silence. Sa dernière visite au Pays des Devinettes

Enfantines lui avait valu une affreuse déconvenue. Le seul moyen de ne pas entrer dans l'illusion – du moins l'imaginait-il – était de ne manifester aucune forme de lucidité. C'était la lucidité qui avait causé sa perte, la fois précédente ; il décida donc de rester muet.

Mais, soudain, quelque chose bougea dans un coin de la pièce. Il faisait trop sombre pour discerner les couleurs, et même les formes, mais quelque chose avait bougé. Un mouvement brusque.

« Qu'est-ce que c'est ? » cria Ian malgré lui, en se redressant sur ses coudes. Trop tard, c'en était fait. Bien que le mystérieux mouvement eût cessé, il se sentit aussitôt incarné, plein cadre, au cœur du terrible pays.

« Tu as retrouvé ta langue, mon chou ? Tu es donc bien de retour parmi nous. » Pinky était toujours sur ses gardes, mais relativement accueillant. Il fit face à la fenêtre et se remit à tremper son bâton de réglisse dans le godet. Ian jeta un œil alentour dans la pièce.

Elle avait changé. C'était indubitablement la pièce dans laquelle Pinky et le désossé lui avaient joué leur saynète la dernière fois : il y avait les mêmes hautes fenêtres à guillotine et la même odeur de champignon, le même lit – immense, avec une tête et un pied en forme de proues incurvées – et toujours dans la même position perpendiculaire à la fenêtre. Mais tout le reste était différent.

Les champignons avaient disparu. Les petits chapeaux qui formaient une ronde féerique sur les tapis avaient été balayés. Les oronges géantes et les amanites tue-mouches qui tenaient lieu de tables et de chaises avaient été déracinées. Les énormes morilles qui, dans le souvenir de Ian, mesuraient deux bons mètres de large avaient été roulées et délogées des coins de la pièce. En fait, en y regardant bien, la pièce n'avait même plus de coins proprement dits. Ian avait l'impression que l'intérieur avait été transposé dans l'espace vide d'une plus vaste structure, une espèce de grange ou de gigantesque entrepôt. Les couleurs dominantes du pays étaient maintenant des gris ternes et des bruns terreux. Une odeur acre d'hydrocarbure flottait dans l'air et des amas de détritus informes jonchaient le tapis.

« Où sommes-nous ? demanda Ian. Et pourquoi suis-je ici ? »

Pinky se détourna de la fenêtre et vint s'asseoir sur le lit à côté de lui. Il mangeait toujours son Barratt. Les traces brunâtres de réglisse et les éclaboussures de poudre jaune qui zébraient son visage pouvaient laisser croire qu'il venait de subir les effets dévastateurs d'une nouvelle arme chimique. Il regarda Ian avec une expression de visage aimable mais interrogative, un peu comme un banquier de province. « Je ne peux pas dire pourquoi tu es ici, répondit-il d'une voix douce. Ce n'est pas quelque chose dont on puisse parler. Et ce qu'on ne peut pas dire, il faut le taire.

– Wittgenstein », dit Ian. C'était l'une des rares citations qu'il connût.

Pinky fulmina. « Faux ! Faux ! Cette espèce de petite lope à la retape ! » Il tremblait de rage, son ample poitrine ballottait de droite et de gauche. « Il m'a tout piqué, absolument tout ! Tous mes bons mots, toutes mes meilleures reparties ! » Il faisait une vraie colère d'enfant, mais une colère qui retomba aussi soudainement qu'elle était montée.

« Désolé, dit Ian. Je ne savais pas que c'était de vous.

– Non, non, c'est ma faute, je me suis emporté. Il faut m'excuser, ça ne se passe pas très bien avec le ver ces temps-ci, et tu sais le peu de sympathie que je peux attendre de *lui.* »

Ian jeta un regard à la ronde. L'emphase que Pinky avait mise dans ce « lui » laissait supposer que le désossé allait surgir d'un instant à l'autre en faisant tournoyer sa canne et en déclamant son « Cha, cha, *cha !* » mantrique, mais il n'y avait aucun signe de lui. « Qu'est-ce qui ne va pas avec le ver ? » demanda Ian. En guise de réponse, Pinky ouvrit grand la bouche et lui fit signe de regarder à l'intérieur. Il se pencha. Dans les profondeurs rouges et côtelées du gosier de Pinky, il aperçut vaguement une chose avec une tête d'alien – une chose blanche et méfiante. « C'est ça ? C'est le ver ?

– Eh oui, dit Pinky. Il n'est plus du tout intéressé par le chocolat et il ne daigne plus sortir par mon derrière. Il faut que ce soit par ma bouche maintenant, et la poudre de coco est sa friandise préférée. Je ne saurais te dire à quel point je déteste ces trucs-là, ils me donnent la nausée.

– Comment vous appelez-vous ? dit Ian tout à coup, désireux de changer de sujet.

– Pinky, dit Pinky.

– Je le savais. Où sommes-nous, Pinky ?

– Nous sommes, dit Pinky en se levant pour décrire un cercle complet avec ses bras potelés en croix, au Pays des Devinettes Enfantines. » Ses fesses hottentotes pendaient derrière lui comme un sac. « Et ton hôte pour la soirée est... » La chose qui avait remué dans le coin bougea derechef. « Le seul et unique personnage du Pays des Devinettes Enfantines qui ait une bêche dans la tête. Oui, Ian, une vraie bêche plantée dans la tête. Veux-tu joindre les mains, je te prie, et réserver un chaleureux accueil à... Doug ! »

Sans trop savoir pourquoi, Ian se mit à applaudir. Ses mains froides s'entrechoquèrent mollement et les murs métalliques répercutèrent un bref écho, qui résonna comme un diapason. La chose dans le coin remua de nouveau, prit une forme, une étendue, une couleur et finalement l'apparence d'un homme. L'homme avança d'un pas. Il était dans la force de l'âge et vêtu d'un costume conventionnel, droit, à fines rayures, usé mais encore présentable. Il était plus grand que la moyenne, svelte, les cheveux cendrés coiffés en brosse, les traits fins et symétriques, d'allure avenante. Ian le trouva immédiatement rassurant.

« Je suis Doug, dit l'homme, toujours debout dans l'ombre. Je suis venu vous proposer une visite guidée du Pays des Devinettes Enfantines, si le cœur vous en dit.

– Hum, eh bien, euh… tout à fait, ânonna Ian, qui ne trouvait plus ses mots.

– Bien, bien, mais avant de nous mettre en route il faut que… comment dirai-je ? Attendez… » Il y eut une longue pause de réflexion. Visiblement, Doug n'était pas homme à se précipiter. Ian trouvait sa présence réconfortante. Quel contraste avec Pinky ! Un contraste tel qu'il ne fut pas surpris de voir que celui-ci s'était retiré en emportant son cornet de poudre.

« Il faut que je vous familiarise avec ma condition, reprit enfin Doug.

– Que voulez-vous dire exactement ? » Ian était interloqué. Doug recula d'un pas, dans l'ombre, et Ian put voir un bras fourrager dans les cheveux cendrés.

« Vous avez entendu ce qu'a dit mon collègue ?

– Oh, vous voulez parler de la bêche dans votre tête ?

– Exactement. Ce n'est pas joli à voir, mais c'est là et il faut bien s'y faire. Seulement, la première fois qu'on le voit, ça peut déconcerter un peu. » À ces mots, il s'avança dans le flot de lumière projeté par les hautes fenêtres.

Il avait réellement une bêche dans la tête, une large bêche de jardinier – le modèle classique, avec un manche en bois blond verni, une lame à deux tons et une poignée de caoutchouc galvanisé. Cette dernière était la partie la plus éloignée du sol, parce que la bêche avait été plantée verticalement dans la tête de Doug, comme si un jardinier sadique, juché sur ses épaules, eût entrepris de la creuser. La lame était fichée perpendiculairement au front de Doug, comme une crête surréaliste ou quelque peigne spécial pour faire la raie au milieu. Autour du point de pénétration, il y avait deux ou trois centimètres de chair gangrenée, un fossé et un talus de pus violacé, garnis de cheveux poisseux et de quelque chose qui pouvait être de la cervelle.

Ian déglutit et se jeta en travers du grand lit pour vomir sur le tapis.

« Je suis navré, dit Doug, qui s'était porté à son chevet et jouait avec sa chaîne de montre, mais je ne peux pas faire grand-chose pour amoindrir l'impact de la chose. Inutile de prévenir les gens ou de leur expliquer ce qu'ils vont voir. »

Ian ne pouvait se résoudre à le regarder en face. Il garda les yeux baissés et dit : « Impact me semble pourtant être le mot-clef.

– C'est exactement ça », répondit Doug. Et, tout à coup, Ian s'aperçut que la vue de l'homme avec la bêche dans la tête ne lui était plus du tout insupportable, qu'il pouvait le regarder sans en éprouver de gêne.

« Ça va maintenant, vous vous sentez un peu mieux ? » demanda Doug, plein de sollicitude. Il avait ce charme suranné que Ian associait aux fonctionnaires britanniques d'avant-guerre. Sa physionomie était un mélange de sérieux, de probité et de sens du devoir, en quantités plus ou moins égales. Il y avait aussi quelque chose d'étrangement touchant dans la patine cireuse de ses oreilles décollées. « Vous avez tout à fait raison de souligner l'emploi que je fais du mot "impact". Vous savez, j'aimerais beaucoup pouvoir parler franchement avec vous, monsieur Wharton, car, sans un minimum de franchise, à quoi sert une conversation ? Voyez-vous, pour moi, cette image » il fit un geste vers l'instrument enfoui dans son crâne « est presque inhérente à ma compréhension du monde moderne. Le métal dans la chair, l'impact du métal sur la chair. N'est-ce pas là une réduction symbolique du progrès – une bêche dans la tête ? Je n'ai qu'à contempler le monde pour le sentir entrer en moi aussi métalliquement et aussi sûrement que cette bêche coupe mon crâne. Vous me suivez ?

– Euh oui, enfin, je crois.

– Excusez-moi de m'appesantir ainsi sur le sujet – vous devez me prendre pour un affreux raseur – mais j'ai si rarement l'occasion de parler à quelqu'un.

– Et Pinky ? dit Ian, qui éprouvait une insidieuse sensation de déjà-entendu.

– Oh, mon pauvre ami, il est bien trop empêtré dans ses propres problèmes pour s'intéresser aux miens. C'est toujours un peu comme ça ici. Venez, maintenant, levez-vous, je vais vous faire la visite – ça vous tente ? »

Doug donna sa douce main à Ian et l'aida à se lever. L'action de rejeter les couvertures, de balancer ses jambes de côté, puis de se mettre debout fit entrer Ian de plain-pied dans la réalité du Pays des Devinettes Enfantines. Il se retrouva à la verticale et tout habillé à côté de l'homme à la bêche, dans l'éventail de rayons que les fenêtres déployaient sur le sol. Doug l'entraîna vers l'obscurité en le tenant par la main.

Il ne voulait pas lui lâcher la main. Il le tirait gentiment mais fermement vers l'arrière-pays crépusculaire de l'immense grange – si c'était bien une grange. Quelque part au loin, Ian pouvait entendre des bruits confus, peut-être des cris mais trop indistincts pour être identifiés.

« Autant vous prévenir tout de suite, dit Doug par-dessus son épaule, nous allons voir des choses qui peuvent vous troubler. » Ian ricana intérieurement : il commençait à prendre la mesure du Pays des Devinettes Enfantines.

Au même moment, un vagissement aigu parvint d'un coin

sombre, à une vingtaine de mètres sur leur droite. Ian sursauta. « Qu'est-ce que c'est ?

– La première d'entre elles, ce me semble. Venez, allons jeter un œil. » L'homme à la bêche dans la tête sortit une torche de sa poche et ouvrit la marche en promenant le faisceau lumineux dans le dédale d'ordures qui encombraient le sol.

Ils contournèrent un petit talus composé, pour autant que Ian pût en juger, de pelotes de limaille dégouttantes d'huile et saupoudrées de sciure. Derrière, il y avait un bébé ensanglanté. La torche de Doug nimba sa tête d'un faible halo jaune. Il devait avoir environ neuf mois, était vêtu d'un Babygro en tissu-éponge et solidement assis sur sa base molletonnée. Son menton, ses mains, son Babygro et même la terre battue sous lui étaient couverts de sang. Quelque chose étincela dans sa menotte rose, un objet brillant qui prenait le chemin de sa petite bouche.

« Seigneur ! s'écria Ian. Ce bébé a une lame de rasoir ! » Mais il vit aussitôt la futilité de son propos, car il y avait dix ou quinze autres lames semblables éparpillées à ses pieds, toutes à portée de main. Sous leurs yeux, le bébé la porta à sa bouche ouverte et l'y inséra verticalement. Ses yeux bleus pétillèrent joyeusement et il mordit dans la lame, qui trancha net lèvres et gencives du haut et du bas. Ian put voir les chairs et les tissus jusqu'à l'os ; il étouffa un cri et Doug lui serra la main pour le rassurer. D'épaisses éclaboussures de sang faisaient au bébé une bavette rouge, mais il restait assis droit et babillait avec contentement.

« Qu'est-ce qui est rouge et assis dans un coin ? » demanda Doug.

Au-dessus d'eux, une sorte d'aurore commençait à poindre. Dans la voûte du haut plafond, Ian discerna des guirlandes de rhubarbe qui sortaient d'une croûte de ciment. « Venez, dit

Doug en le tirant par la main. Il y a quelqu'un d'autre qui voudrait vous voir. »

Ils marchèrent quelque temps, qui sembla quelques heures, dans l'espace sonore, parfois à travers de vastes étendues bétonnées, parfois à croupetons dans de sinueux tunnels bordés de contreplaqué ou de formica. Tout portait la marque d'une faillite industrielle. De défuntes machines gisaient çà et là, poussiéreuses et rouillées. Des boulons, des crochets, des barres à mine et d'autres reliefs métalliques non identifiables étaient éparpillés sur le sol – un sol qui passait du béton à la terre battue et, par endroits, disparaissait sous trente ou cinquante centimètres d'eau.

Un implacable hiver régnait sur le Pays des Devinettes Enfantines. Cet interminable bâti doit avoir le chauffage central, songea tristement Ian. Et il y avait quelque chose d'étrange à marcher main dans la main avec Doug, parce que celui-ci devait procéder avec d'extrêmes précautions pour ne pas heurter la bêche qu'il avait dans la tête. Finalement, ils arrivèrent dans un tunnel différent des autres. Il était carrelé, un peu comme ceux qu'on traverse, se dit Ian en pataugeant dans un bac creusé dans le sol glissant, pour se rendre des vestiaires à une piscine publique.

Il ne se trompait pas. Ils débouchèrent effectivement sur le bord d'une piscine, une piscine à l'ancienne, des années 30, avec des carreaux magnolia, quelques gradins en bois pour les spectateurs et une eau verte clapotant sous les margelles. « Je dois m'absenter un instant pour vérifier si tout est prêt, dit Doug. Si cela ne vous dérange pas, je vous saurai gré de bien vouloir m'attendre ici. » Avant que Ian eût pu protester ou se plaindre en aucune manière, Doug avait disparu et foulait le bac en sens inverse.

Ian s'assit sur l'un des sièges. Ce n'est pas un rêve, se dit-il. Il fait trop froid, pour commencer, et je suis terriblement lucide.

Un grand souffle, suivi d'une gerbe d'eau, s'éleva de la piscine. Il y avait quelque chose, ou quelqu'un, dans le bassin. Ian se rua vers le bord pour regarder. Rien. L'eau verdâtre déferla vers lui et reflua. Mais alors il vit quelque chose bouger, plus loin, vers le grand bain, à l'endroit où la pente s'accentue brusquement. Cela ressemblait à un morceau de statue, un buste ou un torse, mais bizarrement façonné. En tout cas, Ian observa que de petites bulles d'air affleuraient à la surface.

La chose fusa du fond de la piscine dans un linceul d'air et d'eau… ouououf ! Ian fit un écart. Le torse d'un homme, un petit homme avec de longs cheveux bruns dans le cou, émergea en jaillissant comme un bouchon. L'homme sans bras ni jambes gigotait fébrilement pour rester à la verticale dans l'eau, en soufflant bruyamment.

Ian était un peu blasé maintenant. « Vous devez être M. Bouchon ? dit-il.

– Ouaye, c'est ben moi », répondit l'homme-tronc en s'agitant spasmodiquement. Il avait un fort accent du Strathclyde. Ses membres avaient été tranchés à la hauteur des articulations des épaules et du bassin. Ian pouvait distinguer des ovales de peau récemment greffée dans les replis des jambes vides de son caleçon de bain bleu. Curieusement, ce qui révoltait le plus chez M. Bouchon, c'était cela, cette difficulté à vêtir le bas de son corps : les jambes vides du caleçon s'étiraient sous ses reins, moulaient son périnée et la raie de ses fesses, en soulignant la ciselure des cicatrices avec une netteté choquante malgré les ondulations bleu marine du tissu.

M. Bouchon avait réussi à se stabiliser. Il avait une flottabilité suffisante pour empêcher l'eau de monter au-dessus de ses mamelons et, grâce à de subtils à-coups des hanches et des fesses, il parvenait à se tenir droit. Ian l'examina de plus près. Il avait les traits durs d'une brute nordique, avec des estafilades pour achever le portrait. De fines veines capillaires bleutées rayonnaient sur son visage à partir du nez. Son étroite poitrine glabre – ainsi que tout le reste de son corps, à première vue – était un paquet de muscles noueux enveloppé de peau pâle et tachetée.

« Ta mère t'a jamais appris que c'était malpoli de lorgner les invalides comme ça ? lança M. Bouchon.

– Oh, excusez-moi, je suis un peu désorienté, voyez-vous. Je ne sais pas comment j'ai atterri ici et je ne comprends rien à ce qui se passe.

– Pour ça, t'es pardonné, dit M. Bouchon avec plus d'aménité. Je connais personne qui sait vraiment comment qu'il est arrivé ici. » Il eut un geste circulaire de la tête pour indiquer l'endroit où ils se trouvaient. C'était un geste d'une étonnante expressivité, comme si son cou eût été un bras et son visage une main parlant le langage des signes. « Je suis du Pays d'Écosse. Originaire, quoi.

– Ah.

– Tu connais ?

– Ma foi, j'y suis allé quand j'étais petit. À Édimbourg, en voyage scolaire.

– Édimbourg ! Pouah ! Édimbourg ! C'est pas plus l'Écosse que la Tyne, ça, mon p'tit gars.

– D'où êtes-vous ? demanda Ian, devinant que c'était ce qu'on attendait de lui.

– Glasgie, mon gars, Glasgie. J'dis pas que c'est le vrai Pays d'Écosse, je prétends pas, parce que tous ceux-là qu'habitent au nord des Gramp' disent toujours que c'est eux les vrais de vrai et je peux comprendre ça. » M. Bouchon acheva son discours en voûtant son corps pâle au-dessus de l'eau comme quelque hideuse truite arc-en-ciel, puis plongea la tête la première, de sorte que son postérieur raccourci bondit en l'air. Le saut fut suivi d'un autre, puis d'un autre et d'un autre encore. Ian regarda, médusé, l'amputé se propulser sur toute la longueur du bassin en exécutant cette espèce de brasse-papillon démembrée.

M. Bouchon atteignit ainsi le petit bain et retrouva son équilibre en calant ses étroites épaules contre la rampe de l'échelle dans le coin de la piscine. Il y eut un plouf dans le bac. Ian se retourna et vit Doug déboucher bêche en tête.

« Pas trop tôt, crénom ! persifla M. Bouchon.

– Je vous demande pardon ? dit Doug, toujours aussi courtois.

– Tu laisses ton lascar en plante dans ma piscine et tu files sans crier gare... C'est des manières, ça ?

– Je ne me suis absenté que deux petites minutes...

– Me raconte pas de salades, les petites minutes font les grands quarts d'heure. Et tu peux dire à sa Majestoche de mes deux qu'il me fait pas peur. Il peut plus faire grand-chose pour me nuire maintenant, pas vrai ?

– Si je vous ai offensé, j'en suis navré », dit Ian. Il n'eût pas su dire pourquoi, mais il aimait bien M. Bouchon. La façon dont le courageux Écossais avait surmonté sa terrible infirmité forçait l'admiration.

« Oh, te frappe pas, mon gars, je me suis juste un peu énervé. Allez, bon vent ! Et, comme disaient les marins de jadis en se séparant : “À la revoilure !” Ahaa haha ! Ha ha hhaa ! »

Et ce caquètement de rire suivit Ian dans le bac, où il pataugea derrière Doug.

Mais était-ce bien le même bac ou quelqu'un s'était-il ingénié à changer le décor dans de prodigieuses proportions ? Car, après avoir traversé le vestiaire, ils arrivèrent dans un hall, qui était incontestablement le véritable hall d'accueil de la piscine, un espace long et bas, au sol en damier bleu et brun, fermé par une rangée de portes vitrées. Le long des murs en parpaing, il y avait des tableaux en liège avec les habituelles affichettes indiquant les horaires des cours de natation pour enfants, les classes d'aérobic et les compétitions de water-polo.

La piscine semblait faire fonction de sas entre le Pays des Devinettes Enfantines et une réalité moins problématique, tant ce hall paraissait ordinaire et institutionnel. Et les deux silhouettes familières que Ian aperçut, assises sur des chaises d'enfant derrière le bureau des renseignements, à côté des portes vitrées, ne firent qu'accentuer cette impression de transition paradigmatique. L'une d'elles était le Dr. Gyggle, l'autre L'Obèse Contrôleur.

« Votre nom ! lança L'Obèse Contrôleur en se tournant vers eux.

– Doug, répondit Doug.

– Bien sûr… ha ha ! "Doug", impayable ! Parfait, Doug, amenez-le par ici et ensuite disparaissez, décampez, du balai, si vous saisissez mon point de vue. Oui ? Très bien, très bien. En fait, capital ! »

Ian ne se pressa pas pour rejoindre ses deux mentors. Il savait maintenant qu'il avait du temps à revendre.

« Allons, Ian, presse-toi un peu, dit L'Obèse Contrôleur. Nous n'avons pas de temps à revendre, tu sais. Qu'est-ce qu'il a dit ? » Le pauvre Doug avait cogné le manche de sa bêche contre une sonnette d'alarme. C'était ce timbre qui avait fait réagir L'Obèse Contrôleur.

« Désolé, répondit Doug. Je n'ai rien dit, ce n'est que ma bêche… » Il clopinait en levant les bras au plafond avec dépit.

« Il me semble t'avoir dit de déguerpir, Dougie, alors ouste ! Et, en chemin, asticote-moi un peu ce négro, tu veux ? aboya L'Obèse Contrôleur, qui avait une façon gentiment désinvolte d'exprimer des sentiments racistes.

– Ainsi, nous voilà tous réunis, dit Ian quand Doug fut parti. Enfin. » Il tira une petite chaise pour lui et poursuivit en s'asseyant : « J'aimerais profiter de cette occasion, docteur Gyggle – si c'est bien votre vrai nom – pour vous remercier de l'aide précieuse que vous m'avez apportée au fil des années. Je ne sais pas ce que j'aurais fait sans vous. »

Gyggle, confus, remua sur son siège minuscule – si bas que ses genoux pointus disparaissaient dans la houle de sa barbe.

« Pas de flagornerie, Ian, pas de ça entre nous. Hieronymus Gyggle est un de mes fidèles confrères. Je n'allais tout de même pas te laisser sans surveillance pendant mon absence, n'est-ce pas ?

– J'suppose que non.

– Il ne suffit pas de supposer, ça ne suffit jamais. Ça ne te valait déjà rien de bon quand tu étais un mioche boutonneux, ça ne vaut pas mieux maintenant que tu es une grande personne. J'espérais que tu aurais pris un peu de bouteille, Ian, que tu assumerais tes responsabilités. Tu n'es pas la seule personne importante au monde, tu sais, et, de toute façon, nous ne sommes pas ici pour bavasser sur tes petits problèmes sans intérêt, nous sommes ici pour parler produit.

– Pourquoi ? Pourquoi s'en faire ?

– Parce que ton agence D.F. & L. Associates s'est engagée par contrat à lancer sur le marché mon nouveau produit financier qui, comme tu le sais, est en butte à toute une série de problèmes, notamment, et ce n'est pas le moindre, celui de son appellation. Es-tu arrivé à quelque chose à ce sujet ?

– J'ai organisé une réunion de recherche de noms.

– Ah, bien, alors tout va pour le mieux, tu me rassures. Tu as organisé une réunion de recherche de noms, comme c'est perspicace de ta part. Crétin ! Imbécile ! Andouille ! Depuis quand un groupe de recherche nominale peut-il régler un problème de cet ordre, je te le demande, tu ne vaux pas mieux que ton père l'Essénien !

– Eh bien, nous avons trouvé le nom du Painstyler grâce à

l'un de ces groupes et j'ai pu obtenir les mêmes personnes à nouveau.

– Oumpf ! Mouais, vu comme ça, j'admets que ça se présente un peu mieux… donne-moi ce cendrier, veux-tu, Gyggle. » Le psy décharné lui tendit un de ces napperons en fer-blanc qui passent pour des cendriers dans ce genre d'endroits et L'Obèse Contrôleur y écrasa son Voltigeur. Tous trois gardèrent le silence pendant qu'il réinventait le feu avec son briquet primitif et s'en servait pour allumer un autre cigare.

« Maintenant, Ian, reprit-il en mâchant goulument la fumée, il y a dans cette affaire quelques points chatouilleux et, tout en me doutant bien que tu n'es pas en mesure de suivre les multiples méandres et la stratégie subtile de mon raisonnement labyrinthique – après tout, le génie est une demeure solitaire –, j'entends que tu fasses preuve d'application.

« Mais avant, il y a la question de cette jeune femme… comment s'appelle-t-elle, Gyggle ?

– Jane, dit le psy. Jane Carter.

– C'est ça. En ce qui concerne cette Jane Carter, donc, tu peux l'avoir si c'est ce que tu veux. Tu peux même l'épouser, ça m'est complètement égal. Évidemment, tu serais bien avisé de ne pas lui parler de tes petits outrages, il m'étonnerait qu'elle voie la chose d'un bon œil. Ça risquerait de jeter un froid dans vos relations, hm ?

– Mes petits outrages ? Je ne suis pas sûr de vous suivre, dit Ian, ébahi.

– Eh bien, par exemple, cette femme que tu as tuée avec un parapluie empoisonné au Théâtre Royal. Et puis, il y a cette autre greluche, comment s'appelait-elle déjà ? Ah oui, ça me revient, June. Jane et June, tu n'es pas très imaginatif quand il s'agit de trouver un nom à tes partenaires de jeu, on dirait, hein ?

– Je ne sais pas de quoi vous parlez. Je n'ai jamais tué personne, c'est vous qui avez tué la femme du Théâtre Royal et je n'ai rien fait à June…

– Tu l'as agressée sexuellement.

– Non.

– Si.

– Non.

– Si !

– Messieurs, messieurs, peut-être pourrais-je vous assister dans ce litige. » Gyggle avait retrouvé sa contenance professionnelle et s'exprimait à nouveau dans le registre mielleux de son cabinet de consultation. « Ian, je pense que Samuel est un peu injuste avec vous, mais la substance de son propos est vraie, j'en ai peur. Le meilleur moyen de vous le faire comprendre est de recourir à un schéma emprunté ailleurs : le cinéma ou le roman policier, peut-être. Voyez-vous, Ian, tout au long de votre vie adulte, vous avez commis ces petits "outrages". Il a été de la responsabilité de Samuel – et de la mienne, par la suite – de les maquiller, de vous couvrir, de nettoyer les dégâts. Pas au sens littéral bien sûr, encore que nombre de vos actes aient laissé quelques vilaines taches, je veux parler d'un nettoyage ici. » Et, là, Gyggle répéta un geste typique que L'Obèse Contrôleur avait fait, bien des années auparavant. Il se frappa la tempe avec insistance, de son index anguleux, comme pour demander l'entrée à sa propre conscience. « Nous voulions vous éviter de souffrir les affres de votre propre conduite, Ian, parce que vous n'étiez pas maître de vos actes. Vous êtes en effet, je le crains, cruellement sous-équipé dans le secteur du self-control. Mais vous avez néanmoins une conscience…

– Trop aimable.

– Et cela signifie que vous auriez trouvé votre propre conduite tout à fait déstabilisante.

– Attendez un peu, vous êtes en train de me dire que vous m'avez tous deux soumis à une sorte de lavage de cerveau, c'est ça ?

– Oh, absolument, intervint L'Obèse Contrôleur, qui laissait déjà s'échapper le grasseyement précurseur d'une de ses ronflantes éruptions de joie. « Haa… haa… Ha ! Hahahaha ! Ah, sapristi, oui, tu l'as dit ! Nous avons dû laver ton cerveau, Ian, parce qu'il était sale ! Ha ha ha ! » Rire et fumée se mêlèrent dans une même éructation.

– Minable, dit Ian. Je m'attendais à mieux de votre part. »

Le gros homme fut pris de court. « De quoi ? aboya-t-il. Tu oses critiquer mon attitude comme si j'étais un misérable rond-de-cuir corrompu et toi un inspecteur de l'administration ? Allons, allons, je n'ai jamais fait mystère de la conception que j'ai de ma situation, je t'ai toujours dit que je me considérais au-dessus des simples soucis humains. Comment peux-tu imaginer que ceci ne s'applique pas à toi, n'englobe pas ta perception même de ton moi ? Allons, allons, c'est toi le minable. De toute façon, tout ce papotage est trop… trop'hharassant… Enfin quoi, nous ne sommes pas dans un colloque universitaire. Tout ceci s'expliquerait beaucoup mieux par un petit coup de rétroscendance, hein ?

– Je ne veux pas rétroscender, dit Ian. Je ne veux rien avoir à faire avec votre banal psychoblabla et vos jeux hypnotiques. En fait, je ne veux rien avoir à faire avec vous, tout simplement. »

L'Obèse Contrôleur ne réagit pas comme Ian l'attendait à ce monumental culot. Pour la première fois, Ian vit le gros homme déconfit, et même presque penaud. « Je ne pense pas, dit-il doucement, que ce soit à toi d'en décider, mais peut-être que tu y verras plus clair après la rétro, hum ? » Il s'approcha et, posant sa main de fer sur le cou de Ian, dit : « Considérons l'histoire de ce costume, par exemple, d'accord ? Un article du dernier cri, n'est-ce pas ? J'admire particulièrement les rabats de poche en cuir. Il paraît que c'est la grande mode, en ce moment. De chez Barries, n'est-ce pas, dans King's Road ?

– Il est à moi.

– Il est à toi maintenant, mais il appartenait avant à un homme nommé Bob Pinner. Que je t'explique… »

Et ils rétroscendèrent.

Ian gisait dans les buissons sales qui entourent la lisière orientale des Wormwood Scrubs. Il n'était que 9 heures et demie du matin mais, en cette fin d'été, le soleil était déjà haut et il faisait très chaud. Dans la direction de son regard, la terre craquelée formait une butte, qui ondoyait vers la prison. Un unique buisson noduleux végétait entre deux poteaux de but défunts.

Ian se hissa sur un coude et, tournant la tête, contempla les Scrubs du fond de son enclave. Là, blottie dans un lacet de la route, avant la chicane du pont de chemin de fer, il y avait une maison délabrée. C'était là que Ian avait passé la nuit.

La maison avait été construite pour l'un des gardiens qui travaillaient autrefois dans les Scrubs. C'était une solide bâtisse de trois chambres, en moellons, avec des fenêtres à meneaux croisés et des linteaux verts au-dessus des portes. Elle eût été mieux à sa place dans quelque banlieue tranquille, entourée de pavillons à son image, et ne méritait guère son exil sur ce coin pourri de la steppe urbaine.

Ian était venu dans la maison à la tombée de la nuit – en guidant le pit-bull de Fucker Finch par la peau de son large cou. Il avait arraché une planche de la porte d'entrée et s'était faufilé dans la chaude pénombre. La maison était vide, à part quelques chiures d'insectes et de rongeurs. Les murs avaient été redécorés par le long travail de la décrépitude : les déchirures du papier peint laissaient voir la superposition des couches précédentes, elles-mêmes décollées par lambeaux – granulées, à fleurs, à rayures. Ici et là, des délinquants avaient dessiné des zigzags avec des Magic Markers et des charbons de bois.

Ian avait erré de pièce en pièce en tirant le gros chien noir. Chaque fois que l'animal essayait de le mordre – ce qui était assez fréquent –, il le calmait simplement et efficacement en l'assommant d'un coup de poing sur le crâne.

Il avait torturé le chien toute la nuit. Il l'avait brûlé avec des allumettes, qu'il grattait contre ses yeux, coupé et écorché avec de vieux clous de charpentier trouvés dans l'une des chambres vides, enfermé dans des placards, où il le laissait se compisser de terreur ; puis, quand il l'avait relâché et que le chien avait accouru à nouveau vers son bourreau, comme un fidèle toutou à la mémoire courte, il l'avait battu encore pour mieux le soumettre. Battu à grands coups sur la tête et sur les épaules, des coups d'une force surnaturelle.

Le pit-bull devait peser dans les cent cinquante livres. Son dos massif et ses solides épaules étaient un paquet de muscles et d'abattis compacts ; et quand, aveuli par l'outrage, il criait sa douleur, hurlait son incompréhension, ses plaintes déchiraient l'air.

Aussi, lorsque la ville eut rangé ses jouets automobiles pour se calfeutrer pour la nuit, Ian commença-t-il à redouter qu'un noctambule solitaire – ou un flicard en goguette battant le pavé froid – n'entendît les cris. Alors il patientait. D'une oreille attentive, il guettait le lointain grincement de ferraille qui annonçait l'arrivée des trains et attendait que le volume sonore montât lentement en puissance jusqu'à l'assourdissant fortissimo de leur franchissement du pont et leur engloutissement, rugissants, dans la gueule de Wilsden Junction.

Ian avait appris à anticiper leur arrivée et profitait du tintamarre pour masquer le bruit de ses activités, menant ses persécutions avec méthode, comme si le chien eût été un espion ou un agent ennemi qu'il fallait briser – en lui accordant un répit entre deux trains pour lui laisser le temps de décider s'il allait enfin parler ou non, résister encore ou cracher le morceau.

Ian l'avait libéré à l'aube pour le conduire, aveuglé et terrassé de douleur, dans les taillis où ils gisaient maintenant, côte à côte, depuis trois heures, jambes et pattes enlacées, sous le disque rouge du soleil levant qui commençait à réchauffer la ville abandonnée. Le chien agonisait lentement et Ian savourait son dernier soupir charnel.

Il déplia ses coudes pour s'étendre à plat ventre sur la terre sèche et ridée. Il suçait le pénis du pit-bull, une épaisse limace cartilagineuse qu'il faisait aller et venir dans sa bouche en un mouvement combiné de succion et de mastication. Le pénis était détaché du chien.

C'était une scène tranquille. Le bout rose du pénis saillait de son prépuce noir en même temps qu'il émergeait de la bouche de Ian, ce qui créait une phase mécanique secondaire, comme si le pénis eût été un piston et la mâchoire de Ian la locomotive. Le pit-bull, quant à lui, gisait sur le dos à une vingtaine de mètres, caché dans les fourrés. Ian l'avait éventré après sa mort et ses boyaux se répandaient sur l'herbe desséchée comme des chapelets de saucisses grises. Dans la mort, le cou charnu et les lourdes bajoues du chien s'étaient décollés de ses mâchoires, qui semblaient montrer les dents en signe d'exaspération ou de dépit devant cette fin si indigne et si peu martiale.

Ian jouait encore avec la verge canine quand une petite camionnette blanche, venant de West London Stadium, cahota sur l'herbe. Elle était de couleur rouille et frappée du logo municipal de Hammersmith. Deux solides gaillards au verbe haut occupaient la minuscule cabine.

« Je vois que ces petits cons ont encore foutu le feu à une poubelle, dit le premier, un Jamaïcain austère et costaud.

– Ça t'étonne ? dit l'autre, un Trinidadien plus sanguin.

– Aïe yaïe yaïe…

– Y a pas, y savent faire, ça a salement cramé. »

Ils s'arrêtèrent à une quarantaine de mètres des buissons où se terrait Ian et descendirent de leur petit véhicule. Ils portaient des chemisettes blanches à épaulettes et des pantalons en serge. « T'as vu ça ? » Le Trinidadien clapa de la langue. « Tch, tch, tch, z'ont foutu de l'essence et des allume-feu, z'ont même rajouté des ordures pour être sûrs que ça prend.

– Ouais, ben, je vais te dire, on fait vraiment un boulot de merde.

– Hou, tu peux le dire. »

Ils s'armèrent de bêches, qu'ils prirent dans le fourgon de la camionnette, et entreprirent de déterrer la base fondue de la poubelle, qui s'était enfoncée dans la terre bosselée.

Ian en avait assez. Il recracha – floup ! – le pénis du pit-bull. Les deux hommes dressèrent la tête, puis se remirent à brasser la poussière à grands coups de bêches. Ian attendit d'être certain que le « floup » fût oublié, puis, se hissant sur ses quatre membres, en gardant un œil vigilant sur les gardiens du parc, se carapata à reculons avec une extrême rapidité à travers les hautes herbes. Il déboucha, toujours à reculons, sur la partie de terre boueuse qui bordait la route à la lisière des taillis. Là, il se redressa, s'épousseta, rentra les pans de sa chemise dans son pantalon et chemina vers l'intersection de la M40.

Ian Wharton sauta de la plate-forme noire du bus et retomba sur ses pieds dans City Road. Il était toujours vêtu du pantalon de cavalerie en drap, tout chiffonné, et de la crasseuse chemise Viyella dans lesquels il avait passé la nuit. Il avait des fragments de cartilage de chien sur le menton, et sa bouche généreuse était barbouillée de sang brunâtre et délavé. Les autres passagers, qui descendirent du bus en même temps que lui, se dispersèrent rapidement. Ils se mêlèrent à la cohue des piétons en évitant soigneusement Ian, qu'ils soupçonnaient d'être un clochard ou un schizophrène.

L'objet de leur répulsion trottina vers le rond-point d'Old Street, en relâchant ses épaules ankylosées et en respirant à pleins poumons l'air vicié que la ville gardait en réserve. Au rond-point, il prit par l'allée qui menait à Norman House. L'allée devenait un passage qui traversait un site de bombardement entre deux hautes palissades en bois. À gauche, le site avait été dégagé pour faire place à un chantier, où manutentionnaires casqués et contremaîtres ahanaient dans la poussière, mais, à droite, c'était encore un terrain vague. À travers les failles de la palissade, Ian pouvait voir un enchevêtrement de troènes biscornus, d'orties déplumées, de fleurs sauvages et de mauvaises herbes, qui formaient un camouflage confus au-dessus des fondations ensevelies de l'immeuble bombardé.

À chaque pas, il éprouvait la solidité de la palissade avec son épaule. À mi-chemin à peu près, l'une des planches bascula obligeamment et il se faufila dans l'ouverture. Il se retrouva dans un petit monde perdu. La végétation bourdonnait d'insectes. Des araignées avaient tout festonné de fils gluants, les feuilles étaient criblées de morsures et, parmi la verdure, il aperçut les chrysalides endormies de milliers de chenilles. « Parfait, se dit-il, ça ne pourrait pas être mieux. » Il se retourna et s'accroupit derrière la palissade pour épier à travers un trou dans le bois.

Le costume ne se fit guère attendre. Au début, il n'exista que dans l'œil de son observateur psychopathe. Ian le fit naître d'un regard. Les yeux fermés, il projeta par fantasmagorie un pont de singe dans un vide violet, et sur cette passerelle arriva la forme future, la forme du costume. Plus spécifiquement, c'était une forme de costume bleu, à la mode du temps ; et plus précisément encore, un costume bleu en lin, droit, avec un discret motif à carreaux, un col châle à revers étroits et un unique bouton. Le pantalon était à taille haute et à pinces, avec un pli droit très marqué. Les manchettes et les rabats des poches étaient renforcés de cuir souple, du chamois ou du maroquin.

Le costume défila comme un grotesque pantin animé, leva un tuyau de bras, puis une jambe creuse ; le bras aspira une chemise de couleur crème surgie de nulle part, la jambe un caleçon rayé comme une toile à matelas. Ensuite, des chaussettes bleu pâle s'insinuèrent dans l'espace séparant le bas du pantalon d'une paire de chaussures noires. Enfin, une cravate tomba du néant, tel un serpent dégringolant d'une branche, et garrotta le cou vide. « Parfait, répéta Ian, ça ne pourrait pas être mieux. » Et il reporta son attention sur l'allée.

Cette allée servait de raccourci à travers le terrain vague à quelque quatre mille travailleurs, qui descendaient tous à Old Street et crapahutaient vers les bureaux. Hommes et femmes de toutes formes et de toutes tailles traversaient le passage d'un pas vif et assuré. De sa cachette, par son œilleton en bois cerclé de créosote, Ian pouvait observer à loisir le détail de leurs têtes et de leurs épaules.

Ian était tendu. Il savait qu'il avait au mieux une demi-heure pour trouver le costume, s'il ne voulait pas être en retard à sa réunion. Et les costumes se succédaient, mais aucun ne lui convenait. Pas ce truc rayé, là, non, pas ce machin en tweed, pas cette serge grise… pouah ! Pas de ça, surtout pas ! Puis, finalement, il arriva. Le costume se matérialisa, dûment animé cette fois par un occupant de chair et de sang et non plus par l'imaginaire visuel de Ian.

Bob Pinner était lui-même en retard à sa réunion. Importateur de curiosités exotiques que des ouvriers en sueur emballaient sous plastique dans des appentis en tôle près de Kuala

Lumpur, Pinner s'en allait consulter son agence de marketing, une officine qui n'était pas sans rappeler D.F. & L. Ébloui par le soleil du matin, Pinner ne pensait à rien, sinon au bruit que ses pieds – chaussés par Hoage – faisaient sur le macadam.

« 'scusez-moi. » Pinner entendit la voix, mais sans pouvoir la situer. « 'scusez-moi, camarade. » Une planche de la palissade bascula pour laisser apparaître le visage de Ian Wharton, l'œil braqué sur Pinner. Tout ce que put discerner l'importateur de curiosités furent les taches brunes autour de la bouche, les éclats de cartilage sur le menton et le pantalon réduit en guenille.

Pinner se pencha et dit : « Qu'est-ce que vous voulez ? » Il était agacé. Il se flattait de faire l'aumône quand on le lui demandait mais, comme beaucoup de gens de la classe moyenne, il aimait que ses largesses dépendissent de son bon vouloir. Ian regarda à droite et à gauche dans le passage : par chance, il n'y avait personne en vue. Un petit mètre à peine les séparait quand la main de Ian jaillit pour saisir l'homme à la gorge.

Le geste fut prompt, puissant et précis. Ian écrasa la carotide de Pinner sous son pouce et son index, en exerçant une pression si forte que l'importateur faillit tourner de l'œil, puis, tel un cow-boy terrassant un jeune taureau par les cornes, il empoigna son col de chemise comme un toron et jeta à terre le donateur de costume, qui se laissa ensuite tracter sans résistance à travers la faille.

Ian ne lâcha pas prise. Il serra Pinner sous son bras comme un tapis roulé et l'emporta dans les fourrés. Bien que l'homme fût corpulent – à peu près de la taille de Ian –, ses pieds ne laissèrent pas de trace sur le sol. Ian se fraya un chemin dans les feuillages jusqu'à la fosse des anciennes fondations du bâtiment et s'y laissa glisser avec sa proie. La pente était raide, mais garnie de saillies en forme de vieilles poutrelles et de briques qui freinèrent leur chute. Une forte odeur de chlorophylle émanait de la fosse envahie de broussailles. Ian essaya de suspendre son costume dans un coin, le plus loin possible de la palissade, mais perdit vite patience : chaque fois qu'il lâchait la gorge de la chose, elle gigotait et le tissu rebiquait. Ça n'allait pas du tout. Il décida de lui faire entendre raison.

« Tout ce que je veux, c'est vos habits, dit-il au costume, en le tenant par le col de la veste pour qu'il restât droit. Retirez-les et je ne vous ferai pas de mal. Mais, si vous résistez, je serai dans l'obligation de… euh… que je réfléchisse… de vous torturer sexuellement et de vous humilier. Ensuite, je pense que je serai forcé de vous tuer. »

Bob Pinner commença à se dévêtir. Malgré les vapeurs qui brouillaient son entendement, ses muscles et son système nerveux avaient parfaitement assimilé le message contenu dans la poigne de Ian. On ne l'avait plus porté ainsi depuis l'âge de trois ou quatre ans. Son transfert en apnée de la palissade au fond de la fosse, les hanches et la gorge prises en étau, l'avait ramené en enfance.

Il voyait Ian comme une espèce de géant parental, qui venait de soulever le petit Bobby à demi endormi sur le cuir de la banquette arrière de la voiture pour le porter vers le coton et le linoléum de sa chambre ; un géant qui se mouvait avec une sinueuse fluidité, montait l'escalier sans déranger sa chaude cargaison et la déposait, à peine consciente du déplacement, à la frontière orange du sommeil, loin, très loin, aux portes du rêve.

Bob Pinner était toujours perdu dans son souvenir d'enfance – toujours debout, trente-cinq ans plus tôt, devant le radiateur de sa chambre, en équilibre instable sur un pied moite qui collait au linoléum, la main tendue pour s'appuyer contre l'épaule du géant. Il se déshabilla.

D'abord vint la veste (lui fut-elle prise pour être suspendue dans un placard ou accrochée à une racine ?) ; puis la chemise, amidonnée et encore fraîche ; puis le pantalon – opération un peu plus complexe, que Bobby n'eût pu mener à bien sans le concours de Ian (que ferait-il sans Ian ?) ; et enfin (tiens, les chaussettes sont à l'envers) vinrent les chaussures, avec quelque difficulté (mais n'a-t-on pas toujours des difficultés avec les lacets à cet âge ?) en dépit des admonestations répétées de Ian, qui conseillait au petit Bobby de caler la partie incurvée de l'une contre la pointe de l'autre pour extraire le pied plus facilement.

Finalement, Bob Pinner se retrouva nu ou quasiment, vêtu seulement de son caleçon et de ses chaussettes à l'envers. Il vacillait de droite et de gauche, les yeux fermés à cause de la lumière, attendant que le gentil géant le bordât dans son lit. Il pouvait presque sentir la fraîcheur des draps et des couvertures se transformer en un chaud cocon.

« Oh là là, vous avez fait pipi », dit Ian, presque affectueusement. C'était vrai, il y avait une tache grise autour de la braguette du caleçon de Bob. « Tss tss tss ». Il palpa l'entrejambe du pantalon de costume et soupira. « Ça va, celui-ci est sec. Une chance qu'on l'ait retiré à temps, hein ? » Les paupières toujours closes, Bobby acquiesça en silence.

Ian s'habilla prestement. Il jeta son pantalon de drap et sa chemise souillée sur le sol, fit l'abandon de ses godillots éculés et enfila la chemise de Bob Pinner, sa cravate, son costume chic et ses belles chaussures. Tout était parfaitement à sa taille, mais c'était surtout le style de l'ensemble qui avait été le facteur déterminant de son choix.

Ian louvoya dans la fosse en essayant des poses dans ses nouveaux vêtements. Il mit les mains sur les hanches, prit une expression songeuse, puis, redevenant naturel, les enfonça dans les poches du pantalon de Pinner et appuya un pied sur le rebord d'une plinthe qui, après cinquante ans, était encore tapissée de papier à fleurs. Plus il évoluait dans ce costume, plus il s'y sentait à l'aise : cette coupe originale et un peu voyante était exactement ce qu'il lui fallait pour faire bonne impression au bureau et, depuis ses années d'étudiant, Barries était son habilleur préféré.

Un long pied blanc, qui traversa son champ visuel, le tira de sa rêverie. Bobby titubait toujours sous le choc, encore enfermé dans son vivant passé. Ian s'approcha de lui en tendant son horrible bras anacondien, les doigts en V pour exorciser l'œil du malin.

Et ces deux doigts entrèrent dans les deux yeux de Bob Pinner, crevèrent les globes, d'où jaillit un fluide, et poussèrent plus avant, entraînant avec eux une bourre de rétine flétrie dans les conduits tentaculaires et poisseux des nerfs optiques, jusqu'au cerveau. Pinner mourut en une seconde mais, dans le dernier quart de cette seconde, il connut une douleur plus terrible que vous ne sauriez l'imaginer ; et, dans le pénultième quart de seconde, plus d'angoisse et de terreur que vous ne sauriez en concevoir, dussiez-vous gésir seul dans une chambre noire et contempler froidement, rationnellement, l'horreur réalisée de vos pires cauchemars.

« Alors, c'est comme ça que j'ai eu ce costume », dit Ian. Le plus étrange était qu'il n'éprouvait aucune pitié pour l'homme qui l'avait porté avant lui. « Au fond, c'est plus pratique que le shopping. » Il hocha doucement la tête et se tapa sur les cuisses pour réactiver sa circulation. La rétroscendance a tendance à engourdir.

« Oui, mon garçon, c'est comme ça que tu l'as eu, répondit L'Obèse Contrôleur. Maintenant, si tu as récupéré, je pense qu'il est temps de lever le camp. Nous avons un rendez-vous au Barbican.

– Ah bon ? fit Ian avec curiosité. Et avec qui exactement ?

– Mais avec l'Analyste Financier, pardi, je veux son opinion sur "Miam-Miam". Tu nous accompagnes, Hieronymus ?

– Naturellement, dit Gyggle. Je ne manquerais ça pour rien au monde. » Il se leva et démêla sa barbe, qui s'était enchevêtrée dans son pull-over et sa chemise.

Ils rangèrent leurs petites chaises, avec d'autres du même modèle, derrière une cloison à mi-hauteur d'homme couverte de gribouillages, qui séparait la garderie d'enfants du reste du hall. Puis ils gagnèrent les portes vitrées et sortirent.

Dehors, il faisait grand jour et les trois illuminés virent qu'ils étaient sur la Voie Romaine. « Hum, dit Ian, je vois que nous sommes sur la Voie Romaine.

– Oui, en effet, répondit L'Obèse Contrôleur en farfouillant dans ses poches, probablement à la recherche d'un cigare. Pendant leur fermeture pour travaux, les thermes offrent un accès pratique au monde nouménal. J'ai passé un accord avec un conseiller municipal véreux. Autre avantage, ils sont juste au coin de Vallance Road et j'en profite de temps en temps pour rendre une petite visite à Maman. Non qu'elle soit de si bonne compagnie, mais je tiens à garder le contact avec elle en souvenir du passé. »

Un Chypriote grec dégarni et ventripotent arrêta sa berline le long du trottoir. « Désolé d'être en retard, dit-il, essoufflé, en baissant sa vitre.

– La désolation n'a jamais été une excuse, dit L'Obèse Contrôleur, jamais. »

Ils montèrent, L'Obèse Contrôleur à l'avant, Ian et Gyggle à l'arrière, et Souvanis retourna se fondre dans le flot de la circulation.

Personne ne dit rien pendant un moment. Souvanis conduisait bien, ralentissait et accélérait en douceur. Ils traversèrent Bethnal Green Road et mirent le cap sur Old Street. L'Obèse

Contrôleur fumait, Gyggle scrutait quelques poils fourchus dans les lointaines extrémités de sa barbe et Ian songeait. Comme tout devenait facile, se disait-il, quand on regardait le monde à la manière de L'Obèse Contrôleur. « C'est plus facile, hein ? observa son mage.

– Oui, on a moins de scrupules quand leur chair est aussi indifférenciée que la pulpe des fruits.

– En effet, en effet…

– Mais, dites-moi, pourquoi ne m'avez-vous pas fait prendre conscience plus tôt de mon potentiel ? Ça m'aurait épargné bien des tourments.

– Mon cher Ian, l'initiation en ces matières procède par étapes, cela ne se fait pas par-dessus la jambe. Par ailleurs, n'oublie jamais que je suis le Vert Galant du Galimatias et que j'ai fait du bobard un des beaux-arts. Comment pourrais-je permettre que ta croissance suive une ligne droite ?

– Je vois.

– Mais, quoi qu'il en soit, tout cela est sans importance puisque tu es heureux. Ça t'amuse, n'est-ce pas ?

– Ce qui me plaît dans mes outrages, c'est leur absolue gratuité, je trouve ça si cocasse. Un homme tué pour son costume, une femme pour son livre à gros caractères, une jeune étudiante éviscérée parce que je n'aimais pas ses ongles rongés…

– Oui, très drôle, très drôle, sans oublier la femme du Théâtre Royal…

– C'est vous qui avez arrangé ça, je n'étais qu'un complice.

– D'accord, mais quel complice ! On peut dire que tu as mis du cœur à l'ouvrage. Pas d'erreur, bon chien chasse de race. » L'Obèse Contrôleur se retourna avec effort sur son siège et posa une main avunculaire sur le genou de Ian. « Il ne faut pas t'inquiéter si tu te sens un peu perdu au début, poursuivit-il en le regardant tendrement dans le fond de ses yeux injectés de sang.

Il y a encore une quantité de souvenirs refoulés que tu dois retrouver, une quantité de petits outrages que tu dois revisiter par la rétroscendance, mais ne t'en fais pas, d'ici deux ou trois mois tu seras parfaitement au point.

– J'en suis sûr.

– Capital, capital ! »

Aucun d'eux, hormis Souvanis, ne s'était soucié de savoir où ils étaient. Soudain, L'Obèse Contrôleur remarqua qu'ils étaient immobilisés par un embouteillage qui les retenait dans Finsbury Square depuis cinq minutes. Partout des voitures klaxonnaient et des piétons, pressés de regagner leur banlieue, envahissaient la chaussée. « Qu'est-ce qu'il y a, Souvanis ? Qu'est-ce qui se passe ?

– Je suis désolé, Maître, je ne peux pas faire grand-chose, c'est bien un bouchon.

– Rien, un bouchon ? Rien, un bouchon ? Qu'est-ce que tu me chantes là ? Ce n'est pas rien, un bouchon. Nous sommes complètement coincés et… » il consulta sa Rolex « nous prenons du retard.

– Je crois que vous m'avez mal compris, Maître, j'ai dit : “C'est bien un bouchon.” »

Il y eut un temps mort de deux ou trois secondes avant que L'Obèse Contrôleur n'identifiât la méprise et, bien sûr, n'explosât de rire. « Ahahaha ! Ha hahaha ! “Rien” pour “bien”, hahaha ! Elle est bonne, elle est excellente, tu ne trouves pas, Hieronymus ?

– C'est extraordinairement divertissant, approuva Gyggle avec enthousiasme, et ça me rappelle que nous n'avons pas encore présenté M. Souvanis à notre jeune ami…

– Oh, je sais qui c'est, dit Ian. Il fabrique des tracts publicitaires pour D.F. & L. Il dirige une petite affaire à Clacton, appelée Dyeline.

– C'est exact, dit L'Obèse Contrôleur. Et nous avons passé un contrat avec lui pour les cabines-stands de “Miam-Miam”.

J'espère qu'il sera capable de le remplir… il est si bouffi que je commence à craindre pour sa santé. Un de ces quatre, son cœur va lâcher ou alors il va nous faire un terrible cancer de la graisse, il va s'étouffer dans un graillon de sarcome gros comme une truffe blanche, beurk !

– Ce qu'il lui faudrait, dit Ian, profitant de l'atmosphère euphorique de la voiture pour produire son petit effet, c'est un coq-en-pathologiste.

– Ha ha ha ha ! » L'hilarité de L'Obèse Contrôleur atteignit un point critique. Son large cou se mit à enfler dangereusement, comme celui de Dizzy Gillespie quand il jouait une note aiguë. « Arrête, arrête, j'en peux plus ! Haahahahahaha ! C'est trop, c'est trop drôle, un "coq-en-pathologiste" ! Elle est bonne, hein, Souvanis ? C'est vrai que t'es un gros chapon, hein ? » Il empoigna un repli du double menton du Grec et se mit à le tirailler en scandant à la manière d'un rapeur : « Cot' cot' cot', coq en pâte, qui picote, qui picote ! » Au bout d'un instant, Ian se mit de la partie et se saisit lui aussi d'une bajoue de Souvanis, puis Gyggle à son tour y alla de son empoignade. Et ce fut ainsi que tous trois employèrent leur temps pendant le reste du trajet, à railler et rudoyer le malheureux.

De sa fenêtre, l'Analyste Financier vit les trois hommes traverser la cour centrale du Barbican dans une lumière de fin d'après-midi. Il connaissait le gros homme, qui se dandinait en tête, sous le nom de Samuel Northcliffe, banquier et financier. Le grand échalas à barbe rousse était Hieronymus Gyggle, un psychiatre qui se piquait de comprendre la psychologie des marchés. Quant au troisième, beaucoup plus jeune, au visage peu avenant, lisse et aplati sur les bords, il ne le reconnaissait pas.

L'Analyste Financier se détourna de la fenêtre et traversa lentement la pièce principale de son appartement, jusqu'au mur opposé où était accroché l'interphone. Il attendit que retentît la sonnette, avec la farouche gravité d'une bête de proie. Il avait été très clair sur ce point, quand Northcliffe lui avait téléphoné pour prendre rendez-vous : « Je vous prierais d'appuyer le plus légèrement possible sur la sonnette. Inutile d'enfoncer le bouton, il suffit d'une toute petite pression. Vous devez comprendre que le moindre bruit est pour moi une extrême torture. Je tiens au silence, un silence religieux. » Malgré cela, il était convaincu que Northcliffe oublierait son injonction – et il ne se trompait pas.

Dans la nanoseconde que lui prit la récapitulation mentale de ce discours, la sonnette émit un grésillement affreusement bruyant et insistant pour les oreilles de l'Analyste Financier (qui avait pourtant fait régler le mécanisme de manière à ce que le son produit ne fût pas plus fort qu'un battement d'ailes d'insecte). Souffrant le martyre, il s'empressa de décrocher le combiné, qu'il appuya contre l'ample cartilage de son oreille hypersensible, et soupira : « Oui ?

– C'est Northcliffe, beugla L'Obèse Contrôleur dans l'interphone. Je suis avec le Dr. Hieronymus Gyggle et Ian Wharton, de D.F. & L. Associates. On peut monter ?

– Euh, oui, bien sûr, mais par pitié, par pitié, rappelez-vous que…

– Je sais, “le moindre bruit est une extrême torture” pour vous, nous sommes au courant, ne vous cassez pas la tête. »

L'Analyste Financier appuya sur le bouton d'ouverture de la porte d'entrée et se retira dans le sanctuaire de son fauteuil.

Il y avait tout juste assez de place pour trois dans la cabine en aluminium. Quand elle commença son ascension, L'Obèse Contrôleur poussa un « Bouh ! » qui éclaboussa Gyggle et Ian de postillons. « Bouh ! répéta-t-il. Ce type est une vraie tapette. “Le moindre bruit est une extrême torture pour moi”, susurra-t-il en singeant les inflexions de l'Analyste Financier. Je crois que le lascar est un escroc.

– Peut-être, peut-être, fit Gyggle en contemplant le plafond. Mais, escroc ou pas, il est efficace et très écouté.

– Oh, je sais bien, dit L'Obèse Contrôleur, je sais bien, va. » Le trio fit silence. Ils sortirent de l'ascenseur et se dirigèrent vers la porte de l'appartement. L'Obèse Contrôleur s'apprêtait à frapper, en levant déjà comme un heurtoir le dindonneau surgelé qui lui servait de main, quand elle s'ouvrit.

L'Analyste Financier était vêtu d'une longue djellaba, d'une richesse décorative nonpareille entrelaçant des motifs géométriques et des symboles monétaires. Même dans la lumière tamisée de l'appartement, la robe était iridescente. Dès qu'il eut ouvert la porte, il regagna son fauteuil reine Anne à haut dossier, pour boire une gorgée d'infusion dans une tasse en ivoire et porcelaine. Il n'invita pas ses visiteurs à s'asseoir et, l'eussent-ils voulu qu'ils n'en eussent trouvé le moyen, vu qu'il n'y avait pas d'autres sièges.

Le sol était jonché sur toute sa surface d'amas et de piles d'argent. De l'argent sous toutes ses formes : des liasses de billets de banque fraîchement imprimés et lisses comme des ramettes de papetier ; des rouleaux en plastique brisés de pièces neuves ; des billets usagés de toutes devises et de tous montants entassés en vrac ; des colliers de cauris ; des bâtonnets de plomb et de fer croisés et superposés ; des os crantés ; des rostres de narval ; des stèles totémiques ; des myriades d'actions, de titres, de bons du Trésor, de bons au porteur (avec ou sans valeur) émanant des deux cent cinquante-deux nations du monde ; des reçus de pressing ; des billets des Chemins de fer nationaux indiens ; des tickets-restaurant ; des pemmicans ; des piltjurris ; des boulettes d'opium ; des pots de cocaïne ; des lingots d'or (émis par le Gouvernement de Sa Majesté ou par Fort Knox, ou encore par la Reichsbundesbank pendant la guerre et frappés de l'aigle mascotte des nazis) ; d'autres lingots de métaux précieux ; des diamants, des perles, des émeraudes, des sacs-poubelles pleins de pierres semi-précieuses ; et toutes sortes de cartes de crédit, qui formaient un chemin plastifié jusqu'à la cuisine.

Çà et là, à peine visible sous ce déferlement d'oseille, on trouvait un objet pouvant évoquer un élément de mobilier mais, dans l'ensemble, la salle de séjour de l'Analyste Financier ressemblait plutôt à une carte monétaire en relief, dont les buttes et monticules servaient à indiquer les valeurs relatives des différentes devises.

La salle de séjour de l'Analyste Financier était la salle de séjour d'un homme qui analysait les finances d'arrache-pied ; car on voyait clairement que ces riches vallonnements de thune étaient le résultat de savantes études. Il n'y avait rien de vulgaire dans tout cela, au contraire : le même esprit qui avait conçu cette collection comme une manière d'expliquer la mécanique de l'argent – dans tous ses rouages, tant en soi qu'à travers le monde subsidiaire des choses – avait aussi choisi de considérer les objets monétaires comme des objets esthétiques par eux-mêmes. Un voile de mariée parsemé de gros billets grecs était drapé autour de l'abat-jour, et la lumière extérieure filtrait à travers une collection d'abaques disposés sur l'appui de fenêtre comme des stores vénitiens.

« Dites donc, c'est coquet chez vous ! » s'exclama L'Obèse Contrôleur. Roulant des épaules, il alla se planter au centre de la pièce en respirant bruyamment par son schofar nasal.

« Je vous en prie, dit l'Analyste Financier, tout tremblant, je ne peux pas travailler s'il y a de la pollution auditive… » Il s'interrompit. Un discret grattement métallique parvint de la pièce adjacente.

Ian regarda en direction du bruit. À la pointe du L formé par le balcon, il y avait une autre pièce, plus petite, encombrée de téléscripteurs au cliquetis feutré, de fax qui ronronnaient en douceur et de toute une batterie d'écrans picorés de chiffres verts et jaunes. Un énorme amoncellement de papier imprimé tressauta et vint vers eux en vacillant ; en dessous, il y avait un petit homme maigrichon vêtu d'un vieux costume démodé en tweed. Il se débarrassa de son fardeau et sortit de la pièce de télécommunications en brandissant un bout de papier détaché de la masse. Il s'approcha du fauteuil de l'Analyste Financier, s'inclina obséquieusement et lui tendit ce bout de papier.

L'Analyste Financier examina longuement la chose, comme s'il se fût agi d'un objet dont il ignorait la fonction, puis déclara : « Vaseux, bourbeux, tourbeux… voire tétanique. » Et il se tut. Le petit homme regagna son antichambre en traînant le pas et tapa le verdict sur sa batterie de machines.

« Qu'est-ce que c'était ? demanda L'Obèse Contrôleur, que l'atmosphère ecclésiastique du lieu n'impressionnait pas.

– Emprunt d'État, cinq ans, Papouasie-Nouvelle-Guinée. » L'Analyste Financier semblait distrait. Visiblement, c'était pour lui un travail de routine. Sa voix s'éteignit et ses yeux errèrent vers un grand livre d'art illustré de planches en couleurs de Vermeer, ouvert sur un lutrin en position stratégique.

Ian rit sous cape : pareil comportement à l'égard de L'Obèse Contrôleur était proprement inouï. Cependant, celui-ci ne s'en formalisa pas. Il tira le porte-documents en maroquin qu'il gardait sous le coude et en sortit différents feuillets et formulaires. Ian y reconnut les études de marché réalisées par D.F. & L. pour « Miam-Miam ».

« Là, tenez, dit L'Obèse Contrôleur en les passant à l'Analyste Financier. Dites-nous ce que vous en pensez et, surtout pas d'histoires, ne nous cachez rien. Je m'en apercevrais immédiatement. »

L'Analyste Financier le foudroya du regard, mais ne dit rien.

Il se mit en devoir d'examiner les documents, reniflant une page ici et là, en mordillant une autre.

Pendant qu'il lisait, L'Obèse Contrôleur sortit son étui à cigares en acier bleu et l'ouvrit. « Hum. » L'Anayste Financier s'éclaircit la gorge. « Si ça ne vous ennuie pas, je préférerais que vous ne fumiez pas.

– V'là qu'on peut pas fumer ! V'là qu'on peut pas fumer ! trompeta L'Obèse Contrôleur en dépit des recommandations du pauvre homme. Sapristi, comment voulez-vous que je m'occupe si je ne peux pas fumer, hein ? Vous avez peur que ça vous rentre dans les esgourdes ? »

La réplique de l'Analyste Financier fut toute à son avantage : « C'est le cigare que je conteste, dit-il, vous pouvez fumer à votre aise une pipe d'opium si vous voulez, ou un bidi.

– Un bidi ? » L'Obèse Contrôleur était éberlué. L'Analyste Financier fit signe à son assistant, qui s'éclipsa aussitôt et reparut avec une pipe à opium finement ciselée, de la taille d'une batte de base-ball. Il la prépara laborieusement, mettant un soin interminable à cureter une boulette d'opium avec une épingle. Quand l'embouchure lui fut enfin présentée par la souffreteuse silhouette, L'Obèse Contrôleur aspira une copieuse bouffée de fumée, dont la subséquente exhalation emplit la pièce d'une odeur suavement écœurante. Puis il jeta négligemment la pipe, qui alla ricocher sur des ballots de peaux de Jaquiri.

L'Analyste Financier n'y prêta pas attention. Il continua à lire, à humer et à brouter la littérature « Miam-Miam », en griffonnant une note de temps à autre sur un morceau de papier violet avec un porte-mine en or.

« Alors, dit enfin L'Obèse Contrôleur, d'une voix un peu moins sonore, qu'est-ce que vous en pensez ?

– Je pense que c'est une idée idiote et que ça ne marchera jamais. »

Ian alla jusqu'à la fenêtre et regarda dans la vaste cour. Près de l'entrée du théâtre, du côté de Moorgate, un petit bar avait ouvert alors qu'il n'était pas encore 5 heures. Une vingtaine ou une trentaine d'employés de bureau s'étaient évadés pour boire un verre et flânaient, un bock à la main, autour de bacs en ciment plantés de buissons. Parmi eux se trouvait une jeune femme, qui ressemblait à Jane Carter. Il médita sur l'avenir de leur couple. Il pensait à l'amour qu'il ressentait pour elle et au plaisir qu'il éprouverait à le briser et à la déchirer.

CHAPITRE 10

LE LIVRE DES MORTS DE LONDRES-NORD (REPRISE)

Le rêveur découvre qu'il abrite en lui-même – logée dans certaine chambre séparée de son cerveau et entretenant peut-être de là un détestable commerce avec son propre cœur – quelque horrible nature étrangère. Que si c'était sa propre nature répétée – pour peu que la dualité fût perceptible en vérité – même ce simple double numérique de sa propre conscience deviendrait une malédiction plus puissante qu'il n'en peut supporter. Mais qu'en est-il si cette nature étrangère s'oppose à la sienne, la combat, l'enchevêtre et s'y confond ? Et si ce n'est pas une, mais deux, mais trois, mais quatre, mais cinq natures étrangères qui pénètrent ce qu'il croyait être l'inviolable sanctuaire de son être ? Voilà quelles fortes horreurs venues du royaume de l'anarchie et des ténèbres défient la sainteté du refuge pour se claquemurer dans l'ombre.

De Quincey, *La Malle-poste anglaise*

J'épousai Jane moins de trois mois après cet après-midi où, debout devant la fenêtre, je contemplais la City en écoutant L'Obèse Contrôleur malmener l'Analyste Financier pour qu'il prononçât un verdict favorable sur « Miam-Miam ». Inutile de dire que l'appréciation de l'Analyste Financier était juste : « Miam-Miam » fut un fiasco complet. Son lancement coïncida exactement avec la crise et une chute dramatique de la demande pour les produits financiers originaux.

Les soixante cabines-stands commandées par D.F. & L. et construites par une équipe de sous-traitance pour le compte de Souvanis furent érigées dans tout Londres. Au début, elles furent des objets de curiosité, signalés comme tels dans la presse locale. Les gens allaient s'y poster pour regarder le monde à travers le plexiglas et brouter la littérature comestible qu'on y offrait. Mais, vite rayées et ternies, elles commencèrent bientôt et fort opportunément à blanchir – fort opportunément pour les gens qui devinrent leurs principaux occupants.

Le noyau dur des camés de la capitale avait vu d'emblée leur caractère utilitaire, mais lorsqu'elles furent partiellement opacifiées, elles devinrent une véritable aubaine pour tous les défoncés, fumeurs de crack et autres enschnoufés de la métropole. Leurs étagères intérieures étaient idéalement placées pour concocter un fix ou bourrer une pipette de crack ; et leur transparence ambiguë – il était plus facile de voir dehors quand on était dedans que de regarder dedans quand on était dehors – était très pratique pour répérer la police à distance.

Les choses allèrent en s'aggravant : les cabines furent bientôt envahies de seringues usagées et de morceaux de papier d'aluminium froissés. La concession de D.F. & L. fut annulée et l'équipe de Souvanis fut chargée de la triste corvée de leur démontage. Elles finirent, avec les autres formes platoniciennes, dans le poussiéreux entrepôt de Clacton.

Pourtant, L'Obèse Contrôleur ne renonça pas à « Miam-Miam ». L'invasion des cabines par les junkies l'amusait. Il l'encouragea même, en usant de son influence cabalistique sur les drogués par le truchement du redoutable Dr. Gyggle. Il restait convaincu que la débâcle était le résultat d'une erreur de dénomination qui avait empêché le public de bien comprendre que « Miam-Miam » était réellement le premier produit financier parfaitement comestible, et il continuait à harceler Hal Gainsby pour qu'il convoquât d'autres groupes de réflexion, dans le vain espoir de trouver mieux.

Je voulais un mariage de seconde classe, sans cérémonie, mais les parents de Jane tenaient à la pompe. On dressa une marquise sur la spacieuse pelouse de leur maison du Surrey, on fit venir des traiteurs et on imprima quatre cents cartons d'invitation. Personnellement, je ne voyais guère qui inviter – la vie ne m'avait pas gâté en copains rigolos : la brochette qu'elle m'avait servie ressemblait plutôt à une galimafrée de gargouilles.

Naturellement, Samuel Northcliffe fut de la noce. Il fut à la fois le cavalier de ma mère et mon témoin. À l'église de Reigate, il resta droit comme un « i » à mes côtés en contemplant comme nous, d'un œil fixe, le douloureux Christ en bois cloué au-dessus de l'autel. En l'épiant discrètement pendant l'office, je vis que sa main gauche – aussi large et inerte qu'une roue de gouda – était discrètement orientée de manière à exorciser l'œil du démon dans la région approximative de ses testicules.

Je n'invitai pas Gyggle – c'eût été pousser le bouchon. Car, bien qu'elle n'eût pas poursuivi son bénévolat à la Fondation Lurie – sa mission s'étant conclue exactement comme il l'avait prévu –, Jane l'eût reconnu immédiatement. Ce n'est pas le genre d'homme qui passe inaperçu dans une foule, même touffue et endimanchée. Et je craignais, avec quelque raison, que Jane ne fût un peu déconcertée de découvrir le processus qui avait présidé à l'élection de notre affinité.

Jane fut une belle mariée, radieuse dans une robe de satin crème qu'elle avait cousue elle-même. À la fin de la cérémonie, quand elle leva son voile pour recevoir mon baiser, je fus saisi une fois de plus par l'expression franche et confiante de son visage.

Elle était très enthousiaste – presque surexcitée. La journée était relativement ensoleillée et les convives purent quitter l'abri de la marquise pour se répandre sur la pelouse. Quelques enfants pissèrent dans les hautes herbes et quelques vieilles tantes pompettes s'esclaffèrent ou se récrièrent, selon que l'alcool les disposait dans un sens ou dans l'autre.

Les discours furent meilleurs qu'à l'ordinaire en pareille occasion. Le père de Jane, un agent de change en retraite, se piquait d'avoir des lettres et truffa son texte de savantes allusions littéraires et de tropes poétiques. Le compliment était bien tourné et celui de Samuel Northcliffe fut à la hauteur.

Si le choix de Jane inspira d'abord quelques réticences à ses parents – et je sais, de façon certaine, que ce fut le cas, ils étaient aussi snobs que n'importe quel Anglais et, malgré la parfaite éducation que j'avais reçue de ma mère, avaient espéré pour leur fille un meilleur parti qu'un commerçant héréditaire –, elles furent balayées par l'annonce que M. Samuel Northcliffe était mon tuteur.

L'information était tombée pendant un dîner, lors de ma troisième ou quatrième visite chez eux.

« Northcliffe, vous dites ? Hum hum. » M. Carter tenait un verre de sherry d'une main ornée d'une chevalière et, de l'autre, tisonnait un feu hors de saison dans la cheminée. « Je l'ai vaguement connu quand je travaillais dans la City, il est majoritaire dans un groupe de souscripteurs de la Lloyd avec qui j'étais en contact… un homme assez imposant, n'est-ce pas ?

– Oui, avais-je répondu, il est même un peu envahissant parfois, mais tout à fait malgré lui.

– Et vous dites que c'était un ami de votre père ?

– Je crois. Ils se sont connus quand mon père dirigeait une agence de marketing dans les années 60.

– Bien sûr, bien sûr. Et, après la séparation de vos parents, il s'est intéressé à votre éducation ?

– Oh, oui, de très près. Je peux même dire que, si j'en suis là aujourd'hui, c'est en grande partie à lui que je le dois.

– Vraiment ? » Il s'était remis à tisonner consciencieusement et j'avais échangé un regard complice avec Jane sur le divan, en amoureux.

Quand L'Obèse Contrôleur fit enfin son apparition à la cérémonie, mon futur beau-père et ses vieux compères de la City furent extrêmement impressionnés. Il s'était mis sur son trente et un : jaquette de coupe impeccable, cravate noire maintenue par une émeraude, gilet de soie jaune canari, pantalon rayé et amples chaussures de cuir avec guêtres blanches fermées par des boutons de perle. À son bras marchait ma mère, qu'une longue association avec lui avait rendue élégante et crâne.

J'avais terriblement redouté son discours, mais le Procuste du Pipeau me fit la grâce de contenir sa faconde. Il resta succinct et parla sans bouger, en gardant son étincelant haut-de-forme vissé sur le belvédère de sa tête. Il laissa tomber deux ou trois bonnes blagues sur l'institution du mariage et assura que, si je n'avais pas inventé la poudre, j'étais néanmoins un jeune homme fiable et constant, puis s'assit pour recevoir des applaudissements d'autant plus sincères qu'il avait limité son allocution à cinq minutes.

Après notre lune de miel, nous emménageâmes dans une maison que j'avais louée du côté d'Edgware Road. Elle était un peu loin de la ville, mais nous n'avions pas l'intention d'en faire notre résidence définitive. Jane réduisit ses activités. Ses émissions télévisées ayant pris fin pendant nos fiançailles, elle se borna à quelques travaux d'aiguilles pour divers fournisseurs et employa son temps libre à chercher un nouveau nid pour héberger nos amours. Quant-à moi, je repris mes fonctions chez D.F. & L. Associates, en cherchant désespérément un moyen de me sortir du pétrin dans lequel je m'étais fourré.

On pourrait arguer que, connaissant la vérité sur moi-même, je n'eusse jamais dû épouser Jane. L'ennui, c'est que je ne savais pas exactement de quoi était faite cette vérité.

Après mon dernier voyage au Pays des Devinettes Enfantines et les révélations rétroscendantales de L'Obèse Contrôleur sur mes activités meurtrières, mes « petits outrages », ma personnalité s'était effectivement dédoublée. C'était une question de volonté consciente. Si je décidais de lui appartenir, je lui appartenais entièrement. Vus sous cet angle, les événements de ma vie naguère terrifiante prenaient un tour délicieusement différent. C'était moi qui avais mené la danse dans nos relations, moi qui l'avais persuadé de m'initier à la magie noire, moi qui avais empoigné le parapluie empoisonné qu'il me tendait au Théâtre Royal, tant j'étais avide de lui prouver que j'étais digne de son attention.

Et par la suite, c'était avec joie que je lui avais prêté mon concours pour envoûter, droguer et agresser sexuellement la pauvre June dans ma caravane. Voilà pourquoi elle n'avait jamais plus supporté de m'adresser la parole. Tout devenait clair. Bien qu'elle fût inconsciente pendant toute l'opération, elle avait dû en garder quelque fantomatique souvenir.

Mais ce fut surtout à Londres, grâce à son grouillant anonymat, que mes activités s'épanouirent. Pendant plus de cinq ans, il ne se passa pas une semaine sans que je me livrasse à un sévice. Meurtres, tortures, enlèvements d'enfants, agressions, chantages, je m'essayai à tout. Sous la malfaisante tutelle de L'Obèse Contrôleur, je développai une force surnaturelle que je pus déployer à bon escient pour dépouiller Bob Pinner de son costume et torturer le pit-bull de Fucker Finch. Cependant, toutes ces exactions ne furent que de la petite bière en comparaison de mes meilleurs scénarios.

L'outrage dont je suis le plus fier est celui qui consista à arracher la tête burinée de ce vieux clochard dans le métro et à tutoyer sexuellement son cou tranché. Vous vous rappelez ? La rame s'était immobilisée dans le tunnel, à mi-chemin entre Golders Green et Hampstead. Je m'étais retrouvé seul dans le wagon avec cette pauvre cloche, qui ronflait en cuvant du porto ou du sherry de cuisine. Ce qui m'avait surtout amusé dans cette idée, qui n'était pas mirobolante en soi, j'en conviens, c'était de savoir si je pourrais tirer ma révérence avant d'arriver à Hampstead. Je pus.

Une autre intuition rigolote m'avait fait suivre une vieille dame chez elle. Je m'introduisis dans son appartement en lui servant un boniment inouï, prétextant que le bibliothécaire du coin m'avait assuré qu'elle possédait un livre dont j'avais désespérément besoin pour mener à bien un travail d'intérêt public que j'avais entrepris.

« Je n'ai que l'édition en gros caractères, mon bon monsieur, dit-elle. Je suis si myope que c'est la seule que je puisse déchiffrer.

– Ça ira très bien », répondis-je en vidant la tasse de thé qu'elle m'avait offerte. Puis, quand elle m'eut apporté le livre qu'elle conservait dans sa chambre, je m'en servis avec calme et nonchaloir pour la tabasser à mort. Ha ! Pas étonnant que j'aie toujours le sentiment d'appartenir à l'instant présent, de vivre hors de l'histoire.

La plus grande et la plus amère ironie de ma vie dédoublée était que, tout en reconnaissant pleinement être l'auteur de ces crimes, j'étais exempt de remords. À l'instar de mon mentor, je m'estimais au-dessus de la morale, j'étais un surhomme d'altitude dont les actes étaient trop élevés pour être perceptibles par le commun des mortels sur le plancher des vaches, et encore moins jugés. Mais je pouvais aussi changer d'avis et nier en bloc toute responsabilité dans aucun de ces forfaits. La plupart des outrages avaient été commis par désœuvrement, c'étaient des passe-temps, des feux follets, des raclures de l'Holocauste, des rebuts du Goulag. Quoique je prisse plaisir à torturer mes victimes, je m'adonnais rarement à de longues séances comme avec le pit-bull. D'habitude, après avoir grillé des chairs, arraché des ongles et injecté de la strychnine pendant une petite heure ou deux, je considérais que l'affaire était réglée.

Et, si d'aventure je préférais changer de credo, eh bien, le souvenir des petits outrages s'effaçait de ma mémoire, aussi sûrement qu'un fichier informatique. Mais alors, ah, mais alors il arrivait que le réservoir septique heurtât la turbine et je prenais feu, je devenais comme fou, perclus de remords, je craignais pour ma santé mentale. Peut-être étais-je cette personnalité limite que le Dr. Gyggle avait diagnostiquée, des années auparavant, à l'université du Sussex.

Mon eidétique, je m'en rendais compte désormais, avait été surévaluée. Avec la génération suivante, mon esprit ne fut plus qu'un colifichet de réalité virtuelle, qui ne m'autorisait plus que deux modes de jeu fondamentaux. Je pouvais jouer le dément ou jouer le méchant, deux simulations parallèles qui, en tant que telles, ne se rencontraient jamais. Et, quand un manque de vigilance me faisait dévier de ma ligne, je sautais sournoisement de l'une à l'autre comme un gamin tricheur : dément/méchant, méchant/dément, dément/méchant. Ça pouvait être très déstabilisant.

C'est pourquoi, voyez-vous, j'avais pensé que mon mariage avec Jane serait un bon moyen pour moi de démêler une fois pour toutes le vrai du faux. Même si mon amour pour elle n'était pas suffisant en soi, j'étais certain que la perspective d'avoir des enfants, d'utiliser mes caractères propres pour façonner un nouvel individu, me forcerait à regarder ma vérité en face.

Mais, en réalité, je m'en foutais éperdument. Les outrages m'avaient procuré de bonnes parties de rigolade et fourni des kilomètres de pellicule à visionner eidétiquement pendant mes loisirs. Les occasions de rigoler sont si rares dans la société moderne – pourquoi devrais-je avoir honte de mes pécadilles quand on voit tant d'horreurs dans le monde, et perpétrées par des gens qui n'ont même pas la distanciation nécessaire pour les apprécier ? Vous n'êtes pas d'accord ?

L'exquise disparité de mes centres me permettait de m'intituler à bon droit Démiurge de la Dissociation ; et, pour peu que mes moi dissociés se refondissent, une douce mélancolie naissait, dans l'effroi des ténèbres, de la juste arrogance du pécheur.

Il ne fallut que deux mois à Jane pour être enceinte. Je ne peux pas dire que ce fut à cause d'un priapisme particulier ou d'une fertilité spéciale de ma part. Non, s'il ne fallut que deux tours de pédalier de son cycle menstruel, c'est parce que Jane était déterminée et équipée d'un petit appareil domestique capable de détecter la montée en flèche de son niveau de progestérone avant l'ovulation. Elle m'appelait au bureau, où j'étais occupé à étudier une offre ou à converser avec un collègue. Le téléphone sonnait : « Ici Vanda, à la réception, monsieiur Wharton, votre femme est en ligne.

– Bon, passez-la-moi, ça va, je ne suis pas en conférence.

– Ian, c'est toi ?

– Oui, mon amour.

– Je monte en flèche, tu ferais bien de rentrer. »

Une fois qu'elle montait en flèche, nous avions entre vingt-quatre et trente-six heures pour faire atterrir une capsule de sperme sur son œuf satellite. Nos ébats étaient purement fonctionnels : dès que je pouvais redresser la barre après le dernier lancement lunaire, elle m'empoignait et me réinsérait.

Quand Jane fut franchement et proprement en cloque, elle se détendit et afficha la sérénité satisfaite de toutes les femmes enceintes du monde. Tandis que je la regardais prendre du volume, une de mes voix intérieures s'esclaffait et l'autre gémissait de terreur à l'idée de ce qui allait en sortir.

Je fus un futur père attentionné, j'accompagnai Jane aux cours d'accouchement sans douleur, l'aidai à faire ses exercices de respiration et veillai à ce qu'elle ne se fatiguât pas trop. Ce fut assez drôle de côtoyer tous ces autres futurs parents, d'échanger des tuyaux sur les bonnes adresses pour la layette et de comparer les mérites respectifs des maternités, sans cesser de me répéter intérieurement : « S'ils pouvaient se douter, s'ils pouvaient se douter… »

Nous n'avons pas beaucoup vu Samuel Northcliffe depuis le mariage. De temps en temps, il fait un saut à la maison, généralement à l'improviste mais toujours avec un cadeau pour Jane, un bouquet de fleurs ou une bouteille de vin. Jane aime bien Samuel Northcliffe, elle trouve ses bizarreries de langage divertissantes et pense qu'il est beaucoup moins dur en affaires qu'on ne le prétend. Elle cite l'affaire « Miam-Miam » en exemple, comme preuve de sa vraie nature : un doux dingue excentrique et quichottesque.

Après le retrait de « Miam-Miam » du marché, je ne m'attendais plus à le croiser dans le cadre de mes activités professionnelles ; et, après la remise en état de mon âme, si l'on peut dire, j'étais à peu près certain que ses interventions dans ma vie personnelle avaient également pris fin, du moins ma vie concrète. Mais, ce matin, j'ai reçu un appel de lui au bureau : « Tu peux m'appeler le Tirésias de la Transmigration, claironna l'oracle, car j'ai élucidé les énigmes de l'art destructeur de la mort.

– C'est important ? Je suis très occupé.

– Est-ce que ça te dirait de passer à l'hôpital Lurie sur le coup de midi ? Gyggle et moi, nous avons orchestré une petite cérémonie à laquelle tu aimerais peut-être assister. C'est très instructif. Un rituel très efficace. Nous avons soumis les loubards à un entraînement intensif pendant plusieurs semaines et, maintenant que nous sommes sûrs d'eux, nous voudrions commencer.

– Commencer quoi, exactement ?

– Mais… » il parut presque gêné « le Livre des Morts de Londres-Nord, bien sûr. »

Malgré moi, je fus intrigué. À midi, j'abandonnai le projet marketing que j'étais en train de rédiger pour une nouvelle chaîne de restaurants appelée « Laitue pour tous » et pris un taxi pour Euston.

Je les trouvai tous deux dans le cabinet de Gyggle. La barbe était fatiguée, graisseuse et hirsute. Il n'avait pas dû en prendre soin. Mais, comme Gyggle avait l'air fatigué aussi, c'était peut-être l'inverse, la barbe qui n'avait pas pris soin de lui. Le plus déroutant, cependant, fut l'apparence de mon mage : il était complètement redevenu celui que j'avais connu au début des années 70, quand il était arrivé à Cliff Top pour la première fois. Il avait même revêtu le costume pied-de-poule qu'il portait le jour où il avait fait de moi son apprenti.

« Ah, te voilà ! » beugla-t-il. Il fumait un panatella bon marché, qui semblait assez peu à son goût. « Entre donc, entre donc, ne reste pas planté là, garçon. Qu'est-ce qui ne va pas ? On dirait que tu as vu un fantôme.

– Euh… hum, je ne sais pas comment vous expliquer…

– C'est mon apparence qui te défrise ? Allons, gamin, accouche, crache, éructe, vomis ce que tu as sur le cœur, bref, dis-le-moi.

– Oui, oui, c'est ça.

– Et tu te demandes ce que ça signifie, n'est-ce pas ?

– Oui, en effet.

– Eh bien, chaque chose en son temps. Pour l'instant, nous sommes ici pour regarder les junkies de Gyggle accomplir leurs exercices… Eh bien, Hieronymus ?

– Certainement, Samuel, ils sont tous réunis… dit l'hirsute médecin des âmes. On y va ? »

Il nous guida dans l'enfilade des couloirs au linoléum scarifié et nous fit entrer dans un petit cabinet, vide de meubles à l'exception d'une table bancale et d'une paire de chaises utilitaires en plastique moulé. Une espèce de haut-parleur était fixée au mur, à côté de la porte d'un placard, que Gyggle nous ouvrit avant de repartir. Derrière se trouvait une étrange fenêtre à rayures longitudinales.

« Qu'est-ce que c'est ? demandai-je.

– Une glace sans tain », répondit-il en raccompagnant sa barbe dehors, me laissant seul avec L'Obèse Contrôleur.

Nous nous assîmes. L'Obèse Contrôleur sortit un paquet de méchants panatellas enveloppés de cellophane et en prit en sans même le regarder. Il l'alluma avec une allumette universelle qu'il gratta sur sa semelle et, après en avoir mâchouillé l'extrémité quelque temps, dit :

« Sale habitude. Je pense que je vais arrêter.

– Pardon ? » Je ne voyais pas du tout de quoi il voulait parler.

« Arrêter de fumer, andouille, qu'est-ce que tu crois ? » Mais, avant que je n'eusse digéré cette dernière étrangeté, le haut-parleur grésilla. Nous nous tournâmes vers la glace sans tain et je vis un groupe de junkies de Gyggle assemblés dans la pièce voisine.

La voix qui avait provoqué le grésillement était celle de Gyggle, qui ouvrait sa séance de thérapie de groupe. Plusieurs junkies étaient assis en cercle sur des chaises mal rembourrées. Les pieds posés sur les boîtes métalliques qui faisaient office de cendriers au SD, ils fumaient tous, en se servant de trois doigts pour porter les bouts-filtres ratatinés à leurs lèvres contusionnées. Même moi, qui ne connais pas grand-chose à la drogue, je voyais qu'ils étaient défoncés à l'héroïne. Certains pouvaient à peine garder les yeux ouverts et l'un d'eux en particulier, un Noir à l'air idiot, que je reconnus vaguement, était complètement dans les vapes.

Gyggle disait : « Vous êtes tous habitués à la procédure maintenant, chacun va se présenter à tour de rôle, d'accord ? En même temps, j'aimerais que vous en profitiez pour me dire à quel stade vous en êtes dans votre désintox. » La barbe parcourut le cercle comme une baguette de sourcier et s'arrêta sur un homme aux traits fins, portant une queue de cheval.

« John, dit l'homme, 80 ml. »

« Je sais qui est cet homme, murmurai-je à L'Obèse Contrôleur. Vous voyez sa mâchoire toute boursouflée et brûlée…

– Bien sûr que je vois, je suis vieux mais pas aveugle.

– Eh bien, c'est moi qui ai fait ça.

– Toi ?

– Ouais, je lui ai tordu la peau avec une vrille et j'ai soudé les plis ensemble avec un fer rouge. Pas mal, hein ?

– Un vrai travail de professionnel. Je te félicite. »

« Billy, dit d'une voix pâteuse le junkie suivant dans le cercle, et j'en suis à 60 ml.

– Allons Billy, fit Gyggle, sévère, tu es sûr de n'avoir rien pris d'autre ? Parce que, si c'est la méthadone qui te met dans cet état, ça ne va pas du tout, nous allons devoir réduire la dose, hum ?

– Hn ? » grogna Billy. Puis, comprenant vaguement qu'il était question de le priver de quelque chose, il ajouta : « Nan, nan, j'suis pas stone, promis, doc. Pour vous dire la vérité, je suis malade aujourd'hui, j'ai la caillante. » Pour illustrer ses dires, il porta ses mains gris-noir à ses épaules, qu'il secoua spasmodiquement, mais Gyggle l'avait déjà laissé tomber pour passer au suivant.

« Lui aussi, je le reconnais, dis-je, ce Noir, là, celui qui s'endort.

– Bien sûr que tu le connais, répliqua L'Obèse Contrôleur. C'est pourquoi je t'ai demandé de venir. Tous ces junkies ont servi à l'élaboration, par Gyggle et moi-même, du Pays des Devinettes Enfantines, mon adipeux petit acolyte. Une hypnogogie induite par l'héroïne vaut mieux qu'une année entière d'états oniriques ordinaires. C'est pour ça que Gyggle a pris ce service à l'hôpital, il nous fallait un stock à portée de main.

– Je vois.

– Le boutonneux avec l'anorak sans manches est Richard Whittle, c'est avec lui que ta brave épouse était censée nouer des liens. Il a un esprit particulièrement ductile et influençable…

– Oui, ça me revient maintenant, la grosse femme en jupe orange est Grosse-Mama Rosie et le type qui ressemble à un gitan est son mari.

– Martin.

– C'est ça, Martin. C'est étrange de les voir tous ici.

– Eh bien, mon cher ami, si tu trouves ça étrange, je me demande ce que tu vas penser de ceci… » En disant cela, il essayait de se lever, mais l'opération était compliquée par le fait que la chaise en plastique lui restait collée au derrière. Je l'aidai à s'en libérer et à se mettre debout. C'était la première fois que je voyais le gros homme ainsi empoté ou dans une posture ingrate.

Il se rendit à l'autre bout de la petite pièce et ouvrit une seconde fenêtre. « Viens donc jeter un œil par ici, dit-il. Je pense que ça va t'amuser. » Derrière cet autre miroir sans tain, un groupe très différent s'activait. Il y avait là Hal Gainsby, accompagné de Patricia Weiss, de l'agence. Ils présidaient l'habituel panel représentatif que D.F. & L. réunissait pour ce genre d'occasion, autrement dit un groupe de recherche nominale. « Seigneur ! m'exclamai-je. Qu'est-ce qu'ils font ici ?

– Poilant, n'est-il pas ? dit-il en jouant avec un autre cigare bon marché. Les junkies dans une pièce et les commerciaux dans l'autre. Un étonnant contraste en apparence, mais, sur le fond, c'est la même chose qui les occupe… »

« Nous concédons, disait Gainsby, dont l'accent bostonien traînant était amplifié par la chambre d'écho du haut-parleur, que la première mise sur le marché n'a pas été un succès, mais nous refusons d'admettre que cet échec soit lié au produit lui-même. Nous avons la conviction que, si nous pouvions… »

« Ne me dites pas que vous avez organisé une nouvelle réunion de recherche de noms pour « Miam-Miam » ici, au SD ? » Les bras m'en tombaient.

« Je ne vois pas ce qu'il y a de drôle à ça, rétorqua-t-il. Il faut rentabiliser l'hôpital maintenant, comme n'importe quel investissement à long terme. Gyggle exploite les locaux vides en les louant pour des activités parallèles et j'en ai informé Gainsby. C'est un endroit très pratique pour organiser une réunion de recherche de noms. Peut-être que si tu avais prêté un peu plus d'attention dès le départ à notre produit financier comestible, nous n'en serions pas là. Mais ceci n'est qu'un à-côté, ce n'est pas le groupe de Gainsby que je voulais te montrer…

– Vous voulez dire qu'il y en a un autre ?

– Oh oui, absolument. Et comment ! Un groupe dans lequel ta participation est très attendue, mais ne précipitons pas les choses. Il s'agit d'une recherche de noms un peu différente, qui exige un certain protocole. »

Il retourna s'asseoir devant la première fenêtre. Je le rejoignis.

« Nan, se lamentait Grosse-Mama Rosie. Nan, je suis tellement schlass que je peux même plus trouver une veine. » Elle contemplait ses bras avec désarroi, comme des implants étrangers qu'un commando de chirurgiens lui eût greffés pendant la nuit.

« Mon œil, dit Gyggle. Si vous ne trouvez pas de veine, c'est parce que vous avez trop de graisse. De toute façon, nous ne sommes pas ici pour parler de votre toxicomanie, mais pour une raison complètement différente. Comment il va ? » demanda-t-il avec un signe de la tête en direction de Billy Cloporte avachi.

John se leva, s'approcha du cloporte réparateur de Coccinelle et, se penchant sur lui, souleva une de ses paupières du bout du pouce. Il la laissa retomber et tâta son cou. « Il est dans le coaltar, dit-il, y a presque plus de pouls.

– Excellent, dit Gyggle. Allez, maintenant, vous savez tous ce que vous avez à faire. »

Les junkies tirèrent leurs chaises pour former un cercle autour de la tête de Billy.

« Qu'est-ce qu'ils font, exactement ? » dis-je, mais L'Obèse Contrôleur m'imposa le silence en plaquant une de ses francforts digitales sur son double rouleau de lèvres. Les junkies se mirent à marmonner. D'abord, je ne pus distinguer ce qu'ils disaient mais, peu à peu, je compris qu'ils récitaient des noms de produits :

« Elastoplast », dit John. « Kleenex », dit Grosse-Mama Rosie. « Frigidaire », dit Richard Whittle. « Coke », dit un maigrichon avec des lunettes à monture d'acier. « Vache-qui-rit », dit une fille en Lycra. « Holiday Inn », dit Ethel la pute. « Dr. Scholl », dit le Dr. Gyggle dans sa barbe, et la parole fit à nouveau le tour du cercle : « Scotch, Bic, Big Mac, Painstyler, Nescafé, Sopalin, Tampax », et encore : « Tupperware, Polaroïd, Walkman, Thermos, Stabilo… » et ainsi de suite, ils scandèrent toute une nomenclature de produits comme une litanie incantatoire.

Finalement, je dis à L'Obèse Contrôleur : « J'y suis, je sais ce qu'ils font. Tous ces noms de marque sont devenus des termes génériques, n'est-ce pas ?

– Tout juste. C'est le Livre des Morts de Londres-Nord, une série d'invocations qu'il faut réciter aux mourants, afin qu'ils ne reviennent pas sur terre, que leurs âmes immortelles puissent être annulées, biffées, anéanties, éradiquées, gommées, effacées de toute mémoire. Tu vois, cher enfant, comme tu t'en es toujours douté, je suis le Lama des Âmes Perdues, je réduis l'humain à la matière, totalement et complètement. Maintenant, si je ne me trompe, nous sommes prêts pour le décollage. »

Les junkies avaient cessé leurs incantations. John tâta à nouveau le pouls de Billy et se redressa en disant : « Il a son compte, il a avalé sa chique, il a claboté, baissé pavillon, passé l'arme à gauche, lâché les pédales, cassé sa pipe et rendu les clefs, bref, il n'est plus avec nous. »

« On va le rejoindre ? » demanda mon gourou.

Et nous voilà de retour au Pays des Devinettes Enfantines. L'Obèse Contrôleur disait à Doug : « Asticote-moi un peu ce négro, tu veux, je ne supporte pas les types qui arrivent en retard dans mes réunions de recherche de noms…

– Minute ! criai-je, nous avons déjà été ici, je vous ai déjà entendu dire ça.

– *Plus ça change, plus c'est la même chose**, tout ce qui s'en va s'en revient, mon garçon, faut-il que tu sois bouché ! » Le nouveau décor semblait l'avoir un peu requinqué, il avait réussi à trouver dans une poche de son costume pied-de-poule râpé un vieux Voltigeur qui, s'il était un peu desséché et couvert de bouloches, avait au moins l'avantage d'être à l'échelle de sa main. Il l'alluma à la flamme chichiteuse d'un vulgaire briquet jetable.

Nous étions dans le hall d'entrée du Pays des Devinettes Enfantines, la piscine devant la Voie Romaine que L'Obèse Contrôleur s'était appropriée par des moyens vicieux, à des fins plus vicieuses encore. Il y avait toujours les mêmes annonces pour des cours de natation et des séances d'entraînement placardées sur les tableaux de liège et nous étions assis sur les mêmes chaises minuscules, rangées en cercle de huit.

Doug, qui siégeait en face de moi, se leva et, une fois encore, cogna sa bêche contre la sonnette d'alarme. Dong ! « Oh, pour l'amour de Dieu, dit L'Obèse Contrôleur, tu ne peux pas faire attention avec ce truc ? Depuis le temps, je pensais que tu te serais habitué à ses dimensions… comme n'importe qui s'habitue aux dimensions de sa voiture.

– Ma foi non, répondit Doug, pas vraiment. » Le choc avait fait bouger la bêche dans sa tête et il souffrait visiblement. Il se leva néanmoins et contourna le cercle, jusqu'à la chaise où était assis Billy Cloporte, mort.

Mort pour le reste du monde, mais non pour le Pays des Devinettes Enfantines. Doug le secoua par l'épaule et il remua, gémit, battit des paupières, puis se redressa en se frottant les

* En français dans le texte *(N.d.T.)*.

yeux. « C'est mieux, dit L'Obèse Contrôleur. Tout le monde est là, on peut commencer ? »

Je regardai autour de moi. Ils étaient tous là. Outre Billy Cloporte et Doug, il y avait Pinky, le désossé, le bébé avaleur de lames de rasoir et un autre bébé que je n'avais pas vu la dernière fois. Il avait à peu près le même âge que le premier et était assis dans un coin près de l'entrée des vestiaires. Je ne pouvais pas voir son visage, parce qu'il avait un sac en plastique sur la tête, couvert de buée et solidement ficelé sous son menton. Malgré sa suffocante capuche, il respirait vigoureusement. Le sac se contractait et se dilatait à chaque inspiration et expiration.

« Trognon, hein ? dit L'Obèse Contrôleur en pointant le bout mâchouillé de son cigare vers le pauvre marmot.

– Si on veut, mais à quoi rime tout ceci ?

– Nous devons te trouver un nom, Ian, voilà à quoi ça rime.

– Oui, dit Pinky. Maintenant que tu nous as rejoints pour de bon, définitivement, il te faut une appellation appropriée, comme nous autres…

– C'est vrai, approuva le désossé de sa voix criarde, tu ne peux pas te faire appeler simplement Ian, ça ne va pas, ça ne va pas du tout, ça, mon chou.

– Allons, allons, il y a certaines formes à respecter pour ce genre de choses, cessez d'ergoter comme des pipelets, dit le Lama des Âmes Perdues. D'ailleurs, il ne s'agit pas seulement de lui trouver un nom, il faut aussi savoir dans quelle attitude sisyphéenne nous allons le figer.

– Vous n'avez qu'à m'appeler le Prométhée du Painstyler, dis-je. Depuis le temps que vous me courez sur le râble, j'ai déjà le foie en compote et… » Je me préparais à leur assener quelques vérités bien senties, mais un tumulte à l'autre bout du hall interrompit les élucubrations de mes baptiseurs.

Un groupe de jeunes hommes, en blouses de brancardiers, essayaient de sortir quelque chose par la porte des vestiaires. Cela ressemblait à un sac de cricket, mais de grandes proportions. « Maniez-vous le train, cria L'Obèse Contrôleur, nous avons déjà commencé. Apportez ça ici, vite. » Ils l'ignorèrent superbement, mais son ordre coïncida avec un redoublement de leur effort collectif pour traîner le lourd paquet dans le hall.

La chose avait effectivement l'aspect d'un sac de cricket, gainé de P.V.C. ou quelque autre substance lisse. De l'eau suintait par son ouverture. Sur le côté, je pus lire le mot « PortoDolph » inscrit dans un poisson stylisé et compris alors ce que c'était : un sac comme on en utilise pour transporter de gros poissons vivants, de petits cétacés ou autres animaux marins qui ont besoin d'une humidité constante.

Ils étaient quatre à porter le PortoDolph, un à chaque coin, en titubant sous son poids et en éclaboussant le sol à chaque pas. « Pose ça là, Mandingo », grogna L'Obèse Contrôleur avec mépris, sans un regard pour le jeune porteur – qui se trouvait être noir.

Les quatre gaillards entrèrent dans le cercle et déposèrent le PortoDolph sans ménagement, de sorte qu'il s'ouvrit sous l'impact. À l'intérieur, sur une litière d'isolant, se trouvait M. Bouchon, l'homme-tronc. « Comme on se retrouve, hein, mon pote ! » cria-t-il à L'Obèse Contrôleur, en essayant désespérément de se redresser dans son récipient glissant. Sous la lumière artificielle, ses aisselles béantes prenaient une vive couleur violette. Par quelque prodige, il réussit son mouvement de bascule et parvint à se tenir droit sur la proue de son sac. « Ça y est, dit-il en se stabilisant, j'suis prêt, on peut y aller. »

Mais une seconde diversion vint troubler les opérations. En lâchant son coin de PortoDolph, le chef porteur, le Noir que L'Obèse Contrôleur avait appelé Mandingo, avait sorti un couteau à cran d'arrêt de sa blouse. La lame jaillit avec un « clic » qui résonna entre les hauts murs.

« Personne m'a jamais traité comme ça, dit-il à L'Obèse Contrôleur. Je vais être obligé de te suriner, vieux con. » Il s'approcha de la chaise du méchant et lui arracha le Voltigeur qu'il tenait à la main. L'Obèse Contrôleur restait figé sans rien dire. Le porteur plaqua son genou contre sa poitrine et posa la pointe du couteau sur sa gorge de crapaud. Aucun de nous ne bougeait ; même le désossé avait cessé d'agiter sa canne et de marmonner ses « Cha, cha, *cha !* ». J'attendais l'esclandre qui, je n'en doutais pas, était imminent. Qu'allait-il faire ?

Personnellement, dans sa situation, j'aurais attrapé le couteau du jeune homme et je m'en serais servi pour le fendre en deux, du sternum à l'os iliaque. Puis j'aurais peut-être coupé la gorge d'un des autres porteurs et fourré sa tête dans l'estomac moribond du surineur. Et je les aurais laissés comme ça, sous la forme d'une statue bio-mécanique, en guise de symbole pour montrer au monde ce qu'encourait quiconque manquait de respect à L'Obèse Contrôleur.

Mais il réagit très différemment. J'observai son visage : il était blême, et ce n'était pas de la colère, c'était quelque chose que je n'avais encore jamais vu chez lui. De la peur ? Non, cela ne se pouvait pas, c'était impossible.

« Je suis désolé si je t'ai offensé, dit-il. C'était bas et désobligeant.

– C'était pas bas et désobligeant, c'était carrément con et je me fous pas mal que tu t'excuses, que tu rampes à mes pieds, je serai de toute façon obligé de te suriner.

– Ian… fit L'Obèse Contrôleur d'une voix vacillante. Tu… tu peux me donner un coup de main, là ? »

Je me levai de ma minuscule chaise et traversai le cercle. L'homme au couteau passa derrière L'Obèse Contrôleur, en gardant sa lame pointée sur l'endroit où devait se trouver la jugulaire du vieil homme bouffi. « N'approche pas, cria-t-il, ou il y a droit !

– Oh, n'ayez crainte, répondis-je, je n'ai pas l'intention de faire quoi que ce soit. Je me suis levé pour partir. » Je me tournai d'abord vers les devinettes enfantines. « Doug, dis-je, Pinky, désossé, les bébés, à la prochaine. » Puis vers le Grand Esprit Blanc, le Manitou des Maléfices. « Monsieur Broadhurst, bien que ce ne fût pas très agréable de vous connaître, ce fut néanmoins très intéressant. »

Comme j'atteignais les portes vitrées qui ouvraient sur la Voie Romaine, il m'appela : « Ian ? » Je me retournai une troisième fois. « Écoute, mon garçon, ça me désole vraiment de te voir nous quitter si vite, je pensais que tout ceci t'amuserait. » Il y avait une note pathétique dans sa voix, un trémolo cajoleur qui altérait sa tessiture de basse.

« L'heure tourne, dis-je. Nous dînons dehors ce soir et il faut que je passe au bureau avant de rentrer.

– Ah bon, très bien, très bien, n'oublie pas de présenter mes hommages à Madame ton épouse.

– Je n'y manquerai pas.

– Et euh… Ian ?

– Oui.

– C'était quand même plaisant, hein, vieille branche ?

– Oh oui, répondis-je par-dessus mon épaule, sans doute, sans doute… mais ce n'est pas mon idée du plaisir, voilà tout. »

Et je repris la Voie Romaine en direction de Bethnal Green, en fendant d'un pas vif la foule des chalands. Le marché aux fruits et légumes battait son plein, les marchands des quatre-saisons haranguaient la clientèle : « 50 pennies le kilo, mes tomates, allez, allez, profitez, mesdames ! »

« Et ça, vous me le faites à combien ? »

Ça, c'était un chien empaillé, couvert d'une rutilante fourrure synthétique.

Vous comprenez maintenant pourquoi j'étais fatigué ce soir, pourquoi je ne pouvais pas me concentrer sur ce dîner. J'avais eu une rude journée. Je suis resté tranquillement dans mon coin à siroter du vin rouge, en les regardant se refiler l'un l'autre le témoin glissant de la conversation, comme une équipe de relais mal entraînée. J'ai repassé toute l'histoire dans mon esprit et suis arrivé à la conclusion que la ville elle-même avait peut-être joué un rôle dans la pièce.

Londres, à ce que prétendent ses habitants, est une collection de villages. Ce n'est pas ainsi que je vois les choses. Je vois la ville comme un puissant champignon hallucinogène jailli de l'écorce terrestre ; une chose sans cesse croissante et en mutation constante, capable de prendre une fantastique variété de formes. Les gens qui vivent dans cet environnement hallucinogène se nourrissent de ses tryptophanes, et il se mêle ainsi à leurs rêves secrets. Je me suis aperçu que j'en avais marre. Il était temps d'aller voir ailleurs.

Cet après-midi, alors que je m'apprêtais à quitter le bureau, Hal Gainsby est venu me trouver et m'a dit qu'une occasion se présentait pour moi d'aller travailler à New York. On a besoin de quelqu'un là-bas pour lancer un nouveau produit financier de la Banque Soudanaise de Karmarathon. Je pense que je vais accepter sa proposition.

Oh, et avant mon départ, je suppose que vous vous interrogez sur le sort de Jane, pelotonnée sous sa couette, là-haut, avec son gros ventre enfoncé dans le matelas ? J'ai été un peu inconséquent à ce sujet, au début, n'est-ce pas ? Mais je n'ai jamais dit que je ne le serais pas.

C'est l'heure d'aller au lit, non ? L'heure de grimper l'escalier d'angle et de régler mes comptes avec ma destinée. Quel est ce vers… « arraché prématurément au ventre de sa mère » ? C'est ça. En l'occurrence, toutefois, nous parlons d'un autre type d'avortement. Peut-être qu'« aspiré prématurément par l'impitoyable force mécanique d'un appareil électro-ménager » serait une meilleure façon de présenter la chose. Je crois que c'est la méthode qu'ils emploient dans les cliniques privées d'Edgware. Vous êtes assis dans la salle d'attente, avec de jeunes femmes éplorées d'Espagne ou d'Irlande, et, toutes les deux minutes, vous entendez un ronronnement dans la salle du haut, comme le ronronnement d'un énorme aspirateur. C'est le grand nettoyage de l'éternité.

Et, comme par hasard, il se trouve que c'est une des angoisses intimes de ma femme. Génial, non ?

Vous quoi ? Ah oui, vous voulez participer. J'oubliais, suis-je bête… Oh, bien sûr, vous pouvez, si vous y tenez, mais réfléchissez bien, ne vous précipitez pas. Rappelez-vous que si j'ai tué, si j'ai torturé, si j'ai commis toutes sortes d'affreux outrages, j'en ai souffert aussi. J'ai un cœur, vous savez.

ÉPILOGUE

À L'OYSTER BAR DE LA GRANDE GARE CENTRALE

Les cireurs de chaussures et les flics faisaient la parade pour les touristes devant l'entrée de la Grande Gare centrale dans la 42e Rue. Les cireurs se balançaient sur leurs caisses, les jambes tendues sur le trottoir, en bayant aux corneilles. C'étaient tous des gars relax et délurés, aussi souples que les peaux de chamois qu'ils agitaient sous le nez de leurs clients potentiels.

Les flics se contentaient de jouer les flics, en bombant le cul comme font les flics pour bien mettre en évidence leurs menottes et leurs revolvers. Ils écartaient les coudes et roulaient des épaulettes, comme des flics, quoi, mortellement ordinaires.

C'était un après-midi lourd et moite de la fin mai, et les flics voulaient montrer à la population que leur seule attitude possible, dans cette ville de tueurs en série psychopathes fumeurs de crack, était d'assurer une présence fortement oisive en harmonie avec les cireurs. La routine, en somme.

Des taxis jaunes descendaient en flot ininterrompu du tronçon surélevé de Lexington Avenue et déchargeaient des voyageurs sur le trottoir devant la gare. Ils dégringolaient le toboggan en se faufilant entre les voitures avec ce mouvement oscillatoire propre aux taxis new-yorkais et venaient s'adosser contre la bordure du trottoir.

À l'intérieur de la gare, la vaste salle des pas perdus était fraîche. Un orchestre javanais de vingt-deux instrumentistes jouait devant la bouche de métro, et leurs fluides accents s'envolaient vers les corniches en marbre du dôme crânien du hall.

Au fond de ce hall, à l'opposé de l'entrée de la 42e Rue, de larges tunnels aux parois en pierres de taille menaient aux voies souterraines de la gare. Les tunnels étaient assez spacieux pour permettre à cent Hittites d'y tracter une dalle d'argile destinée à quelque antique ziggourat, et cela confortait l'impression générale que la gare appartenait à une civilisation oubliée, à un âge où le monumentalisme allait de pair avec le culte du roi et la conscience de la collectivité.

Dehors, il commençait à pleuvoir. Les flics et les cireurs interrompirent leur numéro, les touristes, les voyageurs et les citadins coururent s'abriter. C'était une pluie lourde, qui semblait tomber de très haut. C'est comme ça à New York : les gratte-ciel défient la majesté de la nature et repoussent les petits nuages de plus en plus haut, de sorte que les gouttes tombent du vingtième, du cinquantième, du centième étage. Ce n'est pas comme ça à Londres. À Londres, la pluie fait deux étages, au maximum.

Au sous-sol de la gare, l'Oyster Bar était ouvert. Même au milieu de l'après-midi, il était bondé de clients qui voulaient un plateau d'huîtres de Coney Island et un verre de Bud.

Le maître d'hôtel avait reçu une demande de réservation, dans la matinée, pour un goûter d'enfants. La personne qui appelait était une secrétaire d'une banque quelconque. Il lui avait demandé si elle préférait une table dans la salle principale ou dans le Salon privé et elle avait opté pour la salle principale. Il avait supervisé personnellement le dressage du couvert, en veillant à ce qu'on disposât quelques décorations sur la nappe à carreaux rouges.

Alors qu'il s'attendait à un groupe de cinq ou six convives, il n'avait vu arriver que deux personnes, un type accompagné d'un drôle de gosse. L'homme était un Anglais, grand et corpulent. Il avait présenté de plates excuses au maître d'hôtel, expliquant que sa secrétaire avait mal compris, et lui avait donné dix dollars en lui demandant s'il leur serait possible, sans causer trop de dérangement, de s'asseoir plutôt au bar, devant le comptoir nickelé. Le maître d'hôtel avait répondu que la hauteur des tabourets pouvait représenter un problème pour le gosse, mais l'homme avait répondu – sans consulter l'intéressé – que celui-ci s'en accommoderait très bien.

Carlton, le cuistot qui officiait devant l'une des trois consoles dressées derrière le bar à huîtres, trouvait, lui aussi, qu'ils formaient un couple bizarre. Il touillait une soupe aux moules dans une timbale en inox, en regardant le gosse finir sa seconde douzaine d'huîtres. Bon sang ! Le môme ne devait pas avoir plus de deux ou trois ans. D'habitude, les enfants de cet âge se contentaient d'une bouchée de fruits de mer grappillée dans l'assiette de leurs parents, mais ce petit gaillard trapu maniait la fourchette en connaisseur et trempait les mollusques avec gourmandise dans les différentes sauces proposées. Et quelle drôle de tête il avait ! Presque entièrement chauve, à l'exception d'une fine touffe blonde qui ombrait les replis de sa nuque épaisse, pratiquement pas de sourcils et des yeux exorbités.

Carlton n'était pas du genre à faire des histoires. Les commérages, ce n'était pas son truc. Depuis son arrivée à New York, il s'était efforcé d'avoir une conduite irréprochable – les Jamaïcains avaient mauvaise réputation ici. Et, bien qu'il eût un passé de chef de cuisine à Kingston et sût tout ce qu'il y avait à savoir dans l'art de préparer les fruits de mer, il avait eu beaucoup de mal à trouver du boulot. Il voulait donc avant tout éviter de se faire remarquer. Il voulait travailler tranquillement et économiser de l'argent pour sa femme et son enfant restés au pays.

Mais là, au risque de s'attirer des ennuis, Carlton savait qu'il devait dire un mot au maître d'hôtel, parce qu'il était certain d'avoir vu une ou deux fois le grand Anglais donner subrepticement une gorgée de whisky à son fils. Et, maintenant qu'il avait fini sa seconde douzaine, le gosse se tourna vers son père et Carlton l'entendit dire : « Je suppose que je vais devoir me retirer aux toilettes pour mon cigare post-prandial. »

RÉALISATION : PAO ÉDITIONS DU SEUIL
IMPRESSION : NORMANDIE ROTO IMPRESSION S.A. (61250 LONRAI)
DÉPÔT LÉGAL : NOVEMBRE 1997. N° 069 (972313)